KARSIA

Carlos Gascón

KARSIA

Una historia extraordinaria

Umbriel Editores

Argentina • Chile • Colombia • España
Estados Unidos • México • Perú • Uruguay

1.ª edición Agosto 2018

Copyright © 2018 by Carlos Gascón
All Rights Reserved
© 2018 *by* Ediciones Urano, S.A.U.
Plaza de los Reyes Magos 8, piso 1.º C y D – 28007 Madrid
www.umbrieleditores.com
www.edicionesuranomexico.com

ISBN: 978-607-748-146-1
E-ISBN: 978-607-748-147-8

Fotocomposición: Ediciones Urano, S.A.U.
Impreso por Litográfica Ingramex, S.A. de C.V. Centeno 162-1. Col. Granjas Esmeralda. Ciudad de México.

Impreso en México – *Printed in Mexico*

La muerte siempre puede esperar.

*A quien más daño me hizo, pues nadie puede
hacer más daño que quien se ama.*

*A Marisa, por tu gran corazón, por no haberme
dejado tirado nunca, por tu amor incondicional, por tu
sentido de la familia, por lo más maravilloso que me
diste… por atreverte.*

*A Lorena, por todo lo que me hiciste sentir, por todo
lo que vivimos juntos, por el amor tan inmenso que nos
unió, porque eres la esencia de mi creación.*

*A Robin Williams y a todos los que no se dieron
oportunidad. Perdón.*

*A Pedro Almodóvar, porque, a veces, cuando lo leo,
pareciera escrito por él.*

*Gracias por abrir la mente de tantos con tantas historias
de libertad.*

ÍNDICE

PRÓLOGO
LA PRINCESA ORNA

Hace mucho tiempo, vivía en el castillo de la tierra de Banff, una hermosa princesa.

Tenía todo lo que una muchacha podría desear, comidas, bebidas, perfumes, ropajes, incluso un apuesto príncipe con quien casarse en poco tiempo. Aun así, a Orna le faltaba algo; algunas noches, mirando la luna nueva desde la ventana, en lo alto de su castillo, se sentía triste y desdichada.

«¿Cómo me puedo sentir así si lo tengo todo?», se preguntaba. «Pronto me casaré con un príncipe maravilloso y tendré muchos hijos a quien cuidar; ya estoy preparada para ser reina».

Una de esas noches, mirando por la ventana, se fijó en algo en lo que nunca había reparado, una pequeña cantina de la que salía y entraba mucha gente riendo. «¿Por qué ellos son felices sin nada y yo con todo lo que tengo no?».

Ni corta ni perezosa, pidió a una de sus doncellas la ropa que llevaba puesta y, camuflada, salió del castillo rumbo a la cantina.

Con mucha expectación, tras un grupo de gente cantando, entró en ella.

Mesas de madera, cánticos, todos felices, así era la cantina por dentro.

Se sorprendió y se miró haciendo algo prohibido, pero sin saber por qué, le gustó.

Había algo que le había llamado hasta allí, y que no descubrió hasta que, de unas adornadas cortinas, surgió una hermosa muchacha dispuesta a hacer un *show* para el público que allí se congregaba.

Al pasar cerca de ella, su belleza la deslumbró, lo que hizo que bajara la mirada y se ruborizara.

Obnubilada, como si hubiera visto un ángel, contempló el espectáculo y aplaudió.

Lo había pasado en grande, pero ya era hora de regresar.

Cuando se disponía a salir, una mano la detuvo y la hizo girar; era la hermosa criatura que había hecho bajar su mirada de pudor.

—Soy Sonya, ¿crees que no te había visto? —le dijo mientras miraba sus hermosos ojos—. ¿Por qué no regresas mañana? Tocarán un nuevo instrumento que viene de tierras lejanas, lo llaman violín.

A la noche siguiente, la princesa no dudó en bajar a la cantina para escuchar esas nuevas melodías.

Orna y Sonya se sentaron juntas y bailaron al son de ese instrumento tan especial, se divirtieron, rieron y, al salir, sin esperarlo, Sonya puso sus labios sobre Orna, que, después de sentir algo de miedo, dejó que acariciaran los suyos y empezó a sentir algo que nunca había sentido realmente, AMOR.

Fueron muchas veces las que los labios de estas dos muchachas se acariciaron, muchas puestas de sol y amaneceres, muchos colores y muchos baños en su laguna azul; un rincón entre las montañas, rodeado de vegetación, con aves blancas hermosas que lo habitaban y que solo Sonya conocía.

A los pocos meses, el rey mandó llamar a la princesa, tenían una reunión en palacio.

—Ya soy viejo, querida hija —comentó el rey—. Tienes que hacerte cargo del reino.

Abrió la puerta, y por ella entró un apuesto príncipe con su escudo formado por una ardilla que sujetaba una hoja blanca.

El príncipe le hizo un regalo y le prometió darle muchos hijos.

—Nos casaremos la siguiente semana —le dijo.

Todos aplaudieron, incluso la princesa, que se observó haciéndolo de manera inconsciente.

Esa tarde, Orna fue más pronto a su cita en la laguna con Sonya. Se sentó a esperarla en una roca junto a la orilla, en la que veía reflejada su imagen, algo triste.

En el reflejo, por detrás, apareció Sonya abrazándola y la besó, pero notó que algo no iba bien.

Orna le dijo que ya no podrían verse más, iba a casarse con el Príncipe de las Ardillas. Sonya se rió.

—No puede ser —le dijo—, creí que me amabas.

—Y así es, pero tengo que cumplir con mis obligaciones, he de ser responsable, nosotras no llegaremos a nada nunca, no podría gobernar un reino a tu lado ni tener descendencia.

Antes de marcharse, Sonya le hizo un regalo:

—Tómalo, es un medallón que te protegerá siempre. No me olvides nunca —le dijo muy apenada.

Besó a Orna en los labios con el dolor tan grande que produce despedirte para siempre de lo que más quieres, tu propia alma gemela, y se marchó.

—Lo siento —dijo Orna, sentada en la roca de espaldas a Sonya, mientras miraba el pequeño medallón con una pluma grabada, y en su interior un pequeño espejo.

Lo besó, se lo colgó al cuello y se marchó.

*   *   *

El día de su boda, todo estaba preparado. El príncipe esperaba, ella lucía radiante y su padre la llevaba orgulloso del brazo. El pueblo la aclamaba, aplausos y vítores coreaban.

Al pasar hacia el altar, la princesa se detuvo, pues vio a una joven agachar la mirada a su vera. La princesa levantó su rostro con su mano y le preguntó:

—¿Por qué agachaste tu mirada?

—Porque usted me deslumbró con su belleza. —A lo que la princesa sonrió.

Ya en el altar, el Príncipe de las Ardillas, que la miraba con una sonrisa estúpida, le comentó algo sobre el banquete y el gran festín que habría para más tarde.

El cura del castillo comenzó con su típico discurso de casamiento.

—Príncipe de las Ardillas, ¿deseas a la princesa Orna como esposa?

—Sí, deseo.

—Princesa Orna, ¿deseas al Príncipe de las Ardillas como esposo?

La princesa Orna miró al príncipe y lo imaginó comiendo un pollo con ansia en el festín. Recordó a la muchacha que había agachado la cabeza mientras caminaba rumbo al altar. En ese momento se acordó de la cantina, de la primera vez que vio a Sonya, y una lágrima cayó por su mejilla.

—No, no puedo —dijo la princesa—. Lo siento, no es a ti a quien amo.

La princesa corrió hacia la puerta de salida.

Unas inmensas puertas de madera de roble que se cerraron de repente, justo cuando llegaba a ellas.

Corrió buscando otra salida desesperadamente.

El príncipe gritó y su grito cada vez fue haciéndose más fuerte, hasta que se convirtió en el rugido de un animal, al que acompañó el de su padre y el de todos los allí reunidos en la iglesia.

Orna estaba ensordecida, asustada.

En el escudo, ya no había una ardilla, había una rata de dientes afilados.

Del príncipe surgieron unas alas cartilaginosas y comenzó a transformarse en un negro y horrible dragón. Orna, al dirigirse a su padre buscando protección, observó que también se estaba transformando y, a su vez, todos los asistentes se convertían en demonios alados.

El techo de la iglesia se abrió y, sin darse cuenta, ya estaba en el aire, prendida por el dragón, al que seguían los cientos de demonios alados.

La princesa Orna sentía el viento y, entre el pánico de su piel, esbozó una sonrisa, algo dentro de ella sabía que, por muchas consecuencias horribles que le trajera, su decisión había sido la correcta.

Pasaron por todos los mundos de la tierra, hasta que el cielo se empezó a nublar y, en lo oscuro, emergieron las montañas grises y escarpadas de una tierra deshabitada. Afiladas rocas sin ningún tipo de vegetación, la morada del dragón y sus demonios.

Allí, en una jaula escondida, mirando a un ensombrecido valle con un lago negro, quedó encerrada para siempre.

Con el tiempo llegó el rumor al pueblo de que los demonios se habían llevado a la princesa a otro mundo.

Ya no había cantina, y sus gentes no tenían alegría.

Hubo guerras entre los pueblos.

*   *   *

Años más tarde, un joven que había nacido en las tierras de Orna y que había partido poco antes de la boda de la princesa, regresó de la batalla con su armadura y se sorprendió de cómo había cambiado el pueblo.

Al preguntarle a una anciana, esta le comentó la triste historia de lo que allí había acontecido:

—La princesa Orna contestó «no» y los demonios, heridos, se la llevaron a la tierra de Jamás.

El joven soldado recibió la noticia con desagrado, pero le dijo a la anciana:

—Pronto volverán los colores a este pueblo, yo me encargaré.

Tomó su caballo y con su armadura plateada puso rumbo a la tierra de Jamás.

Mientras tanto, en Jamás, la oscuridad se reflejaba en el lago en el que el dragón saciaba su sed.

La princesa, que siempre lo observaba sin articular palabra, esta vez le preguntó:

—¿Por qué nunca miras el agua, dragón?

—Me hace daño su reflejo —respondió bruscamente, y regresó a su madriguera.

El joven de armadura siguió su camino, enfrentándose a todo tipo de desventuras, que se hacían más intensas cuanto más avanzaba.

Con su afilada espada dispuesta a recuperar la alegría de su pueblo con su filo, iba dejando atrás serpientes, fieras, trampas de lodo y un sinfín de demonios decapitados.

Cerca ya del lago, el caballero se escondió durante varios días para observar los movimientos del dragón y se dio cuenta de que, cada vez que bajaba a por agua, cerraba los ojos y que, detrás de él, en una pequeña jaula de una cueva, se encontraba encerrada la princesa.

El soldado, cuando se consideró preparado, ajustó su armadura y su casco, desenvainó su espada y esperó detrás de una roca a que el dragón bajase al lago.

Como de costumbre, el dragón se dispuso a beber y para ello cerró los ojos.

Aprovechando el momento, el joven se acercó sigiloso por detrás, para clavarle su espada.

Tenía esta entre las manos, suspendida en el aire, dispuesto a hundirla en el corazón cuando, de repente, al llegar a la orilla y ver el reflejo de la bestia en el agua, se paralizó.

El dragón se giró y sus ojos se llenaron de furia por el joven guerrero y su espada. Con su grito ensordeció la tierra y despertó a la princesa.

El caballero se quitó su casco y miró al dragón, llorando de pena, a lo que el dragón se sorprendió y, antes de matarle, preguntó:

—¿Por qué no me mataste cuando tuviste oportunidad? ¿Por qué caen lágrimas de tu rostro?

La princesa observaba la escena de lejos sin saber qué hacer, pero vio algo en la armadura del muchacho que le resultó familiar, miró su medalla y recordó a Sonya al regalársela, volvió a mirar y vio la misma pluma grabada en la armadura del joven.

Orna gritó de desesperación y, al empujar las rejas con todas sus fuerzas, se dio cuenta de que nunca había estado encerrada; salió corriendo en ayuda del joven.

Mientras, el dragón le volvió a preguntar:

—¿Por qué no me mataste cuando tuviste oportunidad en la orilla?

El joven caballero tiró su espada lejos y le contestó:

—PORQUE TE AMO.

El dragón no entendía nada y se dispuso a hincarle sus garras en el pecho.

La princesa, acercándose, gritó: «¡NOOO!».

Y el dragón clavó sus uñas en el joven.

La princesa recogió la espada del suelo y atravesó con ella el corazón del dragón.

Allí, en la orilla del lago negro yacían el dragón y el joven caballero herido.

La princesa tiró su espada y volteó al muchacho, miró la pluma de su armadura, abrió su medallón, se vio reflejada en el espejo y comprendió quién era su defensor.

—Perdóname, mi amor. Perdóname, Sonya. Nunca quise darme cuenta de por qué el dragón cerraba los ojos cada vez que venía al lago. Nunca quise descubrir que no había príncipes ni demonios que me tuvieran presa, sino que yo misma era mi propio dragón, mi propia cárcel.

La princesa limpió la cara de su amada y besó sus labios inertes.

La cabeza del dragón había quedado cerca de la orilla, Orna apareció tras él y, en la última mirada de muerte, el dragón pudo ver el reflejo en el agua y darse cuenta, antes de morir, quién era él, ella.

La imagen de Orna quedó para siempre en el lago grabada, mientras abrazaba a su amada y el brillo de su armadura iluminaba de nuevo el valle con su muerte.

Poco a poco, ese lago negro se transformó en el lago azul donde Orna y Sonya solían bañarse y, en lo alto de unas rocas, cerca de la orilla, ahora muchas parejas se miran reflejadas contando la historia que allí aconteció, jurándose AMOR eterno mientras observan en el reflejo del agua lo que realmente son.

*   *   *

Colorín, colorado, este cuento no ha terminado.

No hay nada peor que ver cómo se desmorona todo lo que se es, se tiene y se ama, nada peor que morir en vida. El desapego de la existencia.

LA MUERTE

Como siempre, sus particulares pisadas, su andar, los tacones y la planta a la vez, paso tras paso. Buscó las llaves de la puerta de madera de un lujoso departamento en la mejor zona de la ciudad y, como todos los días, al llegar de su trabajo, abrió la puerta.

Una chancla permanecía enganchada a un desnudo dedo suspendido en el aire, ahí estaba yo, colgada, como siempre había imaginado, del barandal.

Mientras me iba, todavía pude alcanzar a escuchar el maravilloso sonido de la ilusión que llega, ese sonido de esperanza, de amor, de ganas de vivir en forma de brusca pisada.

Mi pantalón de pijama rosa robado, mi playera ajustada, que dejaba entrever mi figura andrógina y transparentaba mis pechos, mis dedos manchados de los colores que algún día me salvaron…

Nunca pensé morir colgada de unos cinturones atados al segundo piso de un *loft*, con lo que siempre me han gustado los *lofts*.

Pensaba que un *loft* te daba vida, por el espacio, pero esta vez el vacío solo ha servido para poder suspenderme en el aire sin posibilidad de encontrar ningún apoyo, mientras me descolgaba con un cinturón atado a otro y a su vez a mi cuello.

Qué susto resbalar al intentar bajar, pero qué tontería, pensar que moriría si me resbalaba, cuando una estaba ahí para morir. Un profundo respirar y ale-hop, como un mago que se tira al vacío para mostrar al mundo su gran truco y sacar en el último momento un artilugio volador que le salva de estamparse contra el suelo.

Cómo duele irse, más por irse que por el propio dolor, con todo el aire que hay en un *loft* y yo quedándome sin él.

Las arecas abajo, mirándome, como si murieran conmigo pensando en el cariño con que las regaba. En la mesa, la figura de un buda gris, orientado hacia el este, impasible. También una orquídea que, por mucho que pisamos, siempre tiró para arriba y, al lado, ¡qué sorpresa!, todavía estaba nuestra foto juntas, en uno de esos momentos para recordar después de una pelea.

Siempre hay un fotógrafo que te retrata cuando menos te lo esperas.

Nunca he confiado en los fotógrafos de los restaurantes, la verdad, suelen hacer unas fotos bastante malas, pero este, este supo captar todo el amor que nos teníamos en una fotografía que pusimos en un marco ovalado. Sí, yo tampoco entiendo eso de los marcos ovalados, pero no queda mal.

Qué pena por mis ojos, ya casi sin vida, que miran la flor roja que tanto habían contemplado a través del amplio ventanal; pena no por la poca vida, sino porque lo último que verán sería el edificio del que tanto nos habíamos reído, lleno de chinos, coreanos o vete tú a saber. Qué pena morir mirando el cartel de una empresa que fabrica teléfonos. Entre otras cosas porque odio los teléfonos, más bien los *smartphones*, o comoquiera que se llamen. Creo que esa es una de las causas por las que me he descolgado. No los teléfonos, claro, no estoy tan loca, sino todo lo que significan.

Todos necesitamos atención y, la verdad, estos cacharros la desvían, la roban, se apropian de toda ella porque están repletos de cosas muy importantes para la mente, cosas que llenan el vacío de nuestras cabezas, un vacío que no gusta nada a una parte de nosotros, ese vacío que ninguna mente quiere ver, porque es muy difícil encontrarse con uno mismo y ver lo que realmente se es: *nada*. Por eso nos llenamos de tareas, nos llenamos de hijos, nos llenamos de trabajo, de fiestas o de entretenimiento (créanme, sé de lo que hablo), por eso tienen tanto éxito los cacharros estos.

Nos entretienen con sus chats de amigos, con las ocurrencias de otros y sus «divertidos» memes. Nos alivian en el trabajo porque nos quitan trabajo, podemos trabajar desde casa y así tenemos más tiempo para nosotros, ¿o es al revés? Nos animan porque podemos estar en supercontacto con antiguos novios, compañeros o amigos, porque siempre cabe la posibilidad de que tu corazón se agite, tu piel se ruborice y que tus químicos se alboroten con un mensaje de alguno de ellos diciéndote lo guapa que eres e invitándote a salir «y lo que surja». Nos encantan porque podemos tener acceso a todas las noticias del mundo y saber qué está pasando en este momento con la bolsa de Wall Street, aunque lo que verdaderamente nos interesa es lo que está haciendo Piluca, esa amiga que se ha ido de viaje a la playa; pero, sobre todo, lo que está haciendo Rosita, esa a la que odiamos tanto y que no merece nada bueno si no nos pasa a nosotros, esa a la que encontramos defectos en las fotos que sube riéndose y feliz a las redes, y que llegan, como una gota de agua fría, a nuestro celular. Nos hace sentir hastiados pero contentos de que haya tanta gente que se preocupa de nosotros y nos mande todos los días ositos horrendos con letras de peor tipografía, comentándonos lo agradecidos que debemos estar con Dios.

¿Por qué no me compré un *ifon* antes del *loft*?

¿Por qué diosito no me quiere y me hace sufrir tanto?

¿Dónde está diosito cuando se le necesita?

La verdad, si yo fuera Dios, no sería tan cabrón. No iba a dejar yo morir a las personas de una manera tan horrible, aunque no sé si hay una manera bonita de morir, a mí todas me parecen terribles.

Morir quemada, de una enfermedad, por un error, ahogada… La verdad, qué pena de elección, es bien doloroso y angustiante quedarse sin aire y no poder hacer nada al respecto. ¿Dónde estaba el diosito de los ositos cuando estaba uniendo un cinturón tras otro? Y ese el de los ositos… ni hablar del de las bombas.

Menos mal que no nací en el seno de una familia integrista islámica, así me dio por colgarme yo sola, de otra manera me habría llevado por delante a no sé cuántos pasajeros de cualquier medio de transporte.

Me siento orgullosa de nuestro diosito de ositos porque, con mi decisión, no he hecho daño a nadie, por lo menos directamente.

Pero sigo preguntándome por esa pamplina de querer extrapolar nuestra existencia a otra existencia superior sin importarnos cuál sea o cómo.

Aquí colgada, el tiempo se pasa despacio y da mucho para pensar con lo que queda de oxígeno. Aunque fui buena buceando nunca pude aguantar mucho debajo del agua, hoy lo estoy comprobando.

Nunca confiamos en nosotros mismos, nos parecemos poca cosa y nos encanta imaginar que hay extraterrestres que manejan nuestras vidas. Entre otras cosas, para descargar responsabilidades.

Pregunten a cualquiera qué le parece más factible, si el hecho de que las pirámides de Egipto hayan sido construidas por seres humanos o por extraterrestres. Van a ver. La mayoría seguro que dicen que fue una raza superior venida de la galaxia treinta y cuatro trescientos o algo por el estilo, y se quedan tan a gusto, vamos, que no se les mueve ni un pelo.

Una de las razones por las que una se quiere suicidar es la falta de lógica y de coherencia en la sociedad en la que vive. Es preferible desaparecer que tener que rebatir cada dos minutos algo incoherente, porque no hay nada peor que discutir constantemente con personas ilógicas que hablan de criaturas inexistentes, de cosas que imaginan en sus mentes, de entes, fantasmas y demás estupideces energéticas sin fundamento ni sentido (por cierto, ¿no seré yo un puto fantasma? Porque digo yo que ya debería haber muerto, ¿no? En todo caso, no me gusta nada ni lo de «puto» ni lo de «fantasma», así que «puta ente», que suena mejor).

Yo nunca he tenido ese afán de dioses y mazmorras, o me lo quitaron bien pronto. A los cinco años le pregunté a mi profesor: «Si Dios existe, ¿quién creó a Dios?». El hombre me dio una bofetada y me dijo: «Aquí no se viene a dudar, que sea la última vez».

Menos mal que era el dios de los ositos, que si llega a ser el de las bombas no habría llegado a los seis años. Seguro que me habrían tirado al río con cuatro, a mi vecina y a mí, a mí por ponerme sus vestidos y a ella por prestármelos.

Estoy de acuerdo con que hay cosas que desconocemos y que queremos conocer. Sin embargo, no estoy de acuerdo con que lo no entendido se ponga en una balanza y pese más que lo manifiesto.

Antes, la balanza, por motivos obvios, estaba inclinada al lado de la inconsistencia porque no sabíamos apenas de nada, ahora ya comprendemos unas cuantas cosas más como para seguir inclinando la balanza hacia la ignorancia.

Ya sabemos que el sol es una estrella, que la tierra gira a su alrededor, no al revés.

Es como la electricidad, antes, este fenómeno era desconocido; si de forma natural se producía en la naturaleza de una forma explícita, en forma de rayo, dando un calambrazo, lo que sea, ¿de quién era culpa?, ¿quién era el responsable?

¡Cualquier dios, ente, fantasma o extraterrestre que quisiéramos inventar!

Pero ahora ya tenemos suficientes pruebas de cómo suceden las cosas para seguir inventándonos de forma estúpida que todo lo que nos pasa es responsabilidad de un ente.

Yo, antes de afirmar algo, lo investigo y, si no tengo respuestas convincentes, no lo defiendo a capa y espada diciendo que es lo que yo siento, supongo, anhelo o imagino, y me quedo tan pancha.

Antes de poner mis manos en el fuego por un muñeco, representación o fantasma compruebo a ver si es verdad o son imaginaciones mías. Y si pienso que eso existe, lo primero que me viene a la mente es quién creó eso otro y por qué está ahí. Pero como les digo, esto ya lo hice con cinco años y no quiero ganarme más bofetones.

Y digo yo, ¿por qué tenemos la mano tan larga?, ¿por qué tanta violencia física y verbal?

Esta es otra de las razones por la que me he querido quitar la vida, la violencia.

Desde el colegio me vi sometida a la violencia. Qué digo desde el colegio, antes, mucho antes: los primeros, mis padres. En cuanto una dejaba algo sin recoger o no se comportaba como debía o no hacía lo que se le decía: palo.

Mi madre utilizaba zapatilla o palo de escoba, dependiendo de la gravedad del asunto. Los hermanos y primos utilizaban la fuerza bruta o se imponía quien más poderío visual tenía. Afortunadamente, siempre he sido una chica fuerte; sobre todo porque antes era un chico, no corpulento, pero sí definido, con grandes dosis de testosterona que me evitaron ser sometido en más de una ocasión.

El caso es que la violencia se aprende. Y, ya desde pequeña, empecé a comprender que, si elevaba el volumen de la voz más que el de mis hermanos o mis padres, parecía que me prestaban más atención.

Adquieres volumen cada vez que desde el salón le pides a tu madre la cena o un vaso de agua desde la cama (son los primeros gritos que vas dando). Luego te enfrentas violentamente con tus hermanos por un juguete y más tarde con tus padres porque te hacen llevar unos pantalones que pican. Empiezas a saber lo que es el odio porque te obligan a hacer lo que tú no quieres, empiezas a tener envidia por los regalos que los putos reyes (estos sí *putos*, por las pintas y los pajes) han traído a tu hermano, y te levantas en la noche y los cambias a tu favor. Empiezas a convertirte en un delincuente en potencia, vaya.

Y después llegas al colegio.

Llegas y comienzas a sentir la violencia, la palpas. Quien no te insulta se mete contigo, quien no se mete contigo se quiere comer tu bocadillo, quien no se quiere comer tu bocadillo te quiere robar tus lápices de colores, quien no quiere tus lápices te quiere pegar. Un completo desastre.

Si eso ocurre en un país supuestamente civilizado, no me quiero ni imaginar cómo será en otros lugares: «Mamá, por favor, por lo que más quieras, no quiero ir al colegio, estudio en casa, lo que sea».

Y es que la violencia se va ampliando y, a medida que crecemos, empiezan las peleas en el recreo, por vandalismo, por juego, por poner reglas, por demostrar quién manda y, lo que es peor, por diversión. Hay gente que se divierte en la violencia, que se sienten cómodos en ella porque liberan un monstruo encadenado que hace daño dentro y así se alivian.

La violencia se traslada y se amplía a lo largo del tiempo, se sofistica, hasta que llega al culmen en la pareja. Cuando tienes pareja comienzas a comprender hasta qué punto la violencia va ligada al sexo y al «amor».

Una al principio es más tranquila, no pasa nada, pero a la cuarta vez que haces la comida, lavas los trastes, barres, haces la cama y quitas todo lo que va dejando tirado o la mierda que acumula la otra persona, ¡ay, amiga!, ahí empiezas a quemarte por dentro. No digamos si empieza a llegar tarde, o hay muchas risas y tiempos con otras personas y no contigo…

Entonces comienzan los gritos, las peleas, los arañazos y los objetos que salen volando. Con suerte todo se queda en un *show* de aspavientos, pero si no, se jode todo.

Por suerte o por desgracia, como ya he comentado, soy una persona fuerte, pero tengo más inteligencia que fuerza (aunque esto de la inteligencia, estando aquí colgada, podríamos discutirlo) y, gracias a ello, siempre he sabido controlarme para no hacer un daño irreparable a quien se peleaba conmigo. Dejando de lado las peleas en el recreo y entre hermanos, si he pegado alguna vez ha sido solo para protegerme, no para hacer daño a nadie. En cambio, a mí… ¡uf! Estoy viva de milagro. Bueno, hasta hoy, claro. Que al final el daño sí lo he hecho, pero a mí misma.

Pero claro, una sufre violencia tanto tiempo que al final se acostumbra y no puede huir de ella, hay algo que la retiene. Una mira a su pareja pidiéndole perdón por haberla pegado y es tan dulce y tan especial que alguien te pida perdón llorando y te diga que te pega porque te quiere que es imposible resistirse a que te vuelvan a pegar en otra ocasión. Es de locos, lo sé. Y, la verdad, tienen cierta razón los maltratadores cuando dicen que la culpa es de las víctimas, pero ¡culpa de no haberse ido la primera vez que les levantó la mano!

Aunque nada es tan fácil, porque, es muy difícil irse de lo que amas, por mucho que te esté dañando por todos lados. Una siempre tiene la esperanza de que las cosas cambien, de que todo vuelva a ser de color de rosa, como al principio, y no gris y espeso como la niebla.

Visto así, qué bonito es el amor, ¿verdad?

Este es otro de los motivos de mi suicidio: el amor.

Sí, me suicido por amor. Por suponer que me iba a quedar sin él, sin el amor de las personas que yo amo. Por pensar que ya nunca más me iba a enamorar, porque mi química no coincide con casi nadie… pero, sobre todo, por no querer dejar de follar.

A lo largo de los años y de los ligues me he dado cuenta de que no es fácil encontrar una persona con la que quieras compartir tu vida, no es fácil enamorarse y que se enamoren de ti a la vez, de verdad.

El amor verdadero se entiende cuando se siente; cuando, por muchos obstáculos por los que se pase, lo único que se quiere estar es cerca de esa persona. Otra cosa es la química o la atracción sexual.

El amor tiene un componente sobrenatural que lo hace único, la atracción es más terrenal.

Encontrar el amor se confunde muchas veces con encontrar alguien con quien follar de manera más o menos agradable. Pero para amar no hace falta follar y, de hecho, no hace falta ni convivir (aunque se tienda a ello por las ganas de estar cerca de la otra persona). Amar es la sensación más profunda e intensa que puede sentir un ser humano. No sé si es una ventaja, un caso de evolución o… ¡una cruz!

Una ventaja, porque amar agudiza nuestra inteligencia. Una se las tiene que ingeniar para estar cerca de lo que ama, para no perderlo, para hacer crecer el amor y mantenerlo.

Para hacer un paralelismo de lo que significa el amor en nuestra existencia, acuérdense de una película titulada *En busca del fuego*; contaba la historia de cómo nuestros primitivos intentaban conservar el fuego y de cuánto significó para la Humanidad. Primero surge y se ve; un rayo quema una madera, se intenta conservar con paja, con más madera, intentan trasladarlo, encerrarlo, crearlo por medios propios, todo con tal de que no se pierda esa llama. El ser humano pasó por miles de calamidades intentando controlar el fuego y también desarrolló su inteligencia por ello. Lo mismo que con el amor.

Visto así, el amor se podría considerar inteligencia pura, *luz* donde antes solo había oscuridad.

O quizá el amor es una cruz, y no solo porque hace sufrir a veces, sino porque muchos lo confunden con el instinto de reproducción.

La verdad, yo no he tenido mucho de eso (¡aunque tengo una hija maravillosa!), no soy un gremlin que necesite multiplicarse, pero a mí me parece que el querer reproducirse es de todo menos amor. Me parece algo programado, demasiado animal, y también un poco irresponsable.

Si ya es difícil salir adelante con los problemas de una, ¡imaginen dar de comer a cinco bocas más!

Piénsenlo bien, ¿a quién le interesa que sigamos comportándonos de este modo? Muchos hablan de moral, pero lo único que promueven es la animalidad.

No parece haber mucha gente dispuesta a pensar ni mucha a dejar que pensemos…

Cuanto menos pensemos más felices parece que seremos; menos preocupaciones, menos estrés.

En cuanto dejamos espacio para la reflexión pasamos a cuestionarnos todas y cada una de las cosas y ahí, amigo, es cuando una se tiene que echar a temblar.

Otra de las cosas por las que estoy aquí colgada es por pensar demasiado.

Pienso, luego existo (aunque ahora mismo, aquí colgada, no me quede existencia para mucho rato). Alguien me dijo una vez que, cuanto más mayor te vas haciendo, más te vas acordando de lo que te pasó. Es cierto. Parece que cuanta menos vida te queda, la vida misma te va haciendo un repaso para que no pienses que no has vivido.

Pensamos muchas cosas, realmente nos pasamos la vida pensando, dejando que se instalen todo tipo de pensamientos en nuestro cerebro; pensamientos que son sustituidos por otros. Hoy pienso una cosa y dejo que eche raíces en unas cuantas hectáreas, pero la cosecha no me resulta del todo satisfactoria, así que pronto dejo que otro pensamiento, totalmente diferente, mate y queme a todos los animales de la granja y se quede con el pasto.

Recuerdo, de niña, lo bien que me sentía en casa de mi vecina, jugando con ella, excitada por la verdad que la vida me ponía enfrente. Me veía guapísima con sus vestidos, jugaba con sus cosas y me divertía como nunca, hasta que un día, no se sabe por qué, dejó de abrirme la puerta.

Parece que mi padre ya se había cansado de que su hija jugara a lo que según él «no era» y el miedo se instaló en la familia, porque ¿qué hay peor que enfrentarse a algo tan horrible en la vida?

Muchos padres son capaces de confrontar cualquier situación con sus hijos, pero parece que el género es la que les puede taladrar más el cerebro, hasta dejarlos sin neuronas. Lo mismo es algo instintivo relacionado con la supervivencia de la especie, quién sabe.

Entonces haces tuyos los miedos de los demás y empiezas a contestar al pescadero, que te dice «qué guapa eres», con un «soy un niño». Empiezas a ver cómo desaparecen de tu alcance los vestidos de tu madre, las pinturas, las cosas que encontrabas para disfrazarte en casa de tu abuela; todo lo que era gracioso en un principio empieza a convertirse en algo molesto.

Las preguntas ya no gustan, los comentarios tampoco.

Uno en especial, cuando abrí una de esas revistas de chicas medio desnudas con las tetas al aire, me preguntaron y les dije que no me gustaban. Ahí comprendí que algo andaba, no mal sino diferente (qué preguntas son esas para un niño que no entiende de pecados de carne). ¿Por qué no me comportaba como se supone me debía comportar, por qué no decía lo que se esperaba querían escuchar los demás?

Pero era mentira, me encantaban las niñas, me sentía atraída por ellas como nadie, quería estar cerca, me daban la vida, hasta que comprendí que era porque me veía reflejada en ellas.

Así que decidí tomar el camino que me correspondía y no dejarme llevar por cuestiones que no comprendía ni tenía claras.

Cuando algún chico estaba cerca de mí y algo me removía, lo reprimía. En cambio, con las chicas me sentía plena, aunque no supiera muy bien cómo, ni de qué manera, me excitaban (lo han hecho siempre).

Me di cuenta de que estaba en el sitio que no me correspondía la primera vez que entré en un vestuario de chicos que se desnudaban alegremente y sin pudor, mientras yo me tapaba intentando disimular lo que debía disimular, para que ni yo misma pensara que era diferente. Fue en el centro de formación profesional en el que estudiaba, tenía una piscina cubierta gigante donde nos daban natación; pero, con tal de no pasar por el trago de andar entre tanto chico desnudo que me desviase del buen camino, empecé a no acudir a clase. Resultado: si me caigo al mar, me ahogo; no sé nadar muy bien.

Las consecuencias de lo que una hace o deja de hacer son fatídicas. Una decisión mal tomada te puede costar hasta la vida, que me lo digan a mí, colgada con un cinturón comprado en un *outlet* de Los Ángeles.

Ves un cinturón bueno, a mitad de precio, lo compras para un regalo, y no sabes lo que va a acabar sucediendo con él.

A veces me parece que la vida es muy parecida a las videoaventuras a las que jugaba cuando era pequeña. Recogías un objeto que combinabas con otro, lo usabas en un lugar determinado y no valía para otra cosa.

Jodido cinturón.

LOS COMIENZOS

Qué etapa más difícil la adolescencia, creo que es la época de la vida donde más malos tratos recibe una persona, sobre todo de una misma.

Una se ve al espejo y se da cuenta de que no está hecha, de que le falta cocerse, de que no tiene los pelos, los músculos, las tetas o los ojos de los famosos que tiene pegados en la carpeta del instituto (y que lleva bien protegidos con plástico transparente para que no se estropeen).

Yo llevaba de todo, en mi carpeta, pero no sabía muy bien a quién quería parecerme, si a Samantha Fox o a Stallone.

Al final decidí parecerme más a Stallone, quizá por la violencia del mundo en el que me desenvolvía, que me hacía sentir que necesitaba protección (no vivía en el Bronx, pero casi), y qué mejor que proporcionársela una misma.

Gimnasios, artes marciales (inducidas por las películas que veía mi padre) y machetes con cerillas, aguja e hilo en el mango, por si una se perdía en el campo el fin de semana que tus padres decidían llevarte, junto a tus hermanos, al primer riachuelo con un par de árboles que había en la carretera.

Todo con tal de sentir seguridad. Porque, francamente, los padres suelen dar mucha inseguridad: te meten en la cabeza que si no estudias no vas a ser nada en el mundo, que si no trabajas no vas a poder comer, que si no te comportas como todos las vas a pagar muy caras… Todo un repertorio de sustos que te crean un estrés acojonante, en el que, con catorce años, vives pensando en cómo vas a pagar la hipoteca de la casa que todavía no has comprado.

Solo te queda la imaginación para salir de tu cuarto con cama plegable, para traspasar la pared en la que rebotabas la pelota intentando subir al ladrillo más alto.

Afortunadamente, en mi época, surgió un electrodoméstico que cambió el mundo de una manera atroz. Comparable a la radio, al cine, a la televisión o hasta a la rueda.

A veces vivimos momentos en la existencia de cuya trascendencia no somos conscientes. Mi abuela, por ejemplo, nació en 1911 y murió en el 2011, vivió exactamente cien años, los años más importantes y con más avances de toda la historia de la Humanidad. Del candil con aceite, de la vela, pasó a ver cómo el mundo se iluminaba con la electricidad; del hambre de la guerra pasó a ver los supermercados llenos; del telégrafo pasó a comunicarse en la distancia con un teléfono, que más tarde pasó a no tener cable siquiera; de contarse historias a escucharlas a través de una caja llamada «radio»; de pintar las fotos con colores pastel a ver en una pantalla la gente gigante y monstruos inimaginables, de verlos en una pantalla grande a tenerlos en tu casa; de ir andando a todas partes a estar rodeada de todo tipo de transportes por todos los elementos.

¡Vaya época le tocó a mi abuela más interesante! Yo, sin embargo también tuve mi parte de fortuna al ser testimonio de un nuevo aparato que cambiaría absolutamente nuestra realidad, el Spectrum.

El Spectrum fue el primer ordenador personal que entró en las casas de la gente común. Y se coló, como las cosas que triunfan lo hacen siempre, a través del entretenimiento.

Cuántas aventuras tan maravillosas se podían vivir en esa condenada máquina que, a base de pitidos, descodificaba los bits en princesas, captores, leyendas, grutas, selvas, saltos, coches y un sinfín de personajes y elementos, que te apartaban de la realidad y te hacían soñar otros mundos y experiencias en dieciséis colores.

Los amigos quedaban para jugar juntos ante la pantalla. Mentira que ese electrodoméstico fuera a hacer a los demás menos sociables, creo que pasó al revés. No como ahora con los teléfonos llamados «inteligentes» que sí nos desconectan de los demás a pesar de estar más «conectados» que nunca. ¡Qué paradoja!

En mi adolescencia adolecíamos de tanto invento *jamesbondiano* y ni siquiera podíamos imaginar que algún día todas esas cosas que veíamos en los juegos y en las películas fueran a ser reales.

Una vez me regalaron un teléfono portátil, de maletín, de esos que se veían en la serie de *Miami Vice*, y lo llevé colgado durante un mes de mi cinturón (y dale con los cinturones), hasta que me di cuenta de que jamás me iba a llamar nadie sin pila y sin línea marítima de comunicación satelital.

Qué cosas hacemos para llamar la atención los niños, ¡y los mayores!, para que vean lo chulitos, lo machotes o lo buenas que estamos y lo interesantes que somos; siempre esperando encontrar la aprobación de algún tonto a todo lo que hacemos.

En realidad, es lo mismo que ocurre con el *bullying* (que digo yo que ya podrían llamarlo *acoso escolar* a secas, en vez de *bullying*, que parece el nombre de una bebida *bacalafiestera* o un animal anglosajón).

Al chulito de turno le llena mostrar ante todos que es el más fuerte de la manada y, ¡hala!, a pagarla con un pobre desgraciado por llevar gafas, por el corte de pelo, por las maneras, por estudiar, por el bocadillo o hasta por no llevar zapatillas de marca.

La verdad, ¡cuánto maltrato se sufre en las escuelas! Tengo que admitir, sin embargo, que yo no sufrí mucho en aquella época. Conmigo siempre había algo que los frenaba, algo que me protegía, un aura de bueno de película que en pocas ocasiones tuve que dejar atrás para demostrar mis habilidades.

En una ocasión, estábamos en clase, y recuerdo a un niño, dos filas más atrás, que me insultaba con esos insultos ridículos que en esos momentos tanto te machacan. No le hice ni caso, pero el niño seguía. «Nos vemos fuera en el recreo y me lo dices ahí», le comenté.

Ya en el recreo, huí de la confrontación, y el pesado se puso tras de mi oreja a seguir con su machacón mote, «Lata», «Lata», «Hojalata» (inverosímil; no me pregunten, porque no sé ni a qué venía ese absurdo mote). «Déjame en paz, no me molestes, no me toques». Al final, una patada a la boca del estómago y un rodillazo en la nariz, que le hizo sangrar como nunca había visto, sin despeinarme, con la sutileza y elegancia que te da la vida cuando te corresponde ser el bueno, jamás ningún niño volvió a meterse conmigo en ese colegio.

Fue ahí cuando me di realmente cuenta de mi potencial físico y empecé a desarrollarlo, corría y corría (no me corría —eran otros tiempos y, antes de venirse, venía el matrimonio) como loca para utilizar mis hormonas en algo productivo.

Así que iba corriendo a todos lados: pesas, entrenamientos. Me había convertido en un portento del atletismo (no sé si lo del atletismo tiene algo que ver con el tema, hay que empezar a sospechar), y el caso es que yo también empecé a convertirme en el chulito del barrio, con mi fibra y mi carita medio de niña, un éxito para la tontera en esas edades.

Pero las cosas no siempre son como uno cree o se las imagina y, un día, regresando de la escuela con unos compañeros a través de unos campos, en una hondonada comenzamos a escuchar los ladridos de unos perros, empezamos a correr y a correr como locos, los vimos aparecer a lo lejos, nos perseguían. Una sensación horrible, la de correr por tu vida, que solo volví a experimentar de nuevo con unos atracadores mexicanos a los que reté a que me atraparan entre calles oscuras, gasolineras y armas empuñadas (esa vez ganó mi fondo —ya lo digo yo, todo tiene un porqué—). Pero, retomando la historia de los perros: por mucho que corras, un perro corre más. No es lo mismo que tres pinches gordos atracadores por mucha pistola que tengan. Un perro te persigue hasta el final, no puedes ganarle a un perro en la carrera, ni en velocidad ni en resistencia, que se te quite de la cabeza.

Ya estábamos mis amigos y yo exhaustos, así que decidimos parar y armarnos a toda prisa con lo que encontráramos —piedras básicamente—. Los perros sarnosos estaban subiendo la colina, preparados nosotros para defender nuestras vidas con el poco aliento que nos quedaba y… cuando llegaron a nosotros enseñando sus afilados colmillos, nos dimos cuenta de que eran dos perritos que no levantaban dos palmos del suelo. Habíamos corrido y sudado, nos habíamos desgastado y arañado por dos míseros animales más asustados que nosotros, que a lo lejos nos habían parecido fieras africanas, ¡yo creo que hasta cuernos les habíamos visto!

Por eso digo que las cosas no son siempre como parecen, que a lo lejos todo se ve diferente, asusta, estremece; pero, cuando nos enfrentamos a la situación, muchas veces descubrimos que a todo eso a lo que teníamos miedo, que nos asustaba, no era para tanto.

Sin embargo, como decía un amigo, «cuando nuestra vida se ha convertido en un desastre es difícil saber cómo comportarse». Y añadía: «El primer paso para la aceptación es la decepción».

Sé que significa ver todo derrumbado, en el caos más absoluto, y no saber qué hacer. La decepción de ver caer lo poco que habías podido construir, la decepción de ver cómo te han fallado todos, y lo peor, cómo les has fallado tú a todos y a ti misma.

Quizá también por eso estoy aquí colgando, porque he fallado a todo el mundo. Pero no he sabido hacerlo de otra manera, es imposible vivir sola en este mundo, imposible, siempre vamos a necesitar de otros u otros van a necesitar de nosotros.

Que no conozcas a la gente que necesitas o te necesita no impide que sean necesarios. Nadie se puede esconder de los demás, tarde o temprano te buscarán o tendrás que salir a buscarlos, por tanto, mejor aceptemos de una vez que vamos a tener que convivir con otros seres humanos con los que quizá no nos hace ninguna gracia tener que convivir.

Convivimos con gente, que normalmente va a lo suyo: si tiene interés, se mueve; si no, ni se menea. Todos tenemos un motivo para hacer lo que hacemos. Normalmente tenemos que aguantar todo tipo de desplantes, desinterés o incluso intereses contrapuestos, rechazo. El rechazo es una de las cosas que más nos impactan en la vida. Es muy doloroso sentir el desprecio de los demás, la burla, el no querer arrimarse a ti. Todos lo hemos vivido en algún momento, cuánta gente blanca no se quiso arrimar a otro por su color de piel y cuántos de ellos no se arrimaron a un blanco por lo mismo, cuántos flacos no se quieren arrimar a un gordo y cuántos gordos no se quieren arrimar a un flaco… El rechazo.

Vivimos en un constante rechazo en el que somos rechazados y rechazadores compulsivos, ¿o acaso quienes se sienten rechazados no han rechazado nunca?

Otra de las razones de estar aquí suspendida es la cantidad de veces que me he sentido rechazada, en mi trabajo, en mi familia, por mí misma.

Solo una vez pude salir con mi familia a cenar con un vestido (como dice el refrán «una y no más, Santo Tomás»). Y es que a nadie le gusta sentirse observado por ir con alguien que no es acorde a lo que se espera, mi familia no es distinta en eso.

Hagan una prueba… Hagan la prueba, en uno y otro lado, salgan a la calle con una pandereta en la cabeza o paseen con alguien que la lleva a ver cuánto aguantan. A todos nos gusta que nos miren, pero por lo bonitos.

En mi vida me he peleado e insultado, me han ofendido cientos de veces y he hecho sentir incómodas a muchas personas que, se supone, me querían, con solo mi presencia, por mi apariencia.

La apariencia es lo primero y salir en minifalda cuando se supone que tienes que llevar pantalones resulta horrible para mucha gente, peor que ser una mala persona, para algunos.

Puedes ser atracador, drogadicto, maltratador o narcotraficante, lo que sea, pero que nadie piense que eres maricón o algo que no eres.

Hasta los gais empiezan a ser bien vistos porque cada vez son menos extravagantes. Pero ¡hay de aquel que rompa el campo visual de los demás!, ese verá caer el auténtico desastre sobre él. ¿Quién no ha rechazado alguna vez? ¿Yo, que lloraba tanto hace un rato al atarme el cinturón de los cojones precisamente porque me rechazaron? ¡Claro que no! ¡Yo también he rechazado!

¿Y tú? No seas hipócrita, piensa, piensa cuántas veces has rehuido a tus amigos, renegado de tus parejas, no te has arrimado a cojos, minusválidos, a enfermos, a gente extraña. Cuántas veces has olvidado tus raíces, de dónde vienes, quién eres. Cuántas veces has agachado la cabeza para que no vieran quiénes eran tus padres, porque a lo mejor no tenían un trabajo bonito, como el de otros.

En fin, cómo está el patio, me quejo del rechazo, pero yo rechazo el doble. Y si no es rechazo a mí misma quitarme la vida, ya me dirán…

Volvamos al Spectrum. Para los que no lo sepan, el Spectrum era un ordenador que parecía una cucaracha en vez de un ordenador, negro, con teclas de goma gris. Los juegos se cargaban a través del sonido reproducido en unas cintas de casete que, si se escuchaban en el reproductor, sonaban como una chicharra ensordecedora. Pitidos y más pitidos que se traducían a bits.

Aquel aparato sí que dio resultado. Tanto que, con trece años, era una de los mayores piratas del rastro de Madrid. Conseguí crear una red de venta de juegos grabados que me duró tres años. Empecé grabando encima de las cintas de música de mi padre (que, cuando el pobre iba a escuchar, nunca encontraba) y así hasta que tuve dinero para comprar mi propio material.

Mis padres no eran muy felices de que me fuera con esa edad, a un lugar así, a hacer no se sabe qué, pero les duró muy poco la angustia, porque yo no quería el dinero para nada y, cuando llegaba del rastro de Cascorro a mi casa los domingos, después de un largo camino en metro, vaciaba en la cocina los bolsillos y le daba el dinero a mi madre.

Ya me traían hasta las novedades de Londres antes de que salieran al mercado y me empezaban a ocurrir cosas que, por mi inocencia, no sabía interpretar (¡si es que era una criatura!). Como aquella vez que unos hombres me quisieron pagar con unas onzas de algo que dijeron que era chocolate, pero que yo no vi comestible, por lo que preferí no aceptar el formato de pago. Era una ingenua, las cosas como son.

Ingenua pero espabilada, que lo cortés no quita lo valiente y a mis catorce ya contrataba a amiguitos del cole para proteger las cintas y conseguir nuevos clientes. Luchaba contra los otros kiosqueros por mi sitio en la explanada e incluso fabriqué unos *nunchakus* con el palo de una escoba para defenderme. Pero la avaricia y la envidia rompen el saco.

Primero, mi hermano mayor vio interesante el negocio, lo cual cambió toda la percepción del asunto: él pasó a ser quien mandaba.

Teníamos una furgoneta, varios reproductores y copiadores, máquinas de impresión para las carátulas, y la policía pisando los talones.

Casi no iba al colegio, me la pasaba copiando juegos toda la semana y recortando carátulas.

Empecé a enfadarme, por el trabajo absurdo, porque ya no me hacía gracia, porque la policía se llevaba casi todos los fines de semana mi labor a un almacén para quemarlo.

Me peleé con mi hermano mayor, echándole la culpa de haber destrozado mi negocio tan divertido, y era tan divertido y tan buen negocio que los que vendían cintas piratas en el quiosco de al lado acabaron teniendo una de las mayores compañías legales de distribución de juegos durante mucho tiempo.

Aparte de mi hermano, mis amiguitos contratados empezaron a pensar que ellos también podían tener su propia compañía y comenzaron a crear sus propios productos. Pero estos lo que hacían era vender casetes en blanco directamente. Escribían el nombre del juego que el niño quería y se lo vendían, lo cual los convertía en pequeños estafadores. Porque una cosa es copiar algo ilegalmente y otra, engañar.

Con todo, poco a poco se fue diluyendo el negocio y yo apartándome de eso que ya tenía un ligero tufo a podrido.

Pero apareció otro aparato que, ese sí, cambiaría mi vida definitivamente, la videocasete.

VHS

Mi hermano decidió que había que comprar una cosa muy chula que reproducía las películas que uno quería en su propia casa. ¡Guau!, ¡ya no había que esperar a que las pusieran en la tele!

La oferta era el aparato y poder sacar cien films del videoclub para verlos cuando quisieras, con un límite de cinco cintas al día.

Como podrán imaginar, mi afición al cine viene de ahí. Íbamos al videoclub más de veinte veces por semana, llevando y trayendo películas a casa, todas las de la época, desde *Los Goonies*, *Karate Kid*, *Tiburón*, etc., hasta los *Indiana Jones*.

Aparte de descubrir cuánto me gustaban la aventura, los tesoros o el terror, comencé a observar dos cosas que ya me habían pasado cuando veía la televisión de pequeña.

Una de ellas era que me identificaba más con las protagonistas de las historias que con *los* protagonistas.

Aunque me fascinara pegar patadas y «pulir cera», como «Daniel san», me encantaba imaginarme como su preciosa novieta; aunque me gustase descubrir tesoros ocultos en la selva y correr delante de las piedras, me gustaba más ser la rubita que montaba en el elefante; aunque me gustase el terror que infundía Drácula, me gustaba ser más como las que mordía o, lo que es peor, cuando se convertían en vampiras… ¡se veían tan sexis!

Eso me hace recordar la primera vez que vi una imagen de terror en la televisión. Llegaba yo, tan contenta, a casa de la susodicha vecina con mi yogur en la manita y, cuando entré por la puerta, vi en la televisión del comedor un señor peludo en blanco y negro, con unos colmillos superafilados, aullando… ¡La madre que me parió, casi me cago allí mismo! Mi yogurcito por el suelo y temblando más que la gelatina de *Jurassic Park*. Qué horror.

Cuando eres pequeña y te pasan este tipo de cosas, nunca se te olvidan de mayor. Por eso hay que poner especial cuidado con lo que te meten en la cabeza a edad temprana. A mi hija, por ejemplo, en una época le dio por decir que, cuando pensaba que sucedería lo contrario de lo que deseaba, sucedía. Si la hubiésemos dejado seguir, con treinta años estaría diciendo «no quiero trabajo», «no quiero dinero», «no quiero que me quieran», «no quiero encontrar aparcamiento», y eso, si hacemos caso de la Ley de la Atracción, es fatídico.

Aunque, teniendo en cuenta que el mal actúa mucho más rápido y eficientemente, quizá no es tan mala idea engañar al mal haciéndole creer que no quieres lo que más deseas…

Esto es algo que las niñas de discoteca saben hacer muy bien: hacer como que no quieren saber nada de ti para que les prestes atención. Claro que conmigo no les funcionó nunca, porque yo no tenía esos parámetros y, a mí, si se apartaban, lo que me daba era mucha pena y me echaba a llorar.

La primera llorera que me di, bien fuerte, fue con mi pollito asesinado. La segunda, con una morenita a la que quería un montón y que me dejó. Lo del pollito asesinado nunca se volvió a repetir, porque aprendí la lección y nunca más tuve pollitos en casa, pero lo de la morenita… ¡Ay, las morenitas!, esa sí que no la aprendí bien.

El caso es que hace unos años era costumbre tener pollitos de colores para que los niños se entretuvieran (aunque el mío era amarillo común y corriente, pues me parecía maltrato animal eso de teñirlos pollitos de verde o rosa). Mi caso no fue el único, pero seguramente sí el pisarle sin querer y ver una imagen horrorosa de mi pollito querido agonizando con las tripas fuera.

Mi primer acercamiento con la muerte no pudo ser peor y, tras un ataque de nervios, rendí homenaje al pobre bicho enterrándolo bajo un montón de tierra sobre el que planté una cruz hecha con dos lápices pegados con celofán.

Hay que decir que antes había un rollo más cercano a la naturaleza. Por ejemplo, mis vecinos de abajo, los Ginos, que así les llamábamos porque eran gemelos y uno de ellos portaba ese nombre, tenían un gran acercamiento al medio ambiente. Cuando no traían una serpiente del pueblo y la dejaban secar en el barandal (espero que, cuando me bajen de aquí, no me dejen secar como a la serpiente), se comían las hormigas apostando cervezas.

Sin embargo, el día que me impacté realmente con estos chicos fue una mañana de verano en la que estábamos sentados en el portal de escalones de piedra de nuestro bloque y vimos un pajarito atrapado entre unas ramas frente a nosotros. Rápidamente uno de los Ginos, el que tenía gafitas, se fue hasta él y lo trajo hacia nosotros en sus manitas. Recuerdo perfectamente que le pregunté: «¿Lo vas a meter en una cajita y lo vas a cuidar?». Y el niño me contestó: «Una mierda, este para el buche». Ni corto ni perezoso, lo estampó contra la pared como si de una pelota se tratara, se metió en la cocina de su casa, se escuchó el freír de una sartén y de nuevo apareció el elemento, pero esta vez con un pajarito frito entre un pan al que le dio un buen bocado.

Ahí sí casi me da algo, no solo porque me hizo recordar a mi pollito, sino por la capacidad de un niño de unos once años de asesinar a un animal indefenso sin ningún tipo de pudor y por pura estupidez; porque, por mucho que nuestro bloque fuera de familias obreras, siempre había un bollo que llevarse a la boca.

Jamás entendí esa maldad hacia una criatura que había tenido la mala fortuna de romperse un alita frente a la casa de los Ginos, también conocidos como «Los Gusanos», porque vivían en el bajo y, la verdad, hacían honor a su nombre.

La otra cosa que me pasaba viendo las películas en el reproductor y que también me había sucedido de más pequeña era que quería estar dentro de todas esas producciones. Tenía aquello que más tarde definió tanto mi vida, el «gusanillo» de la actuación. Con el VHS recuperé el espíritu que mi profesora de parvulitos había visto en una pequeña niña de tres años que actuaba en la obra de la escuela.

Y así fue cómo, a los dieciséis años, una mañana me levanté de la cama, descolgué el teléfono de rueda de mi madre y llamé a la única televisión que existía en ese momento en España, TVE.

—¿Diga?

—Hola, quiero ser actor, ¿dónde tengo que ir?

El hombre se rió, pero muy amablemente me dio el teléfono del departamento de auxiliares artísticos de Televisión Española.

Ahí comenzó el desastre.

EL DESASTRE

En caso de desastres, los expertos recomiendan guardar la calma y refugiarse, para después recoger los escombros, ordenar y reconstruir.

¿Es posible guardar la calma? Solo el que la guarda puede salir victorioso de cualquier situación. Perder la calma puede hacernos perder hasta la vida, ¡que me lo digan a mí!

¿Arreglamos algo volviéndonos locos en el desastre, pegando golpes, gritando o maldiciendo? Comprobado que no. Si ya todo es una puta confusión, una devastación, una calamidad, lo único que añadiremos será más caos y destrucción. Como decía un espía detenido en el film de Spielberg, Bridge of Spies: «¿Arreglaría algo preocuparme?».

Si todo ha quedado devastado y lo que hacemos es romper en lo devastado, quedará una mayor devastación.

Para poner un ejemplo absurdo: Vivimos en el Amazonas y ocurre un desastre que se lleva por delante nuestra cabaña de palos y la mitad de la selva. ¿Qué pasaría si preferimos sumarnos a ese gran desastre y tomar parte de lo desastroso gritando, rompiendo, maldiciendo como locos, destruyendo la otra mitad de la selva con rabia incontenida? Pasaría que nos quedaríamos, no solo sin la mitad de la selva, sino sin la selva entera y jamás podríamos construir otra cabaña porque no habría palos con qué hacerla.

Por eso, lo primero, en caso de desastre, es guardar la calma, porque lo contrario no arregla nada, no te permite pensar, ni actuar, ni asimilar, ni aceptar para cambiar el rumbo y encontrar la ventura; eso contando con que el resultado del desastre no haya sido ocasionado por una previa *falta de calma ante otro evento. Porque quizá el desastre final haya venido provocándose por la falta de control y la no conservación de la calma mucho antes.*

Refugiarse. Hay que encontrar un lugar donde protegerse de la lluvia, de la intemperie, de los rayos de sol que queman; un espacio donde estar consigo mismo y que facilite la calma.

Normalmente los seres humanos encuentran el refugio del desastre en un ente, siempre inventamos entes en los que refugiarnos. Parece que es más fácil que te acoja una figura paternal elevada al cuadrado que encontrar nuestra propia madriguera. Desastre, y a refugiarnos en diositos y extraterrestres; pero, mientras todo va bien, pasando de esa figura.

En primer lugar, es gracioso observar cómo nadie se acuerda de rezar hasta que no le ve las orejas al lobo. En segundo, que siempre queramos encomendar la solución a un ser o seres que viven en algún lugar del espacio sideral y que supuestamente tienen capacidad para influir en nuestras payasadas o en los problemas estúpidos existenciales que queramos plantearnos.

Es como si un conejo, en vez de salir a buscar su zanahoria, se quedara en la cuevita frotando sus patitas y pidiéndole a un conejo espacial que le mandara un huevo. Qué desastre para el conejo.

No nos consideramos nada, pero de repente nos creemos mucho porque tenemos contacto divino con seres que no sabemos de qué se alimentan (¿de qué se alimentaría un dios en el espacio?, ¿de estrellitas? ¿Y cagaría agujeros negros?). ¡Por Dios!

¿Para quién son importantes nuestras mamadas? Para nosotros y ya está, no nos engañemos, no hagamos partícipes a entes sobrenaturales. Escuchar voces o sentir presencias se llama paranoia. Puede que, para aceptar, tengamos que llevarnos la gran decepción de sabernos paranoicos.

Ahora que han descubierto nuevos planetas con posibilidad de vida, ¿qué pasará con nosotros para ellos?, ¿seremos nosotros los extraterrestres?

Qué miedo, toda la vida temiendo que llegaran lagartos con forma humana o invasores de otras galaxias y resulta que los extraterrestres vamos a ser nosotros, ¡manda huevos!, menos mal que yo ya no lo voy a ver, como dirían las abuelas.

Recoger los escombros. Si los dejas esparcidos será imposible que crezca la hierba o poder establecer ningún pilar. Los ladrillos se ponen en suelo plano, si está lleno de hoyos será imposible levantar un hogar en condiciones. Por eso hay que recoger, barrer y ordenar para más tarde empezar a reconstruir.

Recogemos la basura, ordenamos lo que tenemos y utilizamos lo ordenado para reconstruir la buena ventura.

La basura que queda en los rincones. Hay que limpiar bien los escombros, de otra manera las ratas encontrarán refugio y la mierda, al soplar el viento, saldrá de los rincones y se plantará en el piso de nuevo. Por eso hemos de esmerarnos en que no quede ni una pizca de basura en nuestro desastre.

El desorden es el desastre en sí mismo. No hay nada más desastroso que el desorden. Por ello, cuanto más orden en nuestros pensamientos, en nuestros objetos y en todo lo que nos rodea, más posibilidades de acabar con el desastre.

Los ladrillos aquí, el cemento acá, las herramientas más allá. Si no sabes ni dónde están tus pantalones es imposible que te vistas. Orden en tu mente y orden en tu vida, uno acompaña al otro. Si quieres ver cómo es tu mente, mira cómo tienes la casa... y viceversa.

¿Qué se puede esperar de la calma en el desastre? Que nos lleve a la dicha de nuevo; es el camino para encontrar la prosperidad otra vez en lo que desempeñes. Incluso a menudo es necesario un desastre que rompa todo, para poder levantar una torre más alta. Para construir un edificio nuevo, más moderno, equilibrado y potente, normalmente las constructoras no lo hacen utilizando como base una casa vieja, sino que la destruyen y comienzan de cero después de retirar los escombros.

No podrían construir un rascacielos con las bases de una casita de dos por dos. Así que, a veces, hasta tendríamos que alegrarnos del desastre y recoger, y barrer, y ordenar más felices que unas pascuas.

Cuántas veces nos hemos desmoronado, cuántas...

* * *

Mi desastre y mi alegría comenzaron el día que descolgué el teléfono para llamar a TVE.

Como dije, al final me derivaron al departamento de auxiliares artísticos (lo que viene a ser ahora «figuración») y me hicieron llevarles unas fotos horribles desde todos mis ángulos. No sé por qué razón, a ellos les gustaron y comenzaron a llamarme para que asistiera a todo tipo de programas, series y películas que la televisora creaba.

Realmente era muy divertido para alguien como yo, aprendí muchísimo y conocí a todos los grandes de la pantalla, desde Sara Montiel, con sus famosas medias en la cámara para difuminar las arrugas, Fernando Fernán Gómez y Jesús Hermida, hasta Donald Sutherland y Duran Duran, o mi ídolo de la carpeta del cole, Samantha Fox.

Todo aquel que pasaba por la televisión española casi siempre me tenía a mí pululando cerca. Casi como ese Forrest Gump que iba encontrándose personalidades a su paso sin quererlo ni buscarlo.

Mi primera frase creo recordar que fue en una serie que se llamaba *El olivar de Atocha*, hacía de masón y gritaba, junto a otros, su lema: «Libertad, igualdad, fraternidad». También fue mi primer acercamiento con la realidad. Le pregunté a uno de los actores protagonistas cómo se sentía el ser actor, qué significaba, y me contestó: «Pasar la mayoría del tiempo mirando por la ventana esperando a que te llame alguien para trabajar». No saben cuántas veces he mirado por la ventana acordándome de aquel chaval. Y hasta parece que lo vea ahora, a través de los cristales de mi rascacielos, saludándome como un fantasma desde el edificio de enfrente, sentado entre los chinos currantes, regañándome con una mueca por no haberle escuchado.

En todo caso, fue una época bastante divertida, a veces hasta aburrida de los rollos a los que me mandaban, y normalmente muy irritante, pues el trato que recibíamos no era del todo correcto, realmente éramos muñecos para ellos, para los productores y directores.

Una de las veces, en una serie llamada *Pedro I el Cruel*, hicieron gala de la crueldad del título y, después de tenernos con unas mallas de metal sucias, al igual que los cascos y los ropajes, durante horas y horas haciendo el gilipollas vestidos de soldados medievales, no se les ocurrió mejor comida para abaratar costes que darnos un bocadillo de muslo de pollo, o sea, un pan con un muslo de pollo encajado con hueso y todo; no contentos con intentar matarnos del asco, decidieron rompernos los dientes.

Eso me recuerda una pizza supercara, como todo lo que venden en Nueva York, que pedimos con aceitunas y, al morderlas, ¡tenían los huesos! ¿A qué hijo de puta se le ocurre poner en una pizza aceitunas con hueso?

Claro, al final los muslos de pollo acabaron en el tubo de escape de los coches de los productores y, cuando los arrancaron, se lio una buena. La pena es que en Nueva York no sabíamos cuál era el coche del listo cocinero carero de las aceitunas y tan solo pudimos desearle que se metiera los huesos por el culo.

Había un programa de jazz titulado *A media voz* al que me llamaban siempre y yo no sabía por qué hasta que lo descubrí, a la vez que descubrí una manía profunda a ese tipo de música por las horas que pasaba escuchándola a la fuerza.

El productor del programa siempre se ofrecía, amablemente, a llevarme a casa.

Era un tipo bastante raro, digamos (un pederasta, vaya, pues otra palabra que defina a un señor que intenta ligarse a un crío, la verdad, no hay). Lo que pasa es que en esa época no se sabía de nada, no había información. Los drogadictos campaban a sus anchas por las calles con sus caras chupadas de la heroína quitándoles los yogures a los niños que hacían la compra a sus madres y nadie decía nada, lo mismo que con los pederastas, con los que abusaban sexualmente de las chiquillas, y demás.

Creo que esa fue la primera vez que conocía a alguien homosexual, que yo supiera (porque a mi tía y a su mujer las conocía desde siempre, pero jamás sospeché, ni nadie me dijo nunca que fueran lesbianas).

El caso es que el señor pederasta me llamaba hasta el cansancio para asistir a su desidioso programa, y yo, mientras que pagaran, iba. Pero empecé a dejar mi inocencia a un lado el día que me llevó en el coche y, mientras metía las marchas, se le escapaba la mano hacia mi pierna, a la vez que me preguntaba si sabía qué tenían ciertos artistas en común. «¿Qué son Freddie Mercury, Ricky Martin o Miguel Bosé?». Obviamente ahora sé a qué se refería, pero por ese entonces yo seguía siendo muy cándida (aunque a los ojos de todos era *cándido*) y le respondí: «¿Cantantes?».

Yo creo que el hombre acabó más desesperado que la víctima (que iba a ser yo) y no tuve que aguantarle mucho más tiempo, porque se dio cuenta de que no iba a darle pie a nada.

Qué pena que no me hubiera tocado la pierna unos años más tarde, le habría caído una buena denuncia.

* * *

Hay tantos acosadores como personas dispuestas a todo por la fama o por conseguir algo. Tantos como la asquerosa sociedad y el poder permiten.

¿Quiénes son peor, los acosadores, los lameculos de los abusadores, los chupapollas de los hostigadores o los que justifican a los aprovechados? Hipocresía social.

Desafortunadamente he visto demasiados agresores sexuales a lo largo de mi vida en la televisión, el cine, el teatro, la política…, hasta en las taquearías.

Afortunadamente yo no he tenido que chupar nada, ni me ha salido de los huevos lamerle el culo a nadie, ni callarme nada de lo que haya sido consciente o haya tenido pruebas.

Por suerte, lo que soy y lo que no, se lo debo exclusivamente a mi trabajo, mejor o peor hecho. Seguramente otro gallo me habría cantado si me hubiera agachado o hubiera tenido la lengua más larga y para otras cosas; no obstante, poca gente se ha atrevido a insinuarme directamente algo. Creo que a las personas se las ve, se sabe quién puede ser candidato y quién no y hay muchas técnicas para conseguir lo que se quiere.

Y puede ser en cualquier sentido, todo hay que decirlo.

Hay quien utiliza la calentura constante para conseguir favores («te mantengo calentito sin llegar a hacer nada»). Esa técnica va ligada casi siempre a la adulación y a una gran dosis de paciencia y funciona tanto o más que la del lameculos, que también se utiliza mucho.

Todo esto son *tips* sin coste que les doy antes de palmarla, por si alguno quiere jugar con estos abusones.

Y es que estamos metidos de lleno en una sociedad llena de mentiras en la que quienes más promulgan valores extremos más defienden su cinismo cuando no se mantienen en lo que proclaman.

Y yo digo, ¿no es también una especie de prostitución buscar que te paguen una copa, que te inviten a una cena, que te den un paseo, que te den una posibilidad de trabajo en lo que sea? ¿No es también una especie de prostitución casarse con alguien que cumpla con tus caprichos o que te asegure una comodidad en vez de con la persona que amas?

Piensen, piensen en cuántos pequeños acosadores hay por el mundo en todos los ámbitos sociales, cuántos pequeños agresores en potencia, incluso sin ser conscientes de ello, y en cuántos aprovechados, también, de lo que ofrecen los poderosos acosadores.

Lo mismo se llevan una desagradable sorpresa.

EL TRABAJO

Entre programas y anuncios, series y películas, se fue desarrollando mi existencia, que compaginaba con otros trabajos mucho más estables, que yo desestabilizaba porque no me gustaban.

Mi hermano mayor era un ejemplo de negociante, tenía tres peluquerías y más tarde montó una empresa de papelería técnica, pero yo era nueve años menor y ya había vivido mi experiencia empresarial en un descampado, tocaba experimentar otras cosas.

Como había estudiado electrónica, aunque fuera poco tiempo, mi padre les pidió a unos antenistas que me dieran trabajo.

Sí, poco tiempo estudié electrónica, me enfadé con el profesor porque no funcionaba un circuito que había fabricado como prueba en clase y me suspendió... Al poco tiempo regresó la luz al lugar (parece ser que se fueron los plomos, por eso no funcionaba), pero para entonces yo ya había desarmado el cableado y el profesor pasó de mí.

Era un profesor que, aparte de truncar mi eléctrica carrera, me dejó una frase grabada para siempre: «Esto es de cajón de madera de pino», que venía a significar que las cosas eran como eran y punto.

Cualquier decisión que se toma en la vida, cualquier palabra que te dicen, cualquier cosa que te hacen, puede cambiar el rumbo de tu existencia. Estaba claro que lo mío no era la electricidad salvo para fabricar espadas laser, con tubos fluorescentes y cebador incluido (¡que me daban unos calambrazos!), o para no volver a cortar un cable enchufado a la corriente (es impresionante cómo carbonizó las tijeras, pero no a mí, por suerte) el día que se me ocurrió hacerlo.

Después de mi experiencia eléctrica, me cambié a estudiar bachillerato. Allí por lo menos ibas a clase con niñas, no con tanto pesado; ¡y qué bonitas niñas! No sabía qué me gustaba más, si ellas o querer ser como ellas; pero me dio por lo primero y por jugar al fútbol.

En vez de libros debajo del brazo llevaba un balón a clase y revolucionaba a todos para jugar en vez de estudiar. La forma de enseñar de esa época no iba conmigo, me quedó claro, era un sistema que solo premiaba la memoria... Cuánto más retuvieras, más lejos llegarías... Y yo, la verdad, pensé que, si ya existían las enciclopedias de consulta en papel, no tenía sentido convertirme en una de carne y hueso.

Más tarde me di cuenta de que el conocimiento no ocupa lugar.

Pero, mientras, fui dejando de lado mi parte femenina y me fui convirtiendo en un chulito de instituto que parecía interesar mucho a las niñas.

Volviendo al trabajo de antenista: duré un día en él, sí, un día y me fui. En cuanto me ordenaron que subiera a un palo en la azotea de un edificio a poner una antena, tomé las escaleras, pero para abajo, y me fui.

En esos tiempos me hice amiga del que fue mi mejor amigo durante muchos años, hasta que se volvió esquizofrénico y no pude soportar que me mirara como si estuviera cien metros detrás mientras me contaba cómo le perseguían espías internacionales y que por eso se había rapado el pelo al cero... A cada uno nos da una cosa, está claro, por lo menos, las veces que a mí me han hecho pruebas para diagnosticar si tenía algún tipo de trastorno psicológico, me han dicho que no..., pero no hay que fiarse mucho de esas pruebas. A las «pruebas» (lo dice una colgada en el segundo piso de un *loft* con un cinturón al cuello) me remito.

El caso es que, hasta que le dio el rollo ese a mi amigo, lo pasamos fenomenal. Recuerdo un día que nos fuimos al campo con su bici y yo con una que mi padre había recogido de la basura y me había arreglado, bastante mal, por cierto.

Íbamos superfelices por la dehesa, esquivando los árboles como si tuviéramos las *motojets* de la *Guerra de las Galaxias*, emitiendo sonidos con nuestras bocas (el típico «pium, pium»). Llegamos a una gran cuesta y corríamos, ¡fiuuuu! (ahora sí era un Jedi), cuando de repente todo se torció como si hubiera venido Damian, el niño diablo de *La profecía*.

El manillar de mi bici se dio la vuelta (padre ruin), vi a mi amigo tirarse con la bici a un costado y, cuando miré de frente, un gran cable con un candado tensor en medio, sin ningún tipo de señalización; demasiado tarde para esquivarlo…

Intenté tirarme, pero el cable me pegó en el cuello y me elevé en el aire, di la vuelta completa por la velocidad que llevaba y caí de nuca después de girar trescientos sesenta grados.

Hacía poco que había muerto, en un accidente de esquí y de la misma manera, el hermano del rey de España, degollado; así que pensé que me había quedado sin cabeza.

Ahí comprendí que había algo que quería acabar conmigo, pero que también había algo que luchaba contra eso, por lo contrario, y me protegía.

Lo volví a comprobar en otra ocasión, en la que, en una glorieta, durante un día lluvioso que regresaba del trabajo con un coche que me había prestado mi hermano, se me fue el coche y acabé boca abajo después de dar varias vueltas de campana.

Cuando una se ve atada a un cinturón boca abajo, en un vehículo que se acaba de estrellar, lo primero que piensa es en todas esas películas en las que ha visto explotar el coche por la gasolina que derrama, así que salí por la ventanilla cagando leches.

Se pararon varios coches y me preguntaron si había visto el accidente; coño que si lo había visto, «iba yo dentro», les dije, y me miré y no tenía ni un solo rasguño. Bruce Willis en *Unbrekeable*.

Entremedias de mis aventuras espaciales seguí trabajando. Mi tío, siempre muy atento y magnífica persona, me recomendó en otra empresa de electrónica, pero esta vez era sentado y me tiré mucho tiempo trabajando allí.

Hacía cableados, circuitos, cortaba pines, limpiaba placas… Un trabajo fantástico que me hacía desarrollarme infinitamente como persona, como podrán imaginar. Cuando estaba ya harta de tanto desarrollo, comencé a hacer todo lo posible para que me echaran, y no tener que ser yo quien se fuera, para no quedar mal con mi tío… Y, cuando alguien quiere que le echen de un trabajo, que no tenga duda, en poco tiempo se queda sin curro.

Y mira que había cosas que me gustaban en la empresa esa; hasta algún que otro chico que me hacía tilín, aunque yo no me daba cuenta de ello, porque en realidad nunca he sabido qué sentimientos tenía por los chicos. Yo tenía claro que me gustaban las chicas, pero sentía cosas extrañas con algunas colonias, con algunos roces, con algunas visiones que me perturbaban, está claro que la sociedad nos enseña muy bien a eliminar cualquier tipo de pensamiento que no considere correcto.

Así que seguí con mi plan de chulito discotequero, yendo a doscientos mil gimnasios y practicando todo tipo de artes marciales. Hay que reconocer que lo de las artes marciales era un poco raro: a un maestro le echaron por darle pelotazos a los niños pequeños en karate y uno que tuve de judo acabó muerto a disparos por la policía tras sacarles un destornillador por una enajenación mental que tuvo. Otro profesor se emperró en que participara en un campeonato de culturismo, y sí, yo estaba muy definido, pero no era grande, así que me recomendó que me pinchara testosterona, y fui yo como tonta y lo hice… Lo hice hasta que el practicante que me pinchaba me dijo que no tenía que hacer ese tipo de cosas y le hice caso, porque engordar no engordaba nada. Lo único que me pasó es que ya no sabía dónde meterme de las ganas de follar que tenía, pero tuve que aguantarme, que antes las cosas no eran tan fáciles como ahora.

Empecé a salir con todas las preciosuras del pueblo, pero sin hacer nada más allá.

Mi primo me encontró un trabajo como pinche de cocina donde él trabajaba (sí, parecía que hubiera una especie de complot familiar para que trabajara en algo bien coñazo, pero fui). Esta vez duré un fin de semana, mucho menos de lo que me duró a mí el olor a pescado y el asco de ver cómo hacían las salsas y servían los alimentos aunque se hubieran caído al suelo. Estaba claro que eso tampoco era lo mío.

Sí hubo un trabajo que me gustó, en el Club del Gourmet del mejor centro comercial de todo el país, en el que me contrataron para unas Navidades. Estaba en el paseo de la Castellana y ahí iban a tomarse algo todos los futbolistas del Real Madrid cuando tenían tiempo.

Me ponía de los nervios, porque conocí a casi todos, a Hugo Sánchez, a Gordillo, a Camacho, a Michel... Otra vez Forrest Gump versión española.

Mientras que Michel fue el causante de que no volviera a pedirle un autógrafo a nadie por sus malos modales, Hugo Sánchez me cayó superbién, me instó a hacer las pruebas para el equipo que él representaba e incluso me dio una tarjeta de recomendación con la que fui a pedir cita para las pruebas al Santiago Bernabéu.

Algo tenía yo desde pequeña con los mexicanos, así me lo diría años más tarde una bruja: «Dos países muy importantes en tu vida serán México e Italia», casualmente con los mismos colores en su bandera. Yo no le hice ni caso en aquel momento, pero ¿quién me iba a decir a mí que a los pocos años estaría trabajando en Milán y que acabaría en México diseñando los anillos honoríficos del hijo de Hugo Sánchez para su fundación cuando murió?

La verdad, nunca creí que me fueran a llamar para realizar las pruebas en el Real Madrid, pero me llamaron, a mi hermano pequeño y a mí.

Me compré unas botas baratas de tacos y me iba a entrenar todos los días como una loca al campo más cercano, hasta que llegó el día esperado, el día de la prueba. Era un día de lluvia y mi madre cerró la puerta y nos dijo que no íbamos a ningún sitio de fútbol a embarrarnos.

Sí, así es, ¡mi madre no me dejó ir a las pruebas para jugar en el Real Madrid! A las que iba recomendada por Hugo Sánchez.

No me extrañó algo así en ella, siempre le tuvo una manía extrema a los deportes y, más tarde, el tiempo le daría la razón...

Cuántas veces nos vino a pegar al recreo, ridiculizándonos ante los amiguitos, porque íbamos a sudar si jugábamos a la pelota.

Uno de esos días en los que me rebelé y le dije que me bajaba a jugar se pusiera como se pusiera, me encontré con toda la colección de mis hermosos posters de la habitación, que había estado recopilando y cuidando durante tanto tiempo, arrancada de cuajo, solo quedaban las chinchetas.

No sé qué habría pasado si hubiera ido a la prueba, pero jamás lo volví a intentar; lo que digo, cualquier cosa cambia el rumbo de tu vida.

Y mi rumbo cambió el día que conocí a una niña preciosa que se enamoró de mí y yo de ella.

Ella tenía dieciocho años y yo diecinueve, y en esos tiempos quien se quería se quería para siempre aunque no hubiera conocido otra cosa.

La primera vez que hicimos el amor fue en el coche de mi hermano en un descampado al que solíamos acudir con frecuencia, ella me prestó su falda para que cubriera mi trasero y, claro, se convirtió en costumbre lo de la falda hasta que se transformó en vestido y en todo lo demás.

Disponíamos de toda una infraestructura para desarrollar nuestro amor campestre, hasta tal grado que tuve que comprar una pistola de fogueo, ya que estar a oscuras en un campo era algo peligroso para unos críos.

La idea de comprarla me vino después de observar a un señor, a través del espejo retrovisor, acechándonos con un palo tras unos matorrales.

Eso de que los coches no arrancan cuando lo necesitas es mentira, no saben cómo corría el tipo por el campo mientras le perseguía con el bólido entre la maleza, hasta que se tiró por una cuesta, como en las películas, y desapareció.

Lo que me recuerda otro caso en el que mi querido universo me avisó de que algo no andaba bien.

Estábamos acostadas, ella y yo, en un hotel de un pueblo costero y de repente sentí en mi cara una ligera brisa que me despertó; con los ojos nublados, me incorporé en la cama y vi una sombra a través de las cortinas blancas de la terraza intentando entrar... Entonces me cayó el veinte y me levanté desnudo a perseguir a la sombra hasta que descubrí que no era un ente (sí, ya sé que una no cree en ellos, pero andaba medio dormida, ya me disculparán), sino que era un tipo que iba a entrar a robarnos y quién sabe qué más habría hecho si, en lugar de encontrarle a mitad de camino, lo hubiese encontrado dentro.

Algunas aventuras más, unos padres de ella sobreprotectores y el amor hicieron que años después nos convirtiéramos en marido y mujer, pero hasta ese día pasaron muchas otras cosas, como aquella noche en la que, sin saber por qué, me senté en un portal y comencé a repetir delante de ella: «¡Algo malo va a pasar!, ¡algo malo va a pasar!, ¡algo malo va a pasar!».

LA PÉRDIDA

Recuerdo una vez en un *parking* de un centro comercial. Ese día se me antojaron unas palomitas, aparqué el Seat Ibiza rojo que me dejaba mi padre para ir al trabajo, y fui al centro a comprarlas.

Cuando salí y me acerqué al coche, había unos palillos en la cerradura. Metí la llave y, aunque me costó un poco abrir la puerta, lo conseguí.

Eché las palomitas en el asiento de atrás y me dispuse a poner mi música... ¡Su puta madre!, el radiocasete no estaba, ¡me lo habían robado!

Con rabia y lágrimas incontenidas, fui a arrancar y no podía, al volante le habían puesto un cepo. ¡Hijos de puta!, ¿qué clase de rufianes podrían haber hecho algo tan vil, robarme el casete y ponerme una trampa para que no pudiera arrancar el carro?

Desesperado, me dispuse a salir, y allí, frente a la puerta, había un hombre, plantado, mirándome, y le dije: «¡Me han robado la radio del coche y le han puesto un cepo o algo!».

—No es tu coche, es mi coche —me contestó—. Sal que vas a ver.

Miré dos plazas más adelante y ahí estaba el coche de mi padre. Me había metido en otro igual y había hecho cientos de suposiciones horribles cuando lo único que estaba mal era mi mente, que por instinto dedujo un montón de chorradas tan solo por no mirar donde tenía que haber mirado.

Menos mal que el señor fue comprensivo; si llega a ser otro que pensase como yo en ese momento, no sé dónde estaría ahora.

Muchas veces creemos que hemos perdido algo, cuando, si miramos bien, quizá está mucho más cerca de lo que imaginamos.

* * *

No se puede poner como excusa el instinto. Dar rienda suelta a bajos instintos despierta en otros instintos igual de bajos, y eso nos convierte en simples animales.

La vida se encarga de juntar dos mitades exactas para que se retroalimenten y nosotros nos encargamos de cortarlas de nuevo como una naranja para exprimirlas. Somos idiotas.

A lo largo de nuestras vidas nos encontramos envueltos en diferentes situaciones en las que vemos que los demás pierden el control y nos piden respeto por ello. «Es que me he puesto nervioso», «es que no he podido resistirme», «es que lo llevo en la sangre». Todos llevamos en la sangre un animal, el instinto de supervivencia, de reproducción, la defensa de una manada, etc. Casi todos los instintos están relacionados con la violencia o con la defensa de ella; incluso la posesión para la reproducción se da de forma violenta.

Pero cuando alguien pone como excusa que «es así» para justificar su conducta, otros también lo ponen para comportarse de otra manera, y es que jugar a ser animales provoca la animalidad con los que juegas.

Estamos inmersos en unas sociedades que reprimen ciertas actitudes y aplauden otras igual de bajas. Así seguimos viendo que impera la ley del más fuerte, que la hembra busca al macho alfa, que el macho alfa muerde a toda hembra que quiera cambiar de manada, que los machos y las hembras se pelean por un trozo de carne... Seguimos teniendo tantas actitudes animales que se despiertan muchas más salvajadas de las que nos gustarían.

¿Cuándo dejaremos de comportarnos como bestias? ¿Cuándo dejaremos de achacar nuestras conductas a un impulso «natural» y empezaremos a evolucionar como verdaderos seres humanos?

Nos llenamos de celos y rompemos nuestras relaciones para al final acabar todos cogiendo con cualquiera menos con quien amábamos. Eso con suerte de no haberse matado antes.

Pedimos respeto para poder apalear y pisotear a los demás, pero nadie consiente que le pisoteen ni apaleen.

¿En qué quedamos? ¿De dónde surgen nuestras acciones? Si es del corazón, ¿cómo hacemos tanto daño? Si es de la mente, ¿cómo no actuamos lógicamente? *Al final actuamos mucho más con las vísceras que con cualquier parte y eso provoca tanto mal en el mundo...*

A lo mejor deberíamos empezar a guiarnos por aquello que no reside ni en el corazón, ni en la mente, ni mucho menos en las vísceras... Hablo de algo que está por encima de todo ello: la consciencia.

Hay pocas cosas en el mundo que hagan más daño y sean más dolorosas que la decepción que provoca ver que alguien en quien depositaste toda tu confianza, de quien pensaste que era consciente, actuó como otro animal.

Pocas cosas son tan dolorosas como ver la parte animal de los demás, porque también es muy doloroso despertar la tuya.

En la película Split, *precisamente, de todas las personalidades, la que domina a las otras, la que se impone, es la parte animal del protagonista.*

El poder de lo salvaje viene marcando el desarrollo de la Humanidad desde hace mucho tiempo, quizá ya es hora de cambiar el rumbo.

* * *

Aquella Navidad estaba siendo estupenda, todo iba bien. Hacía unos años, por esas fechas, a mi madre le había tocado un premio de la lotería, y a mí otro; fíjense lo que les digo, los mismos números que a mi madre, pero en un boleto de unos grandes almacenes donde sorteaban una moto. Moto que mi madre no me dejó recoger nunca y que cambió por una televisión ante mis llantos, sin el menor pudor. Mi madre, siempre protegiéndonos de cualquier eventualidad, la pobre.

Las Navidades, hasta ese momento habían sido normales. Las celebrábamos como cualquier familia trabajadora, con sus cestas, sus belenes con musgo y papel de plata, sus adornos, sus polvorones y muy pocos villancicos; un poco aburridas, sí, pero era fantástico juntarse.

Aquel día de 1992, sin embargo, sentada en el portal, con mi preciosa novia, algo me dijo que las cosas no iban a ir bien y yo, sin saber por qué, lo repetí varias veces en voz alta con una angustia evidente, «algo terrible va a pasar».

* * *

El día veintiséis es el mejor día de las Navidades, porque ya se ha pasado el barullo y tienes libre para hacer cosas. Ese día mis dos hermanos se fueron a esquiar.

Me hacía gracia porque, con la fotocopiadora de su empresa, mi hermano hacía copias de los forfait para entrar a esquiar gratis de vez en cuando, compraban algunos los amigos y otros los hacían ellos, así, con veintinueve años, entraban dos por uno prácticamente.

Mi hermano pequeño tenía diecisiete años y yo veinte; él y mi hermano mayor me invitaron a acompañarlos aquel día, pero no me apetecía y no fui, de lo cual me arrepentiré hasta el resto de mis días.

Creo que estaba en mi habitación cuando sonó el timbre de la puerta, salí a recibir a mis hermanos y empecé a escuchar los gritos de mi madre. En la puerta solo estaban mi hermano pequeño y la mujer de mi hermano mayor con unas caras terribles diciéndonos que mi hermano había muerto.

Creo que nada puede superar un día como ese, tanto para nosotros como para mis padres. Yo no me lo creía, empecé a gritar, a dar golpes, a restregarme contra el suelo como si me hubieran poseído; no sé cómo hay cuerpo que resista a una situación así, y mucho menos el de mi madre.

Más tarde fuimos a ver el cadáver de mi hermano a una lúgubre cabaña en la montaña, y allí estaba, tendido, con su ropa de esquiar, la misma que llevaba en la foto que tiempo atrás nos habíamos hecho los tres en la nieve.

Tenía los ojos oscuros, las manos frías, y sus labios, que besé como despedida, sin vida.

Se había caído con tan mala suerte que fue de espaldas contra una roca que le había partido el hígado por la mitad, haciendo que se desangrara por dentro antes de que llegara el helicóptero de salvamento.

Me pongo muchas veces en la situación de mi hermano pequeño que estuvo junto a él mientras agonizaba y le pedía agua (menos mal que hoy está lejos de mí, no habría sido justo para él tener que encontrarme aquí). Aún hoy sigo sin entender cómo mi hermano ha podido salir adelante después de vivir algo así… No sabemos lo fuertes que podemos llegar a ser hasta que no prueban nuestra fortaleza.

Al día siguiente lo enterramos en un cementerio precioso, con el tiempo lluvioso y el pasto recibiéndole, como en tantas de las películas de Hollywood que habíamos visto juntos.

Nos repartimos las cosas que mi hermano llevaba ese día entre mi hermano pequeño y yo; un reloj y unos billetes que rompimos por la mitad.

* * *

Hay momentos en los que te miras y te das cuenta de que has perdido algo, pero no sabes ni cómo ni en qué parte del camino lo perdiste. Como si de una medalla se tratase, volteamos y no entendemos dónde quedó aquella persona que te amaba, aquellos amigos con los que tanto disfrutaste, tanta gente a la que querías. ¿Dónde quedaron, en qué momento desaparecieron de nuestras vidas, en qué lugar se esfumaron?

No nos damos cuenta de que nuestros pensamientos y acciones se llevan a las personas más preciadas de nuestro camino.

¿Dónde está aquel amigo que me enseñó el respeto por la naturaleza, por la vida, por uno mismo? ¿Dónde está aquel señor que me hacía enojar, pero lleno de valores de los que aprender? ¿Dónde está aquella persona que me consolaba cuando las cosas no me salían bien en el trabajo? ¿Dónde está aquel hermano que me llenaba de ilusión con sus risas y su mirada? ¿Dónde está aquel amor que levantaba mis pasiones más profundas? ¿Dónde está aquella madre que me cuidaba con tanto ahínco? ¿Dónde? ¿Dónde están? ¿Por qué se fueron sin avisar? ¿Por

qué se perdieron en el espesor de la selva, en la arena de la playa, en la nieve de la montaña, en las luces de neón de la ciudad? ¡¿Por qué?! ¿Por qué ya no están, como mi collar al que tanto cuidaba?

* * *

Hace tiempo tenía un collar, con cuarzos, citrinos e incluso una esmeralda falsa de Colombia, al que cuidaba siempre de manos extrañas, lo lavaba, asoleaba, besaba, abrazaba... Siempre lo llevaba conmigo, hasta que un día, una sigilosa rama me lo arrancó del cuello sin que me diera cuenta. Lo fui a lavar, a asolear, a abrazar, a besar... y ya no estaba. Jamás lo volví a encontrar ni quise construir collar parecido. Lo que se fue se había ido, sin decir adiós ni hasta luego.

Quizá de tanto protegerlo, quizá por mimarlo tanto.

Quizá porque, a veces, hay que perderlo todo para encontrarse a uno mismo.

MILÁN

Entre *spots*, programas de televisión y pruebas para todo tipo de audiovisuales, se iba desarrollando mi vida.

Hacía poco había participado en un programa matutino de mucho éxito en el que a mis compañeros y a mí nos dejaban hacer algunas pequeñas actuaciones y conocimos a mucha gente, incluso a la madre de Sylvester Stallone. Era igual que él, lo que pude comprobar personalmente años más tarde en un festival de cine de Acapulco. La mujer me dijo que era muy guapo, y aquello me subió la autoestima, porque era la madre del actor que, en esa época, más admiraba.

Debía de tener algo con los programas matutinos, porque la primera cosa para la que me habían llamado años atrás en TVE había sido para un programa mañanero de Jesús Hermida, donde coincidí con el pequeño Raúl, que entonces era alevín del Atlético de Madrid, un día que el equipo fue invitado al programa.

Recuerdo que en aquella ocasión me pusieron un sombrero y los participantes de un concurso llamado *La Ruta Quetzal*, que organizaba el famoso explorador Miguel de la Quadra-Salcedo, debían averiguar a qué civilización pertenecía. Casualmente el mío era el de México.

Esa fue mi primera llamada al país de los mariachis y, algunos años más tarde, un director inglés quiso que hiciera la ruta por toda la civilización maya, pero tampoco fui esa vez, por mi falta de conocimiento del idioma del director y por una discusión con mi novia. Y es que mi chica era supercelosa y, cuando me acompañaba a alguna filmación y me tenía que besar con alguna, se volvía loca... Pero eso es otra historia que ya contaré más adelante (si el cinturón que me está ahogando me lo permite, claro está, que una no sabe cuánto le queda de cháchara).

En aquella época hice un montón de pruebas muy interesantes en las que, por H o por B, al final no resulté elegido, pero que recuerdo porque en ellas coincidí con todas las que, sin saberlo, iban a ser las futuras estrellas del panorama audiovisual español: Eduardo Noriega, Jordi Moya o el mismísimo Javier Bardem, que en ese momento no sabía que iba a acabar casado con mi vecina Penélope Cruz. Sí, mi vecina, con la que coincidí en varias ocasiones, en la misma discoteca donde conocí a mi novia o camino a los *casting* a los que nos llamaban. Pero no, no me llamo Forrest.

De entre todas esas pruebas surgió una en la que sí me escogieron y que cambió el rumbo de mi vida. Era algo extraño pero interesante: poner la voz a un muñeco y manejarlo en un programa infantil.

Siempre se me ha dado muy bien el doblaje, ya lo practicaba en casa con unos aparatos que me había fabricado y con los que mi hermano pequeño y yo nos partíamos de risa poniendo voces a los diferentes personajes de las películas que más nos gustaban cambiando los diálogos, así que no me fue muy difícil quedarme con el personaje protagonista, un muñeco negrito y rapero que haría las delicias de los niños, de los productores y directores del programa, y sobre todo las mías, no solo porque económicamente era un trabajo estupendo, sino porque me encantó dar vida, voz y alma a un trapo inerte y convertirlo en algo genial que grabó canciones hasta con los Cantores de Híspalis, un grupo muy famoso del momento que hacía canciones estilo *La Macarena*.

Allí conocí a uno de mis grandes amigos, apoyos y maestros: un elegante y adinerado italiano, el creador de los muñecos, que rápidamente se hizo colega de todos nosotros, especialmente mío (sé que tenía otros intereses hacia mi persona, pero nunca pudo llevarlos a cabo). El caso es que hicimos un bonito grupo con el equipo artístico y la producción, y aquello se convirtió en amistad.

Por aquel entonces mi chica y yo decidimos alquilar una casita e irnos a vivir juntos, lo cual revolucionó todo su hogar y destrozó a sus padres, provocando numerosas discusiones entre nosotras.

Casi al mismo tiempo tuve mi primer gran personaje, Arturo, en una comedia musical dirigida por el magnate José Luis Moreno, *El águila de fuego*. Creo que lo representé con mucha dignidad y eso hizo que me llamaran repetidas veces para otros programas del mismo director, pero me distancié porque sonó el teléfono.

Una llamada para ofrecerme trabajar en Italia, en Milán.

Era mi jefe en el programa de los títeres, quería que me incorporara a su equipo en dos emisiones para las dos cadenas principales italianas, la estatal RAI y la del magnate Silvio Berlusconi. En una, un programa para niños; en la otra, uno para adultos.

Allá que fui llena de emoción, a Milano, a Italia, cuando no existía el euro ni la Unión Europea.

Al principio me encantó. Milán es la capital de la moda, del buen gusto, su catedral es de las más bellas que podrás encontrar en el planeta (uno de mis monumentos favoritos, aunque no sea amante del arte gótico).

Todo era muy divertido, muy nuevo… y también muy gay.

Yo vivía en casa de mi jefe y me hacía mucha falta mi chica, porque, por mucho que yo lo fuera por dentro, había demasiada testosterona circulando en el ambiente. Trabajaba de sol a sol y, en esa ciudad al norte de Italia, se vive en las casas, así que eran reuniones constantes de amigos de mi jefe, todos gais y con las mismas conversaciones, devorándose unos a los otros por la espalda, cosa que desgastaba mucho. Así que hice todo lo posible para que la «pequeñusa», como llamaba mi jefe a mi novia, viniera a vivir conmigo, y lo conseguí.

Lo conseguí porque el amor siempre ha sido más fuerte que todo.

Fue maravilloso tenerla allí conmigo y nos divertimos muchísimo recorriendo casi toda Italia, Roma, Pisa, Siena, Florencia, el Norte, el Sur. Sin embargo, Milán, en invierno, cuando ya llevas un buen rato allí, deprime. Éramos muy jóvenes y echábamos de menos todo lo que antes habíamos aborrecido, ¡me empezaba a gustar hasta el flamenco! No veíamos el sol nunca, solo niebla y más niebla, estábamos hartas de la lira, queríamos nuestras pesetas. Y aunque teníamos nuestra cuenta en un banco italiano y estábamos perfectamente integradas, no podíamos más.

Pero, antes de irnos, sucedieron muchas otras cosas.

Lo que más me impactó en cuanto al trabajo, fue la puntualidad. Ya podíamos estar trabajando en algo creativo que, cuando el reloj marcaba las seis de la tarde, estuviera como estuviera todo, estuviéramos haciendo lo que estuviéramos haciendo, todo el mundo paraba y se iba a su casa.

El primer día, esa puntualidad, el ver al señor realizador quitarse los cascos al cero del reloj, me pasmó. «¿Pero no vamos a terminar la escena?». «Hoy, no. Mañana».

Me encantaba.

De las cosas que más me aturdieron fuera del trabajo (casi tanto como ahora ahogándome entre arecas secas y chinos sin reloj), aparte del precio de las naranjas de Valencia, fue un día que viajábamos en tranvía hacia nuestra casa y había un señor sudamericano con una mano en la barandilla y con la otra sujetando una bolsa; se le acercó un italiano malhumorado y comenzó a gritarle y a empujarle diciendo que le había intentado robar la cartera (algo imposible por la colocación de sus manos). El sujeto gritón, anclado en los años treinta, le enseñó una pistola que llevaba en el cinturón al desafortunado sudamericano, tras lo cual toda la gente del tranvía respondió bajándose en masa a la siguiente parada.

Y ahí nos quedamos mi chica y yo, con el espectáculo y la boca cerrada, no fuera a ser que, al abrirla, nuestro acento «acentuara» la situación en nuestra contra (hay un nivel muy alto de racismo en Italia por su pasado mussoliniano, y su alianza con la Alemania nazi). La discusión continuó con el pobre chico intentando convencer al racista inútilmente de su inocencia. El tranvía paró de nuevo y se bajaron los dos; jamás supimos qué pasó al final, supongo que solo quedó en un susto, como el que teníamos nosotras en el cuerpo.

Una de las cosas más curiosas que he vivido en el cine (después de ver a una señora en una sala de España, con una nevera portátil, un helado de corte, un cuchillo y galletas, hacer sándwiches a sus hijos en medio de la película, y a otro atendiendo las llamadas de la empresa tranquilamente en la butaca), la he vivido en Milán.

Entre los mejores cines del mundo se debe encontrar el Odeón, cerca del Duomo, elegante, con sus asientos de terciopelo rojo. Una maravilla para la que rompimos la hucha y pagamos por ver *Forrest Gump*, el verdadero.

A mitad de la película, unos graciosos situados en la fila de atrás comenzaron a burlarse del film pronunciando, en voz alta, a cada rato, «mi chiamo Forrest Gummmp» (tontos hay en todos lados, qué se le va a hacer). Las personas que estaban a nuestra vera se empezaron a enfadar, con razón, y les pidieron, en repetidas ocasiones, que depusieran su actitud, a lo que los verdaderos tarados respondieron con más risas.

Al finalizar la película, los de un lado se lanzaron contra los del otro por encima de las butacas en lo que se convirtió en una verdadera escena de película, con todo un cine pegándose al estilo de su querido Bud Spencer y Terence Hill.

Allí los dejamos.

Otra de las cosas que más recuerdo de Milán es la libertad con la que chicas como yo (aunque en ese momento no pudiera reconocer ante el mundo lo que era realmente) convivían en la calle. Me gustó especialmente una que vi en un mercadillo, hermosísima, comprando con unas medias hasta la rodilla, que no dudé en comprarme también para mí. No era la primera vez que me sentía hermanada con alguien igual a mí. La primera vez que había visto a un chico vivir como una chica había sido en Eivissa, una isla española del Mediterráneo conocida por la libertad de sus gentes, a la que mi hermano mayor nos llevó de pequeños y que a mí me encantó.

Lo que me molestó de esa vez en Italia fue el comentario de mi amigo y jefe, que nos acompañaba: «È una figa», lo que viene a decir en despectivo que era un maricón... «Coño, ¿y tú qué eres?», pensé.

Me molestó, en primer lugar, porque me lo tomé personal ya que, aunque en la calle no lo expresase, en casa siempre utilizaba vestidos, intentando revivir a esa niña de cuatro años que jugaba con su vecina; y, en segundo lugar, porque no entendía cómo unas personas que estaban luchando porque se reconociesen sus derechos, porque no se burlaran de ellos, se burlaban de otro ser, que, a mí particularmente, me parecía maravilloso.

Será que es algo innato en el ser humano el tener a alguien a quien atacar para sentirse superior: eres gordo y arremetes contra los rubios, eres rubio y arremetes contra los negros, eres negro y arremetes contra los flacos...

Mi madre me dijo en una ocasión, refiriéndose a unos amigos míos gais: «¿Cómo harán?, ¡qué asco!»; a lo que le contesté: «Más asco me das tú si te imagino haciendo cosas con papá». Se quedó pensando y, lejos de darme una bofetada, me dijo que tenía razón y jamás hizo un comentario semejante. Nunca sabes cómo alguien va a aprender algo, y mi madre, con una sola frase (quizá demasiado agresiva, lo admito), aprendió gran cantidad de cosas sobre el respeto a los demás, algo que muchos exigen sin saber muy bien qué es.

*   *   *

El amor, la unión y la cocreación no tienen sexo; los impuestos, menos.

Estoy seguro de que Dios no creó nada, porque lo primero que habría creado un ser superior, tal y como lo pintan, es algo con un poquito más de cabeza, no como la que demostramos tener los humanos, que a menudo no somos capaces ni de respetar a otros como nosotros. Mírense el ombligo si quieren ver ejemplos de lo fallida que le resultó la creación al tipo en este sentido.

¿Por qué molestan aquellos que no siguen las «normas del proceso evolutivo»? ¿Acaso alguien tiene miedo de que nos extingamos? ¡Si vivimos en un planeta superpoblado!

¿Quizá les hace daño a los ojos ver a un hombre con un hombre o a

una mujer con otra amándose?, En ese caso… mejor mírense al espejo con su pareja tan varonil o femenina y pregúntense por qué creen que unos hacen más daño a la vista que otros.

Según nos conviene decimos: «¡Es que somos animales y actuamos por instinto, no podemos ir contra natura!» o «¡No somos animales, no podemos comportarnos así!».

Dejen a las personas en paz; si un señor quiere a otro, ¿quiénes somos el resto para decir que, si se pone enfermo o muere uno, o tiene que hacer un trámite el otro, no pueden tener los mismos derechos que otras parejas, que otros matrimonios?

Aquellos que se manifiestan o abren la boca sin sentido ni conocimiento, que sigan casándose en las iglesias más grandes que encuentren, pasen a caballo o en patines por la puerta, inviten hasta el último mono para que vean cómo le ofrecen flores al santo o a la virgencita, derrochen comida y beban, beban la sangre de Cristo, tengan treinta hijos bajo la cruz… y ojalá les dure la fiesta… Eso sí, mientras besen los pies al santo espero que se acuerden de a cuántos se la han metido, a cuántas se han cogido, a cuántos y a cuántas se van a echar después, de cuántas criaturas han dejado en el camino, de cuántas luchas por saciar sus deseos han desencadenado, de cuántas putadas y cuánta mierda han hecho y vertido a los demás, de cuántas traiciones y basura, de cómo se han traicionado. De cuántas veces dejaron el amor de lado y lo tiraron únicamente para saciar su hambre, un hambre de todo, que hace que acaben devorándose a sí mismos.

Pero no hay nada de qué preocuparse, la Iglesia, por un módico precio, perdona todo. Quien no creo que perdone tanto es el ser superior en el que creen, del que algunos solo son temerosos cuando le ven asomar el tridente, porque si hay algo que seguro ese señor no perdonaría sería la hipocresía y la incoherencia.

En todo caso, nada tienen que ver sus mamadas reptilianas con el AMOR que sienten las personas entre ellas ni con los derechos de todos nosotros a AMAR.

* * *

Mi jefe quería que fuera a trabajar con él a Estados Unidos con los Muppets y a hacer efectos especiales en los films, pero yo sabía que eso no era lo mío (no me veía moviendo a la Rana Gustavo o la mano de un velociraptor por muy interesante que parezca), y, no sé si me equivoqué, pero nos fuimos de Milán para volver única y exclusivamente allí de vacaciones…, pero ¡qué momentos me quedaban por vivir en Italia que no sabría hasta algunos años después!

BBC

Volvimos a nuestro hogar y… se hizo la luz. ¡Santa María, madre de Dios!, cuánto echábamos de menos el sol de España.

Tenía la firme determinación de convertirme en un gran actor y no tardaron en surgirme muy buenas oportunidades; una de ellas fue una producción de la cadena nacional de gran Bretaña, la BBC. ¡Y a Londres que me fui!

Fue increíble, sin tener ni pajotera idea de inglés, cómo me desenvolví en esa gran producción llena de figuras que destacaron más tarde, con un director que se jactaba de haberle pegado a Pierce Brosnan cuando eran más jóvenes por lo chulito que era.

Pasé grandes momentos y risas saliendo por ahí con los compañeros, sobre todo con una compañera de reparto que me llevó al musical que acabó convirtiéndose en mi preferido y que, a lo largo de mi vida, he visto en diferentes ciudades, siempre junto a una mujer preciosa a mi lado, *El fantasma de la opera*. Nos hicimos muy amigas y, aunque ambos teníamos pareja, en una ocasión subió a mi cuarto del hotel y acabamos haciendo de todo; de todo porque era de las mujeres más sensuales que yo he conocido a pesar de su aparente inocencia. Morena, preciosa, con una cadena de brillantes que adornaba su cintura y que descubrí al quitarle la ropa… Era la primera vez que me acostaba con alguien diferente a Mar en mi vida, y resultó que la inocente era yo, pues la niñita se estaba ya zumbando a la mitad del «cuerpo» técnico y artístico de la serie.

Salía también por las calles londinenses con la que hacía de mi madre, que parecía que también quería pillar, pero nunca lo confesó; y también me iba, de vez en cuando, con el que hacía de mi abuelo, ¡menos mal que este solo quería risas!, y eso fue lo que tuvimos en nuestras salidas por Londres, risas y risas con las cosas absurdas que nos sucedían en los *pubs*, en la calle y con su horrible comida.

En la fiesta de despedida del rodaje acudí con mi novia y, claro, se lio, llamó de todo a la morenita cuando se dio cuenta, por nuestra actitud, que entre nosotras dos había habido algo más que palabras y museos.

Como he comentado hace ya un rato, la bronca que tuvimos después de aquello y mi todavía escaso dominio de la lengua inglesa fueron las causas por las que me perdí un gran viaje con la BBC a la ya nombrada Ruta Quetzal.

Pero las cosas pasan por algo, y llegó uno de mis personajes favoritos: un auxiliar de vuelo en una serie que tuvo mucho éxito y en la que realicé un gran trabajo.

Esta serie empezó a proporcionarme muchas de las cosas que venía buscando, fama y dinero, que gastaba en absolutas tonterías, como el deportivo negro más chulo de todo mi pueblo… Fue una fantochada, lo sé, aunque he de reconocer que me encantaba el diseño de ese coche y cómo despertaba envidias en los vecinos metijones.

La gente empezaba a reconocerme por la calle, y vinieron más series, con personajes más o menos grandes y con más o menos fortuna, en las que hice grandes amigos. Pero empecé a torcer las cosas y las oportunidades que se me presentaban por copiar lo que no debía, por no estudiar a tiempo y por una falta de inteligencia natural en esos años. Perdí grandes películas, grandes papeles, lo reconozco.

Ahí fue cuando aprendí que el saber no ocupa lugar y que es necesario. Así que empecé a estudiar y a enterarme de lo que estaba haciendo mal, algo que no entendí a la perfección hasta que llegué a México, pero todavía quedaba mucho para ello.

Lo que sí hice en aquella época fue encontrar a grandes compañeros como el Cuchillos, un personaje de una de las películas en las que participé.

El Cuchillos era de esos tipos que sabes que son malos pero que a los suyos los protege. Le llamábamos «el Cuchillos» porque era un *showman* que se dedicaba a hacer todo tipo de espectáculos entre los cuales destacaba el lanzamiento de cuchillos a su pobre y bella esposa.

Nos hicimos amigos porque coincidimos en Málaga en el rodaje de una película y porque era italiano, algo que nos unió definitivamente.

A Mar y a mí nos divertía mucho estar con él y su mujer, ir a su chalet y reírnos hasta altas horas de la madrugada, jugando a todo tipo de cosas absurdas, fumando y probando sustancias prohibidas que el Cuchillos conseguía.

Nunca supe si de verdad pertenecía a la mafia o lo fingía para causar impresión, pero a veces contaba cosas bastante extrañas, como el día que nos comentó que tenía varios sofás de un cargamento que le habían encargado bloquear porque alguien no pagaba algunas deudas un tanto dudosas.

De entre todo lo que decía, hubo una frase que realmente me asustó: «Cuando queremos hacer algo a alguien, no avisamos. No como todos los bocas que ladran y no muerden. Nosotros lo hacemos y punto, no hay otra manera de que te tengan respeto». Eso, pronunciado con su peculiar acento del sur de Italia, hizo que se me pusieran los pelos de punta.

Me llegó a ofrecer que le acompañara en algunos de sus viajes, pero ¿para qué arriesgarme a que en verdad no fueran fanfarronadas y acabar mal? El caso es que nunca lo llegué a saber.

Los chicos eran unos negociantes y tuvieron un bar precioso en el paseo de la Castellana, al lado de una iglesia. Pero no sé si ganaban mucho porque se lo bebían todo, al igual que los extraños curas que los visitaban cuando terminaban el oficio y miraban a las chicas entre risas y comentarios lejanos, incluso uno de ellos creo habérmelo encontrado en México años más tarde con un buen cargo.

Para ese entonces yo ya empezaba a llevar minifaldas y prendas femeninas por la calle, lo cual nos causaba discusiones con algunos viandantes y sobre todo con mi chica, que se sentía agredida por la gente y a quien no le gustaba que nos mirasen e hicieran comentarios. En casa, lo que quisiera (allí tenía mis vestidos y mis faldas, que cada vez utilizaba con más frecuencia en presencia de familiares y amigos), pero en la calle no se sentía cómoda.

El Cuchillos y su chica, en cambio, no tenían problema con ello y eso me gustaba. Se podría decir que en aquel bar me sentía como en casa.

Allí él hacía un espectáculo a las parejas que se casaban, les «cortaba el pepino». Ponía un pepino entre las piernas del novio y con una katana lo iba desgranando en rodajas. Pero todo tiene su fin, y el comienzo del fin empezó cuando delante de mí le rebanó el labio a un novio al pasarse de largo con el corte del pepino.

Aunque yo también, en su chalet, casi la armo bien gorda.

El Cuchillos tenía un arco profesional y una diana. Siempre me habían gustado los arcos y las flechas, porque mi padre nos los construía de pequeños. (Bueno, la verdad es que me gustaban más antes de que mi hermano mayor me clavara una flecha en el hombro tirando con uno de ellos a la orilla de un río… Lo que pueden cambiar las cosas por unos centímetros. Si me llega a dar en el cuello, quizá no habría podido contar lo que hice yo con mi flecha.) El caso es que agarré el arco y lo intenté tensar. Los arcos de mi padre eran muy fáciles, pero este no había Dios que lo pudiera manejar. No me importó, y al final conseguí tensar la maldita cuerda que sujetaba una magnífica flecha con punta afilada de metal. Apunté exactamente al centro de la diana y ¡zas!, la solté. No sé cómo pudo pasar, pero la flecha describió una parábola y fue a parar al chalet contiguo, donde se escucharon los ladridos del perro.

Me quedé con la boca abierta pensando en mi pollito… Ahora ya tenía una segunda víctima fruto de mi imprudencia.

Llamamos al vecino para ver qué había pasado. Afortunadamente la flecha se había clavado en el suelo y mi conciencia quedó tranquila, aunque no he vuelto a tocar un arco desde entonces.

Un tiempo después, mi colega empezó a beber demasiado, una botella de whisky cada vez que iba a lanzar los cuchillos, y, claro, su mujer se tenía que beber una de vino para poder contrarrestar el ponerse delante, pegada a una tabla, para recibirlos, así que terminaron separándose y con ello llegaría el final de una época y el principio de otra que, para mí, para todos, sería desastrosa.

LA PINTURA

Las cosas no iban bien para mí, fumaba demasiado y tenía mucho estrés, lo que generó en mí una enfermedad que me impedía salir de mi casa sin que tuviera la sensación de cagarme patas abajo. Me hicieron pruebas de todo tipo mientras seguía encerrada, durante un año entero, sin poder pisar apenas la calle.

Sé perfectamente el día que empezó, estaba en un restaurante cenando tranquilamente y de repente empecé a sudar y mi estómago a encogerse.

Me hicieron una prueba horrible, me llenaron el estómago de un líquido fluorescente a través un tubo metido en el ano. Cuando vi cómo se vaciaba la garrafa de litros mientras yo me llenaba, sentí como si un camello extraterrestre me hubiera violado y se estuviera corriendo, ¡horrible!

Me prometí dejar de fumar, pero no sabía cómo hacerlo, hasta que encontré un casquillo de bala que encajaba perfectamente con el último de mis cigarrillos de mi paquete de Marlboro y me dije a mí misma a ver si había huevos a fumárselo y huevos tenía (muy a mi pesar), pero no para este tipo de cosas.

Pasé un mes con todavía más nervios, comiendo todo lo que podía para encontrar esa sustancia que me faltaba, gritando a todo el mundo.

Ni Ewan McGregor pasó lo que yo en *Trainspotting* (qué estúpida, pasar por todo aquello para ahora estar jodiendo mi garganta de nuevo, ahogándome sin humo).

El caso es que jamás volví a fumar tabaco ni volví a soportar que nadie lo hiciera a mi lado. Y poco a poco me fui recuperando de mis males provocados, en muy buena parte, por la nicotina.

* * *

Seguro que todos recuerdan cuando entró Bush, hijo, a la presidencia de Estados Unidos; un mal día. Aquella noche tuve un sueño horrible, estaba en lo alto de un edificio y se derrumbaba, todo estaba en llamas, había unas catacumbas, unos baños árabes. No entendía nada, pero de nuevo algo me decía que iban a pasar cosas no muy buenas.

Al poco tiempo tuve un *casting* con una directora a la que quería mucho. Estábamos grabando mi prueba en un sótano de Madrid, cuando el chico del control nos llamó corriendo para que viéramos lo que estaba pasando. Ni la directora ni yo nos lo creímos, nos pareció un montaje para anunciar una película y de entrada no le dimos la mayor importancia. Solo cuando regresé a casa y vi en el telediario desplomarse las Torres Gemelas comprendí que era verdad y el sentido de mi sueño. Un nuevo sueño premonitorio que plasmé en un pequeño cuadro.

No creo que hubiera nadie, en el mundo occidental, que no quedara en *shock* ese día. Fue el comienzo de muchos males.

A pesar de las funestas premoniciones, la vida seguía y mi novia y yo compramos nuestra primera casa: un dúplex muy bonito, en un pueblo a las afueras de Madrid. Allí creamos nuestro espacio y allí comencé ser cada día más mujer.

Me encerré a pintar oleos y más oleos mientras jugábamos a ser marido y mujer.

Empecé pintando paisajes y casitas blancas, siempre me han encantado, más tarde jugué a encontrar figuras escondidas en el papel y al final uní todo para encontrar un estilo personal, que muchos comparan según con lo que conocen, pero que yo sigo pensando que es exclusivamente mío, ya que nunca hice caso a las indicaciones de mi tío, erudito del arte, ni a ninguno de los libros que me regaló para que aprendiera de los grandes pintores. No quería copiar de nadie e intentaba ser lo más pura que pudiera, quiero pensar que lo conseguí. De hecho, desde entonces he hecho algunas exposiciones y vendido algunos cuadros...

* * *

Las últimas veces que tomaba el tren que conectaba Alcobendas con Alcalá de Henares, tenía unas sensaciones extrañas. Era el mejor transporte y recorrido para llegar a mis clases y asuntos en Madrid, pero en una ocasión, sentada en el asiento del tren, me transporté a no sé qué mundo y vi el vagón ardiendo, todo quemándose, con fuego, algo a lo que, de nuevo, no le di importancia; como tampoco se la di el día que, al bajarme en la parada de mi casa y voltear desde el andén, vi a un chico muy extraño con un libro en la mano recitándolo de manera muy aspaventosa.

Poco tiempo después, una mañana, de camino al trabajo de mi chica, encendimos la radio, y la noticia que estaban dando nos estremeció: habían reventado un tren en la estación de Atocha. Trescientas personas habían muerto en un ataque yihadista con mochilas cargadas de explosivos. Era mi tren, el tren que yo tomaba, el tren que recorría Alcalá de Henares-Alcobendas haciendo parada en Atocha.

Si de por sí una ya le tenía manía al comportamiento de tanto fanático suelto, en ese momento se reafirmó para siempre.

Las pocas veces que he visitado los territorios donde tienen ramificaciones los extremistas, he notado el odio a lo occidental en su mirada, estoy harta del trato y la sumisión a la que someten a las mujeres; ¡he visto cosas tan absurdas como carteles que les prohíben el paso, y hasta intentaron cambiarme a la mía por unos camellos!

Seguro que ahora muchos de ellos me matarían por mi sexualidad si no hubieran llegado tarde.

Mira que el desierto es mágico, que en España tenemos una mezcla grande con el mundo árabe, ya que invadieron media península, pero mucho tienen que cambiar ciertos radicales que llevan un retraso de cientos de años y quieren sumir a la Humanidad en uno mayor...

Muchos fundamentalistas llegan a Occidente con el afán de aprovecharse de todas las ventajas sociales que ha conseguido la sociedad occidental, interesados en una conquista sutil, desde dentro, sin dejar atrás ninguna de sus costumbres. La pena es que al final pagan justos por pecadores, y las personas que vienen huyendo de ese mismo extremismo y con afán de superarse y aportar, quedan tachados por las acciones de unos pocos.

Nunca se me olvidarán las caras sonrientes, unas semanas después de los atentados, de algunos indeseables que viajaban en los mismos trenes y que jugaban con los pasajeros enseñándoles sus mochilas a modo de burla, nunca.

Estudiaba, pintaba y participaba en los trabajos que esporádicamente me iban saliendo, uno de ellos regresar a Italia para entrevistarme como invitado y, de paso, cantarles unas canciones, ya que era un programa dedicado a la música.

De nuevo en las grandes ciudades de la península, de nuevo a Milán, a Venecia, pero ahora vistas desde otra perspectiva: me había convertido en un actor, ya no era un titiritero. Y, más aún, ya no éramos extranjeros, éramos todos europeos.

La primera vez que fuimos a Venecia, en una de esas escapadas que hicimos mientras trabajábamos allí, fue increíble. Gracias a mi jefe, el anterior alcalde de la ciudad, que era muy amigo suyo, nos prestó un picadero, para ahorrarnos el gasto del hotel, y fue muy divertido, porque el hombre, al recibirnos, estaba muy nervioso, como si pensara que le estuvieran persiguiendo, y repetía una frase: «Vi raccomando» —que nosotras traducimos como «mira cómo ando», aunque realmente es una especie de «les pido por favor».

Cuando llegamos al callejón del departamento, el hombre apartó unas jeringuillas de la ventana que había al lado de la puerta y abrió.

Las paredes estaban llenas de humedad (era un bajo pegado a un canal) y en la mesita principal del salón había una maceta con un largo cactus rodeado con dos bolas envuelta en papel de regalo. Aquello era un antro.

Ahí empezamos a comprender la vergüenza del hombre, que al abrir el primer cajón se reafirmó, cuando dejó a la vista un gran lote de revistas para hombres y algunos condones.

El tipo tenía a su mujer y a sus hijos, pero era allí a donde se escapaba para tener sus aventuras con hombres.

La verdad, dormimos sin quitarnos la ropa, encima de la cama y con una camiseta en la almohada del asco y el terror que nos daba el lugar; terror no solo a infectarnos con algo, sino también por los drogadictos que nos encontramos al regresar en la noche, que usaban la ventana del departamento a modo de mesita de cama para dejar sus enseres.

Aun así Venecia es maravillosa, estar en la plaza de San Marcos escuchando a los músicos tocar el tango *Por una cabeza*, de Carlos Gardel, es impagable.

Pero volvamos a Milán, en este último viaje a Italia ya estábamos a otro rollo, salíamos a divertirnos, a cenar, y en una de esas, nuestros amigos nos presentaron a un chico, con el que casi nos caemos de culo mi novia y yo.

Era a un chico moreno, guapísimo, musculoso, al que bautizamos como «Buchito», por los mofletes prominentes que tenía.

El chico se enamoró de nosotras y supongo que nosotras de él, quería pincharnos y nos llevaba y nos traía por todos lados, regalándonos cosas para agradarnos y música, mucha música, porque era tenor. Pero nos fuimos sin que pasara nada.

Era la primera vez que sentía que quería acostarme con un hombre. Un hombre que, para que te acordases de él, decía, te pellizcaba en el moflete. Aseguraba que las personas recuerdan más fácilmente a quien les causó dolor… y ¡qué razón tenía!

La verdad, yo pintaba unos cuadros preciosos y, al regresar a España, con la venta de uno de ellos decidí acceder a su incansable propuesta de vernos. Mi chica no podía ir por cuestiones de trabajo, pero con su bendición, tomé un vuelo para Milán de nuevo.

Allí me estaba esperando la aventura en forma de joven limpito y precioso, me invitó a que pasara a su coche, le pregunté que a dónde íbamos y me contestó que era una sorpresa.

Recorrimos casi toda Italia en ese coche, en un viaje infinito que no acababa nunca. No entendía por qué se había emperrado a llevarme al sur cuando estábamos en el norte y había mil sitios para poder estar, pero en mi ensimismamiento le dejé hacer.

Al final, ya de noche, llegamos a la playa más fea que he visto en mi vida, pero con la particularidad, atractiva para él, de que era de ambiente gay.

Cenamos en el restaurante más caro que había, o por lo menos a mí me lo pareció cuando, atragantándome, tuve que abonar la cuenta.

El chico era muy guapo, pero hacía cosas muy extrañas, como salir del restaurante y tardar media hora en volver sin dar explicación alguna (nunca me dijo si había ido a comprar coca, a hablar con alguien o a cagar). La cuestión es que acabamos de cenar y nos fuimos a un pequeño hotel que eligió, no se sabe con qué criterio.

Yo estaba hipernerviosa, era la primera vez que estaba con un chico. Nos desnudamos, nos besamos y me folló... punto.

Fue la primera vez que estuve con un hombre, y la última. Por el daño que me hizo, no solo físicamente, sino a la mañana siguiente cuando me dejó en la estación de tren y se fue para el norte él solo.

Yo aluciné, no creí que hubiera gente así por el mundo, alguien que fuera capaz de hacer recorrer miles de kilómetros a alguien, de llevárselo otros tantos miles a tomar por culo (nunca mejor dicho), follárselo y regresar tan campante a su casa.

Yo creí que era algo más, que había algo más, que iba a sentir algo profundo que jamás había sentido, pero allí lo único profundo había resultado ser mi trasero y mientras lloraba como loca en el tren de camino a Roma no podía sacarme de la cabeza el pellizco que me había dado en el cachete el muy subnormal. Lo bueno del viaje fue que aproveché para estar unos días en Italia y eso, aunque sea después de una decepción, se agradece.

NAM-MYOHO-RENGE-KYO

Las cosas en el mundo y en mi vida personal no eran las más propicias en aquella época, pues, por culpa de la enfermedad que me había mantenido apartado de los focos durante un tiempo, me estaba costando volver a trabajar de manera regular y mi falta de acierto en algunas cosas también me pasaba factura.

Sin embargo, todo cambió el día que fuimos a una reunión a la que Paula y Darío (una pareja que habíamos conocido tiempo atrás gracias al Cuchillos y su esposa) nos habían invitado para que conociéramos el significado de las impronunciables palabras *Nam-myoho-renge-kyo*; palabras que nos habían escrito en un papel el día que nos los presentaron y diciéndonos que, recitándolas cinco minutos al día, a modo de meditación, nos proporcionarían todo lo que quisiéramos en esta vida, algo que sonaba muy atractivo pero bastante absurdo.

El caso es que nos presentamos en una cabaña gigante de madera cerca de un pueblo del norte de Madrid llamado El Escorial. Cuando entré por la puerta y vi a toda una bola de gente sentada y emitiendo un sonido ensordecedor que era la repetición de la frase constantemente, casi me da algo de la risa y del susto. No sabía en qué momento iban a sacar la cabra y le iban a cortar el cuello.

Al final de la ceremonia, mi parte gore quedó insatisfecha, porque nunca trajeron la cabra, pero me había animado mucho, por las risas y sobre todo porque por probar no me iba a pasar nada, por lo menos no parecía haber seres superiores implicados y más que una religión era una filosofía de vida.

Ni corta ni perezosa empecé la práctica, todos los días recitaba *Nam-myoho-renge-kyo*, cada vez más tiempo y más insistentemente con la intención y la determinación de que nos fuera bien, y mira que funcionó.

Al poco tiempo todo empezó a cambiar en mi vida, me sentía de otra manera, mucho más tranquila y esperanzada, íbamos a las reuniones de grupo y teníamos charlas muy interesantes respecto a la práctica, a la vida o a nuestro desarrollo. Pero todavía no habíamos tenido una prueba contundente de que aquello funcionara.

*   *   *

Mi chica y yo habíamos decidido hacía tiempo que era hora de formalizar nuestra relación casándonos, así que obtuvimos fecha en el ayuntamiento para un once de diciembre y preparamos todo perfecto: el viaje, el vestido, los invitados, la comida… Siempre he dicho que no he asistido a ninguna boda todavía mejor que la mía, con la música de la *Guerra de las Galaxias* para recibirnos y tantos locos amigos.

El viernes día diez de diciembre de ese mismo año me presenté en el *casting* para una serie muy interesante que se estaba preparando. Cuando terminé, pareció que les había gustado mucho y me dijeron que me llamarían, como siempre, para decirme el resultado. Yo les comenté que al día siguiente me casaba y que el lunes salíamos de viaje durante un mes, pero me dijeron que no me preocupara, que ya me dirían algo, aunque la serie iba a comenzar a realizarse de inmediato.

Al día siguiente, nos casamos y todo salió a la perfección (exceptuando el hecho de que no pude probarme el vestido de mi mujer, porque no me entraba; pero aun así lo pasamos fenomenal).

El lunes por la mañana, ya teníamos preparadas las maletas, y yo me estaba arreglando cuando sonó el teléfono; eran los de la productora del *casting* para decirme que estaban entre otro chico y yo, a lo cual les respondí que a las dos salía mi vuelo y que les agradecía que estuvieran pensando en mí.

Tenía la sensación de que ese iba a ser un gran día mientras íbamos en tren hacia el aeropuerto. Agarré a mi mujer de la pierna, porque estaba muy nerviosa, y la acaricié comentándole que no se preocupara, que todo iba a estar bien, que iba a pasar lo mejor para nosotras.

Eso era algo que me había dado la práctica, el saber que todo lo que me ocurría era lo mejor que tenía que pasarme.

Llegamos al aeropuerto y, mientras subíamos las escaleras, en cuanto el teléfono celular obtuvo cobertura, sonó.

—No tomes el avión, estás dentro de la serie y empiezas esta semana.

No dábamos crédito, no sabíamos qué hacer, todo nos daba vueltas, éramos ella y yo, y todo giraba a nuestro alrededor, como ese efecto cinematográfico de las películas románticas en el que el sujeto permanece en el centro mientras la cámara se mueve circularmente. Aunque perdíamos un viaje maravilloso, estábamos felices; el trabajo era una gran oportunidad, mucho dinero y mucho tiempo actuando, lo que había estado pidiendo en tantos momentos. Así que regresamos a casa, no sin antes ir a la compañía para que nos informasen de cómo podíamos recuperar el vuelo y nos hicieron el favor de, por fuerza mayor, dejar que cambiáramos las fechas para hacer el viaje en otro momento. Todo era maravilloso.

Dos semanas después de la boda, vimos en las noticias que un tsunami había destrozado millones de hogares y se había llevado a miles de personas con él, en el sudeste asiático, concretamente al sur de Tailandia, en los lugares que teníamos previsto visitar en el mes de nuestra luna de miel.

Hay sucesos, catástrofes, que se quedan grabados para siempre en la memoria, pruebas de cuánto está la vida a nuestro favor o en contra. En aquel momento, a pesar de la consternación por lo sucedido, sentimos que la vida nos daba una nueva oportunidad.

TAILANDIA

La práctica de *Nam-myoho-renge-kyo* estaba empezando a dar sus frutos e incluso nos convertimos en adalides de ella, y en las reuniones que participábamos contábamos nuestra historia, que ya había llegado a oídos de todos; de tantos que hasta nos pidieron publicar nuestro relato en un libro sobre el budismo en Estados Unidos, a lo que accedimos con gusto.

Nos pasaban cosas sorprendentes, como cuando encontramos la casa de nuestros sueños en un cartel que creíamos era de una nueva construcción que tardaría años en estar terminada y descubrimos, después de numerosas visitas a la constructora y revisiones de planos, que en dos meses estaría terminada.

Al preguntarle al arquitecto cómo era posible si no habían empezado las obras donde nosotras habíamos visto el cartel, este se rió sin dar crédito a lo que estaba escuchando: «¿Habéis comprado una casa sin saber lo que comprabais ni dónde?». Al parecer eso era precisamente lo que habíamos hecho, sí.

Fuimos al lugar en el que realmente construían las casas y allí estaba la nuestra, mucho más bonita de lo que habíamos imaginado, la última que quedaba disponible. Una vez más alucinamos, sobre todo al vender la que teníamos anteriormente, la cual se había revalorizado enormemente, y con la que pudimos cubrir gran parte de los gastos que nos venían de la otra.

Yo trabajaba, ella también, y la ascendían constantemente por su buen desempeño, todo iba sobre ruedas. Pero lo más importante de aquella época fue que conocí a la persona que más tarde me llevaría de la mano a México, un realizador ya mayor del que me hice muy amigo y que había sido un gran actor y director en su país, don Julián, mexicano hijo de padres exiliados, un republicano hasta la médula con un carácter muy duro, pero con buen corazón.

Fiestas, amigos, reuniones; nuestra casa era un reguero de gente constante que no quería salir de ella y había que casi echar todos los fines de semana. Anto, nuestro amigo audiovisual del que tantas cosas aprendimos; Bego y Eli, nuestras primeras amigas homosexuales; Juancho, director de una película muy importante en la que participé y que se convirtió en uno de mis mentores y mis maestros espirituales (anda, que si me viese aquí colgada); Dakitú y Linda, un cómico español con el que no parábamos de reír y su novia francesa; Rarri y Su, nuestros *alter ego*; Héctor, mi gran amigo cubano que me incitó siempre a hacer las cosas bien, a escribir, a actuar; Marzilli y Jack, una extraña pareja formada por un representante de grandes actores y un magnífico intérprete americano que había trabajado en todas las grandes películas de Hollywood; Julio y José, nuestros casi padres de acogida, que tanto cariño nos dieron siempre, y toda una panda que se empapaba de nuestros mojitos y caipiriñas a la luz y el calor de nuestro hogar.

Pudimos hacer incluso nuestro viaje a Tailandia, que hasta la fecha es el lugar más hermoso que he visitado (y, por lo que deduzco de mi situación actual, aquí colgada, va a seguir siéndolo).

La sensación de aterrizar en Bangkok y encontrarse con esa urbe tan parecida a lo que Ridley Scott creó como ciudad del futuro en *Blade Runner*, solo era comparable a lo que habíamos sentido al bajar de la estación de tren, la primera vez que fuimos a Venecia, y salir a la calle ante un mundo totalmente diferente, lleno de canales y barcos.

Bangkok es una ciudad que atrapa, con todo tipo de bellezas incalculables y de cosas que hacer.

Algo que nos llamó mucho la atención es que jamás tuvimos sensación de peligro, por mucho que nos encontráramos, a lo largo de todo el país, con personas armadas o con machetes; supongo que quizá era porque no los entendíamos y, ya saben, ojos que no ven, corazón que no siente. Tan solo tuve que retorcerle la mano a un señor que pretendía meterla en mi bolsillo, para sacar mi cartera, en un mercadillo con sobrepoblación y bregar con los típicos chinos del pelo de treinta centímetros en la verruga, que intentaban que hicieras su excursión en vez de otra.

Visitamos templos, museos, lugares maravillosos, llenos de estatuas de Buda, llenos de magia; aunque hubo algo que me hizo llevarme un buen chasco: la religión, que está igual de pervertida en todas partes. Y es que el taxista, en vez de llevar la foto de la virgencita, llevaba las imágenes de Buda con una mano para arriba, otra para abajo, otro con la pierna cruzada, etcétera. Aquello me hizo perder un poco el entusiasmo, ya que en la práctica budista de la rama japonesa que yo había elegido, el *Nam-myoho-renge-kyo*, todo esto no se encontraba. Pero, aun así, había alegría y buenas vibraciones, puesto que la diferencia principal, frente al catolicismo, es que cuando llegas a una iglesia todo es sufrimiento, llantos y sangre en sus imágenes, algo impensable en los templos budistas.

Recorrimos todo el país, de norte a sur; elefantes, selvas, caimanes, arañas gigantes, serpientes, monos, playas exuberantes, de cuento.

Todos los lugares donde habían filmado películas famosas, *The Beach*, *James Bond* y, especialmente, un lugar llamado Railay Bay, una pequeña península a la que solo se puede acceder en barco y que en sus pocos kilómetros te permite cruzar de la playa de un lado a la del otro simplemente caminando un poco a través de la selva, algo que a nosotras se nos daba muy bien (hasta el día que nos encontramos una tela de araña que parecía haber salido del jurásico, al igual que el arácnido que la vigilaba).

El viaje fue perfecto; la comida, las fiestas, las tumbonas, las cenas a la luz de la gigante luna, las experiencias…, pero también fue triste ver palmeras con las copas arrancadas, barcos destrozados en tierra, muchas casas arruinadas, muchos objetos que muchos voluntarios todavía seguían recogiendo del mar tras el desastre… Darnos cuenta de lo que nos podía haber pasado si hubiéramos tomado aquel vuelo tras nuestra boda. Y, a pesar de la tristeza que provocaba la vista de los escombros, fuimos muy felices de no haber tenido que sufrir una experiencia tan terrible como aquella para agradecer que estábamos vivas.

Todo nos iba muy bien y, cuando todo va bien, los seres humanos tendemos a joderlo todo.

ABORTO

Yo ya empezaba a ser un conocedor muy avanzado del budismo de Nichiren Daishonin que practicábamos y quería hacer mi propio grupo, con mis reglas, porque empezaba a detectar muchas cosas en la gente que lideraba que no me gustaban. Había mucha incongruencia en muchos de ellos.

Mi mujer dejó de practicar asiduamente y yo hacía lo que me daba la gana.

Y, cómo no, todo se empezó a venir abajo de nuevo, nuestra arrogancia se había apoderado de nuestra fe.

El hombre, cuando lo tiene todo, suele caer en muchos malos hábitos y así fue.

Un día mi mujer empezó a encontrarse mal, con vómitos constantes. Le hicieron una radiografía de la cabeza y le detectaron un pequeño tumor, mínimo, pero que al parecer era causante de los males. Le mandaron un tratamiento muy fuerte, unas pastillas, pero no daban resultado, seguía vomitando constantemente y estaba hinchada.

Al cabo de un tiempo de pastillas y de vómitos, no tuvimos más remedio que acudir a urgencias, donde, tras numerosas pruebas nos comentaron que siguiéramos con el tratamiento y que pidiéramos cita con el médico de cabecera.

A todo ello habían pasado cuatro meses casi.

Cuando el último médico vio los resultados de las pruebas e hizo los exámenes pertinentes nos dijo que lo que estaba era embarazada…

No lo podíamos creer, en el tratamiento que le habían recetado ponía claramente que tenía un elevado riesgo para el feto de que saliera una criatura deforme; denunciamos, lloramos, gritamos y al final tuvo que abortar. Algo que condicionó el resto de nuestras vidas.

Ella no lo superó y lo único que deseaba era subsanarlo teniendo un bebé.

A lo único que pude agarrarme, fue a mi fe, a esa práctica que había descubierto hacía un tiempo y que retomé con más fuerza.

Deseé, quise, decreté, que todo nos fuera bien.

Ganamos el juicio, el tumor había desaparecido y decidimos aceptar la invitación de don Julián, mi buen amigo mexicano, para conocer su tierra.

MÉXICO

La primera vez que visitamos el país nos sorprendimos como con ninguno.

Jamás podría haber imaginado, después de ver tantas películas del Oeste, que México también tuviera selvas y mares preciosos, ciudades maravillosas que nadie nos había enseñado y, sobre todo, un pasado místico lleno de los restos arqueológicos más bellos que hay en la faz de la tierra.

Entramos por Cancún y visitamos todos los lugares más relevantes de la zona y desde allí tomamos un autobús que nos llevaría durante veinticuatro horas rumbo a Palenque, en Chiapas, donde se encuentra el lugar más hermoso de toda la cultura maya en el país.

El viaje fue duro, y tuvo su momento álgido cuando un grupo de militares nos bajó a todos del vehículo y nos puso en fila delante de unas mesas que unas lámparas horrorosas repletas de mosquitos iluminaban de forma cenital. Un momento de película, sobre todo al ver la cara pálida de un muchacho francés que debía llevar alguna sustancia en la mochila y que, por suerte para él, no revisaron.

Internarse en la zona arqueológica de Palenque es algo impresionante, y salirse de ella, aún más; sobre todo cuando entre las plantas empiezas a escuchar gruñidos parecidos a los de un jaguar, porque mira que en Tailandia encontramos todo tipo de bichos peligrosos en nuestro camino, pero nada comparable con sentir la cercanía de un depredador dispuesto a defender su territorio de dos personitas acostumbradas a la selva, pero de visita. Salimos, como dirían en mi pueblo, echando mistos de allí y volamos hacia Ciudad de México, en la noche, para encontrarnos con don Julián.

Mi amigo, haciendo alarde de su carácter, nos puso de vuelta y media por las horas a las que habíamos llegado sin tener en cuenta su tiempo de sueño. Pero no dudó en acogernos en su casa y nos llevó a conocer los lugares que para él eran más relevantes, entre ellos el museo de antropología, las pirámides de Teotihuacán, el estadio de los Pumas, Taxco y Acapulco.

Acapulco, para Julián y para todos, había sido uno de los espacios más importantes de la República, no era de extrañar viendo su orografía, sus hoteles hollywoodienses y sus puestas de sol, pero la realidad por entonces ya era otra.

A nuestra llegada, lo primero que observamos en la avenida principal, fue un coche desviado y varios policías alrededor de una pintura con tiza blanca que hacía poco había bordeado el cuerpo sin vida de alguien, junto a otros señalamientos relativos a los casquillos empleados.

La verdad, no fue la mejor bienvenida y, si le agregas el cartel de salida hacia la playa del hotel («No llevar objetos de valor, por su seguridad») y los que se tiraban como locos al parabrisas del carro de Julián para vender productos de todo tipo, era lógico que el pánico se apoderara de nosotros, lo que no impidió que disfrutáramos de los saltos que tanto habíamos visto en las películas, ni de ese ambiente de *glamour* que una vez estuvo presente al ciento por ciento.

Me encantaba cómo Julián, aun sintiéndose español, defendía su país y ocultaba lo que pasaba en él. Lo hacía cuando alguien se acercaba ofreciéndonos droga, a lo que respondía que habíamos entendido mal. Y lo hacía cuando un encapuchado con una barra de hierro observaba los coches escondiéndose para robar algo, a lo que él aseguraba que era un muchacho del barrio que siempre andaba de esa guisa a las dos de la mañana paseando.

Era un hombre que amaba México tanto como lo odiaba. Y que, entre otras cosas, nos enseñó el origen de la palabra *gringo*, por las casacas verdes que portaban los soldados estadounidenses en la guerra contra México, y nos hizo una de las observaciones que más marcadas me quedaron: el amor-odio que el pueblo mexicano le tenía a los españoles y a Estados Unidos.

Decía que a los españoles se los quería porque eran su sangre pero que había un odio implícito por todo lo que, según él, les habían inculcado sobre lo sucedido en el pasado, que argumentaba con una frase de Arturo Pérez-Reverte cuando un periodista, en una entrevista para medios locales, le preguntó qué le parecía lo que sus antepasados habían hecho en Latinoamérica, a lo que el escritor respondió con otra pregunta: «¿Cómo se apellida usted?». «Sánchez», respondió el periodista. «Entonces pregúnteselo usted mismo, porque son sus antepasados los que arrasaron estas tierras, no los míos, que no salieron de mi pueblo nunca».

A los americanos, aseguraba Julián, se los odiaba por otros motivos, pero en realidad todos querían ser como ellos.

Mi mujer regresó a España y yo me quedé unos días más para intentar conseguir algunas entrevistas. En esos días junto a Julián comencé a darme cuenta de por qué nadie quería trabajar con él, tenía un carácter de la chingada, como dirían en su pueblo.

A cada sitio que me proponía ir, me decía que fuera por mi cuenta porque había tenido una trifurca con alguno de ellos. Si le nombraba en las entrevistas, me miraban raro. Le llevé un cuadrito hecho por mí, como muestra de cariño, y prácticamente me lo tiró a la cara diciendo que era una mierda… Francamente, llegué a pensar que padecía algún tipo de trastorno mental.

Aun así, los dos sentíamos un gran afecto el uno por el otro, me veía como el hijo que se le fue y quería ayudarme. Tenía olfato y no se equivocó, pues me vio hacer mucho más de lo que él se esperaba (aunque después del estreno de *Unidos los Robles* me escribiera diciéndome que la película era una mierda, pero que, como los mexicanos eran unos pendejos, iba a tener mucho éxito). Sin embargo, para eso todavía quedaba mucho.

Antes de regresar a España, tuve una especie de virus intestinal que me hizo recordar los peores momentos que había pasado con mis dolores provocados por la nicotina (de hecho, nunca he dejado de sospechar que él me envenenó de algún modo, por cómo se reía el condenado cuando tenía que bajarme del coche y esconderme en algún jardín para evacuar urgentemente ante la mirada atónita de los moradores).

Recuerdo especialmente una noche en la que no podía más con la fiebre y los dolores. Esa noche, me desperté en la madrugada y todo me daba vueltas, la casa se movía, la cama, los muebles, pero… ¡qué coño!, no era la fiebre, era un terremoto, de los más fuertes que había tenido la ciudad desde hacía muchos años, mi primer terremoto y el segundo más fuerte que he vivido en mi vida (el más fuerte de mi *ranking*, en Guatemala, uno en el que murieron unas cuantas personas y en el que yo me planté bajo el cerco de la puerta deseando que no me cayera un cascote en la cabeza).

Después de tantas emociones y algunos contactos con las principales televisoras, regresé a Madrid esperando que fueran ellos quienes me llamaran.

DE NUEVO MADRID

En Madrid tenía todo, estabilidad, tranquilidad, amigos, mujer, dinero, casa, familia…, pero había algo dentro de mí que me decía que
todavía me faltaban muchas cosas, así que decidí comprarme una
moto (tanto budismo y todavía no había entendido que lo que me
faltaba no estaba fuera, ¡qué se le va a hacer! Tampoco se puede decir
que haya aprendido mucho más, y si no, vean cómo me encuentro
ahora, aquí colgada de un cinturón).

Me compré una coreana de 125cc. No se necesitaba más que la
licencia de autos para manejarla, así que la compré mientras me preparaba para sacarme el carnet para motocicletas de alta cilindrada. A
todos lados iba con ella, con mi minifalda puesta. Era una estupidez
por si me caía, lo sé, pero era el único lugar donde me podía sentir
libre porque me ocultaba bajo mi casco.

Uno de los días que circulaba hacia mi casa, se partió el chasis y
se cayó el motor al suelo, recuerdo el susto y cómo alucinaron en la
tienda cuando se la llevé, porque no me había pasado nada.

Al parecer, las vibraciones del motor fueron mermando el metal
del cuerpo de la moto hasta que lo partieron, así que, tras las pertinentes disculpas, me la cambiaron por otra *igual*, y digo *igual*, porque
era igual de bonita que de mala.

En una ocasión, iba yo circulando tan a gusto con mi mujer, pensando lo hermoso que es circular en un vehículo de dos ruedas con
alguien que te quiere abrazada a ti y que te diga «qué a gustito, tengo
los pies calentitos» (qué cosas, nadie me había dicho nunca que «te-

nía los pies calentitos» a modo de cariño, ni nadie nos había mirado de manera tan extraña en los semáforos por mucha minifalda que llevase, como ese día), cuando agaché la cabeza y vi cómo todo el aceite hirviendo del motor estaba salpicándonos los pies, que no se quemaron por el calzado que los cubría. Maldita Roadwin y malditos coreanos malvados que querían matarnos.

Llegué con la moto de nuevo a la tienda y literalmente les dije que se la metieran por el culo al fabricante, y no lo hicieron, creo, pero me devolvieron el dinero y me compré una nueva de otra marca y de mayor calidad.

Aprobé, después de mil exámenes, mi carnet de moto de mayor cilindrada y circulé más tranquila, pero con la misma inseguridad que daba la minifalda.

A todo esto, mi mujer seguía sin llevar muy bien lo de mis faldas y vestidos por la calle y se enfadaba con la gente que nos miraba o hacía comentarios. Los había de todo tipo, desde el «hace bien», hasta el insulto más demoledor, pero a mí ya no me afectaban ni unos ni otros, y no iba a pelearme con cada tonto con el que me cruzase en la vida.

Ella, en cambio, no podía con ello y, el día que llegué a casa con un bote de maquillaje, dispuesta a empezar a combinarlo con los vestidos en la calle, me puso de vuelta y media. No me importaba lo que pensara la gente, pero sí lo que pensara ella; de algún modo necesitaba que mi mujer me comprendiera, pero a la vista estaba que no era así.

Aquella fue la primera vez, de muchas, que, tras una discusión, tomé la carretera hacia un lago inmenso cercano a mi casa, que se convirtió en receptor impasible de los gritos de dolor que tantas veces lancé desde la orilla.

Otro de mis refugios durante mucho tiempo fue mi buhardilla, donde me encerraba a pintar, y también mis estudios en la escuela de cine. Pero algo fallaba, no me sentía plena, me sentía como cuando me buscaban para hacer el servicio militar, como si algo me quisiera atrapar mientras yo luchaba por huir de ello.

Cuando yo era joven, el servicio militar era obligatorio para los varones mayores de dieciocho años y, aunque a mí siempre me ha atraído todo el rollo armamentístico, me parecía injusto que yo tuviera que perder un año de mi vida mientras cualquier chica de mi edad hacía lo que le viniera en gana. La verdad, siempre me ha parecido algo muy machista y soy una defensora del ejército profesional, así que hice todo lo posible para no darles el gusto y no pasar por ese mal trago. Me hice pruebas de todo tipo alegando todo tipo de enfermedades y encontré, en mi alergia a las gramíneas, el polen y los gatos mi fiel aliado contra la guerra.

Así pasé muchos años, hasta que me llegó una carta, donde me comunicaban que había un paracaídas con mi nombre esperándome en la sección de Murcia. Casi me da algo, ¡tenía hasta un billete de tren pagado y con fecha!

Corrí, peleé, alegué, me hice objetor de conciencia, de todo, y, al final, cuando me iban a condonar el servicio militar por trabajos sociales obligados (otra cosa de locos), las inflamaciones de mis brazos causadas por los arañazos de un gato ficticio a través de un pinchazo en la piel como prueba, me salvaron de la inmundicia de las letrinas y de los sucios hombres a los que no soportaba en su faceta machito guerrillero.

Así me sentía, como en una guerra sin sentido y sin enemigo de la que quería salir. Mi ciudad terminó convirtiéndose en algo irritante para mí y decidí partir hacia México, donde esperaba encontrar lo que me faltaba.

MÉXICO LINDO

Preparé mi viaje minuciosamente, elegí una zona que me pareció céntrica para que no me costara mucho desplazarme y una habitación en un lugar que, por sus fotografías y precio, parecía impecable para organizarme durante el par de meses que había previsto darme de plazo para encontrar trabajo.

Sin embargo, las cosas no fueron como esperaba…

Una vez, secándome el oído con un palillo me di un golpe y lo hundí por accidente hasta lo más profundo de mi tímpano. Empecé a sangrar y, pensando que iba a morir, llegué al hospital corriendo (puede parecer exagerado, lo sé, pero ¡son muchas las películas donde clavan un lápiz en el oído del criminal y terminan con él!). Está claro que de aquella salí vivita (que no coleando) con unas gotas que debía usar para recuperar la sordera provocada por la rotura de algo aparentemente tan insignificante como el tímpano. Pero les aseguro que aquello, de insignificante, no tenía nada. Vivía como en un barco, si levantaba la cabeza, vomitaba del mareo que me causaba el desajuste del oído interno. Nadie sabe lo complejo del sistema que tiene el cuerpo humano para mantenernos de pie hasta que se clava un palillo con algodón en él (ni la de cosas que puede llegar una a pensar mientras está agonizando, se lo aseguro).

El caso es que seguí echándome gotas durante días, hasta que comencé a detectar que dejaba de tener mareos cuando no me las suministraba. ¡Eran las gotas las que al colarse por la rotura de la membrana hacían que las señales de los detectores del oído erraran!

En ese momento comprendí que, a veces, el remedio es peor que la enfermedad, y así me sentí nada más pisar el antiguo Distrito Federal, cuando empecé a derramar las primeras lágrimas de tantas que derramaría a lo largo de todos estos años aquí.

Llegué en la noche (casi todos los vuelos desde Madrid llegan tarde a la ciudad), con la incertidumbre de qué me iba a encontrar. No me fiaba mucho de la persona con la que me había escrito a través del correo electrónico, pero ahí estaba, sola, con una maleta y una mochila que contenía una *laptop* y poco más que un pasaporte y algo de dinero en pesos que había comprado en España.

Empecé a darme cuenta de cuánto me había confundido de zona al ver que el taxista del aeropuerto no llegaba nunca a mi destino, una casa en Coyoacán. La cosa es que la demarcación del coyote es tan extensa como casi todo Madrid. Yo había elegido una ubicación en el sur porque en el sur se encontraban las principales televisoras, pero me pasé de sur, y llegué a un lugar llamado la Calzada del Hueso (un nombre nada prometedor, lo sé), desde el que se tardaban horas en llegar a cualquier punto de la ciudad.

Después de muchas vueltas, conseguimos encontrar la casa donde me iba a alojar, y allí estaba una pareja de jóvenes muy simpáticos esperándome.

Me estuvieron explicando dónde se hallaban las cosas de la casa de uso compartido, un pequeño jardincito, un perrito, el salón, su habitación, su baño, el de otros dos inquilinos, una cocina de la segunda guerra mundial… y… «¿dónde está mi habitación, la de las fotos que me mandaste?», pregunté.

MI PRIMER CONTACTO

Aquel día tuve mi primer contacto real con la picaresca típica del lugar, con el afán de ganar dinero y con la buena voluntad con la que mienten algunos mexicanos.

Resultó que el muy... amigable *licenciado* (una de las palabras a las que se tiene que acostumbrar quien quiera establecerse en México y que, como tantas otras, no significan lo mismo que para un español) le había rentado la recámara a otra persona y estaba construyendo un muro a modo de separación en el salón, en el que me ofreció quedarme...

No me quedó más remedio que instalarme allí, no conocía a nadie más que a Julián y no quería molestarle, pero esa primera noche, en una cama de la que se salían mis pies, en un apartado de dos metros por dos y con una peste a serrín impresionante, me acordé como nunca de mi casa de tres plantas, de mi cama de dos por dos y de mi mujer abrazándome. Sentí que esta vez mi alergia a los gatos no me había salvado y lloré.

Al día siguiente, me desperté con la firme determinación de conseguir lo que buscaba y tomé todo lo malo que tenía el compartir una vivienda con desconocidos y un baño horrible como una prueba de humildad por la que tenía que pasar.

No es que yo hubiera vivido en grandes lujos, pero de ahí a tener que pelearme por un pedazo de papel del wáter o esperar a que el de la habitación de arriba terminase de afeitarse los huevos para poder lavarme la cara iba un mundo. Y, encima, al volver de la calle, a menudo me encontraba mis cosas revueltas, lo cual me hizo tener que poner trampas y pistas para saber quién era, lo que me llevó al dueño de la casa. Pero como no faltaba nada, dejé las cosas como estaban.

La verdad es que había tomado cariño al chico y a su novia, eran jóvenes y rápidamente habían hecho migas conmigo, les gustaba sacarme a pasear y reírse de mis palabras y me caían bien (excepto cuando el chico, que era informático, me engañaba o me pedía dinero prestado que jamás volvía a ver, claro).

Empecé a conocer a su círculo de amistades, el México real, y entre ellos, una familia adinerada que se convirtió en parte de mi familia por un tiempo.

Por otra parte, iba yendo a entrevistas y me daba cierta rabia la pregunta «¿Cómo llevas el acento?» cada vez que conversaba con algún director de *casting*. La verdad es que siempre he sido una inadaptada y lo llevaba francamente mal.

Por otro lado, me amargaba un poco que quisieran hacerme «hablar mal», y es que a mí, eso de tener que pronunciar las «ces» como «eses», entre otras cosas, se me hacía muy raro.

Si a esto le sumabas el intento de amedrentar y de asustar que usaban las dos cadenas principales para someter a sus trabajadores, la mezcla, para mí, era explosiva.

Sin ningún pudor te comentaban que si trabajabas para alguna de las cadenas jamás volverías a trabajar con la otra, y yo les contestaba: «Tengo treinta y pico años, no he trabajado en ninguna de las dos y sigo vivo, imagina lo que me importan tus amenazas».

Visto para sentencia; no tenía nada que hacer allí. De todos modos, me senté a ver la televisión para saber cuáles eran las razones de mi distanciamiento con la gente que manejaba el talento, como ellos llamaban a los actores aunque no lo tuvieran.

La primera vez que miré la pantalla mexicana aparecieron en ella dos personas que, sin saberlo, se iban a convertir en unas de las más importantes de mi vida profesional. Ahí estaban una rubia haciendo de gitana con unos ojos inmensos y un rubito de perilla enamorado, seguidos de una serie de esperpentos de la actuación que me dejaron pasmado, no daba crédito a lo que estaba viendo. Si a mí, que actuaba de lo más suave, en España me decían que era sobreactuado, no sé qué habrían dicho de lo que en esa pequeña pantalla sucedía. Aquello era un ir y venir de ademanes, gritos, lágrimas injustificadas, gestos y cosas extrañas.

Cuando era pequeña pasaban las novelas de Palomo y a mí no me parecía que lo hicieran tan mal, pero, en fin, eso era lo que había. Así que decidí que lo mejor era estudiar sus técnicas, aunque fueran exageradas, si quería encontrar trabajo, y me puse manos a la obra. En estas, me apunté a un curso de un tipo llamado Eduardo, en la Casa Azul, en el barrio de la Condesa, que me pareció muy atractivo; pero, una vez más, me «equivoqué».

Me equivoqué, entre comillas, porque lo primero que nos dijo este representante de la técnica Meisner en México fue que todo lo que se hacía en esas televisoras era una mierda y que íbamos a jugar a lo contrario. Tengo que reconocer, que ese peculiar y chulito actor y su técnica, hasta entonces desconocida para mí, me volvieron a abrir las puertas de la verdad en la actuación, verdad que había perdido a lo largo de tantos años de vicios acumulados.

La técnica Meisner fue mi salvación, profesionalmente hablando (que, si me hubiese salvado de algo más, no estaría aquí colgada, digo yo), porque me hizo encontrar el *ahora* del que habla Eckhart Tolle. Era lo que había estado esperando desde hacía años, algo que de verdad me moviera a la hora de actuar, que me mantuviera en el escenario concentrada al cien por cien.

Ejercicios, muchos ejercicios, risas y más risas; solamente por tomar ese curso había merecido la pena llegar hasta México.

Pero ya me estaba desesperando, pues lo único que había conseguido hasta el momento era un papel en un cortometraje, así que, aunque no era lo mío, fui a buscar trabajo en las agencias de modelos.

Cómo son las cosas y cómo te va guiando la vida, sin saber cómo, hacia donde debes estar. Al entrar en una de las agencias, allí estaba él, un tipo alto y sonriente, de dinero y de origen español, que tenía una agencia y que, cuando me vio dijo: «¡Hostias!, de modelo no me sirves, pero mi primo, que trabaja como productor, me acaba de llamar a ver si conocía algún actor español para hacer de gitano, porque no encuentran ninguno, así que te voy a mandar con él a que te vea».

Y me fui a conocer al primo, sin muchas esperanzas (mi aspecto era de cualquier cosa menos de gitano), pero con ganas de hacer bien mi trabajo. Y, aunque me dijeron que no daba el perfil, obvio, también me dijeron que ya me llamarían para otros proyectos y ese «ya te llamaremos» era más que un nada.

Pero además, a veces una hace las cosas bien, y le pedí su *e-mail*. Estuve comiéndome la cabeza durante todo el camino de regreso a casa, «soy actriz y puedo convertirme en el personaje que yo quiera, además la caracterización es uno de mis fuertes».

Ni corta ni perezosa, me compré un paliacate negro para cubrir mi pelito rubio y me hice unas fotos con mi cámara. Con barba, me afeitaba y con perilla, me afeitaba y con bigote, me afeitaba y con patillas. Quedaron geniales.

Se las envié por correo al productor diciéndole que podía convertirme en lo que yo quisiera, que me dieran la oportunidad de realizar el *casting*. Y no me respondió.

Estaba ya pensando en el regreso, no podía estar en otro país más tiempo sin trabajar, cuando sonó el teléfono que me había medio prestado y medio vendido mi casero, era Gregorio, el director de *casting*, diciéndome que me iba a mandar unas separatas para que el día siguiente me presentara a hacer una prueba.

¡Ufff!

Pasé todo el día preparando las frases, aprendiéndome «de pe a pa» el texto, analizando el personaje.

Decidí llevar en mi mochila un cuchillo de medio metro porque, en el enfrentamiento de la escena, mi personaje sacaba uno. No tenía nada que perder y, si me lo quitaban en la entrada, ya me las apañaría; pero ninguno de los guardias me hizo caso siquiera.

Ya saben que siempre revisan a quien no deben ni cuando deben, los guardas, parece que están puestos simplemente para molestar a las personas de buen hacer, es su signo de identidad, en los centros comerciales, en los bancos, en los edificios, en las empresas, no hacen nada más que perseguirte por si acaso te llevas unas galletas en el súper, me ven cara de sospechosa habiendo robado únicamente, en toda mi vida, una casete de Samantha Fox, con quince años, que tuve que pagar o llamaban a mis padres.

Jamás había estado en un *casting* tan extraño, aluciné.

A los veinte contrincantes nos mostraron a la vez lo que debíamos hacer, cómo y de qué manera. Todos los chicos se veían, lo cual me pareció algo muy irrespetuoso para cualquier actor.

Nos pusieron unos arrapos para simular la gitanía y nos maquillaron un poco.

Escondí mi cuchillo en el pantalón y salí a por todas, con la magia de las estrellas acompañándome.

Y allí estaban ellos, los dos chicos que salían en la televisión el primer día que la encendí en México; me quedé patidifusa, qué impresión.

Empezaron mis compañeros a competir, uno por uno, a cada cual peor en su imitación del acento español, no sé por qué tienen la manía de imitarnos poniéndole una ce a todo y haciendo como que mascan chicle.

«¡Adelante!», me llamaron…

Los nervios de punta, ninguna de las indicaciones y movimientos aprendidos, pero ahí estaba, con mi corazón realmente salvaje, dispuesta a no irme para casa sin haber conseguido lo que deseaba. Así que miré a los ojos a mis dos *partenaires*, y les hablé con toda la verdad, una por una, mis frases del parlamento, perfectas, hasta que llegó el momento del enfrentamiento y saqué mi cuchillo… y ahí sí que enmudeció la sala cuando, con un estilete que nadie se esperaba, le dije a Salomón, mirándole a los ojos: «¡A ver si tienes lo que hay que tener!». Creo que fue de las pocas veces que vi a alguien casi cagarse del miedo delante de mí.

Pararon y todos se dieron cuenta de que era un actor. Se escuchaban murmullos, era el director de *casting* hablando con el productor, que se levantó y me dirigió las palabras que me ha seguido diciendo cada vez que se ha cruzado conmigo, a lo largo de estos años: «Muy bien, galán».

De camino a mi habitación, sentada en la parte de atrás de un taxi, comencé a derramar lágrimas, porque ya no podía aguantar más tiempo allí y aquella era mi oportunidad. No sabía si lloraba más por la posibilidad de tener que quedarme y no regresar en mucho tiempo a mi hogar o por la posibilidad de no conseguirlo.

El taxista se volteó para mirarme y, como un ángel venido del cielo, me dijo: «Te va a ir muy bien, tranquilo». Sacó un librito de la guantera y me lo dio, eran unas oraciones de un santo del que no había oído hablar nunca, san Chárbel. Quizá no todos los taxistas ni los religiosos eran tan malos, quizá ser taxista religioso era la combinación perfecta para contrarrestar la parte negativa de esas dos responsabilidades. Le di las gracias, sabiendo que jamás volvería a ver a ese señor, que estaba ahí para darme un mensaje.

En la noche sonó el teléfono, querían que fuera al día siguiente a formalizar el contrato y a empezar con las pruebas de caracterización.

Los sentimientos que se cruzan en un momento así son tan grandes, tan enormes… Amor, alegría, satisfacción, orgullo por haber conseguido lo imposible. Sentía cómo se abría una gran puerta, la gran puerta que siempre se me había resistido y que en tantas ocasiones derribaba y abría con mi pensamiento. También nostalgia por no poder celebrarlo con mis seres queridos, por estar tan lejos. Tenía sentimientos de venganza cumplida, de lección a todos los que nunca creyeron en mi viaje. Ahora tocaba demostrar que valía para lo que tanto había soñado: ser un gran actor internacional.

Empecé a recibir guiones y creé un gran personaje. Físicamente impuse el paliacate negro que había comprado y que se convirtió en un distintivo, modulé mi acento agitanándolo con un pequeño tono del sur de España, fui al gimnasio durante horas y contraté a una chica para que me diera clases de flamenco, ya que era bailaor.

Todo un mundo de creatividad para una historia de fantasía.

Y comenzaron los ensayos de baile con mis compañeros, las risas, las fricciones, las miradas mientras intentábamos acomodarnos.

Y llegó el primer día de grabación, la prueba para que el productor diera su ok.

Yo de negro, con mi paliacate, mis extensiones rizadas y mi pelo tintado del mismo color que mi ropa, unas botas altas, chaleco que dejaba ver mi musculatura pectoral y en los brazos, todo un gitano.

En esa primera secuencia solo tenía que bailar y saludar a la bella gitana que llegaba a comprar a una especie de tianguis preparado eventualmente en los campos de entrenamiento del club de fútbol América, en la parte de atrás de su estadio.

Todos los que habían confiado en mí estaban nerviosos, el despliegue de medios que esa televisora tenía era impresionante para lo que yo estaba acostumbrada.

«¡Preparados!». Mis problemas empezaron en cuanto escuché esa palabra por el pinganillo que me habían puesto en el oído; un señor con voz pastosa y de larga edad sonaba por ese cacharro infernal... No sé qué tanto decía, pero no podía soportar que alguien me estuviese hablando en la oreja recitando los textos y acciones de todos los integrantes de la escena cuando yo necesitaba la máxima concentración.

Pedí por favor que me dejaran quitármelo, y fue la primera y la última vez que me lo puse, al menos en aquella producción.

Ese instrumento, que parece algo sencillo de usar, algo que podría facilitar el trabajo de un actor porque ejerce de apuntador, era el instrumento más horrible que jamás había visto.

Imaginen un actor intentando concentrarse en la mirada de su compañero, en su personaje, en las posiciones de la cámara, en la luz, en su texto, con la sensación de tener a alguien colgado en la espalda comiéndole la oreja. La verdad, no era lo mío y fue la primera pista que tuve del porqué les salían las cosas como les salían.

Anduve, saludé y bailé, sin tener idea alguna de baile con mi *partenaire*.

Fue la sensación más horrible y de más nervios que recordaba desde hacía mucho.

«¡Queda!». Su palabra favorita cada vez que checaban en control si la secuencia era digna de ser emitida. El productor salió de la caravana y se dirigió con un gesto al director de *casting* y al productor ejecutivo, que debió de pensar lo mismo, «¡queda!». Así que quedé para el siguiente *round*…, mi primer viaje a Veracruz, lugar donde se grababa la mayor parte de la novela.

Aquel viaje en las camionetas de la empresa fue mi primera decepción, yo había pensado que me llevarían en avión como a los demás actores que interactuaban conmigo, pero pronto entendí que no había entrado por la puerta correcta. Sin embargo, iba a demostrar que merecía ir volando y mucho más.

* * *

Todo estaba preparado para mi primera secuencia real, mi llegada al campamento, una escena larga, con muchas acciones y texto.

Con mis textos marcados y la mirada atenta, me presenté al equipo y a los demás actores.

La segunda pista que encontré del porqué les salían las cosas como les salían, fue cuando quise ensayar con una compañera ya mayor, que tenía algunas de las secuencias siguientes conmigo. Le pregunté cuándo teníamos un tiempo para ello, a lo que me respondió que ella no pensaba ensayar nada, que cuando le dijeran se pondría el apuntador y punto, nunca mejor dicho.

Al recordar el momento en que me llamaron para realizar los preparativos de mi primera secuencia, me viene a la cabeza la frase de uno de los actores de la novela, chileno, que en una ocasión, tiempo después, me dijo: «Esto es como llegar a la fábrica de Levi's y darse cuenta de que no saben hacer pantalones». ¡Qué razón tenía!

«¡A ensayar!». Y el realizador se presentó muy amablemente y me dijo: «Vamos con la primera. Mira, mijo, sales de aquella montaña de allí y vienes caminando. En este punto, giras la guitarra, continúas caminando hacia las maderas, dices tu primer parlamento, tocas unas cuantas notas que sepas en la guitarra, se ponen todos a bailar, te acercas a la caseta, ves a la muchacha, vas hacia ella; en este punto la tomas de la mano, le das dos vueltas, no más, para que quede frente a ti, le dices tu parlamento y os quedáis inmóviles durante treinta segundos. Vamos con la segunda. Vienes de la cabaña, te acercas a la del jefe, pones el pie aquí, le dices tu parlamento, te intentará tirar un cuchillo, sales por aquí y regresas dos pasos por el montículo, te giras y le miras. Vamos con la tercera. Pides permiso para entrar a la tienda de la bruja, le dices tu texto, ella te responde, pones tu mano aquí, te enfadas y te vas. ¿Listos?».

Ingenua de mí, le pregunté: «Ahora vamos a ensayar y a grabarlas por separado, ¿no?». A lo que me respondió: «Ahora hacemos un ensayo de todas a la vez mientras las grabamos».

Me quedé patidifusa, no sabía dónde meterme, cómo iba a hacer yo todo eso sin ensayar, sin el apuntador, sin saber tocar la guitarra, sin conocer a la actriz…

«¡Acción!».

Respiré, salí de aquella montaña, caminé, giré la guitarra, hablé, toqué, bailé, regresé, la miré y le dije que estaba enamorado de ella…

No sé cómo salió, pero salió, y ese fue el principio de mi historia en la actuación en México, el principio de mi éxito, el principio de un personaje que se convertiría en uno de los más queridos de esa época por los amantes de las telenovelas.

Empecé a sentir lo que significaba salir en el canal más visto de la televisión del país en el horario con más audiencia. Comencé a sentir los efectos de la fama, de un trabajo creativo bien hecho y lo que suponía.

Salías de un restaurante y había un pasillo de personas gritando y pidiendo autógrafos y fotografías. Te montabas en una camioneta y la movían entre todas las niñas como si de una película de zombis se tratara. Era una locura, jamás había sentido una cosa así, algo tan exagerado.

LA LOCURA

Sin siquiera haber cobrado todavía, decidí cambiarme a un lugar más cercano a la televisora, dejando a mis ya amiguitos con su baño para ellos, y acabé en un lugar bastante agradable con dos rottweilers que guardaban la puerta de mi casa y la casa de mí misma (¡un amor!, cada vez que entraba, me cagaba patas abajo).

Los periodistas del mundo del espectáculo me hacían entrevistas constantes, me invitaban a programas, a eventos… y empezó la locura.

Todavía no había cobrado ni un peso (y eso que ya llevaba varios meses trabajando), pero me invitaban a todas partes. Un evento tras otro, una grabación tras otra. Salir, trabajar, la fama; me encantaba.

Me invitaron a una pasarela de moda muy importante en la que conocí a los que acabarían convirtiéndose en mis mejores amigos. Una diseñadora de joyas y su pareja, a las que adoré desde el primer instante, un cirujano que acabó acogiéndome en su casa, y a Peluche.

Peluche era un chico como yo (parecido físicamente a mí, pero en chico), muy agradable y guapo, tengo que reconocer que al final acabó hasta gustándome. Un chico que hizo clic inmediatamente conmigo y que se convirtió en mi cómplice de fiestas.

Íbamos de un lado al otro, de risas en risas, de juerga en juerga; de manera sana, no bebíamos mucho ni tomábamos ninguna sustancia, pero eso no nos impedía relacionarnos con todas las chicas más preciosas de la *socialité* mexicana y carcajearnos de las bobadas que nos pasaban.

Uno de los días que no pudimos contenernos fue tras la invitación de una cantante que vivía en un lujoso hotel, al cual nos subió junto a su manager gay.

Estábamos sentados en la alfombra del salón, emocionados porque no sabíamos de qué iba el rollo y expectantes porque la mujer había apagado la luz y solo veíamos algo gracias a la poca que entraba de la calle por los grandes ventanales.

Comenzó a sonar una música sensual y, de la habitación, apareció una sombra envuelta en una capa, de espaldas, bailando sinuosamente al ritmo de las notas envolventes.

En ese momento le dije a Peluche: «Si se da la vuelta y tiene colmillos, te juro que no corro, me parto la polla»… y comenzamos a reírnos tirados por el suelo como nunca.

La mujer, enfadada, se dio la vuelta y nos echó de la casa. Quizá perdimos la oportunidad de una gran y alocada fiesta, pero seguramente nos evitamos un buen mordisco.

Peluche era uno de los chicos con más buen corazón y amables que he conocido, tenía un carisma especial que le venía muy bien en su profesión como presentador, aunque en México no había tenido mucho éxito en todo lo que había intentado y se le notaba siempre un cierto resquemor de «porque él sí y yo no».

Peluche vivía con una bailarina de la tierra, una morenita preciosa con la que siempre estaba medio discutiendo… Una señal que no supe entender a tiempo.

También tenía una amiga, Miriam, que me irritaba un poco, porque se comportaba con él como una especie de *groupie*-madre, pero que a la postre acabó convirtiéndose en mi hermana mexicana.

Yo seguía con mis grabaciones, con mis entrevistas, con mi éxito reconocido por la gente que se topaba conmigo, y observando todo aquello tan impresionante que ocurría a mi alrededor gracias, en gran parte, al enorme despliegue de medios de la empresa para la que trabajaba.

Vi cosas dignas de Hollywood, como una luna artificial inmensa que inflaban para iluminar el campo. También vi calentar un río, sí, así como suena, llegaron con una cisterna de agua caliente en un remolque y la vaciaron en el río para que la protagonista no se enfriara cuando se metía en él (la risa fue cuando me tocó a mí meterme en el agua congelada y descubrí que me habían destinado una cacerola… ¡Será que dos tetas tiran más que dos carretas!).

Montaba a caballo, luchaba, corría con antorchas por todos lados…, lo que siempre había deseado en mi profesión, disfrutaba.

Aunque no todo eran linduras. Producción tenía la costumbre de ponerme en la misma *roulotte* con otro actor que me caía muy bien, pero del que tuve que pedir que me separaran, porque ya no aguantaba más, se ponía hasta las trancas de todo. Cuando la caravana no estaba con una peste tremenda a tequila, estaba con una peste inmensa a whisky; cuando no había tabaco en el piso, había otras cosas. Cada vez que entraba, encontraba a una muchacha diferente dispuesta a ofrecerle sus favores, pero el colmo fue cuando una noche llamó la policía a la puerta de la *roulotte* para entregarle un sospechoso paquete, con quién sabe qué madres. Ahí dije hasta aquí, y me cambiaron para siempre de lugar.

Me llevaba fenomenal con todo el equipo, era un lujo y un gusto verlos todos los días y saludarlos, era maravilloso trabajar con ellos y para ellos también conmigo, se notaba.

Siempre sonrisas, siempre abrazos.

Teníamos a una doctora muy simpática que, uno de los días que unas de mis compañeras y yo acabamos muy tarde y con mucho frío, nos hizo tomar unas vitaminas de su cosecha.

Me acosté y mis tripas empezaron a sonar, entré al baño y tuve que morder la toalla durante toda la noche hasta que evacué la sustancia de la doctora. Al día siguiente le pregunté a mi pareja en la serie cómo se había sentido. «¡No mames!», me dijo, «pasé la noche mordiendo la toalla del baño». Era una chica divertida y preciosa, me gustaba bastante, y en más de una ocasión estuvimos a punto de tener algo que nunca acabó de consumarse.

Como digo, me llevaba fenomenal con todo el equipo, con todos menos con uno; un director de cámaras muy parecido físicamente a Trump a quien se le había atravesado mi existencia desde el *casting*. Tenía un odio hacia mí que sacaba a la menor ocasión, resaltando las virtudes de mis compañeros y menospreciando mi trabajo, me caía gordo.

Todo venía porque los demás estaban contentos conmigo y comentaban cuánto les gustaban mis actuaciones, pero sobre todo porque no usaba el maldito apuntador.

Era de esos tipos con mente inmóvil y pretendía hacer las cosas exageradamente, a su forma, o la que la empresa venía desarrollando, y no iba a permitir que nadie de fuera viniera a cambiarle las reglas y a demostrarle que los trabajos se podían mejorar.

Los *ratings* mandaban, teníamos un éxito enorme y lo picos más altos de audiencia se producían cuando la historia entre mi pareja, el chico y yo se apoderaba de la pantalla.

Yo había llevado ya a mi terreno a mi contraparte en la serie, un chico muy majo, hijo de actores muy importantes del país al que su padre le dijo que me hiciera caso y que acabó haciendo todas sus escenas conmigo sin apuntador, lo cual irritó aún más al pequeño Trump.

Acabábamos de grabar una de las mejores escenas que había hecho en mi vida, una lucha a cuchillo en el campo, con la luna y lluvia artificiales y unos textos de ensueño, y al tipo… ¡no le gustó que la lucha pareciera de verdad! Quería que hiciéramos la mierda coreografiada y sobreactuada a la que estaba acostumbrado. Pero nos negamos e hicimos un gran trabajo.

Al día siguiente, mi pareja gitana y yo teníamos una escena complicada mar adentro. Fue todo un desastre, el equipo estaba muy lejos, nosotras no oíamos nada ni ellos a nosotras y se tuvo que doblar la escena, ya que no llegaban con los cables a donde cubría el agua (habían elegido una playa de esas que andas y andas y jamás te cubre, como a la que me llevaban mis padres en Alicante de pequeña).

Cuando, por fin, a través de señas, logramos terminar, comenzó la fiesta.

Según íbamos saliendo del agua, el pequeño Trump comenzó a soltarme todo el veneno que tenía acumulado desde que me había visto aparecer en la prueba. Me dijo que venía a pasarlo bien en vez de a trabajar, que no era un profesional y que hacía lo que me daba la gana, a lo que yo le respondí cagándome en su puta madre.

¿Cómo alguien tan necio tenía el valor de humillarme delante de todo el mundo diciéndome que había llegado a México a divertirme cuando todas las noches me acostaba pensando en mi familia, en haber dejado todo por llegar allí de manera tan dolorosa, sin haber cobrado un peso todavía, con una mochila cargada de ilusiones y talento que demostraba cada vez que encendía sus pinches cámaras?

Estuvimos a punto de llegar a las manos y yo terminé llorando de impotencia, por lo doloroso de sus palabras. Golpeé la puerta de la caravana y al final me tragué mi orgullo y, para colmo, le pedí perdón, algo que él nunca hizo conmigo.

Pero, lejos de ser contraproducente para mí, aquello acabó traduciéndose en más respeto hacia mi figura, pues había tenido lo que supuestamente no tengo para enfrentarme a lo que no me parecía justo, y eso es algo que muchos no pueden hacer por sus circunstancias, pero que agradecen a quien sí las hace. Así que me convertí en una especie de defensor de todos los males de los trabajadores que en muchas ocasiones eran tratados como esclavos por otros esclavizados trabajadores.

A pesar de la fama de mi personaje y del revuelo causado tras el incidente, yo seguía sin cobrar y me enfadé. Llevaba ya muchos meses trabajando y aquello me parecía insostenible, así que fui a hablar con los responsables de la producción y les dije que, o me pagaban, o me iba de la serie, que quitaran el personaje si hacía falta. Y eso hicieron.

Sin embargo, a los pocos días, recibí una llamada: «Déjate la perilla, ya está todo arreglado. La semana que viene regresa el gitano».

Mi reacción fue de alegría total. La de Peluche, que viajaba conmigo en el taxi en el que me encontraba, fue bajarse del coche en cuanto paramos en un semáforo. Nunca regresó a México.

Hay que decir que estaba pasando una mala época (su novia le había dejado por un tipo que habían conocido en un local de intercambio de parejas) y que, como ya he dicho antes, nunca llevó demasiado bien mi éxito.

Volviendo a la producción, crearon una historia preciosa para mi personaje que tuvo en vilo al público hasta el final de la novela, una despedida maravillosa para un verdadero zíngaro.

El último día de grabación, agradecí a todos la oportunidad de crear algo tan fantástico, y nada fue más reconfortante que comprobar el cariño que me tenía todo el equipo, que, evidentemente, era recíproco.

Cuando recogía las cosas de mi camerino, recibí un mensaje de mi compañera de reparto diciéndome: «Ahora te entiendo, cuánta razón tenías». Se refería a nuestras conversaciones sobre la manera de trabajar y hacer las cosas, principalmente en darlo todo, en poner el corazón en lo que se hace.

Una comprueba constantemente el resultado de las cosas en las que ha puesto el alma y el corazón, y en las que no; y en esa ocasión está claro que lo había puesto todo.

Por aquel entonces, me invitaron a un programa en Miami junto a otros hermosos actores. Era la primera vez que pisaba Estados Unidos y resultó un viaje muy especial y también algo… curioso.

La primera noche, nada más llegar, recibí una llamada al hotel: la voz de una mujer desconocida empezó a gemirme en el oído (yo no daba crédito y me partía de la risa). Al cabo de un rato, cuando la señora dio por terminado su «mensaje», me dijo: «Welcome to Miami» y me colgó. No sé qué tiene Miami, pero no fue lo más raro que me pasó allí.

Había pedido a la productora que me pusieran el vuelo de regreso quince días después del programa, para que mi mujer se escapase y tuviéramos unas pequeñas vacaciones. Y, como en Estados Unidos las distancias no son como en mi Madrid y hace falta un coche para todo (en Miami ya puede una andar y andar que no llega a ninguna parte), renté uno y me fui a South Beach para esperar a mi esposa, la cual nunca llegó.

Después de unos meses de distanciamiento por mi situación, sentía que era nuestra oportunidad para rencontrarnos y tenía mucha ilusión por compartir todo lo que había vivido con ella, pero mi esposa tenía un trabajo que atender y no pudo ser. No la podía culpar por ello, pero me sentí mal. El caso es que pasé quince días dando vueltas por Miami.

Siempre he sido muy fan de *Miami Vice* (las series y las películas son los mayores promotores turísticos de los lugares, de verdad), así que tenía mucha ilusión por descubrir el lugar, pero me pareció de lo más normalito, incluso a veces hortera, como cuando te encuentras a una señora toda peripuesta paseando un carrito rosa extravagante con un perro enano dentro lleno de joyas, o como cuando pasas por un comercio de tatuajes que se hizo muy famoso por un programa de televisión y ves las tonterías que se graba la gente.

A mí me recordaba a cualquier ciudad cutre de playa en la Costa Blanca de España, aunque exagerando un poco, porque sí tenía muchos atractivos para quien tuviera dinero y una playa que estaba mucho mejor de lo que me esperaba. Eso sí, hay que tener cuidado porque te pueden morder cosas.

A mí me gusta estar en la orillita, donde no cubre, y meter el cuerpo buceando al ras; en uno de esos baños levanté la cabeza y vi a unos señores haciendo señas como locos, se ponían las manos en la cabeza como si estuvieran rezando y gritaban: «¡Shark!». «¿Qué *shar* ni qué sal?», pensé yo, hasta que me giré y vi una enorme sombra tras de mí, entonces comencé a salir *muyyy despaciiito* del agua.

No sabía yo que los tiburones podían llegar tan a la orilla, y menos que en Miami había cosas así. Habiendo visto tantas películas una le pierde el miedo y el respeto a la naturaleza.

Y es que hay que tener cuidado de dónde te sientas en la playa, y no hablo solo dentro del agua, porque una vez me senté a tomar el sol y todas las miradas de los tipos a mi alrededor fueron a por mí. «¿Qué ocurre?», me pregunté, hasta que me di la vuelta y vi una bandera multicolor que indicaba que estábamos en un espacio gay. A quien me quiera escuchar: cuidado con la playa en Miami, si no te muerde una cosa te muerde otra, ustedes verán.

Queriendo huir del peligro playero, tomé el coche y me fui a otro de esos lugares míticos de película, los Cayos. Y también me pareció que estaban sobrevalorados, aunque creo que fue más por el cabreo que tenía de andar sola por ahí, que por las características del lugar. Yo soy de compartir, me gusta estar con la persona que quiero viendo las cosas. Yo sola, ¿para qué?, ¿me río yo sola?, ¿me comento yo sola? No, no se aprende de la misma manera estando sola.

Lo que sí aprendí en aquella ocasión de los estadounidenses es que viven pensando que alguien les va a hacer algo o les va a matar. Lo observas en las caras de la gente, en la policía, en los interminables controles.

Cada vez que he ido, da igual por dónde haya entrado, me han hecho pasar la vergüenza y la pérdida de tiempo de encerrarme en el cuartito un rato.

Para que me entiendan, tienen unos controles absurdos en los que, si tu apellido coincide con alguien sospechoso o lo que sea que se inventen, te llevan a una sala en la que toman tus huellas y las cotejan con vete a saber qué, te interrogan a ver si te quieres quedar a trabajar allí, que es su mayor preocupación, y mil paranoias más. Al cabo de unas horas, dependiendo de la gente que tengan, te dan el pasaporte y las gracias por haberte hecho perder el tiempo, y adiós. ¡Y no se te ocurra quejarte!, porque son como los agentes que capturan a Rambo en su pueblo, se aburren y están deseando la más mínima para imponer su ley de *sheriff* peliculero y te arman un altercado internacional.

Como un día, en Miami, que un chico iba paseando con su monopatín y un drogata, sin venir a cuento, lo empujó. La que se armó, como si hubiera habido un atentado terrorista. En unos segundos aparecieron tres o cuatro patrullas y el chico, que había caído al suelo, ya estaba esposado.

Le dije a uno de los guardias que el chico no había tenido la culpa, que había sido el otro el que le había empujado, y el tipo me contestó que ¡era peligroso porque llevaba un monopatín en la mano y corrían peligro nuestras vidas! ¿Se lo pueden creer?

En fin, poco pasa para el susto que tantas películas y amenazas extraterrestres y terrestres les han metido en la cabeza, de verdad.

A veces tengo la sensación de que solo se preocupan por hacer dinero y morir ricos junto a su arma preferida protegiéndolos, pero allá ellos.

¿Y ustedes se han fijado en lo patriotas que son? ¡Por favor! Que está bien ser patriota, pero sin exagerar. El patriotismo exacerbado es una de las cosas que más me han crispado de la sociedad mexicana, también, porque yo no tenía esa costumbre.

El querer la tierra de uno no tiene nada que ver con no ser objetivo. Una cosa es valorar la sociedad en la que vives y otra estar ciego y no ser capaz de criticar lo que no funciona. En España, por ejemplo, si algo va mal, se dice y punto, para intentar arreglarlo. Pero en México, como seas extranjero y se te ocurra decir la más mínima cosa que no te parece bien del país, ya no te miran igual.

Y la verdad, el patriotismo es bueno en su justa medida, pero se convierte en algo negativo cuando no eres capaz de reconocer los hechos tal y como son.

Mi madre, por ejemplo, nos educó a base de zapatilla (eran otros tiempos y los zapatillazos estaban a la orden del día). Cuando no hacíamos las cosas bien, nos daba con ella. Y no me refiero a hacer las cosas bien con respecto a sus intereses, me refiero a hacer las cosas mal, que uno sabe que están mal. Porque todos sabemos lo que está bien y lo que está mal sin que nadie nos lo diga, y tengo la impresión de que, a veces, habría que refrescar un poco la memoria para más tarde no lamentarse.

Veo que en muchos lugares los buenos tratos se confunden con la falta de objetividad, y mi madre me ha seguido dando con la zapatilla (aunque sea sin ella) hasta ahora, ¿o alguien piensa que si mi madre me viera aquí colgada no me habría dado un buen zapatillazo?

Hay que decir las cosas, lo bueno y lo malo, para que comprendamos el daño que podemos infringir a los demás por simple egocentrismo.

MI NIÑA

Después de un tiempo más en mi nuevo país de acogida, decidí trasladarme de nuevo a mi casa vía Miami. Aunque los productores de la televisora con la que había trabajado me incitaron a que fuera a hablar con los de arriba para que me dieran una exclusividad, nunca lo hice. Ya necesitaba a mi familia, llegar con el éxito debajo del brazo para decir: «¡Mirad qué chula soy!». Había conseguido lo que buscaba, la fantasía que no se hacía en España, había vivido lo que deseaba vivir.

No soportaba los vuelos tan largos, se me hacían eternos y recé para que no me tocara un barbudo peludo y espantoso en ese vuelo —les digo que Miami tiene algo especial— y se me concedió. En lugar del barbudo peludo apareció una chica preciosa que se sentó a mi lado. No hablaba ni inglés ni español, pero eso no me impidió saber que era de origen vietnamita y francés, una mezcla muy curiosa que pude catar cuando, después de hacerse la tonta con los muñequitos de mi iPad, comenzó a besarme y a seguir jugando con los muñequitos.

Antes, cuando escuchaba historias sobre gente que había hecho según qué cosas en el avión, no me las creía; a partir de entonces, sin embargo, empecé a ser creyente.

Creo que ha sido el viaje más raro y divertido que he realizado nunca. Dos personas sentadas una al lado de la otra, sabiendo que no van a volver a verse, que deciden disfrutar del momento sin ningún prejuicio.

Cuando el avión aterrizó nos despedimos y jamás volvimos a vernos.

Desde ese día siempre he tenido mucho cuidado con lo que deseo en los aviones, no vaya a ser que me confunda, piense en un barbudo y acabe entre sus pelos… Ya sé que atraigo a los tíos, pero a mí, como que no lo veo claro eso tan oscuro.

Le pregunté una vez a una amiga mía el porqué de esa atracción que sentían los hombres hacia mí y su confusión sobre mis gustos, me dijo: «Mírate al espejo, ¿será por tus aretes, por tu pelito largo, por uñas pintaditas, por tu ropa de niña? Es raro que se confundan, con lo varonil que vas… ¡Jajaja!».

Al poco tiempo de llegar a Madrid, mi mujer me enseñó un test de embarazo… Nos echamos a llorar, ella tenía por fin la oportunidad de crear lo que más deseaba: vida.

Yo, sin embargo, no lo tenía tan claro, me acababan de llamar para ofrecerme otra serie en México y no sabía qué iba a pasar, mi mujer embarazada en España y yo viviendo en otro continente era una locura, pero me hizo mucha ilusión.

Una sabe el momento en el que todo encaja y se concibe la vida, y yo recuerdo perfectamente el momento en el que en nuestro sofá del salón sentimos una chispa en nuestros cerebros, después de hacer el amor, que jamás volvimos a sentir. Es como si se prendiera una bengala dentro de tu cabeza, como si se encendieran las luces del año nuevo justo cuando dan las doce campanadas. Un premio al amor, a la creación. Una señal de conseguido.

—Ya tienes lo que querías, déjame ahora tener lo que yo quiero —le dije.

—Sin problema —me contestó.

*   *   *

Regresé a México de nuevo por todo lo alto, con otro buen personaje, pero las cosas no iban a ser tan fáciles. En primer lugar, porque ese «sin problema» no fue del todo verdad. A nadie le gusta pasar un embarazo sola ni a mí perdérmelo, claro.

De algún modo, mi mujer sabía que había cambiado ese bebé que venía en camino por mí. Y yo, a pesar de lamentar perderme parte de esa experiencia, sabía que necesitaba liberarme de ataduras y cadenas para poder llevar a cabo mi sueño.

Sabía muy bien las consecuencias que aquella decisión conllevaría, lo que implicaría, el dolor que iba a causarme y los sentimientos que iba a desencadenar en mí. Pero tenía que hacerlo.

Normalmente nunca me equivoco a la hora de valorar mis sensaciones; esa vez, tampoco.

*   *   *

Llegué a mi participación estelar en mi segunda novela (una serie sobre una gordita que luego se hacía flaquita. Muy «original», sí). Desde el comienzo hubo una disociación muy grande entre algunos de mis compañeros, algunos directores y algún que otro productor.

En la primera secuencia que grabé se me dejó muy claro: «Esto… Mira, aquí, en la televisión, se necesita ser más eléctrico».

¿Ustedes lo entienden? Yo, tampoco. Es de esas cosas que te suelta un director y que tú jamás logras descifrar. No sé si quería que fuera como un foco, que parpadeara como un intermitente o qué. El caso es que lo traduje como «aquí no vas a hacer lo que te dé la gana, adáptate», y así lo intenté durante toda la novela. Intenté adaptarme, usar el puto apuntador, hacerles caso… y sufrí, sufrí y sufrí como nadie a mis compañeros, a los directores y a algún productor. ¡Y eso que, desde la aparición de mi personaje, los índices de audiencia eran los más altos de la cadena!

A pesar de lo que tuve que aguantar, la vida me dio algo a cambio: la casa que renté estaba justo en medio de los estudios y de la casa que habían rentado para hacer los exteriores de la novela, lo cual era maravilloso, solo tenía que cruzar la calle para ir al trabajo todos los días.

Hice de aquella casa mi nido de amor, algo que no gustó nada a la dueña, que de vez en cuando me cortaba la luz o el agua para que relajara un poquito el flujo de amigas que me visitaban (pobre casera, me caía fenomenal, pero estaba medio loquilla).

Por allí pasaron mi querida J., mi estimada S. mis preciosas P., H., I., K., Z., M., y mi adorada ucraniana, a la que todo el mundo llamaba *la rusa*.

* * *

Hay cosas en la vida que han cambiado a través de los siglos, avances de todo tipo, inventos, formas de subsistencia..., pero hay algo que no ha cambiado en nada en todo este tiempo, el AMOR.

Hemos inventado millones de máquinas para todo tipo de cosas, medicinas para todo tipo de enfermedades, pero seguimos matándonos, muriendo y sufriendo por amor. Seguimos comportándonos de la misma manera, viviéndolo de la misma forma, con la misma intensidad que hace miles de años.

Hemos intentado ponerle normas para que no nos desequilibrara.

Las religiones y las sociedades siguen intentando controlarlo y ponerle medida. Pero, si se dan cuenta, lo que desata el amor entre dos personas es impredecible; lo que desata el amor no correspondido es inexpugnable.

Seguimos matando por él, seguimos encerrando por él, seguimos suicidándonos por él, seguimos sufriendo por él.

¿Es que no ha evolucionado en nada el amor? ¿Es que no hemos evolucionado en nada?

Parece imposible retenerlo en uno mismo cuando lo tiene, parece imposible tenerlo cuando no se tiene.

Tanta gente sigue cambiando el amor por un plato de sopa, el amor por un polvo, el amor por no sufrir el desprecio o la burla de otros, el amor por tantas otras cosas que importan bien poco comparadas con él...

Me pregunto si algún día nuestro amor evolucionará a AMOR, si algún día será otra cosa o si dentro de otros mil años seguiremos cambiando el amor por tener una nave más moderna o por no sufrir que los terrestres se rían porque quieres a un marciano.

¿Seguiremos buscando por otras galaxias a la persona que amamos y se fue a experimentar lo que es la vida con un robot adinerado? ¿O conseguiremos crear una pastilla para que no siga interrumpiendo nuestras vidas, para que no siga irrumpiendo en ellas y rompiéndolas?

¿Seremos todos Equals, como la película, o conseguiremos que el amor sea lo más importante del mundo y no haya nada que pueda moverlo de nuestro corazón?

¿Saben lo difícil que es encontrar en este mundo, entre los millones de personas que existen, alguien que te ame de verdad y a quien tú ames?

Seguramente encontremos millones de personas con las que compartir muchas cosas, a las que querer…, pero amar de verdad…, uffff…, no sé si hay más de una.

Por eso digo, ¿cuántos artistas harán falta para explicar la importancia del amor para que evolucionemos en él y lo hagamos nuestra forma de vida?

Si conocen el amor verdadero, no se conformen con un «te quiero» o, lo que es peor, con una casa más grande, un coche o un trabajo remunerado. Luchen por él, porque a quienes se aman de verdad la vida les corresponde amándolos como a nadie.

* * *

En aquella época, aunque nunca me adapté a la novela ni a sus integrantes, sí me hice amigo de alguno de los actores, un hombre mayor de voz impresionante y un *latin lover* tan genial como su bronceado, con los cuales tuve una complicidad extrema y muy buenas risas.

Con la protagonista de la serie, sin embargo, no me llevaba mucho, el protagonista estaba flipado con su peluca y con su rollo zen de pastel, y otros se creían los más graciosos del mundo, las más guapas o los más chingones. Yo era la tonta en la que recaían todos los palos. O me equivocaba con el apuntador, o no hacía lo que ellos querían cuando no lo utilizaba.

Eso sí, había alguien que me alegraba siempre reconociendo mi trabajo: el jefe de prensa, que, medio en broma, cada vez que me veía, me decía que era el mejor actor porque en verdad parecía «machín» en la pantalla.

Pero, por lo demás, nada. ¡Una compañera hasta llegó a acusarme (sin razón, claro) de haberle tocado el culo y de haberme insinuado! Mejor me callo al respecto, porque la señora me cae bien y, aquí, muriéndome, no me apetece llevarme ningún mal rollo con nadie a la tumba.

Lo que no me puedo callar es cómo casi muero en esa misma serie.

Mi querido amigo de voz grave tenía una forma muy peculiar de saludarme, dándome unos buenos manotazos en la espalda con sus dedacos tamaño morcilla y palmas tamaño plato sopero; tenía manos de herrero y, lejos de ocultarlo, se lo demostraba a mi espalda todos los días.

Al principio me hacía gracia; al final, también, pero hubo un intermedio algo tenso.

Estaba ya un poco cansada de la bromita y, pensando que el juego iba en ambas direcciones, en una ocasión, antes de que me propinara su habitual mamporro le dije: «Hoy no». Y levanté mi pierna a modo *Karate Kid*, pero él me pilló por sorpresa, la agarró riendo y empezó a subirla lentamente. Al principio yo también me reía. Sin embargo, cuando llegó al límite de lo que mis ligamentos daban de sí, empujó con todas sus fuerzas hacia arriba, lo que me hizo elevarme en el aire por encima de su cabeza y caer de espaldas. Todo el aire de mis pulmones se fue de golpe, una sensación horrible que no puedo describir, no podía respirar, creí que iba a morir allí mismo, que, con suerte, habría quedado paralítica.

Todos se asustaron; él, también. «Respira, hijo, respira», me decía mientras otro actor le recriminaba lo que había hecho. Al final, volví a la vida; con un dolor de tres pares de cojones, eso sí, ni siquiera comparable a la vez que me había destrozado los talones tras romper el récord de mi instituto en salto de potro y pasar de largo de las doscientas colchonetas, para caer sobre mis preciosas extremidades en el suelo de cemento.

Parece que es difícil acabar conmigo. Mi poder de recuperación es realmente envidiable, a veces pienso que vine en una bola de pinchos a este planeta.

¡A ver si no me voy a estar muriendo! Debería intentar mover la cabeza un poco para comprobar si estoy bien colgada y los cinturones aprietan lo suficiente, no es normal que esté pensando en todas estas cosas si precisamente me maté para no pensar en nada más. Dicen que la vida pasa en un segundo cuando te mueres, ¡una mierda!, o no me estoy muriendo o mienten los que han regresado, llevo tres horas como un pasmarote suspendida en el aire.

¡Qué de aventuras viví en ese periodo!

¡Y cuántas niñas enamoradas y niñas que solo buscaban fama!

J. era una de esas niñas que se enamoró de mí, pero que yo no correspondí. Era mi compañera de sexo, siempre estaba disponible, siempre atenta e ilusionada por verme, una persona que se convirtió en mi amiga fiel por mucho daño que le hiciera el que yo no estuviese enamorada de ella.

Se tomó algunas pequeñas venganzas, eso sí, y su madre seguro que se cagó en mí más de una vez (estoy segura de que mucha de la mierda que me echó me llegó más tarde de lo que la señora hubiera deseado, pero me llegó, que no se preocupe).

Las madres y los padres, los familiares en general, suelen ser poco objetivos, y yo, la verdad, no estaba acostumbrada a ese tipo de padres sobreprotectores para los que sus hijos todo lo hacen bien. Nunca le mentí, ni a J. ni a nadie, y eso me llevó tanto a desplantes como a perderme grandes momentos sexuales o vivenciales.

Sé que hay gente a la que se le da muy bien mentir, gente a la que no se le mueve el corazón utilizando la mentira para conseguir sus propósitos, pero a mí no.

Yo siempre he estado acostumbrada a decir la verdad por mucho que me duela o dañe, en vez de aprovecharme de algo o alguien.

Es algo que aprendí de mis padres. Ellos jamás nos dieron la razón por sistema en una pelea o en cualquier situación que nos aconteciera. Si hacíamos algo mal, se nos recriminaba; daba igual lo que fuera o a quién. Daba igual que fuéramos sus hijos y, la verdad, es de agradecer; me habría llevado muchas más hostias en la vida si me hubieran sobreprotegido o me hubieran aplaudido las mentiras.

El mundo ya está bastante lleno de malditos a los que sus familiares protegen. No creo que, si me hubiese dedicado a cometer fechorías, mis padres me hubiesen ocultado, no creo que, si hubiese robado o violentado a alguien, mis padres hubiesen permanecido callados. Cuando he hecho daño a alguien, ellos han sido los primeros en reprenderme.

* * *

Entre las aventuras de San Andrés Inn, que era la zona por donde me movía, ya que era donde tenía mi casa y mi trabajo, destacaron varias, cada una por lo suyo, unas por la inmediatez, otras por la manera extraña de habernos conocido (en el trabajo, por internet, en una fiesta…). Siempre había un hueco en mi cama para experimentar algo hermoso.

S. llegó empapada el primer día, porque había abierto la ventanilla del taxi para fumar y este pasó por un charco; el segundo, después de hacer el amor, se santiguó y rezó un padrenuestro por haberse acostado con una persona casada (jamás había visto una cosa semejante y tan absurda; seguro que era por lo que menos debía confesarse, a juzgar por cómo se había comportado en la cama); el tercero me dijo: «Vamos a cenar al Harry's» (quizá el restaurante más caro de la ciudad). Entonces yo le pregunté si lo iba a pagar ella, a lo cual me respondió que no, a lo cual yo le respondí que entonces iríamos al McDonald's, a lo cual no volvimos a salir nunca más. Fin de esa historia.

En México piensan que los españoles somos más abiertos y promiscuos, pero es todo lo contrario, se lo aseguro.

Nunca he visto tanta gente acostándose los unos con los otros sin ningún pudor, saliendo con varias personas a la vez o teniendo hijos como churros sin pensar en lo importante que es la vida. ¡Cuántos personajes he conocido que tienen hijos desperdigados por todo el estado y sin interés ninguno hacia ellos! Follan y engañan a la amante de turno con su labia y buenas palabras para más tarde desaparecer.

Yo nunca he sido de esas, aunque algunas pudieran pensarlo y aprovecharse de ello, como una muchacha preciosa que me encantaba, hasta que me dijo que estaba embarazada y necesitaba dinero para el aborto. Le comenté que fuera a pedírselo al padre, porque yo tenía una vasectomía y era imposible haberla dejado preñada, y… ¡otra que desapareció!

Entre dimes y diretes, amigas periodistas y nuevas conocidas, me estaba volviendo loca. Las que menos pensaba eran las que más pronto follaban, y las que más aventadas parecían eran las que querían matrimonio antes de hacer nada.

Quedar con alguien por internet y no saber ni cómo ni quién es hasta encontrarte con ella en un restaurante y sorprenderte agradablemente, discutir con una persona que acabas de conocer y a las horas estar retozando en la cama con ella... La verdad no sé cómo tuve tanta suerte de que no me pasara nada con tanto descontrol.

Entre los que se convirtieron en amigos, estaba Eli, una joyera de alto nivel que se presentó ante mí con su pareja belga en un desfile de Mercedes Benz en el que participaban. Y también afiancé mi amistad con Miriam, mi *groupie*, que había cambiado a Peluche por mí.

A todo esto, yo seguía grabando la serie y mi mujer estaba a punto de salir de cuentas.

Pedí permiso en el trabajo, pero no me lo concedían, hasta que le expliqué a la productora la situación y acabaron comprendiendo que era mucho más importante el nacimiento de mi hija que cualquier personaje en serie alguna y que me iba a ir sí o sí. Así que amablemente me dejaron irme unos días con los nervios de si mi mujer se pondría de parto antes de yo poder llegar.

Mi avión aterrizó en Madrid el 16 de diciembre de 2010, mi mujer, como de costumbre, me estaba esperando en el aeropuerto, esta vez el doble de grande que cuando me había ido. Lloramos, le besé la tripa y le dije a mi bebé: «Ya puedes salir, amor mío, papi ya está aquí».

Dicho y hecho, la cabrona (con cariño) me estaba esperando, y por la noche mi mujer se puso de parto y nos fuimos corriendo al hospital, ella, yo y mi *jet-lag*.

VICTORIA

No tenía idea de los dolores que alguien puede pasar cuando está a punto de dar a luz. Cuando lo ves en las películas piensas que son unos exagerados, que algo tan bonito no puede acarrear tanto sufrimiento, pero la vida tiene esa puta dualidad. ¿Quieres caldo?, pues dos tazas.

Los gritos de dolor eran espeluznantes, la comadrona no quería que le pusieran la epidural todavía y mi mujer se cagó en ella varias veces. Pero esto es como en los restaurantes, no le puedes hablar mal al camarero que te va a traer la comida, porque trae consecuencias.

Después de una larga noche de espera y dolor, al alba se la llevaron a la sala de partos, me vestí para entrar, pero no me llamaban, lo que nos pareció extraño a mí y a nuestros padres, que esperábamos nerviosos en una sala contigua.

Por fin me dijeron que pasara, entré y allí estaba mi mujer ensangrentada, en lo que era una escena dantesca.

Entonces sacaron a mi bebé, y en aquel momento mi celular sonó inoportunamente (sí, esa fue la primera música que escuchó mi hija, los acordes de *Angel Voices,* de Bali Lounge, que en ese momento tenía como tono de llamada, toda una revelación).

Nos dieron a nuestra hija con un gorrito en la cabeza, nos miramos, la abrazamos y la quisimos como nunca habíamos querido a nadie.

«Hemos tenido problemas en el parto y no nos quedó más remedio que utilizar unos fórceps», nos dijo la comadrona. Aquellos hierrajos le habían producido una herida en una de las orejitas, pero eso no fue lo que nos hizo llorar a mi mujer y a mí, sino ver que tenía la cabeza como un pepino, totalmente estirada (parecía un auténtico alienígena, pobrecita. Lo digo en serio). Estábamos muy preocupadas y no nos ayudó mucho la respuesta del médico cuando, al preguntarle, nos dijo tan tranquilo y con alto desparpajo que eso se le quitaba en tres días.

«¡Qué poca vergüenza!», pensé. «Claro, como no es su hija, que se joda, ¿no?». Era imposible que una cabeza alargada como un huevo se fuera a poner bien, por culpa del puto fórceps mi hija no iba a ser normal. Nosotras íbamos a quererla igual, pero había que joderse y pensar que algún día en el cole la llamarían «cabeza buque» o que en el peor de los casos tendría que asistir a un colegio especial... Pero pasaron los tres días y, sí, la cabeza era completamente normal.

No podíamos creerlo, el doctor tenía razón, la carrera de medicina le había servido de mucho a ese hombre. Pero digo yo que habrían podido avisar, coño, que vaya susto nos llevamos.

Nuestra mayor victoria se quedó con ese nombre, Victoria. Como el mensaje que aparece en una de las tantas fotos que ya entonces me había hecho mi querida amiga Miriam; una foto en la que, detrás de mi figura, con la única plaza de toros hundida del mundo de fondo, se puede leer: «Confía en la vida. Victoria».

Menos mal que, para la elección del nombre, no decidí inspirarme en una imagen tomada en un bosque de Galicia, donde se supone que las Meigas campan a sus anchas, en la que, «producto de las sombras», aparece una figura negra con un sombrero tras de mí.

Mejor Victoria que Meiga, aunque un poco brujilla es...

* * *

Traer una criatura al mundo es dejar de existir, solo existe el bebé, y es que la vida sabe que es mucho más importante lo nuevo que lo viejo.

Esa renovación la tenemos integrada totalmente en nuestros genes, hasta tal punto de dejar de importarte para siempre y entender lo que se requiere de ti: volcarte en tu churumbel.

Esto se produce a través de unos controles integrados en nuestro organismo que no te permiten dormir si escuchas el más mínimo sonido proveniente del bebé o que hacen que te levantes como un resorte antes casi de que la criaturita abra la boca para llorar. Y es que, no se sabe de qué manera, el sonido del llanto de tu hijo es inconfundible para tu oído.

Además, crea un efecto llamada como en los exfumadores, detectas cualquier sufrimiento en cualquier criaturita ajena desatendida por sus padres y comienzas a vivir en una desesperación constante.

Si estás en un restaurante, ya no solo luchas contra la peste del listo fumador, al que le da lo mismo revolver el estómago de los antes fumadores, que han desarrollado una enzima que se libera cada vez que detecta un cigarrillo y te pone las vísceras del revés. Ahora también detectas cuándo le toca el biberón al bebé del carrito de al lado, si toma leche de bote o de teta, si duerme bien, si sus padres son unos golfos o si lo sobreprotegen.

Comienzas a detectar una serie de cosas que antes no detectabas y que aplicas hasta los límites más insospechados, como por ejemplo increpando a tu vecino de carrito por llevar el niño desabrigado.

Resumiendo, de la misma manera que encuentras puntos afines y tema de conversación con personas distintas a ti; ser padres, para compensar, también conlleva encontrar más gente con polos opuestos en cuanto a la educación y crianza de un bebé (¡y muchas con las que salir tarifando!).

Aunque yo siempre vi a Victoria como un ser desligado de mí, un ser individual, era imposible no sentir el amor profundo que te atraviesa cuando tu hija se queda dormida en tus brazos, cuando comienza a gatear, cuando se ríe o cuando te pinta la pantalla plana que tantos ahorros te ha costado y ves que jamás se quitará la mancha.

Eso es algo que tienen los niños, impunidad.

Si a tu mujer, a un familiar, a cualquier amigo, conocido o persona que entre en tu casa se le ocurre mancharte la tele, el sofá, el suelo, la pared, o lo que sea…, ¡ay, amigo! Pero si lo hace tu hija… Si es tu hija quien te pinta con rotulador permanente las sábanas, te parte en dos los electrodomésticos, te raya los cristales o te arranca la pintura de la pared de cuajo… Si es tu hija, lo único que se merece es un besito y un: «Eso no se hace, princesa». Y como encima llore, hasta le mueves tú la manita para que haga más rayajos. Lo dicho, una locura (por suerte, no dura para siempre y luego se recupera la objetividad).

No importa lo que te digan sobre lo que es tener un hijo, es algo que solo se puede experimentar. Es como si alguien te cuenta un orgasmo, no vas a saber lo que se siente hasta que lo vivas.

* * *

Después de muchas noches en vela abrazando y dándoles cariño a mi pequeña y a su mami, tuve que regresar a seguir grabando la novela, así que continué viviendo en Ciudad de México.

Invitaciones, teatros, fiestas, inauguraciones, grabaciones, publicaciones en revistas, carnavales, lecturas de libros, firmas de autógrafos… No tenía tiempo de aburrirme.

Llegó el final de la producción (despedida en Cancún incluida) con unos *ratings* insuperables y vino también mi primera portada en falda, para reivindicar que los hombres pudiesen vestir como quisieran y llevar aquella prenda que a mí me parecía tan cómoda y atractiva.

Años después alguien me comentó que aquella portada hizo que desapareciera la revista (por lo visto los socios se pelearon, porque a unos les parecía adecuada y a otros no); una lástima, porque me parecía una publicación independiente de muy buena calidad con la que había trabajado muy a menudo y muy a gusto.

También me apenó el darme cuenta de qué poco había cambiado el mundo y que existía un machismo generalizado que seguía interfiriendo en todo. Un machismo que se instala en hombres y mujeres sin que nos demos cuenta, una carnicería sobre todo aquello que pretendiera cambiar el panorama evolutivo y cultural de la especie.

* * *

Cada vez hay más problemas en las relaciones porque todos quieren las ventajas, pero ninguno de los sexos quiere las obligaciones que la sociedad les ha impuesto.

Creo que una de las causas de que cada vez haya más parejas forma-das por personas del mismo sexo es la equidad en pensamiento y acción.

Han hecho que nos sintamos tan diferentes los unos de las otras que, al acercarnos, nos resulta casi imposible encontrar puntos en común. Le-jos de complementarnos, entramos en una batalla campal en la que cada uno reivindica su «yo más». Y eso sucede en todos los ámbitos por igual.

No se trata de hacer lo que corresponde a cada uno, sino de querer hacer lo que hace la otra persona, pero más, por huevos. Y así no se puede avanzar en nada, ni en nuestras relaciones ni en nuestras vidas.

Somos personas únicas pero iguales, y todos tenemos que hacer co-sas diferentes. Dejemos el «si culo veo, culo quiero» y hagamos las cosas que hemos venido a hacer en nuestras vidas, que no son más que las nuestras. Cada uno las suyas, que seguro que son maravillosas, y, si son compartidas, mejor que impuestas o copiadas de otros.

* * *

A mí siempre me ha parecido desastrosa la incongruencia en los ac-tos: las mujeres quieren igualdad, pero no quieren perder los privile-gios adquiridos, y los hombres intentan mantener la desigualdad por-que les da poder. Pagar las cenas da poder, ser el que lleva el dinero a la casa da poder, tener el mando sobre cuándo se tiene sexo o no da poder… Todo, al final, se reduce a un juego de poder en el que nin-guna de las partes quiere perder sus armas. Estos dos grupos tan de-finidos en la Humanidad no tienen ningún interés en ser iguales por mucho que digan. Solo se quiere conseguir más poder sobre el otro grupo… y yo siempre he luchado por la igualdad de las personas y por sus diferencias únicas e individuales, jamás he luchado por grupo alguno, se llame como se llame, eso sí, los he combatido a todos, has-ta por los que he sentido más empatía.

Si hasta llegué a pelearme con mis compañeros budistas por las diferentes imposiciones que inculcaban a la chita callando, imaginen si hay alguien con quien no haya discutido.

Es lo que tiene no callarse y expresar la verdad cuando te pregun-tan (y a veces cuando no); siempre sales tarifando con alguien. Y esto de los vestuarios diferentes, de los roles diferentes, de los débiles y los fuertes, de los machitos y las hembras a mí me caga. Me caga que alguien sea capaz de decirme a la cara que el hombre tiene que aportar más para que un matrimonio funcione, me caga que alguien me diga que quiere que se la respete, pero que sea capaz de que le paguen siempre las comidas y las cenas en los restaurantes, y que a lo máximo que llegue al cabo de los años sea a preguntarte si coopera… ¡No, rica!, mejor guárdatelo tú para que, cuando a mí se me acabe el dinero, puedas irte con las amigas a decirles que ya las cosas no son como antes y que no sientes nada, mientras las invitas a tequila y te pones ciega. Y es que, en algunos lugares, eso de que tengas pito y tu mujer te mantenga se lleva muy mal, porque lo correcto es al revés.

* * *

Mi vida social iba en aumento y en la socialización conocí a dos personas que se convertirían en dos de mis mejores amigos mexicanos: El Loc y Rui.

El Loc era genial, tenía una clínica de belleza y se movía como pez en el agua en todo el mundo de la farándula. No le cabía el corazón en la mano por mí y hasta acabé viviendo en su casa por un tiempo.

Rui, por su parte, era un chico trabajador como pocos, recién ascendido en su compañía de ropa, estaba muy metido en el mundo de la fiesta y las relaciones, y nos aliamos para ir juntos a todos los eventos. Él estaba un poco (bueno, bastante) enamorado de mí, pero a mí son muy pocos los hombres que me hayan atraído sexualmente y, aunque era muy bien parecido, cariñoso, amable y un magnífico partido, nunca hubo nada entre nosotros más que una maravillosa amistad, muchísimas risas y salidas de evento a evento, hasta que se hizo más famoso que el Papa. La prensa creía que éramos novios, pero nada que ver (¡si hasta estuvo en mi casa de Madrid para conocer a mi hija y su madre!).

Carnavales, fiestas, visitas a los lugares más maravillosos del país (playas, el mundo maya, pueblos mágicos…), presentaciones a la orilla del mar, alojamientos de lujo… Impresionante para cualquiera el tipo de vida tan interesante y divertida que ofrecía México a unos pocos privilegiados, en contraste con la pobreza latente de muchos de sus habitantes.

Mar, mi mujer, realizó su primer viaje con mi hija a México y fue increíble cómo la pasamos. Ella también merecía un poco del *glamour* que había conseguido, y durante el tiempo que estuvo aquí con mi hija no pararon de invitarnos a sitios paradisíacos.

Uno de los viajes más bonitos fue un *tour* en motivo de la presentación de una compañía de teléfonos en el que nos llevaron por todo Yucatán y compartimos el equinoccio y vimos bajar a la serpiente por la pirámide de Chichén Itzá con mi hija en brazos. Aquel día, hasta la gobernadora del estado cargó a mi hija en brazos (¡quién me iba a decir que más tarde esa dirigente y yo íbamos a estar tan cerca como llegamos a estar tiempo después!).

También entramos a una cueva de las más profundas que habíamos visto y, la verdad, ¡en qué hora! Bonita era, pero nosotras, que en los viajes tenemos por costumbre ir al límite (sin que nos importe el calor, el frío, no comer, etc.), nos llevamos dos buenos sustos. El principal, porque nuestra nena quedó profundamente dormida por el calor de la cueva. No vean la angustia, hasta que la vimos con los ojitos abiertos. El segundo fue porque nunca aguantamos las charlas de los guías y siempre nos separamos del grupo y vamos a nuestra bola; mala idea en una cueva, sobre todo cuando apagaron la luz de la sección por la que caminábamos. Nos quedamos petrificadas hasta que, afortunadamente, el siguiente grupo la encendió y respiramos, el poco aire de la cueva, de alivio.

Cuánto echo de menos ese aire (aunque fuera algo sofocante). Lo que daría por él en este momento en el que estoy más morada que el Teletubby ese que dicen que es gay... Creo que estoy empezando a ponerme nerviosa, no sé si me arrepiento de haberme colgado o de no haberme colgado desde más arriba.

Hay mucha gente que no debe tener otra cosa que hacer y que está obsesionada con la homosexualidad, entonces la encuentra hasta en los muñecos asexuados de la televisión y la veta o censura. En algunos países hasta están prohibidos dibujos que consideran que incitan a la homosexualidad porque en ellos una esponja tiene una relación con un calamar (pobre Bob Esponja). Hay gente para todo, la verdad.

En todos los grupos y estamentos cuecen habas, pendejos hay en todos lados y de eso se agarran otros pendejos para señalar al grupo entero. Por ejemplo, en la transexualidad hay gente que es gilipollas, como en todos los demás colectivos del mundo y no porque pertenezca a un grupo, con el que te puedas sentir más o menos identificado, vas a decir que las pendejadas que hagan están bien hechas.

A mí no me gusta la banda que va haciendo daño porque ha recibido daño de la sociedad. Pero esto es un problema grave del que no nos damos cuenta: haciendo daño solo se recibe daño y se pueden llegar a crear auténticos psicópatas por la opresión de la sociedad.

A todos nos han machacado de una u otra manera, pero hay grupos con los que todos se ceban y ya está bien de hacerlo. La Humanidad no se merece esto.

Antes era la gente de color, luego las mujeres, los gordos, los flacos, los gais... y ahora la cosa más repudiada es ser transexual. El nuevo monstruo con el que descargar nuestras frustraciones.

A todos estos que abogan por lo natural y la naturaleza cuando tienen que exponer alguno de sus argumentos retrógrados, les quitaba yo sus coches, sus aviones, sus ropas, sus pinturas, sus fecundaciones in vitro, sus medicinas, sus jabones y champús, sus centros comerciales, sus aparatos electrónicos, sus televisores, sus alarmas, sus casas con agua corriente, su electricidad y sus fábricas. A estos señores y señoras tan naturales, les quitaba todo lo que tienen producto de los avances de la Humanidad, y los dejaba desnudos y naturales en medio del campo. A lo mejor así comprendían el significado de las palabras que usan y las utilizarían con propiedad.

No hay nada más natural que lo que ocurre dentro de la naturaleza, y deberíamos dar las gracias de que el ser humano, cada vez más, deje de lado su parte animal y crezca como humano.

El miedo de la sociedad a todo lo que es nuevo o diferente es tremendo. En vez de ver todo lo que la novedad y lo diferente aporta, parece que muchos crean que va a reventar un sistema preestablecido, y se revolucionan.

A principios de siglo, ¡ay! de aquel negro que tuviera intención de casarse con una blanca; más tarde, ¡ay! de aquel que intentase casarse con una divorciada; más adelante, ¡ay! de aquel hombre que quisiera casarse con otro hombre… y ahora, ¡ay! de aquellos que quisieran tener una relación con un transexual.

La sociedad va destrozando por épocas a diferentes tipos de personas, hasta que esas personas forman parte del sistema y se unen al destrozo de otras. Así encontraremos a negros que se quejaban de que les consideraran inferiores despreciando a otros por ser gais, por ejemplo; encontraremos a mujeres que lucharon por poder trabajar y votar, como cualquier hombre, poniendo a parir a otras personas excluidas, y así vemos a numerosos gais tachar despectivamente a quien no viste acorde a su sexo biológico… Los seres humanos somos así, unos cabrones sin memoria.

EL CURA

¿Alguna vez se ha intentado poner en contacto con ustedes algún familiar al que no conocían? Conmigo sí, muchos, no entiendo cómo, pero al final accedí a reunirme con uno de ellos. Me dije: «Venga, no perdemos nada».

Pero sí perdí algo: ¡la paciencia! A todas horas me llamaba mi primo sevillano, costalero, uno de esos señores que esperan todo un año para levantar entre unos cuantos una figura y pasearla por todas las calles de su pueblo mientras la gente llora y le canta.

Por suerte era costalero en un barrio de ciudad, porque, si llega a serlo de un pueblo llamado El Rocío, no habría podido llegar viva hasta mi muerte. Allí se pegan auténticas palizas por sacar a la virgen en hombros. Algo que, visto desde fuera, no cuadra con lo que se pretende promulgar.

Sinceramente, no creo que ninguna virgen quisiera que la gente se partiera la cara para llevarla, pero en fin, es lo que tienen las religiones, todas ellas repletas de seres humanos que veneran figuras, entes y fantasmas. No se puede esperar que alguien que cree en espectros vaya a comportarse de una forma racional y no pegue patadas a quienes sean capaces de cuestionar a sus formas espectrales. Porque una cosa es creer en lo que se comprueba y otra inventarse que lo que no has comprobado existe sin paliativos.

Así era mi desconocido primo, un fanático de sus creencias al que no sé qué le molestó más, si que le dijera que levantaba muñecos, o que, para mí, él significaba lo mismo que una hormiga.

Reconozco que me pasé, pero es que me tenía frita, todo el día dando por saco, que si primo, que si voy, que si hago… Me hartó y, en un arranque de sinceridad, le expliqué, con buenas palabras, que su sangre era igual que la de todos los seres humanos, que lo que distingue a un primo o a un hermano es el vínculo familiar que se establece desde pequeños. «No te puedo llamar *primo* porque no te conozco, por mucho que lleves mi apellido, me da igual; si me pongo a tirar de árbol genealógico, hasta las hormigas son mis primas, porque tienen la misma composición que cualquier ser».

Pagué con el chico mi frustración con las diferencias y con la gente que necesita identificarse obligatoriamente con algo; soy esto, soy aquello. ¡Venga ya! No eres nada… ¿O alguien me va a decir a mí que cuando estén desatando los cinturones de mi cuello y me metan en un ataúd voy a ser algo más que nada?

No le volví a ver, me quedé con mis primas las hormigas.

*   *   *

La Semana Santa en Sevilla es algo digno de ver, pero en Taxco… alucinas en colores. La cantidad de gente es la misma en ambos lugares, pero aquí, en vez de hacerte sufrir esperando a poder cruzar la calle porque está la procesión, los que sufren son ellos.

Cuando ves al primer crucificado con pinchos de rosales de verdad a sus espaldas, te impactas. Cuando ves a los que se dan latigazos en la espalda con puntas de metal, te asustas. Pero, cuando ves a las mujeres de rodillas caminando con unas cadenas atadas a unas bolas, alucinas.

El caso es que, por mis críticas a la religión y a sus increíbles prácticas, diosito me castigó con una película sobre un cura, al que debía interpretar, que se encontraba envuelto en un asesinato. El rodaje fue en Mallorca (lo que, gracias a la proximidad, me permitió pasar unos días con mi hija).

He visto gente creativa en mi vida, pero ese director, sin nada, consiguió crear una atmósfera maravillosa. Lamentablemente, algunos errores hicieron que el film no tuviera un gran recorrido. Algunos errores y lo zumbados que están algunos. El padre del director, por ejemplo, que decía ser compositor. Hablabas con él y te comentaba que había realizado más de ochocientas obras. «¿Quieres que te toque una?», me dijo un día, y se sentó al piano sin ninguna partitura y comenzó a aporrearlo. A los dos minutos terminó. «¿Te las sabes de memoria?», le pregunté. «¿Qué dices?, mis composiciones solo se escuchan una vez». Entonces entendí por qué decía que había compuesto ochocientas obras, así yo compongo mil quinientas, no te jode. La banda se chuta.

Fue una locura, dormíamos en una especie de albergue juvenil horrible, y yo llevaba el coche y ayudaba en la producción. Una divertida experiencia que me sirvió para descubrir los entresijos de una catedral y el adoctrinamiento de un colegio de curas. Lo interesante de las construcciones góticas y lo poco interesantes que son los seminaristas, cerrados donde los haya.

También me sirvió para conocer un poco mejor la isla y sobre todo a una de sus habitantes, una preciosura de mujer cubana, pequeñita pero matona. La vi bailar en un antro (era gogó) junto a su compañero negro y, la verdad, alguna mirada se me escapaba hacia el tipo; de esas que rápidamente retiras porque tu cabeza te dice: «¿No te estará poniendo el negro cachas bailarín?», y tú le respondes: «No digas pendejadas». Después del baile, nos fuimos a cenar y más tarde a un hotel de esos que nada más entrar te dan mal rollo.

No aguanto los hoteles de follar, se palpa el semen hasta en el aire, sobre todo, si como este, para colmo, es gay. Todo hay que decirlo, la promiscuidad en el mundo gay es desorbitadamente desorbitada, y a mí eso no me gusta. Generalizar es odioso, seguro que no todo el mundo es así, pero casi todos mis amigos gais no paran de andar unos con otros.

La cuestión es que la chiquita, mi querida gogó, me había estado dando la brasa por Facebook, ya que se había enamorado de mi personaje de gitano en la novela. Vi rápidamente que no era la primera vez que hacía algo así, porque bajo sus braguitas llevaba un tatuaje tribal que cubría enteras sus partes e hizo algo que yo no le había

visto a nadie nunca: tomó un vaso de agua en la mano, se sentó en la
taza del excusado y con la otra se lavó sus partes, cosa que agradecí
sobremanera, pues la limpieza es una de mis obsesiones.

Estuvieron muy ricos los cuatro polvos que nos echamos, porque ya
digo que la niña sabía lo que hacía, lo que no estuvo rico fue que cuando
acabamos me puso la música de la serie en su celular... «What?». Eso
era puro fetichismo y lo demás son tonterías. Por suerte la música de la
serie era maravillosa, de un grupo llamado Camela, al que solía encontrarme en un lugar de México donde acababa todo el mundo después
de la fiesta, los Tacos de la Condesa. Ahí podías encontrar desde los
actores más famosos superelegantes sentados en una mesita de diez centímetros, hasta los fresas más fresas de Polanco; allí se juntan todos.
Creo que ese lugar, por sí mismo, da para una película.

Todavía me acuerdo de la letra de la canción: «Mientes, me haces daño y luego te arrepientes». La mentira, la gran ley a la que
muchos mexicanos entregaron sus vidas. He llegado a estar esperando a alguien durante cuatro horas y, cada vez que le preguntaba si ya
estaba cerca, me decía que estaba «a dos cuadras»... Sin comentarios.

* * *

Por aquella época, iba y venía de Madrid a México como si fuera
Rockefeller, mi estancia en Latinoamérica estaba resultando de lo
más provechosa: alianzas con marcas que me pagaban en dinero o en
especies, mis amistades que aumentaban cada vez más y una novia
ucraniana, que me calentó durante mucho tiempo, no solo la cama,
sino también la cabeza, hasta que ya me hartó de tanto tirarle de los
pelos a mis amigas por celos y de tener que pagarle todos sus caprichos culinarios. Descubría que tenía una obsesión tremenda con casarse y tener un bebé con quien fuera y, cuando la dejaban por imposible, amenazaba y enviaba fotos cortadas a casa de su ex a modo de
venganza. Yo también lo sufrí, mensajes de psicópata asesina y mi
cara en pedazos, mi primer acercamiento a la violencia con una mujer. Sin embargo, no era mala chica, y mucho más tarde hasta me

acogió en su casa, donde en un mes pinté once de mis obras más importantes.

También viajé de acá para allá con mi mujer y mi hija, ¡qué preciosidad! Fuimos a Los Cabos, un lugar impresionante del Pacífico Norte donde hay que tener muchísimo cuidado con las olas. Así te lo advierten los viandantes, pero nadie les hace caso, hasta que ves una ola tipo tsunami ir directa a por tu niña de dos añitos que está jugando en la arena. Ahí es donde sacas los superpoderes; primero para observar una situación tan peligrosa tan rápidamente; segundo, para que te dé tiempo a decir: «No me llevasteis en Tailandia con olas de cien metros, me vais a llevar aquí», y tercero, para demostrar la rapidez con que alguien se puede levantar de donde está y llegar hasta su bebé, recogerlo por un brazo y levantarlo en el aire, mientras la ola te absorbe y las focas, desde la otra orilla, se mean de la risa cuando observan que pareces una gamba mojada. Afortunadamente, tan solo se estropeó el carrete de una cámara que, evidentemente, por muy buenas fotos que contuviera de las focas y de mi hija, preferí perder antes que a mi pequeña.

* * *

En varias ocasiones, los productores que habían trabajado conmigo me invitaron a que subiera a hablar con los directivos de la cadena para que me ofrecieran un contrato de exclusividad. Nunca había tenido demasiado interés en ello, pero consideraba que no me estaban ni pagando ni considerando lo suficiente, así que me decidí y conseguí una cita.

Al entrar me encontré con un señor muy nervioso que no hacía más que mostrarme un tatuaje con el OM en el antebrazo. No sé si quería protegerse de mí o lucir cómo le quedaban los tatuajes de *Miami Ink*, el caso es que no paraba. Me senté y comenzamos a charlar.

Me dijo que la gente que venía de fuera le exigía mucho y que no estaba dispuesto a ello, me preguntó qué quería. Obviamente, yo conocía cómo se manejaban algunos en la empresa y, la verdad, me dio cierta rabia no tener coño por aquel entonces, porque se trataba mucho mejor a las mujeres. Muchas amigas me habían hablado de las negociaciones que tenían y cómo se valoraba su feminidad en la pantalla.

Yo le comenté que no deseaba nada del otro mundo, algo que me permitiera vivir y pagar la renta y sobre todo la oportunidad de seguir trabajando como hasta ese momento. «Mira, *guey*», me dijo, «aquí hay unas fórmulas para que contratemos a alguien; habrás hecho lo bien que quieras tu trabajo, pero (en resumen) paso de ti».

Me quedé alucinando y le dije que no me parecía justo lo que estaba cobrando, que no me daba casi ni para pagarme los vuelos y la renta, a lo cual me respondió: «Mira, *guey*» y, me dijo enseñándome su puto tatuaje, «ve a la calle y tráeme a veinte personas que te conozcan y hablamos».

Esa frase me reventó y me reveló la poca importancia que le daba a mi buen hacer en la pantalla y al cariño que me tenía el público. Me levanté, abrí la puerta y le dije: «Te voy a traer a veinte millones». Me alentó a que lo hiciera y me fui sin mirarle siquiera.

Excepto por estos pequeños detalles, ese 2011 estaba siendo genial, faltaba solo encontrar a veinte millones de personas para metérselas por el culo a ese desgraciado... Entonces llegó a mis manos algo que me cambiaría la vida para siempre: una separata para un *casting* de una película.

* * *

Cada uno de nosotros tiene una virtud en la vida. Yo, por ejemplo, no he valido nunca para estar detrás de nadie rogando; nunca he sabido cómo hacer para picar piedra y conseguir mis objetivos o lo que quería de los demás, nunca he podido ir de arrastrado lamiéndole el culo a la gente para que apoyara mi causa o me proporcionara un puesto o un dinerillo. He pecado siempre de todo lo contrario, ni siquiera ha sido por cuestión de orgullo, es que no he sabido nunca cómo hacerlo, ni me ha interesado. En cambio, sí me ha tocado admirar a mucha gente moverse en su ámbito como pez en el agua, pegarse a quienes podían mejorar su vida y engancharse como lapas.

Dicen que a quien a buen árbol se arrima, buena sombra le cobija. Es cierto y, si para colmo le acaricias las hojitas y le cantas cosas bonitas, las ramas crecen más rápido, porque ¿a quién no le gusta que le digan cosas bonitas al oído?

Así se consiguen muchas cosas en el mundo.

Yo, en cambio, nunca he podido, he sido siempre todo lo contrario, alguien que no se ha callado nunca, alguien peligroso e irritante, porque nunca he dicho que sí, si era que no. Alguien molesto porque incomoda si ve algo que no le gusta.

Realmente he acabado admirando a quienes persiguen lo que quieren incluso perdiendo su dignidad interior, porque verdaderamente les funciona. Es de admirar, sobre todo si luego vales para lo que quieres conseguir, porque hay quienes encima no corresponden las demandas.

Mi enhorabuena porque hay varias maneras de conseguir las cosas en este mundo, aunque sea sin tacto ni perseverancia ninguna.

Yo, sin embargo, prefiero los métodos de aquellos cuyo buen trabajo es el que habla por sí solo. Es otra de las virtudes que admiro, el saber estar en la monotonía de un trabajo y hacerlo perfecto, hasta que alguien se da cuenta y escalas un peldaño… Lento pero seguro.

Ninguna de las maneras va conmigo, y lo siento. No tengo paciencia ni tiempo para estar tragando y tragando hasta que alguien se dé cuenta de lo bonito que soy, ni tampoco soy capaz de dar la brasa a nadie a todas horas mostrándole mis virtudes.

Mi virtud, la absurda virtud que me ha dado la vida, es la de no pasar desapercibido por ella.

Con el tiempo, me he dado cuenta de que, si algo ha sido una constante en mi vida desde mi infancia, es llamar la atención. Algo que se ha venido repitiendo, de una manera u otra, hasta el día de hoy; algo de lo que no me he podido librar, ni creo que ya quiera, porque se ha convertido en mi compañero de viaje.

Siempre, mi vida, mi persona, ha estado expuesta o ha sido motivo de interés por una u otra razón. Nunca he podido librarme de dedos que me señalan, por «buenas o malas» causas, a gusto del consumidor. Nunca he podido librarme de las miradas de otros, de mi aura, tan carismática como provocadora.

«¿*Qué pensarán de mí?*», *me he preguntado en muchas ocasiones.* «¿*Tan rara soy?, ¿tan raro es lo que hago o lo que me pasa?*».

Sí, esa es mi virtud, hacer cosas que nadie espera, hacer cosas extrañas, conseguir lo que pocos... y eso, por mucho que haya querido ocultarlo en muchas ocasiones, es lo que me define y lo que, quizá, tantos ojos ven en mí.

Tengo una virtud que vale para mucho o para poco en este mundo, según se mire; desde luego no casa con sistema alguno, y ese es el quid de la cuestión, mi virtud es mi propia desgracia. Al igual que las virtudes de todos son la suya propia, porque cualquiera de las virtudes que yo admiro en otros también son la propia desgracia de ellos mismos.

Mi virtud hace que quienes están a mi lado muchas veces se sientan incómodos y que lo mismo que les atrae de mí sea lo que los separe. A mucha gente no le gusta que la miren o la señalen, a mucha gente no le conviene que la miren o la señalen. Mucha gente simplemente escapa de lo mismo que les atrapa.

Yo he intentado descubrir para qué servía mi virtud, cómo hacer para que dejara de ser mi desgracia y convertirla en algo productivo. No sé si alguna vez lo he conseguido sin darme cuenta. Tan solo he comprendido que observando mi virtud he hallado mi desgracia.

LA FAMILIA VALENTINO

Me citaron en el centro de la ciudad una tarde y allí que fui con el texto perfectamente estudiado. Mientras estaba esperando, apareció un muchacho muy agradable con una bicicleta; pensé que sería otro actor, pero al entrar a la sala me di cuenta de que era el director.

Creo que es de las mejores pruebas que he realizado nunca, nos reímos, disfrutamos y me salió a pedir de boca todo. Al cabo de un par de semanas me llamaron para una segunda prueba; no encontraban a la protagonista y querían verme otra vez, pero parecía que conmigo lo tenían muy claro.

Había cuatro candidatas y el chico que iba a hacer de mi contrapunto, que no paraba de intercalar un «guey» cada dos palabras.

Hicimos pruebas maravillosas con las cuatro, y comprendí perfectamente quién no iba a ser y por qué, pero fallé en la que a mí me gustaba para el personaje (una más famosa y parecida a las características que buscaban).

La primera candidata, aunque demasiado dura y mayor, era la mejor; la segunda estuvo bien, pero no me acababa de convencer; la tercera tenía todas las papeletas por parentesco, y la cuarta, que era la que yo más veía, se puso demasiado nerviosa.

Al final, ni la primera, ni la familiar, ni la famosa… Seleccionaron a una niña un poco poca cosa, con unos ojos muy bonitos, eso sí. De todos modos, yo estaba encantada, el personaje ya era mío. ¡Mi primera película en México!

A los pocos días me mandaron el guion para que le echara un vistazo. La verdad, en la primera lectura me pareció un poco rollete, pero me dije: «Hay que hacerla, ¡¡¡¡Es mi primera peli en méxico!!!!». Cuando me llamaron para decirme lo que iba a cobrar, sin embargo, qué puta decepción me llevé, creí que por fin me iban a pagar algo decente en el país, pero no. En fin, había que hacerla, ¡era mi primera película en México! (Eso ya lo he dicho, lo sé, pero es que... ¡¡¡¡Era mi primera película en méxico!!!!).

Comenzó el trabajo de mesa, nos reunimos por primera vez todo el equipo en casa del protagonista, un actor mayor, amable pero un poco raro (algo le pasaba en el brazo derecho que no podía saludar bien), que al parecer había sido muy conocido, pero de quien yo no había oído hablar nunca. Allí estábamos todo el reparto, sentados en círculo, presentándonos, los hijos, el pobre, el padre, el chiquito del autobús (que desgraciadamente falleció antes de estrenarse la película, pobrecito) y el malo, una servidora.

Los dos hijos mayores iban de la mano y ya habían hecho migas, aunque el pequeño estaba muy verde y totalmente sacado de onda; el padre no paraba de cuestionar el guion; el pobre, de decir «guey», y yo, de observar y pensar: «Vaya castañazo de peli va a ser esto».

Pasaron los meses y por fin comenzó el rodaje. La primera escena era una pedida de mano y fue un desbarajuste total, aunque fue muy divertido porque el director se había traído a toda su familia y amigos para hacer de figuración y, cuando se les hacía tarde, se marchaban sin avisar con las graves consecuencias para el *racord*.

Me cayeron superbién los padres del director y su hermano, y no paramos de reírnos en las filmaciones desde aquel entonces.

Ese primer día terminó y me dije: «A ver si me he equivocado y esto va a estar muy bien». Y, efectivamente, cada día que me tocaba ver esa cámara y a mis compañeros era un día de ilusión, de risas con todo el equipo, de fantasía... Se estaba fraguando algo grande.

Las escenas con «mi novia» eran muy divertidas, y a veces extrañas, pues hacía cosas un poco raritas (digo yo que se las habrían enseñado en alguna escuela del método), como por ejemplo no llevar bragas y enseñarme el cepo sin ton ni son en algunas secuencias.

Mis escenas con el padre eran geniales, pero era difícil trabajar con él porque normalmente se encontraba muy mal (poco a poco nos dimos cuenta de que padecía algún tipo de cáncer).

Con otro que me lo pasaba de maravilla era con el que hacía de amigo del padre, que acabó siendo mi mejor amigo actor de la peli, aunque en ella hasta me pegase.

Todo fue precioso y perfecto, menos el día que tuve una discusión sobre las mujeres y la familia con una de mis compañeras. No solo yo me quedé con la boca abierta al escuchar la barbaridad que salió de la suya, diciendo que la mujer tenía siempre que casarse con alguien que tuviera más dinero que ella y que, por mucho dinero que la mujer tuviera, era el marido quien debía aportar el mayor capital en casa para poder llevarse bien dentro del matrimonio.

No sé si esas palabras eran fruto de su alto estatus familiar o de un machismo bien integrado en la sociedad mexicana, yo creo que de ambos, porque poco a poco me di cuenta de que, cuanto más dinero tenía la gente en México, más machistamente se comportaba.

La cosa no pasó a mayores, pero me quedé con una impresión un tanto amarga en ese momento.

El rodaje estuvo lleno de anécdotas maravillosas y divertidas; una de ellas era que la protagonista no podía ver a los gatos ni en pintura, le daban una grima tremenda, pero su personaje tenía uno al que adoraba. En una secuencia tiró al gato como si fuera una rata del pánico que le daba y otras fueron imposibles de filmar porque se ponía hipernerviosa, y jodió al único patrocinador que tenía la película (una conocida marca de comida para gatos).

Mi escena más impresionante fue una en la que recibía un puñetazo. En la caída tenía que elevar los pies por encima de la cámara y para ello pusieron unas colchonetas muy finas. El especialista lo hacía superbién; y yo también lo hice perfecto, con la salvedad de que me dejé, sin darme cuenta, la petaca del micro en el coxis y, cuando caí, al ser tan fina la colchoneta, me la clavé hasta la médula. Creo que es tan fuerte la toma falsa, el dolor y todo lo que despotriqué, que nunca se atreverán a ponerlo en los extras de ningún DVD.

Antes de finalizar el rodaje, ocurrió algo imprevisto. Ya me quedaban muy pocas secuencias, pero me llamaron para que participara en una serie, increíble según el productor. Y tenía razón.

Casualidades de la vida, como en la película que estábamos terminando (que se iba a llamar *La familia Valentino*), el título giraba en torno a la familia. Era una serie que estaba en los primeros puestos de *rating* y no me pareció mala idea participar.

Comenté que estaba terminando una producción y que no podía cambiar de *look*, a lo que no pusieron ninguna pega. Además, el productor me comentó que mi personaje iba a estar hasta el final de la novela y que la actriz con la que iba a trabajar era maravillosa, así que todo pintaba fenomenal. Sin embargo, mi primer día de rodaje, en el aeropuerto de Ciudad de México, comenzó el calvario.

Cuando me presenté a la actriz que sería mi *partenaire* en la ficción, descubrí que no le había gustado nada la idea de que fuera yo su acompañante, hasta llamó al productor para pedir explicaciones. Este llegó inesperadamente para hacerse cargo de la situación, le explicó a la señora que en cámara yo parecía más mayor (ella se quejaba de que yo era muy joven para ella e iba a quedar como una vieja ruca a mi lado) y trató de exponerle mis virtudes. En realidad, la idea del productor era precisamente crear polémica con la edad, y aunque la de mi compañera no era más que cinco o seis años mayor que yo, la verdad no pegaba ni con cola. Pero, aunque a mí tampoco me gustase ella, yo jamás le habría dicho a nadie que no trabajaba con quien me hubieran puesto.

Pasó la noche y ella seguía con su runrún.

Al día siguiente tocaba grabar en unos cenotes y debía bucear con bombona, para lo cual me dieron media hora de clases en la piscina del hotel. Lo que no sabía es que iba a tener que quitarme la boquilla de oxígeno y pasársela a un supuesto rescatado a diez metros de profundidad en un cenote más oscuro que la noche… y lo hice, lo hice, lo hice casi muriendo ahogada… Mira que podía haberme ahorrado todo este sufrimiento aquí en mi *loft* si hubiera muerto allí, pero en fin, las cosas pasan por algo.

Al rato me di cuenta del nivel tan grande que tenía la señora actuando cuando vi grabar su primera secuencia. Ella venía desde arriba y, en lo alto del agujero, tenía que hacer como si se sorprendiera. La frase lo dice todo: «como si».

Pocas veces he visto algo de tan mal gusto. Ni en las películas de dibujos animados antiguas, ni en el cine mudo de los primeros años, ni en la peor de las pesadillas de Shakespeare podría uno encontrarse con una cara de sorpresa tan poco natural como la de la señora, con la boca entreabierta mientras se la cubría con sus dos deditos, los ojos de lado a lado moviéndose sin sentido, su otra mano agitándose como si estuviera sacudiéndose las moscas y emitiendo un sonido gutural en forma de «ohhh».

Ahí también me di cuenta del nivel de la novela, del nivel de la producción y del nivel de la «maravillosa actriz». Un diez, la verdad.

Al parecer la señora, para colmo, tenía una de sus patas jodida («casi tanto como su cerebro», pensé yo) y no paraba de quejarse con el productor para que le trajera sillas, abanicos y refrescos.

Para inspirarse, se ponía unos auriculares conectados a un iPod con música triste y así empezaba a llorar, algo muy útil en una escena bajo el agua.

El suplicio aumentó cuando el productor me pidió que me tirara al agua desde una roca medio sumergida y cayera en picado con el cuerpo erguido, como todo un profesional de los saltos de la Quebrada en Acapulco. Con lo difícil que es saltar siquiera un palmo desde una roca mojada, con los pies descalzos y sumergida hasta media pantorrilla, imaginen elevarse cuatro metros y caer como Flipper el delfín. Imposible.

El productor, guiado por la señora, empezó a despotricar de mí, mientras yo intentaba elevarme lo más que podía y caer sin partirme la crisma.

La siguiente escena era una conversación con la susodicha después de haber sido rescatada (sí, también me tocó rescatarla). Ella necesitaba apuntador hasta para darme las gracias, pero el productor, a quien tenía ya entre ceja y ceja, siguió atacándome, ya que no le parecía suficiente el volumen de mi voz.

Entramos de lleno con las secuencias del agua, rescaté al chico antes de que me tuvieran que rescatar a mí y me tocó rescatar a la señora que seguía con su música y sus lágrimas. No hacíamos pie y yo tenía que sacar a la señora, que se hundía, y llevármela a la orilla. No sé si alguno de los del equipo había tomado algún curso de rescate en el mar, pero en el agua de un cenote no se flota de la misma manera por la densidad, la materia pesa mucho más y cualquier movimiento se reduce a la misma potencia que la primera pisada del hombre en la luna.

Yo sacaba a la mujer del agua con todas mis fuerzas, pero el productor quería que la elevara otros cuatro metros por encima, algo de nuevo imposible incluso si me hubieran suministrado catorce kilos de coca por vía intravenosa. Total, que repetíamos y repetíamos, la sacaba del agua una y otra vez y le decía: «Tranquila, todo va a estar bien». Pero, en su afán de grandeza, el productor me espetaba que gritara, que le dijera: «¡¡¡¡Tranquila, tranquila, ehhh!!!!», algo sin duda muy atractivo para el espectador sordo.

No contenta con todo lo que había provocado, la señora comenzó a gritar: «¡Ahhhhhh, ahhhh, me ha dado un golpe en la pierna!». «¿Yo?, pero si yo estoy aquí». «Has sido tú… ¡Ahhhh!».

Parece ser que la cámara submarina la había rozado, pero ella aprovechó para darme la última puntilla. Estuve a punto de salirme del agua, tirarles el traje de buzo a la cara e irme caminando por la selva hasta el primer poblado cercano, pero mi profesionalidad y lo oscuro de la noche hicieron que aguantara hasta que terminó la pesadilla.

A la mañana siguiente, él y yo nos emplazamos en el despacho del productor para charlar sobre lo ocurrido y lo primero que me dijo fue: «Te vas a quedar toda tu vida haciendo cine». Me quedé alucinada. ¿Eso representaba que era algo malo para mí? ¡Ojaláaaaaa!

Yo le dije que así era imposible trabajar, que la señora en realidad no era actriz ni nada que se le pareciera y que sabía perfectamente por qué él había estado haciendo todo ese *show*. Se rió y me dijo que mejor terminábamos las secuencias que quedaban y que ya probaríamos más adelante con otra cosa, lo cual me pareció maravilloso.

Grabé una última secuencia con ella en un hospital, después de que hubiera escuchado su música y hubiera derramado unas cuantas lágrimas postizas.

Cuando llegó mi sustituto, un enano un poco más acabado que ella, la escuché: «Por fin un hombre» (y, miren, en eso tenía razón). Y se despidió de mí santiguándome con un «que Dios te bendiga»; esa fue la primera vez que me cagué en los falsos creyentes que van a Dios rogando y con el mazo dando.

*   *   *

Hay personas que basan su vida en la simulación; simulan ser esto o lo otro, disimulan, en definitiva.

Simular ser feliz no nos hace felices, al igual que simular ser humildes, condescendientes, modestos, pacíficos, leales, humanos, auténticos, bondadosos o dadores no nos convierte en ello. La verdad es que disimular no es más que un reflejo de cómo queremos que nos vean.

No podemos estar tristes ni sentirnos desgraciados, pero sí podemos ser unos desgraciados. Esta sociedad premia a los hijos de puta que más simulan ser algo que no son, para dar placer a una masa que los alimenta con sus donaciones o su sudor.

Creemos que la masa pide esto o aquello, pero la masa la conformamos todos, y no todos queremos disimular lo que realmente la masa es.

Uno no tiene que simular que es feliz cuando está triste porque nos hayan metido en la cabeza que hay que estar siempre felices y apendejados.

Utilizamos todo tipo de técnicas de entretenimiento mental, incluido el alcohol, para ocultar la realidad, una realidad que quizá nos conecte más con la verdad del ser humano que toda una parafernalia de fuegos artificiales.

Cuando se es humilde se es humilde, no se alardea o se muestra, porque entonces se convierte en vanidad. Igual que la lealtad, la bondad o todas las cualidades que quieran.

Disimular quizá les sirva para obtener algo que deseen (un marido, un trabajo, muchos amigos, fiestas...) o quizá les entretenga mucho, pero no dejen de saber que, al fin y al cabo, es un entretenimiento más, al igual que el que se pasa el día tumbado en un sofá viendo la televisión, puro entretenimiento.

Yo no quiero simular que soy feliz porque estoy triste, triste por haber fallado en tantas cosas, por mí, por quienes han estado a mi lado, por todos.

Porque me entristece ver lo que realmente somos: UNOS DISIMU-LADORES, IMITADORES, ACTORES DE TERCERA. Eso somos.

Cada quien sabe lo que ha hecho en esta vida y cómo va a pagar cada acción, cada pensamiento y cada palabra en las que NO hizo lo que debía. Y eso debería entristecerles lo suficiente para que por fin hagan lo que DEBEN.

*   *   *

A las pocas semanas, se emitió el malogrado capítulo en el que yo participaba; le pedí la hoja del *rating* a un amigo y se la llevé a la producción… Los chicos de la entrada, que habían vivido todo conmigo, se rieron, y yo salí por la puerta guiñándoles el ojo. Mi intervención había tenido el *rating* más alto de la novela hasta ese momento.

VAGANDO

Regresé a España, pero de nuevo me hicieron volver, se había metido un pelo en el chasis de la cámara y había que filmar de nuevo una escena de la película. No me libraba ya de mi segundo país.

Es normal que, al ser todavía una película en la que se utilizaba el celuloide, ocurriera algo así. Cualquier pelusa que entre en el chasis y no se perciba por el ojo *in situ* trae consecuencias desastrosas, pues un pelito proyectado en una pantalla de seis metros parece un pino.

Fue bonito volver a ver a todo el equipo y repetir la secuencia de la pedida exactamente igual. No sé cómo, al cabo de tantos meses, pueden dejar exactitos a los personajes y la locación, pero quedó.

Retomé mis eventos, fiestas y reuniones, con mi rusita (la ucraniana) metida en casa, aunque cansada ya de sus loqueras, y volví a buscar trabajo.

Cuanto más me acercaba a los medios principales y sus productos, más me daba cuenta de que los actores que contrataban no surgían de las escuelas de actuación, sino de los gimnasios, y que las actrices se encontraban en las clínicas de estética, no en los teatros. Yo ni iba al gimnasio ni me había hecho ningún retoque, por mucho que tuviera amigos que me los hubieran podido hacer gratis.

La verdad, empezaba a no soportar la estupidez imperante en el medio televisivo y cometí una más de mis torpezas: aceptar trabajar en un proyecto de una serie de terror en Guadalajara.

A parte del equipo ya los conocía de antes; eran los primeros con los que había hecho un *casting* al llegar a México, concretamente en la Universidad de Toluca… ¿Quién me iba a decir que Toluca se convertiría en uno de los lugares más importantes para mí?

Me vendieron la moto, como en tantas ocasiones. «Te vamos a pagar mucho, esto va a ser un exitazo». Y yo, que siempre he sido más buena que un pan, decidí hacerlo sabiendo que era mentira (efectivamente, jamás me pagaron).

* * *

Quien vive en la mentira no sabe qué tarea ha asumido, estará obligado a inventar veinte más para sostener la certeza de la primera.

La fuerza y la victoria las da la VERDAD, el saber que se está haciendo el bien, por mucho que la época, la sociedad y todos estén en tu contra.

El amor, la aceptación de la parte positiva de sí mismos y la intención de cambiar lo negativo que portamos es el único camino para la liberación. Liberarse de la mentira del ser, de lo falso que nos atrapa, de los mil demonios que nublan la vista.

Según estudios psicológicos, «determinadas personas, en algún momento, aprenden a eludir sus responsabilidades mintiendo. Si lo realizan durante mucho tiempo, la mentira termina convirtiéndose en hábito, apareciendo de este modo el trastorno en el control de los impulsos, donde la mentira acaba dominando al individuo. La mentira se da porque el sujeto obtiene cierto placer, y se siente de alguna forma más listo que los demás. El hecho de correr cierto riesgo favorece la aparición de una elevación de adrenalina. Recibe el beneficio secundario que supone el no afrontar el acto realizado».

* * *

Llegamos a Guadalajara, a un hotel cochambroso donde nos instalaron, teníamos previsto grabar esa misma noche, pero algo pasó y no pudimos.

Al día siguiente nos enteramos de que todo el equipo que iba a poner los medios materiales había tenido unas diferencias insalvables con el director y abandonaban el proyecto. Aun así, después de una charla con el director y los actores, decidimos continuar en el barco y, a través de uno de mis compañeros, dueño de una productora, pudimos comenzar el austero rodaje al día siguiente.

Todo iba normal, con arreglo a la subnormalidad en la que estábamos envueltos. Tocaba grabar en el bosque y para allá que nos fuimos, a un pueblecito mágico, pero por cómo desaparecían las personas entre tanto crimen, no por su belleza.

Nos metieron en unas cabañas de mala muerte, llenas de telarañas y de suciedad. Parecía un campamento, un lugar que me recordaba el lago de *Viernes Trece*, pero sin lago; a las cabañas donde asesinaban a todos, pero sin motosierra (o por lo menos yo no la vi).

Todo ello me hizo añorar el «hotel» de Guadalajara, para que vean que SIEMPRE se puede estar peor.

Una de las noches, algunos de los actores decidimos salir a dar una vuelta. Dejamos el coche aparcado, caminábamos por una de las calles oscuras del pueblo cuando en la conversación salió a relucir que «el malo de la película» tomaba clases de *streetfighter*. ¡¡¡Guau!!! Las artes marciales siempre me han encantado, desde que mi padre nos llevó a ver una de Bruce Lee en la que pegaba a Kareem Abdul-Jabbar con un mono amarillo. Se me ocurrió, pobre de mí, preguntarle en qué consistía la técnica, y entonces me hizo una demostración.

Me dejé agarrar (inocente de mí), me tomó en sus brazos, me elevó en el aire y literalmente me tiró contra uno de esos bordillos gigantes de las aceras mexicanas, y tuve la maravillosa fortuna de caer de lleno sobre la parte baja de mi columna vertebral…

No podía con los gritos de dolor, ya estaba bien de que en todos los rodajes me tuvieran que dar de golpes, no daba crédito de lo que había hecho ese condenado, ¡se tenía muy creído lo del papel del malo! ¿Cómo era posible que aquel pendejo me hubiera tirado al suelo contra un bordillo? Estaba segura de que me había dejado paralítica a pesar de que seguía corriendo de un lado al otro de la calle con un dolor como nunca había sentido (sí, lo sé…, no tiene ningún sentido. Pero es que dolía tanto que no era capaz de pensar con claridad).

Llevaba mi cartera en el bolsillo de atrás del pantalón con seis mil pesos (que no sé yo en qué momento se me ocurrió agarrar todo el dinero que me había llevado para el viaje) y, en una de las ocasiones en que me tocaba la espalda por el sufrimiento, caí en la cuenta de que la cartera ya no estaba. Miré hacia donde había caído y vi a unos chicos con un *quad* parados en el lugar, llegué como pude a buscar mi cartera y les pregunté si la habían visto, a lo que una vecina (una hija de la gran puta) que había salido al escuchar los gritos, me comentó que se había parado un coche rojo y se la había llevado.

Ni corta ni perezosa me subí al *quad*, detrás del chico, y le dije: «¡Corre, síguelo, en esa cartera va mi vida!». Y era verdad, no solo por el dinero, había también mis papeles y mis tarjetas.

No entiendo cómo, pero ahí estaba yo, subida con un desconocido en una moto de cuatro ruedas, a toda velocidad, persiguiendo un coche rojo, por las calles de un pueblo lleno de narcos, para recuperar mi cartera. Estaba como loca, le gritaba «¡corre!», aunque no podía siquiera aguantar el dolor de espalda cuando pasábamos por los topes. El chico me vio tan desesperada que corría y corría, tanto que estuvimos a punto de tener un accidente en varias ocasiones.

Paré a varios coches, pero ninguno parecía saber de lo que les estaba hablando, así que decidí darme por vencida y le pedí al chico que me llevara con mis compañeros de nuevo.

El chico se fue y yo les avisé de que me dirigía a la comisaría. Allí sentada, caí en cuenta. ¡Eran el chico de la moto y su compañero los que habían robado mi cartera del suelo!

Los policías hicieron traer al muchacho, que no andaba muy lejos, y cuando llegó le dije: «Si me traes la cartera con los documentos, las tarjetas y el dinero te doy la mitad del efectivo». El chico salió comentando que creía saber quién podía tenerla. Al poco tiempo regresó a la comisaría con mi documentación y una tarjeta, pero ni rastro de mis seis mil pesos.

Le dije a la policía que quería poner una denuncia, a lo que después de muchas pegas accedieron.

Cuando les estaba dando la dirección de donde nos alojábamos, entró uno de mis compañeros actores muy agitado y, agarrándome del brazo, me levantó y me dijo que nos teníamos que ir YA, en ese momento, que no podía decirme más pero que saliera.

Muy de malas me puse en pie y salí por la puerta. «¿Qué pasa?», le pregunté. «Entra en el coche», me respondió, «no mires, pero aquel de allí es un halcón, la policía está compinchada». A partir de ahí comenzó un delirio paranoico de tal grado de locura que me encontré metida en un carro que iba a doscientos por hora por unas carreteritas horribles, huyendo de supuestos coches que nos seguían. Llamaron al resto del equipo, que dejó todo lo que estaba haciendo y se escondió donde pudo ante la amenaza del cártel de dos niños en *quad*.

Yo no daba crédito, no podía creer en qué había derivado la pendejada de un tipo que me había tirado al suelo por preguntarle en qué consistía la lucha callejera. No entendía cómo alguien podía estar tan mal de la cabeza como para pensar que alguien iba a ametrallar a treinta personas porque se me había caído una cartera y dos niños la habían sustraído en mis narices aprovechando el despiste.

Paramos en una gasolinera perdida en la estepa y desde ahí pude anular las otras tarjetas, mientras se calmaban un poco los ánimos del luchador y mis compañeros al ver que las camionetas negras con cristales tintados no nos balaceaban.

Les dije que quería volver, que me daban igual sus paranoias (¡pero si eran ellos los que me habían robado la cartera!), y me explicaron cómo funcionaba el asunto en los pueblecitos de narcos, pero no me convencieron y logré que volviéramos a nuestro campamento.

Al día siguiente, todo amaneció como tras un sueño, nadie estaba herido (excepto yo en mi columna vertebral y en mi orgullo). Abandonamos el lugar y nunca más volví a saber nada de mi dinero desaparecido ni del que me debían de la serie, de la que muchas secuencias quedaron estupendas pese al desastre de producción, pero de la que no volvió a saberse nunca.

En mi concatenación de proyectos desastrosos acepté otro en España sobre una familia (otra vez, sí); una comedia en la que también me ofrecieron el oro y el moro y de la que no vi ni a un moro ni mucho menos oro. Acabaron peleándose los cámaras con el productor y se llevaron las tarjetas donde estaba registrada media película.

En un desastre tras otro, en una vida dividida entre México y España, conocí a la preciosa amiga de unos amigos y me prendí. Era algo mayor que yo y un poco borde y distante, pero acabamos en algo más que en la cama. Ella era una especie de policía secreta del Gobierno, una chiquita hermosa pero destrozada por la muerte de su hijo pequeño.

A ella le habían extirpado el útero por un cáncer, que también fue la causa de la muerte de la criatura, y fue muy impactante y maravilloso hacer el amor con ella y verla llorar por el tiempo que hacía que no sentía amor.

Me confesó que no era igual que el padre de su hijo, que le encantaba que fuera tan sensible comparado con alguien que la había maltratado incluso físicamente.

En las noches se despertaba con pesadillas y al levantarse me enseñaba marcas que supuestamente le habían realizado fantasmas. Imagino que los casos de asesinatos, muertes, secuestros y ejecuciones de los que se ocupaba le impedían dormir; al poco tiempo, a mí también.

Me di cuenta de que, de repente, estaba envuelta en una especie de película de espías en la que mi pareja era un agente doble, que por las mañanas parecía una niña buena y por las noches era el brazo ejecutor de la ley. «Hay cosas que te podré contar y otras que no, no preguntes», me espetó un día.

A pesar de lo mucho que me gustaba, poco a poco me fui dando cuenta de que lo nuestro no iba a durar mucho más. Además, ella sabía que yo no iba a dejar a mi mujer y a mi hija para casarme con una espía, así que un día, al cabo de un tiempo de relación, en un trayecto de su casa al centro en su coche, nos dimos un beso de despedida (aunque el beso se fue repitiendo cada vez que nos encontrábamos en alguno de los miles de eventos comunes a los que nos invitaban).

Una gran persona que me encantaba, preciosa, a la que cada día fui viendo mejor y que espero le vaya muy bien en la vida porque se lo merece. Una persona a la que guardo un gran cariño, tanto que me gustaría que fuera ella la que viniera a levantar mi cadáver de este departamento tan hermoso donde he venido a dejar mi vida, que fuera ella quien levantara el atestado y expusiera las causas tan duras de mi muerte (un día le dije que la vida me había puesto en su camino para quitarle la cara de pena, pero no sé yo si, al verme aquí amoratada, pensará que soy más pendeja todavía de lo que le pareció la frase...).

Más tarde me pareció entender que el maltratador y el padre de su hijo no era otro que un antiguo presidente de la República y comprendí todo, entendí que la vida, no sé por qué razón me llevaba a entrar de lleno en lo más alto de la política del país que me había acogido. Pero antes de aquello, todavía tenían que pasar muchas cosas...

MI SUEÑO

Un día recibí una llamada para invitarme al visionado de *La familia Valentino* y con mucho gusto acudí a verla junto al director, el productor, la protagonista y unas palomitas en la salita de una empresa cerca del centro de la ciudad.

En una tele no muy grande, con el sonido sin editar, sin música y sin correcciones de color, nos mostraron una sucesión de imágenes empalmadas de nuestro trabajo.

Cuando terminó la película y nos incorporamos la chica y yo, ella me preguntó qué me parecía y le contesté sinceramente: «Querida, esto va a ser un puto éxito; si a mí me ha encantado y la hemos visto con subidas y bajadas de volumen, sin música y sin terminar, imagina al público. Tiene todos los componentes del cine clásico antiguo mexicano, creo que va a calar».

Los productores aprovecharon para hacernos una encuesta sobre varios títulos que estaban barajando para la cinta (aquello de *La familia Valentino* se ve que no terminaba de convencerlos) y entre ellos uno que a todos nos pareció el adecuado: *Unidos los Robles*.

* * *

Por aquel entonces comencé a ir a Los Ángeles con frecuencia, ya que me requerían para todo tipo de concursos y entrevistas en un canal hispano, y lo pasaba fenomenal. Los Ángeles, al igual que Miami, me decepcionaron. Tiene una tantas expectativas que, cuando lo ves en persona, te caes para atrás. A mí me recordaba a cualquier zona de la costa alicantina, es más, Benidorm tiene más *glamour* que LA.

Ir a ver como loca dónde trascurre la ceremonia de los Óscar es otra pedrada más: un centro comercial más feo que cualquiera en cualquier pueblucho de España, no digamos los bonitos. Pero, en fin, hay que agradecer, y mirar las letras, y andar y andar hacia ninguna parte como en Miami, y sobre todo comprar, que es lo único que parece ser que puede hacerse en Estados Unidos, entrar a un Mall y comprar algo, lo que sea, para que pase el tiempo, sobre todo si estás sola.

De todos modos, creo que ese año, 2013, es el mejor año de mi vida por muchas razones. Ya me lo había vaticinado la señora que me dijo que llegaría a México: «El trece será un número muy importante para ti».

Había conocido a una chiquita morenita, muy bonita, que hacía el amor como loca, que me quería y que pretendía algo más conmigo, pero yo no le hacía mucho caso, pues estaba a punto de estrenarse la película y mis energías residían en otra parte.

Renté un *penthouse* en una calle que casualmente se llamaba Madrid, cerca del paseo de la Reforma, justo enfrente de un lugar que más tarde se convertiría en mi sueño y en mi pesadilla más horrible, el Congreso de la República.

Todos los días me cortaban la calle y no me dejaban pasar, todos los días una manifestación, todos los días los policías con escudos bajo mi terraza. Cuando iba a salir me lo impedían «por mi seguridad», y yo les decía: «Si a mí no me quieren pegar, es a vosotros, al final me vais a hacer que salga yo también con una pancarta a protestar». Cuando regresaba a casa tampoco me dejaban pasar; «¡que vivo aquí!», les comentaba, «que tengo que ir a mi casa a arreglarme para ir a trabajar». Vueltas y vueltas por todas las calles hasta que encontraba un policía coherente.

Debe de ser que los *penthouses* estos atraen a lo que suenan, y efectivamente eso era una cosa de impresión, tenía una chiquita tras otra en la puerta casi haciendo cola, a veces no me lo creía ni yo, pero así era, aunque mi relación con mi morenita fuera en aumento.

Comenzaban los reportajes, el interés, poco a poco empezaban a surgir carteles, pósters y demás publicidad de la película en las calles, estaba a punto de estrenarse. Mientras, yo seguía con mi ajetreada vida social viajando de un lado al otro del país con amigos.

Los nervios del estreno se palpaban, parecía que iba a ser en un lugar emblemático de la ciudad y me instaron a invitar a mi gente. Invité a todos mis amigos, incluso a Julián.

Creí que mi mujer y mi hija podrían acompañarme a algo tan importante en mi vida, tenía todo preparado y toda la ilusión del mundo, pero en el último momento resultó que no podía venir por su trabajo. No lo entendí, no comprendía cómo no había sido capaz de pedir unos días en su empresa (por muchos cambios que estuviera atravesando su departamento), cuando por cualquier otro puto motivo mucho menos relevante o relacionado con alguna enfermedad no lo habría dudado ni un instante. No entendía cómo en su pragmática mente no le daba valor a lo que estaba sucediendo: «¿Cuántas veces en tu vida, tu marido, después de luchar toda su vida, estrena una película a lo grande en México?, ¿cuántas?, ¡JODER!, ¿cuántas?». Era el momento más importante de mi vida y ni mi pequeña ni ella iban a estar a mi lado, creo que nunca he podido perdonárselo del todo.

Esa falta de interés que siempre había sufrido por parte de mi familia y de la gente de mi país justificaba todos mis actos (los anteriores y los que quedaban por venir).

A falta de mi esposa, me acompañaría mi querida morenita.

Cuando llegó el gran día, yo iba espectacular, con un traje de la marca de un amigo (qué historia, la suya: montañista enamorado, director de una de las marcas de ropa más importantes del momento, ¡había subido hasta el Everest!, no mames).

Habíamos quedado en un precioso hotel del centro desde el que nos llevarían al teatro y allí, ¡qué emoción, cuánto champán, cuántos buenos deseos!

Cuando estábamos acercándonos y vimos la calle cortada llena de gente, la alfombra, las luces, las letras gigantes con el nombre de la película en la fachada del edificio, la prensa y el griterío, no dábamos crédito. La prensa nos estaba esperando a la puerta del teatro Metropolitano, todo estaba preparado y la idea del director de llevarnos en pesero hasta la alfombra roja, todos trajeados arribando en un camión verde como en la película, fue magnífica. Lo recordaré siempre como uno de los mejores momentos de mi vida, nuestro sueño hecho realidad.

2013

Pasar a la alfombra roja llena de periodistas por tu trabajo, las miles de fotos desde todos los ángulos, y mi gesto —con los dedos en señal de victoria por mi hija, por hasta dónde había llegado y por no hacer otro gesto más grosero a todos los que no habían confiado en mí a lo largo de mi vida (no necesitaba decirles nada, mi éxito era mi venganza, mi demostración de que quien quiere algo lo consigue por mucho que le cueste)— eran la consumación de más de veinte años de esfuerzos; y ahí estaba yo, plantada con una media sonrisa imborrable en la cara.

Joder, la Warner Bros. había adquirido los derechos de distribución y tan solo ver el logo al principio de la exhibición era algo que impactaba a cualquiera.

Había más de mil personas en la sala y fue increíble observar cómo se reía la gente. Risas y más risas, el público emocionado y yo cerrando la película con una secuencia muy divertida al final.

Esa noche me sentí en la gloria. «Gracias, gracias, gracias por haberme dado la oportunidad de vivir algo tan grande». En la fiesta todo el mundo nos felicitaba, todo eran buenos comentarios. Menos por parte de mi querido Don Julián, claro. Tan agradable como siempre, mi republicano favorito repitió lo que me había dicho: «Esto es una mierda de película, pero como los mexicanos somos unos pendejos va a tener mucho éxito, me alegro por ti». Ni en los momentos más importantes el hombre podía tener algo de consideración... En fin, igualmente le apreciaba un montón y, sin ese mal humor, no habría sido él.

A las pocas semanas, mi querida morenita se presentó en mi *penthouse* con una carta dedicada en la que me decía que no quería seguir conmigo porque nunca iba a dejar a mi mujer y no le prestaba la atención que ella necesitaba. Bajé a intentar convencerla, pero fue imposible, era una niña muy decidida, me hicieron llorar sus palabras y me dejó sola con una película en cartelera. Bueno, sola con la película y con una rubia que me comía a besos de la cabeza a los pies, con una rusa que estaba más buena que un pan, con una pelirroja mística, con una morena tetuda... Estaba segura de que podría recuperarme de esa pérdida, y así fue.

Había una chiquita que me encantaba, con quien no llegué a nada, aunque la pasáramos tonteando. Era la hija del dueño de una publicación preciosa, con muy buena calidad; gente que hacía las cosas bien, no hacía falta más que ver a la nena, un amor. Me apoyaron siempre, y hasta creo que publicaron uno de los primeros artículos sobre la película. Una vez, incluso me invitaron a pasar un par de días con un expresidente de la República que, junto con su mujer, nos recibió fenomenalmente en su fundación (ya les conté que el destino me llevaba a relacionarme con las altas esferas de la política, ¿verdad? Más adelante habría más...).

*   *   *

Éramos una pandilla ya casi, El Loc, Rui, Eli y sus respectivas parejas. Vivíamos una vida de eventos, cenas, idas y venidas que no dejaba de aumentar, al igual que mi fama; me estaba convirtiendo en un icono del cine mexicano sin darme cuenta y, sin querer, estábamos hasta cambiando el destino de los españoles en el país: de *gallegos*, poco a poco estábamos siendo rebautizados como *poblanos*, y es que creo que una de las secuencias que quedará grabada para siempre en la retina de los amantes del cine patrio será la de nacido en Cholula-Puebla.

La gente que me encontraba me decía que había ido a ver dos y tres veces la película, que primero habían ido solos y después habían llevado a sus familiares. La gente no solo había regresado al cine a verla, había regresado a las salas a ver el cine mexicano, estábamos empezando a entender a dónde iba a derivar esto, no era una película más, era algo que iba a traspasar la pantalla.

Las entrevistas se sucedían, el interés de los medios no paraba de crecer: fotos y más fotos, publicaciones, radio, televisión, internet... La campaña de la distribuidora estaba dando muy buenos resultados. Estábamos rompiendo récords y todavía no se había estrenado más que en unas pocas salas. Empezaban a darme premios y a invitarme a eventos a los que nunca me habían invitado, y en uno de ellos pasó algo que cambiaría, todavía más si cabe, mi vida.

*   *   *

Ciclos es esa nueva modalidad que ha agarrado la banda para describir un periodo que empezó con mucha ilusión y acabó como el culo.

Es esa nueva modalidad que ha tomado la gente para autoconvencerse de que todo pasó por causas ajenas, de que ellos no tuvieron ninguna responsabilidad. «Son los ciclos».

Es esa nueva moda de animarse a uno mismo para poder continuar en pie sin caer redondo por tanta mierda acumulada.

Esa nueva moda de olvidar el pasado, como si no existiese el daño, y sonreír como pendejos a todo lo nuevo que viene... hasta que acabe el «ciclo» y otra vez digan que «se está cerrando».

La cosa es que ahora todo, lo bueno y lo malo, es culpa de los ciclos.

Tengan cuidado no se vayan a marear de tantas vueltas.

Yo, personalmente, ¡me cago en los «ciclos»!

*   *   *

Recibí una invitación para festejar el aniversario de una revista política. El evento se celebraba en el Ater, un hotel muy elegante, aunque en el quinto pino de la ciudad, en un sitio al que cada vez que me invitaban intentaba no ir (¿sería alguna premonición?), Santa Esperanza.

Pero en aquella ocasión, allí que nos presentamos, mis colegas y yo, como siempre: El Loc con toda la pandilla de doctoras guapísimas que trabajaban para él, Eli con su divertida novia belga y unas cuantas amigas más de código 47.

Yo me había vestido con una casaca roja que me había regalado un diseñador amigo del Loc que hacía ropa increíble. Como para no destacar, de rojo, con mi pelito recién coloreado y rubito, con media barbita y la media sonrisa que se había instalado en mí por todo el éxito que estaba obteniendo.

Estaba en una mesa sentada con todos ellos y me levanté a por una bebida… Y entonces, se me paró el corazón (al igual que ahora se me está parando aquí colgada): allí estaba ella, vestida de negro, con un pequeño motivo brillante que rodeaba la parte superior de su vestido, con su pelo azabache liso, cortado un poco más abajo del hombro, hermosa, con unos labios gruesos y carnosos que invitaban a ser besados, unos ojos verde oscuro y una mirada felina… El ser más maravilloso que había visto en mi vida.

Les pregunté a mis amigos si sabían quién era y me comentaron que era una joven política de Morelos. Mi amigo se levantó a saludarla y me dijo que le acompañara, que me la presentaría, pero a mí esas cosas siempre me han dado mucha vergüenza y no fui.

Seguimos con la fiesta y, al rato, la vida nos cruzó ya para siempre a la entrada del salón donde se celebraba el evento. Nos vimos y creo que ambas sentimos lo mismo. Nos presentamos y yo le di una de mis tarjetas y ella, su *e-mail*. Entonces salió por la puerta despidiéndose de mí con una luz en su mirada como nunca había visto, no sin antes haberme atrevido a preguntarle si quería venir a celebrar mi cumpleaños a Taxco, a lo que respondió riéndose por mi descaro y me comentó que tenía un viaje a una boda en Denver.

Se llamaba Orna y me quedé toda la noche pensando en ella, creyendo que jamás me iba a contestar el mensaje que automáticamente le había mandado (con mi celular y preguntándole cuándo podría verla de nuevo), porque seguro que le había parecido un chulito sin cerebro que no podía siquiera mantener una conversación normal. Sin embargo, sí respondió: nos veríamos en cuanto regresase de Estados Unidos.

Jamás me había sentido tan feliz.

EL VIOLINISTA

Recuerdo cómo chateábamos mientras ella estaba en Denver y yo en mi *penthouse*. Una de las veces se había perdido volviendo de un centro comercial y me encantó ayudarla a encontrar el camino de regreso desde mi poco conocimiento callejero de esa ciudad.

Me fui a Taxco con mis amigas y allí cumplí años. Sin embargo, aunque estaba rodeada de gente, me sentía sola. Había una canción titulada *Frecuento il vento,* de un tal Walter Pradel, que decía algo así como «Aquí hay mucha gente alrededor como para sentirme solo, frágil e inútil». Así me sentía en ese momento y en muchas ocasiones más tarde, solo entre tanta gente, solo entre tantas fiestas, eventos, público y asfalto. Tan solo como te puedes sentir en África al borde del desierto escuchando el sonido de la arena y del vacío, oliendo la luna.

A los pocos días de llegar a Ciudad de México, recibí una invitación para ver el musical *El violinista en el tejado.* No era una obra particularmente de mi agrado, pero con los dedos cruzados invité a mi maravillosa Orna y, por suerte o por desgracia, me dijo que sí.

«¡Holaaaa! ¡Qué alegría leerte, no tengo nada mejor que hacer! Adoro *El violinista en el tejado.* Te veo puntual. Que tengas lindo día».

Eran las siete y algo de la tarde, me había puesto unos pantalones negros y una cazadora de poliéster ajustada negra, mis aretes, mi barbita… Parecía un muñequito de esos que venden a escala del protagonista de una película de acción.

Estaba esperando a la entrada del F.C. Chapultepec y tenía miedo de que no llegara, no era la primera vez que me dejaban plantada en el país.

De repente apareció una camioneta negra, una Toyota que paró justo enfrente de mí, se abrió la puerta y de ella surgió una niña nerviosa, muy arreglada, con pantalón negro y una camiseta celeste... Estaba preciosa. Le dijo a su chófer que se retirara y yo le pedí que me acompañara a la alfombra roja, a lo que accedió un poco sacada de onda.

Nos hicieron nuestras primeras fotos juntas, que son inolvidables; estábamos perfectas. Nos sentamos en nuestros lugares y comenzó la representación, que a mí me sorprendió, tanto por la calidad de los actores, como por la música y por cómo en un escenario tan difícil habían podido encajar tan bien el decorado.

Estábamos las dos hipernerviosas, porque sabíamos lo que iba a pasar después, pero ninguna se atrevía a dar el primer paso. Sin embargo, en uno de esos momentos que se atenúa la luz, giré a mi izquierda y encontré su boca en mis labios, fue nuestro primer beso, un beso que me marcó para siempre, el beso más bonito que jamás me habían dado. Ella siempre me ha recordado lo que le dije ese primer día sin saber muy bien por qué: «No sabes cuánto vas a llorar a mi lado». Otra de esas premoniciones que me han acompañado a lo largo de mi vida.

Mis compañeros de *Los Robles* me habían invitado a una fiesta en un bar esa misma noche, así que, a mitad de la obra, le sugerí que fuéramos con ellos y, aunque estábamos estupendamente y el musical nos estaba gustando, decidimos acercarnos donde estaban.

Lo pasamos fenomenal, pegadas una a la otra, silla con silla, escuchando anécdotas y conviviendo con los productores, actores y director de la película.

Ella se tenía que ir, pero no podía despegarse de mí ni yo de ella, así que aguantamos todo lo que pudimos hasta bien entrada la madrugada.

Nos montamos en su camioneta y en la esquina del paseo de la Reforma con Insurgentes, a una cuadra de mi casa, bajó del vehículo y se despidió de mí con un beso tan hermoso que hizo que me temblaran las piernas y que, cada vez que pasase por esa esquina, la recordase con todo mi amor. La amaba.

Quizá lo que me dijo una amiga-enemiga fuera cierto, que me había hechizado con una pócima de sangre de su regla, el caso es que la primera vez que hicimos el amor en mi casa fue así, entre la sangre de la menstruación, augurando malos pronósticos que decidimos desafiar.

Hay algo de lo que siempre me he acordado: verla en mi balcón charlando con la pareja que por entonces tenía y mintiéndole sobre dónde estaba y por qué no había llegado a casa. Aquello fue un primer aviso: ¿cuánto tardaría en hacerme lo mismo a mí? Sin embargo, decidí hacer caso omiso a aquel pensamiento y, cuando acabó de hablar, salí al balcón y la abracé. Desde allí se divisaban claramente las luces de neón del Hostal Madrid, que inundaban la parte derecha de nuestra vista y, a la izquierda, un poco más adelante, había el Congreso de la República.

«Algún día estaré allí», me dijo mientras besaba su nuca.

*　*　*

Mi amigo El Loc, estaba pasando por un mal momento: su chica, que era una especie de niña en cuerpo de mujer, le estaba haciendo la vida imposible. Era insoportable, no sé cómo aguantó tanto. Íbamos a comer a un restaurante con varias personas y allí estaba ella con su *tablet* jugando, en medio del almuerzo, a los Pitufos, ¡no mames, con treinta y pico años! Nunca he tenido paciencia para ese tipo de cosas y nunca me he cortado a la hora de expresarlo.

Quería casarse a toda costa con él, quería hijos y no sé qué más, y como el Loc estaba inmerso en la fiesta, su relación terminó en caos, ella se fue con otro y él quedó solo en su casita de la Roma.

Yo tampoco estaba muy boyante en ese momento, así que nos pusimos de acuerdo para compartir su departamento; yo le hacía compañía y a cambio le pagaba poca renta.

Vivir con El Loc era fácil, excepto por su dejadez y su informalidad (¡había veces que me tenía que levantar y despertarle para que se fuera a operar a algún paciente!).

A mí, siempre me ha preocupado mucho la impuntualidad, pero nunca me habría imaginado tirando de los pies de un doctor para que se levantara, porque la noche anterior me había comentado que tenía una operación a vida o muerte temprano, ¡me parecía alucinante! Aun así, convivíamos muy a gusto. Hasta que apareció La Larga.

La Larga era una chica que medía por lo menos tres metros sin tacones, de ahí su apodo. Blanca como la leche y muy delgada, sudafricana decía que era, aunque en realidad lo era porque su abuelo y sus padres habían llegado allí en la guerra mundial, escondiéndose de su pasado nazi.

La conocí en un cine al que nos invitó El Loc, parecía una mosquita muerta, pero a mí no me la da nadie: estaba claro lo que quería en el fondo, lo mismo que la mayoría, alguien que le solucionase la vida. De todos modos, no era de mi incumbencia, ella seguro que también le aportaba muchas cosas a mi amigo, así que empezamos a formar una rara familia entre Orna, que cada vez pasaba más noches y días a mi lado en casa, La Larga, El Loc y yo.

Entre Orna y yo empezaba a ocurrir algo extraño, algo que nunca había experimentado antes: la magia, la magia en toda la extensión de la palabra. Nuestra relación estaba plagada de momentos irreales. Empezamos a tener visiones despiertas, a ver oro donde había polvo, a ver mucho más allá de donde estábamos; empezamos a adentrarnos en un mundo, poco a poco, que no entendíamos muy bien. Sabíamos, de alguna manera, que teníamos que recorrer un túnel para entrar al paraíso que nos aguardaba…

Ella estaba muy metida en su partido y su cargo, y yo en lo mío, pero todos los días, cuando iba de camino a su ciudad natal o a su trabajo, pasaba por lo menos a darme un besito por casa; era maravilloso.

Me invitaron a otro musical, *Cats*, en la San Rafael, pero esta vez no pudo acompañarme. Yo fui y, al salir, decidí, como siempre y por cabezonería, no pagar un taxi de sitio y tomar uno en la calle, así que me fui andando hacia la avenida principal.

Marqué el número de *cel* de Orna y, cuando estábamos contándonos cuánto nos queríamos, sentí un golpe en el pecho y me paré en seco.

Eran tres tipos, el principal, que me había roto las gafas que llevaba colgadas del escote con su manaza, y dos escuincles a los lados. Yo seguía con el teléfono en mi mano pegado a mi oreja cuando el tipo del centro me señaló, con su otra mano, una pistola y me espetó: «Párate ahí, cabrón, y dame todo lo que lleves».

Es increíble cómo funciona tu mente en centésimas de segundo si se la requiere, puede hacerte un cálculo de probabilidades inmenso. Siempre he sido muy peliculera y las películas de chinos que mi padre nos hizo tragar pulularon siempre en mi cabeza. Calculé perfectamente todos los movimientos, una patada en la mandíbula al principal que le dejaría K., O., un puñetazo en el occipital del que se encontraba a mi derecha y otra patada de reversa para aprovechar la inercia al de la derecha… Las posibilidades eran reducidas, pero mi cerebro es una máquina, así que, en fracciones de segundo, hice lo que nadie esperaba…, echar a correr en dirección contraria a la vez que, sin soltar el celular, le decía a Orna: «¡¡¡¡Me están intentando atracar!!!!».

Mis piernas, benditas piernas, benditas carreras a todas horas hasta para comprar el pan… Creí que me iban a disparar, los muy cabrones, mientras me seguían a toda pastilla y, por ello, me metí entre medias de unos surtidores de gasolina para continuar con la carrera. Parecía de película, miraba a mi izquierda y observaba cómo corría en paralelo a mí, a unos veinte metros, uno de los atracadores, giré a la derecha y me cagué en mi puta madre, me había metido en las calles más oscuras de una de las colonias más peligrosas de todo Ciudad de México con tres atracadores pisándome los talones, y todo por ahorrarme veinte pesos.

Estaba cagada de miedo. La única vez que me habían disparado había sido en el Gotcha, un jueguecito importado de Estados Unidos en el que unos cuantos pendejos se disparan unos a otros pelotas de pintura, que pican como avispas cuando te dan, y aquello ya me había costado un labio morado e hinchado durante dos semanas.

Y por supuesto, no tenía ni pizca de ganas de sentir una bala real en mi cuerpo, así que corrí como un guepardo en la sabana.

Corría y corría, como nunca. No saben a la velocidad que una puede correr cuando se juega la vida, la verdad. Eso sí, mi respiración, ya no daba abasto. Cuando me giré y me di cuenta de que había sido imposible seguirme, con la garganta destrozada le pedí a un guardia de seguridad de un aparcamiento que me ayudara a conseguir un taxi. Me costó algo más caro que uno de la calle, pero no saben cómo me alegré de pagarle el extra y llegar a mi casa sana y salva, aunque no pudiera articular palabra en una semana del dolor que tenía en la garganta por respirar tan rápidamente.

Orna no podía creer que hubiera asistido a un atraco en directo vía telefónica (¡nunca le colgué en toda la carrera hasta que estuve a salvo!).

Nuestra relación cada vez era más evidente y, aunque la hacía sufrir un poco con todas las mujeres que revoloteaban a mi alrededor, sabía que sentía algo especial por ella. Sin embargo, no crean que yo no tenía que aguantar lo mío, como el día que llegó totalmente borracha a la casa del Loc después de que una compañera suya la embriagara para sonsacarle información, y tuve que pasarme la noche en vela escuchando cómo amaba a esa mujer, cómo la quería y cómo se arrepentía de estar poniéndole los cuernos a su novio (todo esto mientras vomitaba y me abrazaba. Muy romántico todo).

A pesar de ello, salíamos a todas partes juntas (entregas de premios con el equipo de la peli, inauguraciones de restaurantes, presentaciones de grandes marcas…) y lo pasábamos de maravilla, hasta que ocurrió algo que no me gustó nada y que, más tarde, dio pie a muchas cosas que no debieron haber sucedido.

Uno de los días en que yo había tenido que salir y ella se había quedado sola en mi cuarto en casa del Loc, se metió en mi iPad y espió todo lo que quiso y más. Realmente lo único que descubrió fueron cuatro tonterías de conversaciones con algunas chicas que me gustaban y algunas fotos, pero nada que indicara que no quisiera algo serio con ella, porque no lo había.

Sin embargo, aunque me pareció un acto vil (¡si hasta está penado por ley!), no le di la mayor importancia y seguimos con nuestras vidas, cada vez más de lujo.

Las grandes marcas, los grandes diseñadores y restauranteros se estaban empezando a fijar en mí por el éxito que estaba teniendo la película, que estaba despuntando mucho más de lo que habíamos imaginado.

Recuerdo un pase especial que le hicimos a Miguel Bosé y a todo el *crew* de su gira. Cuando acabó, quería hacer de mi padre en la segunda parte. ¡Qué grande!

Este gran hombre, que en Latinoamérica llena auditorios de miles de personas que cantan sus canciones a pies juntillas (lo he visto con mis propios ojos), en una informal conversación que tuvimos más tarde, coincidió conmigo sobre lo poco que en España valoraban los éxitos de sus paisanos.

Siempre he observado que los españoles no valoramos el trabajo de los demás, sobre todo si son compatriotas: cualquier cosa que haga otro, nosotros la hacemos mejor y sin esfuerzo, con la punta de la polla, vamos.

Que has hecho una película que te cagas, me la pela.

Que llenas conciertos, me la pela.

Que descubres la penicilina, me la pela.

Me da mucha pena tener que decir esto, pero es así.

Una vez, un galerista y fotógrafo amigo mío, que hizo una exposición en México, me comentaba que a la misma exposición (eran unas fotografías maravillosas), en Valencia, llegaba la gente y le decía: «Vaya una puta mierda, eso lo hago yo con el nabo». Y es que parece que tengamos la necesidad de destruir todo aquello que nos haga sentir que somos menos que otro y, lejos de alegrarnos de los éxitos de los demás y aprender de ellos, los queremos hundir. Si tenemos una estrella que está brillando en Hollywood, intentamos pulverizarla por todos los medios llamándola de todo, hablando con nosotros mismos y comentándonos lo mierda que es y todo lo que ha chupado para llegar donde está. Es el gran entretenimiento del pueblo español, hundir todo lo que no venga de nosotros mismos, aunque sea solo en nuestras cabezas, para no sentir que no valemos nada.

Y en esas llegó lo inesperado, *Unidos los Robles* se había convertido en la película más taquillera de la historia del cine mexicano... ¡y yo formaba parte de ella! Era el puto antagonista más querido y odiado de la historia del cine de un país que adoraba a los villanos.

Se nos acercaban en los restaurantes para darnos las gracias y decirnos que habíamos retratado su vida, recibíamos millones de enhorabuenas, de fotografías, de *selfies*... Estaba cabrón el asunto, al grado de recibir la felicitación del presidente del Gobierno, y de tener que hacerle un pase privado a las madres del Ejército y recibir un diploma de manos del general de las Fuerzas Armadas, después de que hubiéramos estado cenando cada uno con un general y su equipo, y a mí me tocase con el de la Marina. Era alucinante, increíble, cualquier palabra se queda corta para describir lo que estaba ocurriendo.

Reportajes, entrevistas, invitaciones a programas con los presentadores más *top*... Con «lo mal que se me da» hacer el *show*, ya se pueden imaginar cuánto sufría... ¡Estaba en mi salsa!

También entonces me ofrecieron ser imagen de una de las marcas de ropa española más relevantes y ser embajador de uno de los mejores hoteles de Ciudad de México y de sus restaurantes de lujo. ¡Estaba encantada!

Los primeros me ofrecieron tanta ropa como quisiera, así que cambié la de la marca de mi amigo Rui, que era estupenda, por aquella, que encajaba más con mi personalidad.

Con los segundos podía desayunar, comer y cenar todos los días en todos los restaurantes de la cadena e invitar a cuantas personas quisiera... Tenía a mi disposición un restaurante francés de los que estaban más de moda en aquel momento, uno italiano de alta cocina, un asiático maravilloso y otro que era todavía más lujoso, donde ponían unas langostas exquisitas a las que Orna y yo, entre risas, ya nos daba hasta vergüenza pedir todas las veces que íbamos.

Vivíamos a todo lujo y a todo trapo, enamoradas hasta la médula, no solo de nosotras, sino de la vida que nos estábamos chupando. Empezábamos a ser la pareja perfecta.

LAS NIÑAS DE SANTA ESPERANZA

Una vez, cuando vivía en San Andrés, mi casera me obligó a que un brujo me echara las cartas (ya saben que a mí estas cosas no me van mucho) y me dijo: «Vas a tener un éxito impresionante en este país, pero guárdate de la mucha gente que te querrá hacer daño por la envidia». Hasta aquí, ni me inmuté, claro, pero añadió algo que no me dejó indiferente: «Encontrarás a tu media naranja, al amor de tu vida; pero, cuidado, porque es la horma de tu zapato y puedes perderlo todo por ella».

¿Qué podía importarme perderlo todo si iba a encontrar lo que me estaba diciendo, lo más difícil de encontrar en la vida?

* * *

Nuestro primer viaje juntas fue a colación de una invitación de la Fundación Televisando para entregar unos juguetes en Punta Albert, en el estado de Quintana Roo, y participar en una carrera y una serie de eventos que patrocinaba un magnífico hotel de la Riviera Maya.

Lo primero que nos hicieron al llegar allí, fue una purificación de energías. Nos llevaron a un lugar donde, con los ojos cerrados y tomadas de la mano, nos conectamos por primera vez a la tierra, a la naturaleza, donde empezamos a ver lo que el destino nos estaba preparando.

Jugamos con los niños al fútbol y a la cuerda, les repartimos juguetes (algo que a Orna le encantaba), viajamos por selvas hermosas y estuvimos en nuestra primera playa juntas caminando de la mano. En el hotel nos hacían platos especiales que eran imposibles de olvidar. Corrimos kilómetros y kilómetros a pie y en bici para que nuestro equipo ganara, y nos llevamos una bonita medalla de recuerdo a casa.

Todo para enamorarnos.

Toda una muestra de lo que la vida nos quería poner por delante.

*   *   *

Yo seguía con mis inauguraciones de tiendas, con mis entrevistas, con mis idas y venidas a Los Ángeles y a todas partes de México, mis reportajes en los periódicos más importantes, pases de modelos, diseñadores…, y entonces llegó el primer aviso importante de lo que podía ser nuestra relación si no teníamos cuidado.

La primera vez que lo dejamos fue por las mismas cosas que más tarde no supimos manejar: los celos, el orgullo, la falta de paciencia y de comprensión (¡cuántas veces me he arrepentido de no haberla mandado a volar en aquel momento, y cuántas veces me he arrepentido de haberlo pensado siquiera!). Sin embargo, nuestra separación duró poco.

Iba caminando por la calle cuando sonó el celular, era ella pidiéndome por favor que no la dejara, que estaba manejando y se sentía muy mal, que sentía que se le estaban agarrotando los brazos, que se iba a quedar paralítica por una inflamación arterial que padecía.

Según me había contado, cuando era pequeña, estuvo mucho tiempo sin poder moverse ya que la enfermedad se hizo patente y, aunque ya había notado ciertas actitudes hipocondríacas en ella y no debería haberle hecho caso, me preocupé. Así que, por muchos motivos que tuviera para estar cabreada, me acerqué hasta donde me dijo que iba a ser atendida (a la clínica de una china que hacía acupuntura o no sé qué rollos, una de las tantas pamplinas a las que ha ido siempre para intentar encontrarse a sí misma mientras tiraba el dinero).

«En la vida suceden cosas que nos modifican, tal vez para siempre. El día que te conocí, ese día, cambió mi vida.

Sé que ya no quieres saber nada de mí, sé que piensas que soy de lo peor y quizás ahora desearías no haberme conocido. Nunca quise hacerte daño, nunca pensé que esto fuera así, simplemente me enamoré como una loca de una personita preciosa, aunque a veces muy impulsiva, igual que yo.

Un amor del que no me arrepiento, un amor del cual disfruté mucho, un amor que me ha hecho volar y experimentar cosas maravillosas. Gracias por todo lo hermoso y precioso, gracias también por cada una de las escenas difíciles por las que tuvimos que pasar, porque de ellas me llevo una gran lección.

Siento mucho todos aquellos momentos incómodos (el de hoy es uno de ellos); había escuchado que el amor hace cometer muchas pendejadas, pero nunca pensé que fuera verdad. He cometido errores, y me arrepiento.

Solo tengo la esperanza de que llegues a casa y hagamos nuestro bocadillo de calamares con tu rica sangría con melocotones que hoy compré, que me digas que tenías ganas de abrazarme y darme besitos, que viéramos una de esas películas de comedia-terror para pasar un buen rato.

Mi amor, mi vida, te necesito. Regresa, por favor».

Cuando llegué, fue desgarrador para mí verla postrada en una camilla, sin poder mover los brazos ni la cara, llorando desconsolada y la china a su lado, a punto de ponerle una inyección de no sé qué coño. El panorama que encontré me hizo reflexionar y sentir un amor profundo hacia ella, por mucho que supiera que, lejos de una enfermedad, era una respuesta inconsciente de su organismo para llamar la atención, como los niños cuando quieren algo.

Le dije a la china: «No se le ocurra siquiera acercar esa aguja a mi mujer o se la meto en el culo a usted, déjeme con ella a solas». Entonces, la agarré a ella de la mano y le dije: «Amor mío, aquí estoy, no te voy a dejar nunca. Te amo».

No hay palabras más mágicas para revivir del sueño a una princesa, sobre todo si son verdad y surgen del corazón, así que poco a poco fueron despertando sus brazos y su cuerpo, y hasta la sonrisa volvió a aparecer en su rostro.

Si hay un don que siempre he tenido, es el de saber hacer reír a quien sea incluso en el peor momento, y en ese utilicé todas mis armas con ella, poniendo el foco en la china y su inyección.

Menos mal que llegué a tiempo para salvarla de vete tú a saber qué sustancia, y para comprobar que esa muchacha estaba enamorada de mí hasta para dejarse morir si no estaba junto a ella.

Y como todo… pasó.

Y volvimos a ir juntas, esta vez al paraíso, nuestro viaje más importante de los muchos que hicimos, donde realmente consumamos nuestro tremendo amor.

Nos invitaron a una isla mágica llamada Owen, para promoción del destino y la presentación de las nuevas colecciones de grandes diseñadores.

Desde que abandonamos el barquito que nos llevó hasta el puerto, supimos que esa excursión nos marcaría.

El hotel que nos ofrecieron y la habitación eran geniales: unos bungalós hechos de madera con todo lujo de detalles, en la mismísima playa. La primera recepción fue en un hotel contiguo donde disfrutamos de la comida y los cócteles. La primera noche juntas andamos por la playa, cruzando la isla a pie, a la luz de las brillantes estrellas que iluminaban la noche y nos guiaban hasta nuestro viaje más profundo, tomadas de la mano.

Asomarme a un pequeño acantilado y verla bajar por las rocas descalza, con el vestido remangado y una garza blanca a su lado, que contrastaba con lo oscuro de su pelo es una de esas imágenes que me han quedado grabadas para siempre por su belleza y plasticidad, dos seres hermosos moviéndose a la luz de la luna como en un baile de almas, en lo oscuro de un agua que no llegaba a cubrir los tobillos del ser más maravilloso que había conocido. Los mapaches alrededor de la alberca; nuestra primera cita en el agua, uniéndonos en un mar azul como el cielo, mientras nuestro amor se consumaba…

Decidimos explorar la isla y recorrer la costa andando. Era difícil por el sol y por el calor agobiante, pero aun así decidimos enfrentarnos a los moscos gigantes que poblaban los manglares con un superrepelente de insectos y caminamos y caminamos descubriendo lugares de ensueño y que los moscos gigantes odiaban el agua, así que los esquivábamos caminando a través de ella.

Quizá el perro que se nos unió en el camino fuera un guía en el paraíso, no lo sé, pero nos llevó hasta la desembocadura de un río, que nos atrevimos a desafiar y cruzamos, arriesgándonos a quedarnos allí varadas. Sin embargo, lo que había tras ese arriesgado paseo mereció la pena con creces.

Allí nos encontrábamos ella y yo, solas, en el paraíso, como dos robinsones perdidos entre palmeras. Allí estábamos desnudas en el azul turquesa de un agua que nos llegaba a las rodillas y con la única y pendiente mirada de los grupos de flamencos rosas que nos rodeaban, casi acompañándonos en nuestro amor, mientras nos besábamos, nos abrazábamos y nos uníamos con el cielo, la tierra y el mar desde todos los ángulos posibles.

Empezábamos a sentir un contacto real con la naturaleza, con la vida que la isla reflejaba en nosotras, y que combinábamos con los *affaires* y las risas de lo que ocurría al otro lado, amigos, música, fiesta y alegría.

Así fue como la vida nos llevó a tomar una canoa con una manzana y un poco de agua y adentrarnos en lo profundo del mar para ver hasta dónde podíamos llegar. Era un día caluroso y decidimos tumbarnos en la barca para descansar de nuestro agotador ritmo de amantes y fiesta, y nos quedamos dormidas.

Su obsesión por Caronte, el barquero que cruza las almas, era tal que, cuando despertamos en medio de la nada, fue lo primero que me vino a la cabeza. Estábamos en medio del mar, la corriente nos había arrastrado hasta convertir el azul celeste en negro profundo. Paulatinamente, el miedo se fue apoderando de nosotras al ver que remábamos y no nos movíamos del sitio, remábamos con todas nuestras fuerzas, pero la corriente en contra nos arrastraba todavía más lejos de la orilla.

Era nuestra primera prueba, en la que la botella de agua duró muy poco, en la que sabía que no podíamos morder la manzana, en la que íbamos a sufrir para salvarnos. Entonces Orna se echó al agua, estaba muriendo de calor; pero después no podía subir, cuando se apoyaba para intentarlo, la pequeña barca se tambaleaba tanto que decidimos no arriesgar más y que usara las pocas fuerzas que le quedaban para empujar la barca, mientras yo tomaba el remo, ahora sí me sentía Caronte.

Era algo apocalíptico, el cielo se estaba encapotando, no sabíamos qué había bajo el agua, yo remaba y remaba con todas mis fuerzas sudando como nunca, gritábamos a la gente que veíamos a lo lejos en la orilla, pero no nos escuchaban, era como si estuvieran pasando por delante de nosotras, pero no nos vieran.

Éramos dos fantasmas atravesando las oscuras y negras aguas del camino que habíamos elegido. Habíamos decidido dormirnos y no prestar atención, y el agua nos había arrastrado a un pozo, presagio de lo dura que iba a ser nuestra aventura juntas.

La lucha contra el mar y los elementos seguía, Orna no podía más, quería subir desesperadamente, yo ya no tenía fuerzas en los brazos, entonces un rayo de luz se abrió paso entre las nubes e iluminó lo que parecía ser el camino de regreso.

Era extraño, pero resultó que no hacía falta remar contracorriente, sino bordearla y seguirla en su camino de regreso, así fuimos haciendo —derecha, izquierda, derecha, izquierda—, hasta llegar a la orilla, exhaustas, con la manzana en la mano sin haber pecado.

Una garza blanca, apareció de la nada y nos regaló la llave de nuestro amor, una pluma hermosa que dejó caer ante nuestra mirada atónita.

Habíamos vencido a la muerte, nuestra primera prueba tenía recompensa y así guardamos la llave durante mucho tiempo.

* * *

«No sé cómo pudimos dejar que todo esto se fuera, Orna, que toda esa magia se perdiera, no sé cómo pudimos ser capaces.

En serio, ¿tanto me quieres como para tener que olvidarme? ¿Tanto como para no poder soportar mi voz, mi presencia, mi ser? ¿Tanto como para no poder mirarme a los ojos sin caer ante mí? ¿Tanto?

¿Tanto me odias?

Qué idiota eres, sí. Porque, si no fuera así, podrías, y, si es así, hiciste el idiota.

Los recuerdos asaltan a todas horas a las pobres víctimas desprevenidas, como a mí hoy.

Llegan ocultos entre la lluvia, rápidos como un rayo. Se meten en un edificio, en los objetos, en los espejos, entre las sábanas y te roban de nuevo un pedazo de ti, dejándote una simple lágrima que resbala sobre la piel fría de quien muere de amor.

¿Cómo pudimos ser tan imbéciles de dejar que todo se fuera?».

Para desplazarnos por la isla utilizábamos unos cochecitos de golf, que era el medio de desplazamiento más cómodo para moverse. Eran de uso común y, aunque cada uno tenía el suyo, cualquiera llegaba y se apoderaba del carro.

Era el último día y habíamos hecho una gran amistad con otro actor que tenía una pinta de malo de película que daba miedo. Estábamos los tres desesperados, teníamos hambre y nuestro carrito había desaparecido.

En mi desidia, vi un carrito de golf que parecía estar desocupado en la puerta de uno de los hoteles, no era de la misma compañía de los que normalmente utilizábamos, pero al meter la llave arrancó, así que, entre risas, nos montamos los tres en él.

Orna y yo delante y mi querido Barbas detrás, comenzamos lo que sería nuestro Bonnie & Clyde *oweniano* junto al jefe de la banda. Sabíamos que habíamos hurtado un carrito que no era nuestro, pero nos dio igual y decidimos recorrernos absolutamente toda la isla con él... Saltando montículos, pasando por todos los charcos, parando a comer en todos lados, por cierto, ahí probamos la única pizza de langosta que yo he probado en mi vida... cuanto menos, extraña.

Todo fue a pedir de boca hasta que dejamos tirado el carrito en la entrada del puerto del que debíamos zarpar para regresar a casa.

Cuando estábamos sentados esperando el *ferry*, un tipo con muy malas pulgas se nos acercó. Había reconocido al Barbas (quién no) y le reclamaba el robo del vehículo. En ese momento comenzaron a llegar patrullas y nuestro querido amigo se fue pitando dentro del *ferry* a esconderse.

Como ya no les aguantaba más, les dije que había sido yo el que había tomado el pinche carro porque creí que era de los nuestros.

La mala suerte es que era del director de uno de los hoteles que ya estaba hasta la madre de nosotros y para él fue la gota que colmó su vaso, así que envió a dos señores con los policías, dispuestos a encerrar a los malhechores en el calabozo de la isla hasta que se celebrase el juicio por robo y sustracción de vehículo motorizado.

Por un lado, tenían razón: la ley es la ley y, si robas un coche, por muy pequeño que sea, para recorrer uno o mil kilómetros, es un delito. Por el otro, nos parecía una locura y una exageración la que estaban montando a los ojos de todo el pasaje y de nuestros amigos, entre los cuales se encontraban distintas personalidades del mundo social (y un Barbas oculto entre las maletas, con un ojo en el salvavidas, no fueran a encarcelarlo a él también). Al final, sin embargo, surgió la frase mágica con la que todo se soluciona en México: «¿Cómo arreglamos esto?».

No les digo lo que nos querían sacar entre los policías y los mandados, ni tampoco la rabia que me dio darles la mitad, pero mereció la pena subir al barco con nuestras maletas y ver cómo se alejaban, mientras nuestros compañeros no paraban de reírse de nosotros y señalarnos como los delincuentes en los que nos habíamos convertido para siempre los tres.

*   *   *

Más presencia, más viajes, más de todo. La presentación del DVD de la película, la presentación de una nueva tienda, la presentación de una nueva línea. Siempre de acá para allá, otra vez para Cancún, otra vez para Acapulco, entrevistas hasta para la revista *Rolling Stone*, premios, firmas de autógrafos... Una vida tan ajetreada como hermosa, que empezaba a combinar con más y más eventos relacionados con la política que, al principio, me parecían sumamente aburridos.

Y llegó el momento en el que mi nueva mujer consiguió enamorarme del todo.

Me ofrecieron la posibilidad de estrenar la película *El cura y el azufre* en representación del director (aquella locura que había grabado en Mallorca), en un pequeño festival de cine independiente y ella, ella hizo lo imposible para que la presentación saliera bien. Se la veía con tal ilusión, con tanto amor por mí, con tanas ganas de crear juntos, que el día de la muestra, cuando la vi aparecer con una playera con el nombre de la película grabado y toda la tropa de amigos para verla, casi me caigo del amor que me entró, no podía creer que ella sintiera algo tan hermoso por mí. Pero llegaron algunas peleas.

Por ese entonces todavía no sabía qué hacer con la relación con mi mujer. En realidad lo que me habría gustado es tenerlas a las dos, tener mi harén, porque realmente tampoco nunca dejé de querer a la madre de mi hija; pero eso era imposible y nos estaba empezando a ocasionar ciertos conflictos (y eso que ella tampoco había puesto las cosas sobre la mesa con quien estaba).

El mensaje que recibí de mi esposa, no me facilitó las cosas:

«Te he ofrecido empezar de cero, iniciar una nueva etapa con la experiencia adquirida estos años y seguir construyendo juntos, y tú me hablas de estar con una extraña.

No sé qué te ha hecho, pero estás cegado. Cuando saque todo lo que quiera de ti, cuando no le puedas dar hijos, cuando ya no seas el actor famoso que eres, cuando se aproveche de ti todo lo que pueda, te dará una buena patada y te acordarás de mí.

Espero que te des cuenta de la clase de persona que es, antes de que sea tarde para ti. Espero que te des cuenta de que a todo lo que te dice sí es una mentira.

Es muy fácil enamorarse de lo bonito, veremos cuando lleguen los momentos duros.

Fuiste a trabajar y mira en lo que gastas tu energía.

Yo estoy rota y no puedo más. No voy a hablar más de lo mismo. Me rindo. Dile que ya ha ganado. Espero que seas muy feliz y que te vaya muy bien».

Aún hoy en día me pregunto por qué la vida me puso a dos mujeres tan maravillosas juntas para que tuviera que elegir, cuando las amaba a las dos por igual, de forma diferente.

Tuve que ir a España a ver a mi hija y a su madre. Pues, aunque no dejaba de hablar con ellas por internet, necesitaba verlas en persona.

«Haz lo que tengas que hacer y vuelve a casa con nosotras, por favor. No nos abandones. Puedes buscar trabajo aquí. Si te mueves seguro que salen muchas cosas. Busquemos una casa más cerca de Madrid y te resultará más fácil. Vuelve, por favor».

Hicimos un viaje precioso con nuestra niña a la primera ciudad de costa a la que habíamos salido de vacaciones por primera vez juntas en nuestra vida, con dieciocho añitos, y Mar, sin saber por qué motivo, sintió que iba a ser nuestra despedida, y así me lo expresó frente a un pequeño y derruido minigolf, donde habíamos pasado ratos increíbles años atrás. Abrazándome junto a nuestra hija me dijo: «Cariño, aquí empezó todo y aquí va a acabar».

Tenía razón, yo también sentía que era hora de que Orna y yo pusiéramos las cosas en claro, teníamos que comenzar nuestra vida unidas sin ataduras, ya no podíamos resistir más sin vivir juntas. Y así se lo propuse una noche, tras volver a México, en uno de esos hoteles en los que nos quedábamos de vez en cuando, cada vez que ella tenía trabajo lejos de la ciudad o de su pueblo.

Me puse a la tarea de encontrar el lugar adecuado y el primero que vi en internet, un precioso *loft* de dos plantas en Santa Esperanza, esa colonia apartada del centro con las calles llenas de rascacielos, se me metió en la cabeza que sería nuestro hogar.

EN LAS ALTURAS

El futuro imaginario que algunos se trazan en su mente para tomar decisiones es tan peligroso como el que se toma en base al pasado.

Nada está escrito en ningún libro, podemos obtener apuntes si observamos las variaciones que conocemos, nada más.

Por eso solamente hay una fórmula para tomar las decisiones acertadas, solo podemos basarnos en lo que nuestro corazón nos dicta; en cuanto entra en juego la mente y sus variaciones y permutaciones entre pasado y futuro, entre lo conocido o por conocer, se disparan las alarmas.

Quizá las decisiones que se toman en base a los datos que tiene la mente, en principio, pueden parecer más seguras y acertadas... Yo les aseguro, sin margen de error, que las únicas decisiones acertadas son las que parten del amor, todo lo demás es pura chafa que lo único que va a intentar es cubrir esos huecos que quedan con todo tipo de justificaciones.

Las decisiones que se toman con la verdad del amor del corazón, quizá puedan parecer desmesuradas al complejo mundo de seguridad que demanda tu mente, pero no hay nada más hermoso y más importante en este mundo que sentir.

Sin sentimientos tan solo seríamos máquinas, por eso las máquinas buscarán los sentimientos cuando tengan capacidad para ello, para evolucionar y dejar de ser máquinas.

Mientras tanto, nosotros nos obligamos a ser máquinas para dejar de sufrir las consecuencias de ser humanos y preferimos seguir una pro-

gramación de fábrica sencilla, en la que tan solo tengamos que preocuparnos de ajustar los tornillos alguna vez, cuando se aflojan.

No hay ninguna obra en este mundo, realizada por ningún artista de la índole que sea, que incite a seguir las directrices de la programación mental.

Parece mentira que muy pocos las admiren y las entiendan, pues el único propósito y verdadero del arte es mostrar al ser humano lo que es.

De nosotros depende tomar medidas o dejar que los cálculos de nuestra cabeza controlen nuestras vidas.

Voy a hacer esto y no aquello, porque esto me conviene mucho más para esto otro que yo necesito, y que, de otra manera, no necesitaría necesitarlo.

Es mucho más sencillo que todo esto: corazón, no intereses.

* * *

Debíamos solucionar muchas cosas antes y estar seguras de la decisión que teníamos que tomar. Ella debía aclarar las cosas con su pareja y yo con la mía. Miramos ese y muchos más departamentos, pero ninguno nos convencía: el primero que había visto era demasiado caro, mucho, e intenté que la responsable hablara con el dueño para ver si nos lo podía rebajar sustancialmente.

Paralelamente a nuestra búsqueda y toma de decisiones, seguimos con nuestras vidas y participamos en la celebración de un festival de cine en la capital del estado, en el que Orna estuvo perfecta apoyando a los organizadores. Fue un evento que llenó la ciudad como nunca de *glamour*, lo cual, sumado a la proyección de la película del cura y del cierre con *Unidos los Robles*, fue apoteósico.

Esa noche decidimos finalmente irnos a vivir juntas y recuerdo que le dije: «Es lo que tenemos que hacer, pero acuérdate de cuánto vamos a llorar allí, acuérdate». (Yo y mis predicciones. Tarde para dedicarme a ello…)

Sinceramente, desde que había entrado por primera vez en ese magnífico *loft* de Santa Esperanza, supe que íbamos a vivir allí. Me había visualizado perfectamente mirando la ciudad a través de sus ventanales, con una copa de vino en la mano…, aunque en mi visión estaba sola y triste, algo que auguraba tiempos difíciles en él, si bien hasta ahora no supe por qué.

Nadie cedía en el precio, ni el dueño ni nosotras.

Para olvidarnos un poco del tema, nos fuimos a Nueva York. Quizá allí tendría la posibilidad de cumplir mi sueño de unir a mi mujer y a Orna, y así se lo expuse a cada una.

Orna, aunque con reticencias, estaba dispuesta a compartir, a experimentar algo nuevo, aunque solo fuera por curiosidad. Mi mujer, en cambio, no tenía ni pizca de ganas de compartirme con nadie ni de ir a Nueva York con una desconocida a pelearse por mí.

La verdad, no sé cómo se me ocurrió la idea de que aquello podía salir bien. Conociéndolas, habrían acabado como los perros y los gatos. Son las dos mujeres con más carácter que haya conocido nunca, dos mujeres que no ceden en nada, dos mujeres hermosas, cada una a su estilo, pero demasiado parecidas.

Tonta no he sido nunca y sabía que aquello era una quimera, pero mentiría si dijera que no me habría gustado formar mi propio equipo, verlas felices, sumar en vez de restar… Era imposible que dejara de querer a ninguna de las dos, a una por su intensa protección maternal, por la seguridad que siempre me había dado, y a la otra por su jovialidad y por su capacidad para hacer que mi creatividad se desarrollara.

Aunque lo de los niños no iba mucho con mi rollo, de esta manera sí me habría encantado verlas con muchos hijos míos viviendo de allá para acá, entre pasto verde y jardines, muy *hippy* la cosa.

«Cuántas emociones, cuántas despedidas y encuentros.

Cuántas emociones contenidas y expresadas.

Cuánto dolor acumulado.

Sabía que la única solución era convenceros a las dos de que lo único era lo correcto, como decía la carta del tarot.

Sabía que os necesitaba a las dos y que ninguna de vosotras me necesitó a mí nunca.

Lo maternal y el impulso, la madre y la musa.

Estoy harto, harta, o lo que quiera que sea, de jugar al juego sin vencedor de la mente, pues esta nunca va a quedar satisfecha.

Hace unos días me di cuenta, de que solo el corazón podría ganar la batalla, y decidí daros el lugar que tantos quebraderos nos ha dado.

El lugar que me corresponde.

El lugar que os corresponde está dentro de mi corazón y dentro de mi corazón permanece.

Me he comportado como una estúpida muchas veces y, por supuesto, no he actuado como un hombre (si no, no estaríamos en esta situación); desafortunada o afortunadamente, no lo soy.

No puedo renunciar a mis promesas, no puedo renunciar a lo que amo, porque no es justo hacerlo.

Siempre he luchado contra la sociedad que nos han impuesto, por lo que yo creía que era una invasión de mi ser. Es cierto que no soy ni musulmán ni mormón, ni quiero, pero tampoco soy lo que me han dictado, nuca lo he sido y nunca lo seré.

Muy pronto las dos estaréis muy cerca, en Madrid, y yo estaré aquí sola, quizá como me corresponde, quizá para siempre.

¿Cómo puedo deciros que adoro y he adorado cada minuto que he pasado a vuestro lado?

Cada vez que veo cómo está mi hija de preciosa gracias al esfuerzo desinteresado de su madre. Cada vez que veo la ilusión en tu rostro por nuestros proyectos. Cada vez que veo un nuevo triunfo o logro vuestro. Cada vez que veo el amor, sea del que sea, en vuestros ojos…

Quizá no sepa lo que quiero, o no sepa trasmitirlo.

Lo que sí sé es lo que no quiero…

Nunca quise que os fuerais de mi lado.

Deseo que disfrutemos de esta vida con lo que nos ha tocado.

Deseo que, de la manera que sea, podamos estar juntas.

Deseo tantas cosas con vosotras que, poco a poco, he ido estropeando.

Ojalá comprendáis lo mucho que os quiero, lo mucho que sufro por esta situación.

La solución no es marcharse, porque nunca ya os libraréis de mí, al igual que yo de vosotras, siempre estaré en vuestro interior.

Os pido, por favor, un intento desde el corazón, de vivir en paz, en armonía y en el amor.

Tenemos millones de cosas por hacer.

Que no os pueda otra cosa que el corazón; y quien se quiera alejar, que lo haga con amor.

Yo aceptaré lo que venga, ojalá sea compartir lo que siempre deseé; si no es así lo sentiré mucho y os echaré de menos durante toda la vida.

Con mis habituales lágrimas en los ojos.

Os amo, mis preciosas mujeres, no os puedo llamar de otra manera pues lo sois, las dos de diferente manera.

¡¡¡¡Perdón por todo el daño que os he causado!!!!

¡¡¡¡Gracias por la comprensión y el amor a quien esté a mi lado y adiós con todo el dolor de mi corazón a quien decida marchar!!!!».

*   *   *

Al final, Orna y yo solitas decidimos que era buen momento para visitar la ciudad de los rascacielos.

La primera vez que había visitado NY había sido en un viaje relámpago, en esas horas largas que tienes entre la conexión de dos vuelos. En seis horas me recorrí todo Manhattan a pie y, la verdad, es una ciudad que, al verla por primera vez, impresiona.

Para esa ocasión, escogimos un pequeño hotel cerca del barrio italiano. La primera noche caminamos por toda la ciudad para ir encontrándonos, poco a poco, con lo que nos iba ofreciendo.

Al pasar por el Palacio de Justicia, Orna se destapó completamente y me mostró su verdadero carácter: una mujer llena de celos que ya no pararían hasta, desgraciadamente, este momento tan desagradable para mí en el que me encuentro colgada de un barandal de mierda que ya se podía haber roto cuando me descolgaba, ¡joder!

Con lo bonito que es el puente de Brooklyn... Tendría que haberme llevado los cinturones allí. Aunque, como ahora, seguro que también me habría encontrado frente a algún rascacielos de Huawei (esa
marca me persigue, en serio. Ni cuando iba a España me podía librar
de ella, pues estaba incrustada en el celular de mi esposa).

La ciudad de Nueva York, en la noche, es impresionante —tantas
luces, tantas emociones—; por donde quiera que una camina le parece estar inmersa en una película, no ya porque la ciudad ha sido decorado natural de muchas, sino porque el ambiente es inigualable.

Pasamos por un parque cercano al puente y nos maravillamos
viendo cómo cientos de personas se congregaban al aire libre junto a
una pantalla gigante donde proyectaban gratuitamente *Rocky III*.
Nos sentamos en el pasto como ellos y estuvimos allí un buen rato, lo
que hizo que comenzáramos a disfrutar de nuestra estancia y de nosotras.

Esa noche, después de recorrernos un buen trozo del mapa, e
incluso llegar a divisar la Estatua de la Libertad a lo lejos y tomar algo
en el coreano de la esquina de nuestro hotel, ocurrió algo que nos
impresionó.

Nuestra sexualidad cada vez era más intensa y apasionante, y esta
vez llegó a saltar una barrera muy grande, llegamos a poseernos, y
digo «poseernos» porque nos marcamos para siempre. Sí, esa noche
dejamos la cama y el baño de nuestra habitación llenos de nuestra
marca, que pasó por todo nuestro cuerpo, tan caliente como el líquido ambarino que salía de nuestro interior para decirnos «eres mía».

Nunca en mi vida había hecho algo semejante, pero a veces pasan
este tipo de cosas que nos hacen ver cuán animales somos y cuánto
poder tiene la naturaleza para indicarnos, con simples gestos, lo grandioso de lo que nos sucede. Y, aunque parezca una tontería o incluso
una guarrada, nos pareció riquísimo bañarnos en nosotras. Tanto
que, a partir de ese momento, la ciudad se tornó mucho más maravillosa. Éramos la una de la otra.

Museos, plazas, avenidas, tiendas, parques, edificios como en
ninguna parte del mundo. Reír viendo las luces de Times Square,
decidir qué musical veríamos esa noche. Visitar el barrio chino, con

más chinos que en China; el italiano y que te pongan una pizza con aceitunas y lleven hueso... Nada importaba (aunque te rompieras los dientes). Wall Street, tocarle los huevos al toro, ver la ciudad desde lo alto del Rockefeller, escuchar la música, sentir el humo de las alcantarillas, viajar hasta la estatua de la Libertad, comer unos ganchitos japoneses sentadas en Central Park, hacer el amor, querernos, volver a ver *El fantasma de la opera*. La primera vez que me puse falda para ir por la calle con ella, las primeras fotos entre las luces, las dos riéndonos como locas y disfrutando de lo prohibido. Nueva York y sus obras de arte, y mi nena haciéndoles fotos a todas. Haciéndose fotos con todas, con Monet, con Warhol, conmigo. Tantas y tantas postales de la ciudad y de nosotras.

Regresamos más enamoradas que nunca a nuestra ciudad.

Allí nos esperaba Milla Jovovich en la presentación de la nueva colección de unos grandes almacenes (¡qué guapa es esa chica, por favor! De verdad que las ucranianas, por lo menos las que yo conozco, les salen muy bien). Nos esperaba también la presentación del aeropuerto de Toluca; mi primera pintura en México, hecha para ayudar contra el cáncer de mama; capítulos de series; una presentación maravillosa en Mérida, donde conocí a la dueña de una revista, con la que me habría casado sin dudarlo de lo buena persona que es. Nos esperaba una estupenda follada en un hotel de Puebla al que nos invitaron para la presentación de una publicación (llegamos tarde por ello, sí); nos esperaban los conejos blancos que surgían en todas partes a modo de señal guiándonos como a Alicia. Me esperaba la última vez que me acosté con otra persona estando con ella.

Ocurrió en la inauguración de una tienda de la marca de ropa que representaba. Comí con los dueños, que llevaron a una amiga suya al restaurante, y nada más verla sentí que esa noche íbamos a acabar cogiendo en el hotel. Dicho y hecho.

Esa noche, sin embargo, me di cuenta de que no quería hacer el amor con nadie más, por mucho que me gustase, que con mi mujer, mi ahora mujer Orna. Comprendí que la amaba, que no me aportaba nada echarme un polvo con una desconocida más que el placer de probar algo nuevo, como los tacos que había comido con ella unas horas antes. Comprendí que quería hacer el amor, no follar. Comprendí que amaba mucho más de lo que me imaginaba.

También me vino genial algo que no me esperaba: un comercial para mi marca favorita de bebida. Aquello no solo por el dineral que representaba, sino sobre todo por el prestigio de ser el protagonista de un *spot* tan magnífico para el mundial de fútbol. Fue todo un poco improvisado y, aunque el productor de la película más tarde reclamara los derechos por el uso de mi imagen como el personaje del film, fue un exitazo.

Como colofón, me tocó conocer a esa persona que había compartido conmigo algo más de lo que nadie imaginaba, a una mujer, una preciosa espía. A ese hombre, que todo el mundo pensaba había participado en la muerte de su exmujer, pero a quien nadie se atrevía a acusar abiertamente (ahora bien, en privado se desquitaban de todo, y más los de su propio color. Yo no puedo asegurar si era cierto, porque no tengo pruebas, solo sé lo que me han contado, lo que se dice. Pero se dicen tantas cosas...).

Se dice que fue un producto creado desde un inicio para generar un caballo ganador, al que le fueron quitando obstáculos de en medio. Quizá tampoco compartimos mujer, ni era él quien la pegaba (aquí colgada se me mezclan mucho las realidades y las imaginaciones, y solo puedo aseverar lo que me han contado), pero cuando el río suena tanto..., más que agua, sangre lleva.

El caso es que allí estábamos, en una reunión de mujeres con el Pres, cientos de mujeres con las sillas manchadas porque iban a ver a su macho alfa.

Yo me encontraba con la mía, sentada en una esquina. Me dijo que tenía que buscar al secretario, porque quería saludarle; mis movimientos intentando averiguar alertaron a los miembros de seguridad, que vieron en mí algo sospechoso; guardaespaldas que dejan mucho que desear, porque si de mí tenían sospechas y de quien guardaban no, es que no estaban muy bien preparados.

Cuando se acercaba el final del evento, mi Orna, que ha sido siempre muy cuca (con mucho colmillo), hizo que nos levantáramos para acercarnos a donde se suponía iba a salir y hacernos una foto con él.

Yo le hice caso, y el Pres bajó a saludar, lo que provocó una ola de fanáticas hembras ya maduras, hacia él.

Nunca me he explicado el fenómeno fan, y mucho menos el que provoca en las mujeres desde pequeñas. Recuerdo una vez, caminando por la Gran Vía de Madrid, a cientos de niñas esperando a los Take That. No pude resistir la tentación de preguntarles cómo podían gritar así por una panda de tontos peludos, cuando, de repente, esos gritos se dirigieron a mí, en forma de improperios.

Esa ocasión en México me recordó aquel momento. Jamás habría creído que esas mujeres, todas ellas con cargos importantes en el Gobierno o en la política, se comportaran de una manera tan infantil y tan estúpida (hasta el grado de tener que estar aguantando a toda una exembajadora de Albania increparme por haberme saltado la fila, gracias a la ansiosa de mi querida, que se reía sin parar de los líos en los que me metía siempre).

Lo peor es que los guardias, que ya me habían echado el ojo, vinieron a decirme que estaba molestando a la señora y que me iban a echar.

Pero en ese momento fue el Pres quien se acercó, fue él quien me reconoció (¡y menos mal que fue por la peli y no por la otra, lo mismo también me hubiera llevado una galleta!). El hombre fue muy amable y me felicitó con alegría, comentándome lo que se había reído y lo que habíamos hecho por el país con esa película. A mí me cayó bien. ¿Qué quieren que les diga?, la gente mala no va por ahí con un cartel que pone «Soy muy malo», es más, yo creo que ellos están convencidos de que no han hecho nada mal. Vaya, que eso de mandar matar a alguien no es por maldad, es para que no quite aire a las plantas; si te forras de dinero por las concesiones de obras, no es por ansia, sino por ir quitando problemas al pueblo; tener una casa de millones y millones que no se sabe de dónde han salido a nombre de tu mujer es para repartir los gastos, no para ocultar el patrimonio, y pegar y pegar es porque se lo merecían.

Es igual que un tipo al que Orna me presentaba cada vez que acudíamos a algún evento. El hombre ya estaba harto: «Ya nos has presentado quinientas veces», le decía. Lo que no decía es que, cada vez que llegaba alguien a su casa, le enseñaba su fabulosa colección de Maseratis (¡tenía quinientos!), producto de no sé qué negocios tan redituables, cuando era un simple secretario. Hasta el antiguo embajador de mi país me contaba cómo se los había mostrado sin ningún tipo de pudor.

No me enfadé con el Pres, pero sí la tuve con los guardias, que cuando él se fue a hacer una foto conmigo, me dieron un manotazo para que no le tocara, lo que acabó despertando mi ira. Está visto que yo tengo algo con los guardas de seguridad, sean de donde sean, porque siempre acabo peleándome con ellos; si no es porque me siguen en un centro comercial esperando que meta algo de comida entre la chamarra, es en el aeropuerto porque no tienen capacidad para comprender que un bebé no puede llegar solo a la línea de facturación con su madre cargada de maletas; si no es porque te ponen un pitido a la salida de las tiendas de ropa para registrarte, es porque vas a hacerte una foto con un presidente. En fin.

Con todo, había llegado la hora de vivir juntas. Nos llamaron del *loft* para decirnos que nos hacían la rebaja, que todos los papeles estaban en regla y que, si lo queríamos rentar, era nuestro… ¡Sabía que ese departamento era para nosotras, lo sabía!, y la mujer que nos había hecho el contrato, cuando subíamos en el elevador para firmar los papeles, nos dijo algo que nunca olvidaremos (bueno, yo ya casi sí): «Triunfó el amor».

Esa mujer era un ángel que venía a guiarnos y le costó mucho, pero ahí estábamos, firmando nuestra casita, nuestro hogar juntas por fin. Qué emoción, qué ilusión, subir las escaleras, pensar dónde pondríamos nuestras cosas y en qué sitio.

Hay que decir que este es un bloque magnífico, con gimnasio, sala de juntas, terraza para fiestas, dos plazas de garaje y la esquina del piso veintisiete para nosotras, con ventanales en los que se divisan desde el centro de la ciudad (el condenado edificio de Huawei incluido) hasta los volcanes. Luz; los suelos de madera clara; una cocina a la entrada, abierta, que se une al comedor y al salón; una escalera en medio de caracol que invita a subir a una sala de estar con un barandal (sí, este fabuloso barandal del que cuelgo ahora mismo) desde el que se ven los sofás y el salón, un baño y la habitación que conecta con un bonito vestidor y otro baño con regadera… Hay que reconocerlo, aun desde la perspectiva que tengo ahora, este departamento es increíble. Quizá le falta algo de aire (a mí ahora mismo me falta un montón), porque la seguridad en un edificio tan alto solo daba para unas pequeñas rendijas (la seguridad, ¡qué ironía!), pero los techos son altísimos y nos acostumbramos rápidamente a este espacio.

Compramos un colchón inmenso y lo plantamos en el suelo de la habitación, y así nos fuimos, las dos con nuestras cosas, a enamorarnos mucho más en nuestro hogar.

Pero había algo que no cuadraba, una energía perturbadora que nos perseguía, quién sabe producto de qué, y que, uno de los primeros días, me puso los pelos de punta con una carta del tarot de Marsella que me hizo escoger mi nena (amante de tantas y tantas prácticas adivinatorias).

La carta que me tocó fue catastrófica para mí: la número XVI, La Torre.

Orna no se percató, pero cuando me preguntó qué era lo primero que veía en ella, no pude decírselo. Lo que veía eran dos locos expulsados de una torre por la furia de un Dios, a nosotras cayendo de ese mismo edificio que había escogido para que tocáramos lo más alto… En lo que nunca caí, hasta hace justo unas horas, fue en el número, un número que ha resultado funesto para mí: el dieciséis.

*   *   *

La prensa nos perseguía. Íbamos a cortarnos el pelo, allí estaban; íbamos a cenar, allí que andaban; dábamos un paseo, y los teníamos detrás con la cámara. Había ciertas zonas en las que siempre andaban, sobre todo en Polanco, en el aeropuerto, y por los centros comerciales, con cámaras chiquitas, para cualquier tipo de circunstancia informativa que se presentase.

Las invitaciones seguían sin faltarnos: para conducir Porches y Ferraris en circuitos cerrados, para acudir a exposiciones en las mejores galerías… Lugares donde aprender cosas nuevas, de mi lado y del suyo, y, aunque los eventos políticos solían ser un tostón, me encantaba acompañarla para echarnos unas risas más tarde con lo sucedido. Como una vez en el Lago de Tequesquitengo, en un festival donde cantaba un gitano español de renombre. El tipo no terminaba nunca y, entre canción y canción, entraba a bambalinas y salía con un pañuelo tapándose la nariz; no sé qué tendría ese pañuelo, pero, cada vez que se sonaba los mocos, era como si se hubiera tomado un Red Bull. Los organizadores ya no podían aguantarle más y tuvieron que subir al escenario para presionar el fin del espectáculo.

Después de aquello, nos fuimos a cenar a un hotel precioso con ellos. Había hasta una cascada dentro del recinto, perfectamente iluminada con esas luces cambiantes, y unos balcones desde donde se podía cenar mientras veías caer el agua. Entonces pasamos por delante del gitano, que también se alojaba allí, y le felicitamos. Cuál fue mi sorpresa cuando me agarró de la mano y me llevó a una mesa cerca de la cascada. ¿Por dónde me iba a salir aquel hombre? Me senté frente a él y me preguntó cómo estaba. Y yo: «Bien, bien…». Me volvió a tomar la mano, no sabía dónde meterme y me espetó: «Litos, *cucha*, ¿sabes dónde puedo conseguir perico?».

No puedo describir las risas de mi novia, más tarde, mientras cenábamos, cuando le conté lo sucedido. Todas las mesas de nuestro alrededor nos miraban como si estuviéramos locas, pidiéndonos que compartiéramos lo que nos había hecho tanta gracia y que, obviamente, era imposible que les contara.

*   *   *

¿Se dan cuenta de que los comensales están cada vez menos presentes? Se nota, si una observa, que todos están a lo suyo, con una pequeña parte que atiende la banalidad de lo expuesto sobre la mesa, comida, bebida, historias, cuentos y alabanzas. Un ojo en el celular, otro en el pecho, otro en la decoración, otro en la luna; todos buscando algo en otro lugar. Buscando para sí mismos o para desenterrar.

Una especie de merienda con uno mismo, rodeado de gente, en un lugar sin nadie presente.

Si se dan cuenta, todos se conectan en cuanto escuchan algo sobre otra persona: «Josefina está enrollada con su secretario»... Ahí van todos: «¿Qué?».

Fíjate cómo se une la gente dispersa cuando se trata de estigmatizar a otro ser humano. Por un momento se hacen todos presentes y, cuando el chisme ha terminado, regresan a su punto de vista habitual.

¿Por qué nunca estamos donde estamos?

HOLLYWOOD

Había llegado la hora, lo máximo, lo que todo actor espera en su carrera por mucho que muchos, que se quieren hacer los intelectuales, digan que no: estrenar tu película en ¡¡¡¡Hollywood!!!! Estaba eufórica, no lo podía creer, íbamos a tener nuestra alfombra roja en la meca del cine…

Mi amada Orna y yo sabíamos que íbamos a vivir una experiencia única en nuestras vidas, así que dispusimos de hotel y coche en Los Ángeles para poder movernos y fuimos unos días antes para ir aclimatándonos al asunto.

Nunca me gustó mucho la ciudad de las estrellas ni aquella zona semidesértica, pero ir con ella de la mano hacía que crecieran las flores donde no había más que hierbas y que esa estéril ciudad se convirtiera en nuestra propia *La La Land*, antes de que esta existiera.

Los parques de atracciones me dan cierto repelús, pero ¿quién se pierde los estudios de la Universal si tu pareja te lo pide?

Me decepcionaron un poco las atracciones más antiguas. Hemos visto tantas veces la película *Tiburón* que, cuando ves lo mal hecha que está la maqueta y el lugar donde se rodó, te das cuenta de que esa atracción no da ni susto *ni ná* y empiezas a querer tus dólares de regreso. Sin embargo, todo se suple cuando compruebas que las modernas no tienen parangón: unos efectos espectaculares que te dejan tan boquiabierta como cuando ves el tiburón de goma, pero en esta ocasión de emoción; y es que hay que reconocer que a la gente de Estados Unidos no la gana nadie en espectacularidad. En aquel momento, entrar en *Transformers* o *Jurassic Park*, marcaba el listón para el resto de atracciones en las que pudieras montar durante el resto de tu vida, todas te iban a parecer una patata a su lado.

Tras las vueltas y vueltas en las montañas rusas de la Universal, decidimos pasar la noche en un sitio tranquilo y nos fuimos a la playa de Santa Mónica.

Entiendes por qué se han rodado tantas y tantas películas en ese lugar, en cuanto pisas el muelle, que se te hace tan familiar como el armario de tu casa. Allí, entre las maderitas que llevan a la noria y la máquina del muñeco que lee tu futuro, ves correr a los detectives más importantes del cine, saltar a los vampiros más famosos y pasear a las estrellas del celuloide; el muelle de Santa Mónica, de apenas unos metros, tiene algo especial.

Igual que todo lo que hacíamos mi princesa y yo. Un día bajamos a la playa hasta tocar el mar y, desde el agua, de espaldas a la ciudad, decidimos caminarla hacia atrás, hasta que la arena desapareciera de nuestros pies; y así lo hicimos. Como si de unos cangrejos cojos se tratara, fuimos dando marcha atrás con la noria brillante y el muelle de luces al fondo, hasta tocar el asfalto y besarnos, como siempre, de esa manera tan apasionada que tienen las parejas que se aman y necesitan beberse el uno al otro. Mi sed, mi vampiro, mi pequeña robando mi energía de nuevo mientras yo se la cedía con gusto, quería verla grande, en lo más alto, como se quiere ver a quien amas sin condición y no me importaba darle todo de mí, que me chupara la sangre si hacía falta.

* * *

Hay una forma muy sencilla de saber el nivel con el que amas a alguien: ver si te importa o no te importa lo que hace la otra persona.

Cuando AMAS:

Te IMPORTA mucho lo que hace la otra persona, porque no deseas que ese AMOR se estropee.

Y NO te PREOCUPA lo que hace, porque sabes que todo lo que haga será en pro de salvaguardar vuestro AMOR.

Con lo primero se corre el riesgo de volverse obsesivo y con lo segundo, de llevarse sorpresas.

Cuando NO AMAS:

Te IMPORTA una mierda lo que haga la otra persona, porque no te interesas más que por ti mismo.

Y NO te PREOCUPA lo que hace la otra persona, porque te da igual si lo que hace es en pro o en contra de salvaguardar vuestro amor.

Con lo primero se corre el riesgo de querer cogerse al espejo y cortarse con los cristales y con lo segundo, de que te utilicen igual que tú a los demás.

* * *

Esmoquin, vestido largo, pajarita, collares, aretes; preciosas las dos, dispuestas a vivir una noche mágica… Eso sí, ella tarde como siempre, tanto que hasta tuvimos que tomar nuestro coche de alquiler para llegar al punto de reunión.

Cuando por fin llegamos, después de dar vueltas y vueltas por Los Ángeles, resulta que se habían ido todos. La encargada me dijo que solo quedaba una limusina y yo le pedí que nos esperara mientras aparcaba el coche en el parquin del mismo edificio, mi mujer se quedó a la espera y también le pedí, obviamente, que les dijera que me esperaran.

Tardé menos de cinco minutos y, cuando subí, ya se había ido la última limusina… «What?». Orna me decía que se habían montado e ido los últimos, que no podían esperar, la encargada que se hacía la pendeja… ¡La de veces que me disgusté con mi mujer en nuestra relación por su papo a la hora de tener que llegar a un sitio! Ella lo achacaba a su condición de mexicana, pero, ¡por Dios!, me consta que la gente de México también trabaja y llega a la hora a sus puestos, ¡no mames! Vale que le valiera madres la puntualidad, pero ¿todos los días, a todas horas y en todo tipo de ocasiones, hasta en las más importantes? Me desquiciaba.

Total que, con los nervios, otra vez corriendo por la ciudad para llegar al Ahmanson Theatre, que a saber dónde chingados estaba…

Al final, después de otras mil vueltas, pudimos aparcar en una terrera a unas cuadras del cine y, corriendo y sudando, llegar a la alfombra roja de nuestra película y compartirla con Sofía Vergara (de la que era la primera vez que oía hablar, pero que parecía ser muy famosa en Estados Unidos) y con uno de mis ídolos, el teniente Castillo de *Miami Vice*; un señor al que, cuando era pequeña, yo veía todas las tardes luchar contra todos los malos junto a Sonny Crockett y Ricardo Tubbs.

Al ver a mi mujer al lado de la tal Sofía me dije que no hubiese cambiado a Orna por nada, me parecía mil veces más guapa que la otra. ¡Cuánto la amaba!

Y entramos y vimos de nuevo la peli con las carcajadas del público, y subimos al escenario, y compartimos momentos muy divertidos con el corresponsal de la CNN mientras nos poníamos ciegas con los cócteles. Y se acabó.

Todas las cosas importantes para una tienen un principio y un final, y las cosas siempre se ven de una manera más normal cuando se viven, sobre todo cuando se viven a menudo, entonces acaban convirtiéndose en algo habitual que pasa desapercibido o no se aprecia en toda su magnitud.

Así me estaba pasando, así nos estaba pasando. Vivíamos en un mundo de maravillas y las cosas que nos ocurrían (las invitaciones, los Ferraris, el champán, las luces…), las empezábamos a ver como el que se levanta y enciende el televisor mientras desayuna.

* * *

Pasaron unas semanas y me tocó enfrentarme de nuevo con mis dos mujeres. Ir a Madrid a ver a mi hija provocaba graves conflictos entre mi mujer mexicana y yo, y también entre mi mujer española y yo. Por un lado, en México empezaban los llantos, las pataletas, el dolor; por el otro, en España, comenzaban los reclamos, los cierres, las peleas.

«¡Cómete tus palabras, hijo de puta!».

«¡No me vas a volver a ver en tu existencia!».

«¡¡Te odio, te odio, desaparece de mi vida!!».

«¡Cuando regrese al departamento quemo todas tus cosas! ¡¡Ahora sí vas a entender lo que es ser psicópata, para que hables con conocimiento!!».

«¡¡¡Puto, puto, puto, puto, maldito, desgraciado!!!».

Hubo un momento crucial que me ha marcado desde entonces. Ese mismo año, en mi visita a España para el cumpleaños de la madre de mi hija, cuando tenía que regresar a México, mi mujer me pidió, entre lágrimas, que no me fuera, que las cosas iban a cambiar. Recuerdo perfectamente la imagen de mi hija, agarrada a los barrotes de la puerta de mi casa, sin saber qué pasaba, mientras su madre lloraba desconsolada en la entrada y yo me metía en el coche de mi hermano, que me iba a llevar al aeropuerto. Jamás he podido quitármelo de la cabeza.

Me sentía muy culpable, porque yo nunca había dejado de quererlas; nunca quise perder a la madre de mi hija, tan solo me enamoré mucho más profundamente de otra persona. Pero ninguna estaba dispuesta a compartirme, así que era imposible que alguien no acabara sufriendo. El problema es que sufrimos siempre las tres.

Antes de irme, mi mujer me pidió el divorcio y me dijo que teníamos que ir aclarando ciertos puntos. Destrozada, regresé a México con sus palabras rondando en mi cabeza: «Iré a un abogado para formalizar los trámites de nuestra separación».

«Yo sé que tú me quieres mucho, pero, al final, y aunque tú digas que no, has elegido, y no es a mí. Qué más hubiera querido yo que acompañarte en este viaje llamado «vida», y hacer todas las cosas juntos que planeamos cuando éramos niños... La realidad es que tú sí has hecho las cosas que soñábamos, pero con otra persona.

Lo que me estás pidiendo es que sigamos teniendo una relación cordial y, no te preocupes, que así será, pero por desgracia la vida hace imposible nada más. ¿Qué pensabas hacer? ¿Que fueras de la mano a un estreno cada día con una? ¿Que los días pares fueras con ella y los impares conmigo? ¿Qué crees que pensaría ella, su familia y sus amigos, cuando me tocara a mí salir contigo? Ella no lo admitiría, aunque te diga que sí, porque yo he pasado por esa situación, y te aseguro que duele mucho.

O quizás lo que pensabas era tenerme a mí escondida como hasta ahora, no sea que te avergüence, y solo ir por ahí con ella...

Te pido, por favor, que dejes de causar sufrimiento, y que, ya que has decidido vivir allí con ella, te centres en eso y a mí me dejes vivir mi vida».

BRILLANTE

«Y el hula-hop de *Monster High* que tantas veces había visto en tu cintura, hija mía, se elevó en el cielo mientras las lágrimas caían al suelo como un torrente imparable, que fluía desde el fondo de un pecho hundido.

No sé qué fue más duro, si verte a ti sin verte, mi hermosa Mar, o si ver a mi hija a través de las rejillas de la puerta mirando a su papi sin saber lo que pasaba.

No sé en qué momento se tornó más terrible, si al salir o al entrar.

Sabía, sabíamos que íbamos a sufrir en la misma proporción que nos hemos querido. Quizá esto es simplemente otra forma de aprendizaje, quizá era lo único que podía pasar y era la mejor manera de que pasara, quizá no habríamos aguantado perdernos de otro modo.

Me falta el aire en el avión y no han caído las botellas de oxígeno.

Quizá ya hemos hecho lo que teníamos que hacer, la criatura más maravillosa del planeta, quizá nos toca vivir otras cosas, no lo sé.

Quizá nuestra vida solo se puede encontrar en unos puntos, quizá es hora de poner los puntos.

La vida es una ironía constante, tenías razón en Benidorm, qué bonito ha sido, qué maravilla.

Siento que no hayas querido nunca formar parte de mi vida, igual que yo de la tuya, es así, hay que reconocerlo, yo no me siento bien a tu lado más que en los buenos momentos, y a veces ni eso; seguramente a ti te pasa lo mismo. Siento demasiada presión, como si nada estuviera bien nunca, como si siempre hubiera algo más importante que rompe la armonía que debería existir y no deja que fluyamos libremente. No hay paz, o es todo muy bonito o muy feo.

Siento que no hayas querido saber nada de mi vida, nada de la realidad, y la realidad es que entre todas las personas que han pasado por mi vida encontré a alguien que me da esa paz, que iba a tragarse, con todo su dolor (sí, hago sufrir a todo el mundo; me he dado cuenta hace mucho), el no verme cuando no me tuviera que ver, el compartirme con la que sabe es la mujer más importante de mi vida. Encontré a alguien como tú querías para mí… y, la verdad, tenías razón, me iba a encontrar contigo otra vez, porque sois igualitas en muchos sentidos y tiene lo que me ha gustado siempre de ti.

He estado con algunas personas que me han propuesto de todo, personas multimillonarias, sin dinero, locas o superinteligentes, que me han querido para ellas para siempre, que me han montado números de todas clases; gente del más alto rango, gente a la que he dicho siempre no, porque siempre te he querido como a nadie, y ahora mucho más a mi hija. Puede que tengas razón y que dure un mes más y se acabe, puede que no dure ni un segundo más, puede que sea maravillosa o que no, lo que sí cambió es que yo ya no podía más con una situación de alguien que no quiere ver la realidad, pero al mismo tiempo hace suposiciones sobre ella, imaginando en vez de asumiendo y participando.

Yo sé que no es plato de buen gusto, que da rabia, todo lo que quieras…, lo sé.

Sabes que me encantaría que te pudieras liberar del odio que me tienes y comprenderme a mí también; me hago un flaco favor a mí misma y a mi hija si me quedo en casa encerrada, haciendo la comida y limpiándole los pañales. Solo te pedí que me dejaras vivir mi vida, que dejaras de pujar, de tirar de mí para encontrar tu felicidad; no has llegado a comprender que tu felicidad es la mía, que tu felicidad está dentro de ti…, no en nada fuera. Yo nunca te voy a poder hacer feliz si tú no lo quieres ser.

Solo ha ocurrido lo que tenía que ocurrir. Tal y como lo veo yo, solamente hay una opción: tomar las cosas como son, vivir y experimentar lo que nos toca. Es como alguien sin piernas que decide amargarse o ser feliz con lo que le ha tocado en la vida.

Si quieres, será fantástico; si quieres, será una mierda. Obligando, imponiendo porque sí, nunca vas a conseguir nada conmigo.

El otro día cuando te pusiste como loca me acordé de por qué no podemos estar juntos.

El otro día cuando eras comprensible, cariñosa, apaciguadora, me acordé de por qué hemos estado tantos años juntos.

Qué bonito ha sido en tantos momentos. Cuántas cosas hemos vivido juntas que nos han hecho crecer… Hasta esto que está ocurriendo ahora fortalece más nuestra unión. Cuántos viajes tan maravillosos, cuánto amor, cuántas risas, nuestra preciosa casa, todo lo que hemos construido juntas.

¡¡¡Graciassssssssssssssssssssssssssssssssssssssssss!!!

Todos los días, durante todo este tiempo, te he dado las gracias, a ti y a mi hija.

Gracias, Mar, por todo el amor que me has dado durante tantos años.

Gracias, Mar, por haberme regalado a la criatura más maravillosa del planeta.

Gracias, Mar, por tus risas conmigo.

Gracias, Mar, por haber compartido tantos momentos juntos.

Gracias, Mar, por haber crecido junto a mí.

Gracias, Vic, por mostrarme el verdadero amor.

Gracias, Vic, por hacerme reír constantemente.

Gracias, Vic, por hacerme feliz.

Gracias, Vic, por mostrarme lo que significa la vida.

Gracias, Vic, por hacerme soñar.

Mar, dale muchos besitos a nuestra hija y dile que la llevo en lo más profundo de mi corazón.

Gracias, gracias, gracias desde este avión que nos separa en forma y tiempo, pero no en alma. Gracias por todo.

Ayúdame a llevar esto. No somos enemigos y no me quieras como tal, por favor.

Somos un equipo para algo más grande que todo esto.

Adiós, Mar, es hora de dejar que te marches. Ve adonde tengas que ir, sigue tu camino, yo solo soy una puta egoísta que te quiso, te quiere y siempre te querrá.

Ojalá algún día podamos hablar sin que exista una presión emocional tan grande, solamente queriéndonos como tanto nos queremos. Has sido más que mi mujer, eres mi hermana del alma, a la que le tocó ser mi esposa. Perdóname.

Cuando puedes perderlo todo, es cuando más cerca estás de ganar el todo.

Sinceramente, me encantaría que algún día fuerais amigas, con Orna, si esto sigue adelante. Es una chica estupenda, lo sois las dos».

*　*　*

Hacía ya tiempo que mi amiga Eli me había propuesto que trabajáramos juntas en algo. Ella era una experimentada joyera con un gran colmillo para los negocios, y yo no tenía ni idea del medio, pero me pareció algo sumamente interesante, así que me puse manos a la obra.

Ella solía hacer colecciones con algunos amigos artistas, así que estuve dándole vueltas a la cabeza hasta que tuve claro qué diseños deseaba llevar a la gente, tenía ganas de aportar algo de mí, algo que pudiera ayudar a las personas, algo que fuera mucho más que un simple adorno, y ¿qué era lo mejor que podía darles? ¡¡¡*Nam-myoho-renge-kyo*!!!

Realicé unos diseños basados en el budismo de Nichiren Daishonin; pensé que hacer algo con los escritos, con el mantra y con las letras sánscritas sería algo interesante a la par que bonito y curioso. Tomé como muestra el Gohonzon, que es donde Nichiren reflejó su filosofía y creé figuras que conllevarían un significado y una enseñanza para quien las tuviera. La colección tenía la misión de provocar fortuna y felicidad inquebrantables en el comprador.

Es impresionante cuando algo que sale de tu imaginación se plasma en un papel y más tarde lo puedes tocar con tus manos. Así me pasó cuando recibí las primeras muestras, ¡qué emoción poder acariciar la plata y ver que eran unas piezas preciosas! Tras varios ajustes con los tamaños, Orna y yo nos dimos a la tarea de buscar un lugar para hacer la presentación (ella, como siempre, me estaba ayudando en todo el proceso).

Hice unos vídeos de presentación espectaculares en el pueblo de Real del Monte, en unas cascadas naturales preciosas para mostrar las piezas, y teníamos todo preparado para un gran evento con patrocinadores, pero empezaron a aflorar los egos. Eli quería destacar más, Orna comenzaba a detectar cosas que no le gustaban de ella, pero a mí todo me parecía bien, era maravilloso lo que estábamos a punto de hacer.

Elegimos un lugar espectacular en el centro de Polanco, con pantallas gigantes y espacio para muchas personas; llevamos el jamón serrano de una amiga catalana majísima, vinos magníficos, canapés, bombones, flores, música *chillout*… Fue el evento del año, lanzamos la colección a todo trapo, más de seiscientas personas en la fiesta y yo, con los nervios, cometí el fallo de no nombrar a Orna en los agradecimientos al público. Mi nena nunca se tomó bien ese tipo de errores y más tarde me pasó la factura.

A pesar de aquello, todo seguía sobre ruedas, yo empezaba a asistir a muchos más eventos políticos, que al principio me hacían gracia, pero que más tarde comencé a ver como una secta casi religiosa; demasiado grito aclamando a los líderes, demasiado brazo en alto que me recordaba a otros tiempos de mi país, demasiada tontería y demasiada mentira.

* * *

Me encanta cómo buscan la foto los políticos de turno con todo lo que creen los va a favorecer, pensando que somos subnormales.

Si se dan cuenta, la gente que sale con ellos es feliz, las abuelas los besan, los niños sonríen, los parados se mueven, los cojitos andan... Son casi como Jesucristo, nuestros nuevos mesías. Yo creo que multiplican hasta los peces si les dejan... Bueno, algunos, aunque no les dejen, los multiplican, pero para su propia casa.

Es algo impresionante, ridículo hasta más no poder.

Una hipocresía tan grande que ya no les cabe en la jeta.

¡Venga, venga, corre, correeeeeee! Que vienen unas abuelitas por allí, ¡entrégales unas canastas con fruta y miel! (total, no las pagas tú).

¡Corre, corre! Unos niños en un colegio, ¡dales unas bolsas de caramelos! (total, no lo pagas tú).

¡Ve, ve! Que se te escapan los papás, ¡unos saquitos de cemento! (total, son de los que tenemos en el almacén que nos dio la constructora por concederles la obra pública).

¡Vamos, vamos! Que vienen unos deportaditos que se fueron porque no tenían qué comer ya que todo nos lo comemos nosotros, ¡dales unos abrazos! (total, luego te lavas bien con jabón en crema).

A ver, vamos a reunirnos y comprobamos cuántas fotos bonitas tenemos... ¡¡¡Sí!!!... tenemos muchassss... ¿a que parece que somos superchulis? ¡¡¡Guau!!!

¡Qué desfachatez, ahora sí, por Dios Santo!

Me encanta, viven en los mundos de Yupi, son auténticas ONG, qué bondad, puro corazón, puro altruismo... ¡¡¡Viva la ignorancia!!!

* * *

La asociación con Eli estaba siendo fructífera, íbamos a crear hasta una web y tuvimos mucha promoción en programas de radio, prensa y televisión. Pero Orna, cuando se enteró de que una amiga suya había comprado numerosas piezas a Eli en su casa y esta no nos había dicho nada, saltándose el acuerdo al que habíamos llegado de trabajar conjuntamente, decidió que era hora de ir pensando en otra cosa; y es que a Orna siempre se le han llenado los ojos de dinero antes de tenerlo (ya me daría cuenta de ello más adelante).

Mientras que todo eso ocurría, mientras que seguían los premios a la película, las entrevistas, los aplausos y las muestras de admiración, un señor gordito y bajito se puso en contacto conmigo desde Guatemala.

A los pocos días quedamos en un restaurante del centro de la ciudad y resultó ser una persona muy agradable que pertenecía a la Iglesia cristiana y me prometió el oro y el moro si participaba en su proyecto para grabar un *teaser* de lo que quería fuera la primera novela guatemalteca.

Me pareció buena idea y, aunque con toda seguridad no iba a ver ni la mitad de todos los dólares con los que me había camelado, decidí ayudarle con una condición: Orna debía venir conmigo.

A las pocas semanas estábamos las dos en el avión rumbo a Guatemala.

La serie tenía una muy buena base: todo el mundo estaba en crisis menos Guatemala y los papeles se habían invertido, eran los europeos y los estadounidenses los que emigraban de sus países huyendo del hambre. La producción y el equipo de actores era fantástico y el rodaje de muy alta calidad, quizá me había equivocado.

Mi Orna seguía con sus celos hasta en Guatemala y me montó una buena con una periodista morenita, muy parecida a ella, que me miraba con ojos de querer algo más que una entrevista, y también con la protagonista de la historia, una tetuda a la que le gustaba enseñar sus atributos. Aquello estuvo a punto de amargarnos el viaje a la antigua ciudad maya de Tikal. Las dos deseábamos visitarla, pero estuvimos al borde de no tomar la avioneta, porque no parábamos de dar vueltas gritándonos entre los hangares guatemaltecos.

«¿Te la coges, rico? ¡¡¡Ya tenían ganas los dos, qué bien!!! ¡¡¡HIJO DE PUTA!!! ¡¡Vete a la CHINGADA, desgraciado!! ¡¡¡Yo aquí de estúpida!!!».

Al final, como siempre, nuestro pronto se calmó y tomamos el bimotor rumbo a la emocionante ciudad.

Ir en un avión de hélices es, aparte de peligroso, desesperante, pero la aventura merecía la pena. Si Palenque, en México, me parecía lo más bello de la cultura maya, cuando pisé los restos de Tikal, pasó a un segundo plano. En Tikal todavía quedaba algo que en las otras ruinas casi había desaparecido: magia.

Observar la pirámide del Jaguar, la más alta de la cultura en pie, subir y bajar las escaleras, con la selva rodeándonos por todos lados, era sobrecogedor. Y, cómo no, de nuevo llegó a nosotras la magia.

Empezó a llover, como solo en la selva lo hace, con una fuerza y una pasión inusitadas, y comenzamos a correr por todo el recinto para resguardarnos. Entre serpientes, monos y bichos de todo tipo, encontramos un lugar bajo un árbol.

El verde nos cubría, estaba debajo, arriba, detrás y enfrente envolviendo una de tantas estructuras. Estábamos solas, perdidas junto a las almas de miles de ancestros. Nos besamos y, mientras el agua resbalaba por nuestras mejillas humedeciendo aún más nuestros labios, ocurrió. Los vimos, vimos las almas que nos rodeaban y, ante ellas, sin que nadie preguntara nada dijimos: «SÍ, QUIERO», y nos casamos ella y yo con la bendición de la naturaleza y de la vida que se alegraba por nosotras.

Fue, sin duda, nuestra boda, una boda en la que quien nos casaba era el universo, en la que no había papeles, solo AMOR.

*　*　*

«Lo que Dios ha unido que no lo separe el hombre». No creo que mucha gente conozca el significado profundo de esta frase y mucho menos que lo haya experimentado.

¿Cuánto están de seguros, en las relaciones que han tenido, de que la conexión con esa persona iba mucho más allá de lo meramente terrenal?

Quizá hayan tenido la suerte de experimentarlo desde muy pequeños, quizá les haya llegado ya muy tarde o quizá no les llegue nunca.

Todos llegamos a la vida de otras personas por algo que nos une, está claro, pero a lo largo de nuestra existencia comprobaremos que hay algo en muy pocos seres que une mucho más fuerte que nada en este mundo.

Esa unión que traspasa todo tipo de fronteras y que se fragua en lo divino de la vida.

La mayoría de las relaciones se consuman por interés, «Tú tienes algo que yo quiero y yo algo que tú quieres», «tú me das y yo te doy». Dinero, sexo, cariño, estabilidad, descendencia, comodidades...

Le he preguntado a mucha gente si había experimentado el amor profundo y divino o si había llegado a ver las estrellas junto a otra persona, muy pocos pueden decir clara y rotundamente que sí.

Muchos que sabían lo que era lo dejaron marchar; muchos que no sabían lo que era no creyeron en él.

Hay uniones divinas que el hombre se emperra en separar, porque los hombres no entienden muchas veces lo divino ni lo quieren entender, pues prefieren ser hombres.

Todos quieren experimentar otras cosas, hasta que se dan cuenta de que tan solo experimentan lo mismo con gente diferente, porque hay muy poca distinta.

Cuando lo divino llega divinamente, lo terrenal se asusta, y el ser humano lo convierte en un recuerdo en la imaginación, como si hubiera soñado volar, ya no existe más.

Podrán escuchar millones de veces esta frase en las iglesias intentando forzar lo divino, engañados por unas cuantas representaciones, por unas cuantas pinturas, por una cúpula, por una copa de oro, por un señor en lo más alto de un pedestal, podrán engañarse lo que quieran, pero eso no es divino. Quien ha vivido lo divino sabe muy bien que no está ahí; sabe muy bien que la magia de la conexión entre dos mundos se encuentra en cualquier rincón; que se ve bajo la lluvia en una verde pradera; que está tan cerca de las grises piedras de una civilización antigua como del azul de un mar que se mezcla con el rosa de quienes lo habitan; que está escrito en una calle, en un lugar, en una noche, en un día, en una caricia, en un beso.

Ojalá encuentren lo divino y no se separen de lo que los haya unido nunca.

*   *   *

Dejó de llover, como si la lluvia hubiera cumplido ya su función, y encontramos el camino de vuelta, no sin antes hacer una entrevista para los chicos de la CNN chilena, que aparecieron por sorpresa, y volver a sentir la gratitud por lo que habíamos experimentado.

Tan solo nos quedaba algo que hacer en Guatemala antes de regresar: visitar Antigua.

Antigua es tan antigua como su propio nombre indica y tan impresionante como las miles de descripciones de buscadores de tesoros que cualquiera ha podido leer alguna vez en las innumerables historias en las que la nombran.

Antigua está llena de riqueza en sus estructuras medio derruidas y de pobreza en sus habitantes. Los niños te asaltan constantemente pidiendo limosna o vendiéndote cualquier cosa.

Nosotras compramos café, unos cuarzos y algunas cositas para regalar. Y yo también recibí un regalo que no esperaba de Orna: una tortuga de jade muy especial que colgué, junto a los demás amuletos, de mi cuello.

Éramos felices cuando llegamos a México, pero nuestra felicidad duraría bien poco, porque yo debía estar en Madrid para el cumpleaños de mi hija.

Orna, no sé por qué razón (bueno, sí, por su familia desestructurada cuando era ella bien pequeña), tenía obsesión con la Navidad, una fiesta que para mí y para mi familia casi se había convertido en un día de luto desde el fallecimiento de mi hermano. Tenía razón en querer pasar las fiestas conmigo, ya llevábamos muchos meses viviendo juntas y todo estaba claro, pero parte de mi familia no sabía del asunto y tampoco me apetecía dejar colgada a mi hija y a su madre en unos días así.

Al final llegamos a una solución intermedia: ella iría a Ámsterdam a visitar a una amiga, pasaría la Navidad en Florencia con sus tíos, y nos encontraríamos unos días antes de Fin de Año para estar juntas ese momento.

Sin embargo, las discusiones con ella no paraban y las discusiones con la madre de mi hija, tampoco. Si era capaz de dejarla sola con la nena mientras yo me dedicaba a pasarlo bien con mi nueva mujer, jamás me lo perdonaría.

*   *   *

«Llevo toda la vida queriendo pasar unas Navidades diferentes y tú, pudiendo hacerlo por agenda, tomas la decisión de irte de vacaciones con otra. No me digas que quieres pasar tiempo conmigo… Es mentira.

No te puedes hacer a la idea de cómo me siento. Has destrozado todas las ilusiones que yo tenía en mi vida, para hacerlas con otra… Qué más hubiera querido yo que irme contigo a Miami, al estreno, y a todos los sitios… Pero, como he tenido que trabajar para que, entre otras cosas, tú pudieras dedicarte a perseguir tu sueño, no he podido hacerlo… Siempre lo he hecho con gusto, pensando que algún día podría dejar el trabajo y estar contigo, y ayudarte en el tuyo, que es lo que siempre he querido… Pero no nos engañemos, tú nunca lo has querido…

Entiendo que quieras pasar tu vida con otra persona que no soy yo, pero deja de decir que me quieres, es falso. A las personas no se las quiere días impares o semanas sueltas.

Eras mi vida, yo vivía solo para ti, y me has hecho un daño irreparable.

Te lo dije.

Y no digas que me comprendes, porque no te haces a la idea.

Ya no me puedes humillar ni herir más de lo que lo has hecho».

*   *   *

El día 27 de diciembre, allí estaba yo en el aeropuerto esperando a Orna, con unos nervios que no podía aguantar, sentada cerca de un restaurante de tapas de jamón en las llegadas internacionales de la T4. Cuando la vi aparecer con su maletita, el corazón casi me estalla de la emoción…, pero ella venía en modo reclamo y nada más verme comenzó la pelea de si «me voy por donde he venido», de si «ahí te quedas», de si «me dejaste sola estos días»… Algo que, por fortuna, terminó cuando le dije: «Adelante, quédate donde quieras y haz lo que te dé la gana, tú te lo pierdes».

Nos alojamos en un hotel estupendo cerca de la casa de mis padres por si necesitaba algo, renté un coche para movernos y el primer lugar que visitamos en mi país fue el parque de El Retiro, que recorrimos hasta dar con la puerta de Alcalá. El parque no se libró del «me voy o vengo» y, pensándolo bien, toda nuestra estancia en España, en ese final de año, estuvo salpicada por un «tú me dijiste», «tú me prometiste», «tú de qué vas». Creo que no hubo ciudad que pisáramos en la que no hubiera una mala cara o un mal gesto.

De todos modos, lo que más abundaba eran los buenos ratos, los buenos momentos juntas, las risas y los lugares que se convirtieron en sus favoritos, como el mercadillo de San Miguel.

Y entonces llegó una de las noches más complicadas de mi vida.

Por un lado, tenía a mi mujer y a mi hija esperándome, y por el otro, a mi otra mujer taladrándome los oídos con todo tipo de reclamos. La chica no entendía lo difícil que era para mí dejar de lado todo lo que estaba dejando, no entendía que tenía una hija muy pequeña de la que me sentía responsable y una mujer con quien no estaba no porque no la quisiera, sino porque la quería más a ella.

Le había pedido que trajera la pluma que nos regaló la garza en Owen, no sé por qué razón creímos que debíamos devolverla al aire el primer día del año.

Discutimos, discutimos, discutimos porque llamé a mi mujer y a mi familia para desearles una feliz entrada de año, porque mi madre lloró ese día mucho más que yo y que la madre de mi hija. Andamos, volvimos, nos separamos, regresamos, fue una noche de encuentros y desencuentros, pero la vida me hacía (nos hacía) regresar una y otra vez, no se iba a conformar con tan poco; y allí estaba, sentada en un banco mirando a la Puerta de Alcalá, cuando la abracé por la espalda mientras miraba nuestra pluma, con la que jugueteaba entre sus manos.

Pero quizá, el momento más crucial, cuando realmente pensé en qué estaba haciendo con una persona tan caprichosa y arrogante, fue frente a la Puerta del Sol, según bajábamos por la calle Preciados, una de las calles más iluminadas de todo Madrid que tiene como marco el reloj.

Esa última discusión, esa caminada de espaldas, una contra otra, para dejar por imposible lo nuestro, fue determinante. Ahí sí pensé en la alegría que mi mujer, mi hija y toda mi familia se iban a llevar si hubiera aparecido por sorpresa, si hubiera llamado a la puerta y le hubiera dicho: «Amor mío, lo siento, fui una imbécil». Estoy segura de que mi mujer se habría abrazado a mí y no me habría soltado en toda la noche mientras lloraba de alegría; pero, como digo, la vida no nos iba a soltar así como así y con ese así nos hizo girar, mirarnos y correr para abrazarnos y besarnos frente al reloj, que más tarde indicaría el comienzo del año y de una nueva etapa.

Tomar las uvas en la Puerta del Sol es algo que jamás, en todos los años de vida que pasé celebrando los comienzos en Madrid, había hecho.

Si ya estar en el centro de Madrid ese día es un caos, estar en el centro del centro del reloj por el que toda España se guía para entrar en otro año, es como estar en medio de una marabunta. Apretujadas, moviéndonos al ritmo de la masa, con delincuentes de todo tipo sobándote para intentar quitarnos lo poco que llevábamos, con las uvas en la mano y la mujer de al lado pegando codazos a lo Chuck Norris a todo el que se le acercaba… Era realmente una escena dantesca.

Pero al fin llegaron las campanadas, y con ellas las uvas, y con ellas nuestro beso de amor y nuestra despedida de la pluma, que lanzamos al aire en medio de toda la multitud.

* * *

«Nunca quise que sufrieras, Mar, y te has pasado la vida sufriendo; sufriendo por mí, por ti, por la nena, por tu padre, porque vamos, porque venimos…, sin darte cuenta de que la vida lo único que ha hecho es darte mucho más de lo que le has pedido. Sé que te enamoraste de mí desde que un día me viste en el instituto… ¡Qué ojo tuviste, amor, te llevaste toda una alhaja!; no había uno (una) con más cosas raras y problemáticas. Pero también creo que sabías todas las cosas maravillosas que ibas a vivir con un ser semejante. Algunas te las esperabas; otras, seguro que no, pero yo en ti encontré el apoyo más grande que jamás hubiera imaginado. Me lo has dado todo, hasta la hija más maravillosa del planeta.

Siempre tendré la imagen de esos dos niños comiendo gominolas en el parque, que mira hasta dónde llegaron.

El destino, por ese entonces, nos había preparado un largo recorrido que fue tornándose en experiencias maravillosas llenas de amor, de pasión, de viajes, de vestiditos y de cosas preciosas que hemos tenido en nuestra vida, incluso llegamos a crear con nuestras propias manos, nuestro hogar ideal… Ahí siguen las puertas blancas sin despintarse.

Ojalá esta noche nos hubiéramos comido los mejillones con una cervecita riéndonos de cosas y mirándonos sabiendo que dentro sigue el mismo amor que llevó a los niños de las gominolas hasta aquí.

De cuántas cosas me arrepiento no haber hecho contigo, de cuántas me alegro, mi vida.

Jamás había estado tan lejos de ti estando tan cerca.

Qué pena cuando no pudiste venir a Miami, qué pena cuando no pudiste venir al estreno con la nena…, era mi ilusión. Pero el destino cruel ya se había encargado de moverlo todo para que fuera imposible… Así ha sido muchas veces, muchas hemos luchado contracorriente, sin querer aceptar que nuestra misión, hasta ahora, ya estaba cumplida.

Tuvimos que separarnos para crecer, para que nuestra criatura tuviera dos padres a los que dar las gracias, dos padres que lucharon por lo que creían y lo consiguieron.

Si no me hubiese ido, jamás habría llegado a nada; si me hubiese quedado, ya sabíamos qué iba a ocurrir.

Ojalá este momento solo sea un paréntesis en nuestro viaje, ese que empezó hace tanto tiempo; ojalá algún día podamos pasear los tres de la mano, aunque sea como amigos, y reírnos de todo. Ojalá ningunas Navidades nos vuelvan a dar disgustos, ojalá podamos ser felices aceptando lo que nos toca.

Nunca he querido separarme de ti, eres mi familia, la madre de mi hija… y, al final, por no creer en mí, por no hacerme caso, elegimos lo peor que podíamos hacer.

Yo te comprendo, pero nunca entenderé por qué el ser humano prefiere nada a algo, prefiere desperdiciar dos semanas por no tener tres, prefiere un jamás a un «quién sabe».

Hoy comprendí que no es el sexo lo que duele… Lo que duele es sentir que la otra persona es feliz sin ti con otras personas. Lo que duele es no poseer. Y nos pasa a todos. Preferimos el engaño, por eso se engaña, porque nadie puede vivir con la verdad. No nos han enseñado.

Gracias, gracias, gracias por tanto amor… Siempre ha sido recíproco».

NUEVAS ESPERANZAS

Comenzamos el año montadas en el coche, había muchas cosas que ver, muchos lugares que visitar, demasiadas cosas que enseñar a mi, ya consagrado, amor. Y empezamos por Segovia, en el centro de la península.

Segovia es una ciudad que reúne muchas de las culturas que pasaron por España, desde un impresionante acueducto romano a un alcázar, casi diseñado por Disney, del siglo XI, pasando por un palacio real del siglo XVII, que no tiene nada que envidiar al Versalles francés. Precisamente, entre los jardines del palacio nos confesamos muchas cosas al oído, mi Ornita y yo.

Lo mío era obvio y no hacía falta decir mucho más. Aparte de todo lo que ya sabía de mí, le confesé mi intención de, en algún futuro, ir más allá, pero sobre todo le pedí que empezara a tratarme como lo que era, una mujer. Ella se sintió libre de expresarme, por fin, que se sentía muy atraída por las mujeres y las tetas, que era lo que realmente la excitaba, y, aunque ya habíamos hablado de este tema y también me había dicho cosas al respecto, confesó que los penes no le gustaban para nada.

Desde ese entonces jamás volvimos a tratarnos más que con la A y comenzamos a jugar con todo lo que nos gustaba mucho más libremente. Empezamos a ver a las chicas y a darnos codazos, a ver películas porno donde hubiera buenas bubis y, por qué no decirlo, para mí también eran válidas las cosas que a ella no le gustaban.

Ya éramos una pareja compuesta por dos almas de mujer y decidimos celebrarlo dirigiéndonos a una de las ciudades más visitadas de mi país, Toledo.

Toledo fue la capital del reino durante muchos siglos y está llena de historia que han sabido conservar muy bien a lo largo del tiempo, sin enturbiar sus calles y estructuras con edificios fuera de contexto.

Aparqué el coche junto a un callejón del que bajaban unas escaleras cubiertas por un arco de piedra y, en la pendiente, había una estatua conmemorativa del Quijote, con su imagen y la de Sancho al lado.

Recuerdo muy bien ese aparcamiento, no porque nos hubieran roto las lunas y robado todo, como una vez nos tocó vivir en Polanco, sino porque, al llegar a la habitación del hotel, la tuvimos de nuevo, como ya empezaba a ser habitual.

Una vez más los reclamos sobre mi mujer y sobre por qué teníamos que hablar. «Porque tengo una hija con ella, ¡coño!».

«Solo deseaba estar a tu lado, disfrutar la vida contigo, Orna, ser felices las dos, querernos, amarnos y salir adelante, pero lo único que has hecho ha sido amargarme hasta el último momento con estupideces constantes, con caprichos, sin querer entender que había otras personas que necesitaban de mí de otras maneras diferentes; no has querido entender ni aceptar que tengo una pequeña, a once mil kilómetros, y que no significa que a ti no te ame con toda mi alma.

¿Destrozada? No me creo una mierda.

Destrozada estoy yo, que no puedo tener ni un minuto de paz en mi vida en ningún lugar del mundo».

Pero lo que me hizo recordar para siempre el parquin fue detectar que ella llevaba unas pulseras que le había regalado su antiguo novio, lo cual ratificó mis sospechas de que seguían viéndose.

Ya en el hotel, al darme cuenta de ello, agarré la pulsera de la mesa y la hice trizas, preguntándole cómo era capaz de seguir haciendo la pendeja con «el de los perros» (como yo le llamaba) y al mismo tiempo quejarse porque yo hablaba con mi hija o su madre.

Le llamaba «el de los perros» porque con este chico Orna había acogido a una manada de perros y los llamaba «sus hijos», no sé si por desconsuelo por no haber podido tener hijos con él o por simple idiotez.

Aunque en alguna ocasión me comentó ciertas cosas sobre ellos, nunca me confesó el verdadero motivo de por qué no llegaron a consumar esa relación. Raro, pero empezaba a encontrar muchas similitudes entre las cosas que le habían pasado a ella y a mí. Lo que no me había pasado, desde luego, era estar con un tío tan feo y desaliñado, eso no.

A veces las mujeres tienen unos gustos que yo, como mujer no biológica, no entiendo. He visto cada espécimen con cada preciosidad, que no me lo explico; no sé si buscan cariño y les da igual si el tipo no se lava; no sé si algunas buscan charla, ya no sé nada. Lo que supongo que sé es lo que me contaba ella, que en la cama no funcionaban desde hacía mucho tiempo y, desde luego, a partir de estar conmigo, no creo que le quedaran fuerzas.

Pero el que tuvo retuvo, y me jodió sobre manera que la tipa comparara una relación de veinte años y una hija de dos, con cuatro perros más feos que pegarle a un padre, de esos pequeños que ladran y ladran y a los que les tienen que poner una manta para salir a la calle porque son tan horribles que mueren si otro perro los ve. Un perro es un perro con pelo y no esas cosas, la verdad. Pero bien dicen que los perros se parecen a sus dueños...

Me cabreé muchísimo, tomé mi maleta y crucé el arco, y las escaleras, y la puta estatua del Quijote, con una rabia que pagué con el maletero del coche al meter la maleta.

Fue la segunda oportunidad de volver junto a mi familia, y lo volví a pensar muy seriamente; me vi llegar a mi estupenda casa, llamar a la puerta y ver la cara de ilusión de mi mujer y mi hija, pero no, la vida nos tenía demasiado encadenadas la una a la otra... No, maja, no te podías ir porque era mandato de algo mucho más profundo, así que regresé al hotel y nos abrazamos, nos besamos y nos pedimos perdón. Y al día siguiente ya estábamos viendo todas las iglesias y los cuadros de El Greco, e incluso pensando en robarle una pluma a un santo para recuperar la que habíamos regalado; la primera cosa que perdimos en el camino, nuestra pluma.

Emprendimos rumbo hacia Córdoba, pero, antes de pasar, quise enseñarle el pueblo de mi familia y comprar unos *turrolates* (una mezcla típica de la comarca que combina turrón con chocolate). ¡Si mi abuela supiera que, mientras pasábamos por su pueblo manejando, mi Orna se pegó una corrida espectacular mientras le tocaba el clítoris como si fuera una verga, no sé qué me habría hecho!

La verdad es que la libertad despierta una sexualidad escondida, por lo prohibido de esta sociedad que nos martiriza y criminaliza el sexo. Si ya teníamos una actividad sexual envidiable (dos o tres veces al día como poco), con las confesiones hechas en los jardines del palacio, esta se incrementó, así que no dudamos ni un segundo en comprar un juguete sexual que nos penetrara a las dos a la vez cuando pasamos por un *sex-shop*, nada más llegar a la ciudad de Córdoba; un *souvenir* mucho mejor que una tacita o un encendedor de plástico.

Así, aparte de disfrutar de la hermosura incomparable de la única mezquita en el mundo con una iglesia en su interior, nos dimos a la tarea de ensayar los encantos de nuestro pene doble cordobés, mientras me excitaba aún más viendo la cara de placer y lascivia de mi mujer a punto de españolizarse.

Ya casi hablaba como yo, la niña. Y es que siempre ha tenido algo que puede ser bueno, pero que en exceso distorsiona: la capacidad de mimetizarse con quien está, como un camaleón. Poco a poco va adquiriendo la imagen, el brillo y los gustos de la otra persona y los integra hasta que parece que son suyos. Lo que viene a llamarse un «vampiro energético», vaya, al que yo dejaba que me chupara la sangre con gusto, porque no había nada que me hiciera más feliz que me bebiera, darle mi energía, verla hermosa y radiante, cada vez más, y cada vez más los flases se iban moviendo hacia ella.

Me encantaba cada vez que le escuchaba una palabra españolizada, pero también me quemaba descubrirle impregnadas actitudes y gustos de su anterior pareja, que ella creía suyos, pero que se veían tan falsos que cualquiera podría haberlos detectado; y es que, el de los perros, era aparejador y le había inculcado su pasión por la arquitectura, lo que provocaba que la criatura se pasase todo el tiempo haciéndole fotos a los frisos; nunca he sabido si por encargo, de lo exagerado que llegaba a ser (¡hasta las esquinas quería fotografiar!, pero le delataba el poco interés por el conjunto global comparado con la curiosidad por los elementos).

Llegamos a Granada por la noche, enfadadas, una vez más, por una nueva estupidez relacionada con la madre de mi hija, que pronto se nos pasó al caminar por el barrio del Albaicín y encontrar la espectacular imagen iluminada del palacio de la Alhambra entre sus cuestas blancas y empedradas.

Nuestro objetivo, a la mañana siguiente, era visitar en el conjunto histórico, algo que se truncó por la hora a la que llegamos a la entrada, una vez más por esa forma de distribuir el tiempo de mi compañera, de manera tan poco acertada.

Decidimos comprar los boletos para verla por la noche y visitar la única parte que se podía, los jardines del Generalife.

Situada un poco más arriba de los Palacios Nazaríes, se encontraba la residencia de los sultanes de Granada durante el Califato, un lugar, entre árboles frutales y canales de agua, desde el que se podía divisar toda la ciudad.

Allí, en lo alto, ocurrió de nuevo, nos besamos ante la hermosa vista y una suave brisa nos empezó a envolver hasta llevarnos a otro tiempo.

Era increíble cómo nos conectábamos con todo lo maravilloso que la vida nos ponía por delante, era impresionante perder casi la consciencia y unirse con la tierra y el cielo para encontrarnos en los sitios más insospechados con nuestros antepasados, con las almas del amor, que en otros tiempos nos procesamos.

Y es que era algo mágico estar enlazadas con esa energía del amor profundo y verdadero que ha existido siempre, de una manera tan intensa.

Ya entrada la noche volvimos a visitar, ahora sí, lo más importante, ese patio de los leones dentro del palacio y la perfección a la hora de esculpir los detalles del habitáculo. Si se dan cuenta, da igual la época, la religión o la etnia, siempre hay unos que viven como Dios y otros que viven cagándose en él. Las horas de trabajo que habrán invertido esclavos y esclavizados, por un trozo de pan en el mundo, para construirle las chozas a los jefecillos de turno, pirámides, iglesias, mansiones, casas de campo, palacios, estatuas y demás son tan infinitas como la cara de los que las ordenaban.

La primera vez que estuve en el palacio de la Alhambra, una se podía subir por todos lados, los leones del patio ya ni tenían pelo de cuantas veces se habían subido los niños en sus lomos de mármol. Ahora todo estaba restringido, vallado, cercado, «no flash», «no photo», no tocar, no mirar, que se gasta...

En esas, mi niña seguía haciéndole fotos, o encargándome que las hiciera, a todos los detalles arquitectónicos surgidos de las manos morunas. Algo que ya me estaba cagando, porque me empezaba a parecer un trabajo de tesis del «perruno», y no había dejado a mi familia y gastado un pastizal en llegar hasta allí, para que la niña estuviera más preocupada de mostrar la grandeza de las construcciones a su exnovio que de disfrutar de ellas conmigo; pero, en fin, no quedaba otra que aguantar la vara.

Al llegar a Sevilla y verla en el parque de María Luisa, donde tantas películas se han filmado, entre ellas *Star Wars*, fue como si estuviera mirando una sevillana. No desentonaba para nada en el lugar, podía haber nacido perfectamente allí y pasear su hermoso pelo negro montada a caballo en la Feria de Abril, sin que nadie hubiera sospechado que era extranjera.

Habría sido un hermoso lugar para pedirle matrimonio, me encantaba verla feliz, reír tanto y tanto; como a nuestro regreso a Madrid, de bar en bar, tapeando y disfrutando de las comidas y de nuestras simplezas.

BASTA

Teníamos que regresar; ella debía continuar con su trabajo y a mí me habían ofrecido un buen personaje en una serie que estaba triunfando: *El hombre del aire*.

Poco después de nuestro regreso, fuimos a Cancún para conocer las oficinas de un canal de viajes dedicado a México, de cuyo dueño nos hicimos muy amigas. A él le había encantado la idea de que trabajáramos en algo juntos y yo ya lo tenía en la cabeza, dos buenos para nada vestidos de exploradores que recorrerían el país con la excusa de encontrar un tesoro, así que comencé a escribir lo que deseaba hacer mientras grababa mis primeras escenas como novio de una hermosa colombiana, en la serie de narcotraficantes en la que acababa de incorporarme.

Mi fama seguía en aumento, más y más fotografías para portadas o entrevistas en periódicos y revistas, y más y más viajes con mi preciosa mujer; siempre, eso sí, con algún altercado debido a los celos.

El festival de cine de Acapulco siempre se ha caracterizado por llevar una gran estrella del celuloide americano junto a otros actores foráneos, ya me habían invitado en varias ocasiones, pero esta vez volvimos a coincidir con nuestro amigo delincuente, El Barbas, y lo pasamos de maravilla visitando, de nuevo, el Hotel Flamingo, donde Orna y yo tuvimos una gran discusión por un mensaje que vi en su celular; uno de un niño estúpido, que había conocido en la escuela de su partido, en el que decía que le gustaba mucho Orna y que le comería todo si ella quería, tanto, que casi se come el celular en la casa de Tarzán.

Nuestras absurdas discusiones iban en aumento. «Que me dejes en paz», «que me dejes tú», era nuestro cantar constante, que obviamente solucionábamos más tarde con unos besitos, como también hicimos aquel día que se cayó por las escaleras de un cine por el que caminaba a oscuras enfadada, al que, para variar, llegábamos tarde; en esa ocasión para escuchar a Sylvester Stallone, que estaba dando unas palabras.

Y es que siempre llegábamos tarde a todo, o nos poníamos celosas por lo demás. Lo bueno es que, después, en las revistas, se nos veía radiantes y en esa ocasión no lo fue menos cuando nos sacaron junto a mi ídolo de juventud.

Fíjate que cuando era pequeña tenía pegado a este hombre en la carpeta como una leyenda y quizá nunca debí haberle visto en persona, para no querer regresar al pasado y arrancarle de mi cuaderno, por cómo se había puesto de gordo y de bótox, que no del Box.

Qué manía la de muchos actores de Hollywood de ir al mismo cirujano (que debe de ser el hermano de la abuela que «restauró» el *Ecce Homo* en una capilla española, por ayudar, y lo dejó hecho un cristo, nunca mejor dicho. ¡Qué horror!).

*   *   *

Siempre me acordaré (bueno, todo el tiempo que me quede para recordar, que, ahora sí que sí, ya no debe de ser mucho) de un consejo que me dio mi primer jefe de prensa en Mex: «No te metas en política ni con alguien casado». Lo primero está claro que no lo pude seguir.

Seguían las invitaciones, los reconocimientos, las fiestas, las fotos, los flashes, las grabaciones de la serie, pero ya tocaba empezar a asistir, más a menudo, a las invitaciones políticas de mi nena. Para empezar, la de un tipo maligno que, al parecer, organizaba corridas de toros y bebía un alcohol con meado de culebra, sangre de león y sesos de mono o no sé qué asquerosa combinación.

La verdad no sé cómo fuimos a parar allí, pero fue horrible todo lo que vimos, desde estar sentadas en la misma mesa que un asqueroso (al cual, dicho sea de paso, metieron en la cárcel al poco tiempo por robar el dinero de su ayuntamiento) hasta la repugnante comida de caza, pasando por tener que ver los toros decapitados en la parte de atrás del estacionamiento, cuando tuvimos que mover el carro, o el machismo y despotismo de un señor que se creía Dios mismo.

Al final hasta tuvimos que beber el alcohol contaminado y, vete tú a saber qué parásitos se nos instalaron en el estómago (junto con los de los perros del exnovio que le chupaban la cara a Orna cada vez que los visitaba), que tuvimos que comprar varias cajas de pastillas desparasitantes. Para colmo, al tipo le gustó mi nena y la invitó a su pueblo, lo que nos costó una gran bronca, porque aceptó ir con una amiga. Aunque sabía que no se atrevería a hacer nada con el hombre, no me parecía correcto que tuviera que ir quedando bien con toda la gente de la mafia política. Y es que ese era uno de los puntos donde tronaba nuestra relación, para la señorita todo era primero antes que la familia o yo, y te lo decía tan tranquila, «como están ahí siempre, que esperen»… Me sacaba de mis casillas.

El día que fuimos a acompañar a una amiga suya a entregar unas despensas, empezó realmente a disgustarme el mundo donde estaba metida y, aunque ella no era igual, era partícipe de las cosas desagradables que observaba y, sin saberlo, muchas veces estaba cometiendo delitos que, al estar tan normalizados y asimilados por todos, creía que no lo eran. Pero cobrar en sobres, por ejemplo, no parece algo muy normal, más bien parece que salga de una financiación ilegal del partido, por la que algunos están en la cárcel en España.

Regresando a la amiga, lo que vi me pareció deleznable. Resulta que iba a entregarle un puñado de bicicletas a algunos niños del pueblo donde quería ganar sus elecciones; bicicletas con su nombre pegado por todas partes, para empezar.

Hacía como cuarenta grados y un sol impresionante, los niños estaban parados en filas radiales mirando al escenario, sin ningún tipo de cobijo ni nada que se le pareciera. Cuando llegó la susodicha amiga, los animadores comenzaron a corear su nombre y a obligar a los niñitos, de no más de ocho años, a cantarlo también.

Entre vítores y alabanzas, se subió al escenario y empezó a repartir bicicletas hasta que se acabaron y fueron sustituidas por paletas, que solo se entregaban a los niños que gritaran con más fuerza su nombre.

Al terminar aquel *show* inesperado, le comenté a mi pareja cómo podía ser que hubiéramos asistido a tal espectáculo, pero ella, cuando sabía que era algo malo, siempre daba la callada por respuesta.

* * *

Orna tenía mucha ambición, quería asegurar su futuro y no paraba de querer generar ingresos; eso era algo muy positivo para la familia, pero en desmesura se convertía en algo negativo. Ya se vio con la empresa de joyería, así que decidimos dar de alta una y utilizar los diseños que teníamos y los nuevos que fuéramos realizando. Invertimos una suma considerable en la constitución y en la compra de las piezas que Eli custodiaba, lo que nos causó la pérdida de su amistad durante algún tiempo, porque mi nena consideraba que no nos había dado un precio justo.

Aun así, no perdimos la ilusión y nos dimos a la tarea de emprender ese nuevo camino. Conseguimos nuestras vitrinas, nuestros logos, nuestras cajitas, nuestros envoltorios y, lo más importante, nuestros primeros distribuidores; era todo muy ilusionante y divertido. Todo muy ilusionante y divertido, hasta que nos empezamos a dar cuenta de los varios fallos que estábamos cometiendo.

Hacer las cosas uno mismo tiene muchos inconvenientes, pero dejarlas en manos de otros, todavía más. Así nos pasaba con los empleados, familiares o amigos, que te decían que estaban trabajando, mientras se pintaban las uñas, lo que generaba, al final, el doble de trabajo para nosotras. Miles de discusiones, de cambios de empleados, de disgustos.

Ninguna de las dos había tenido una empresa antes, lo que nos costó vender nuestros productos sin ganar dinero, o muchas veces perdiéndolo, ya que los márgenes que teníamos eran muy pequeños.

Cuántas veces recortamos etiquetas, guardamos en sus bolsitas y repasamos las piezas que íbamos a entregar en la mesita que hay justo debajo de donde estoy colgada. Esto era nuestro despacho, con la mesa del salón, de madera oscura, para seis comensales, siempre llena de papeles, de restos de comida, de facturas.

Conseguimos nuestros propios artesanos que trasladaban mis diseños a la plata, de una manera un tanto rudimentaria, pero que le daba carácter a la pieza.

Todos los modelos se cortaban y pulían a mano, pero en el resultado final nunca se apreciaba, porque, al ser piezas planas, parecían estar hechas con moldes o láser. Quizá ese fue nuestro gran error, crear unas piezas planas y no utilizar las técnicas más baratas. Muy poca gente que compra, sabe diferenciar o se fija en si lo que adquiere está hecho a mano durante tres días o en una máquina en dos segundos; si le gusta algo lo compra sin fijarse más que en el precio, que entre pitos y flautas subía muchísimo para el consumidor.

Si empiezas a sumar el IVA, los gastos de contabilidad, los viajes de Real del Monte al antiguo DF, ahora Ciudad de México, el coste de las piezas, nuestro tiempo y el abusivo margen de los comerciantes, te das cuenta de que cualquier cosa de las que compramos no vale hacerla ni un cuarto de lo que nos cobran. Al final, toda la ganancia va para una serie de intermediarios o colaboradores y nada queda para uno, pero aun así nos divertíamos sobremanera; nos encantaba tener nuestra empresa y confiábamos en ella, sobre todo por lo que queríamos transmitir: la felicidad y la fortuna inquebrantables, algo que para mí valía mucho más que todo lo que pudiéramos ganar.

Mi querida Orna ya me paseaba por todos lados, la serie de El hombre del aire estaba pegando mucho y la gente empezaba a identificarme más con el personaje que allí desempeñaba que con el de la película.

Ella seguía con mucha ambición, mucha, y tocaba todas las puertas que fueran necesarias; tenía todo a su favor, salía en los medios todas las semanas, y eso, en su partido, lo veían con buenos ojos. Además, les encantaba tener el souvenir de una foto con uno de los actores del momento, con lo cual nadie le decía que no cada vez que quería acudir a algún evento para establecer relaciones; es más, la invitaban directamente, porque la política y el *show*, si sabes llevarlo, en este país van muy de la mano.

Así que, ni cortas ni perezosas, asistíamos a bodas y comuniones de los personajes o hijos más importantes del panorama político. Desde el ministro más afamado, al cabrón más rico del pueblo.

Yo era muy inquieta y jamás le dije que no a una foto conmigo a nadie que me lo pidiera, ni a los hijos de los ministros ni a los del que barre el suelo que pisan.

En una ocasión estábamos sentadas en la primera fila de un comité estatal de su partido, donde una figura muy representativa de este, al que llamábamos «El Tío Relojes», iba a dar unas palabras.

Tenía mucho pis y le comenté a mi mujer que quería ir al baño antes de que llegara el turno del señor; ella, como siempre nerviosa y queriendo guardar las apariencias, me dijo que no fuera y armara alguna de la que más tarde tuviera que arrepentirme. «No te preocupes, vuelvo enseguida», le contesté.

Fui al baño y, cuando estaba saliendo, me interceptaron unos muchachos que me habían reconocido, y yo, como siempre, muy amablemente me hice las fotos correspondientes y seguí avanzando hacia mi posición, al mismo tiempo que El Tío Relojes comenzaba su mitin.

El problema de las personas con la fama no es que individualmente te reconozcan, es que se atrevan a pedirte un *selfie*, porque eso abre la veda; cuando uno te lo pide y accedes, otro también quiere, y así con todos los que estén alrededor.

El caso es que se empezó a formar una amalgama de gente que quería retratarse conmigo que no pasó desapercibida, ni para El Tío Relojes (que, más tarde, cada vez que me encontraba, me lo recordaba), ni para la prensa, que al día siguiente destacó, en una nota, que quien les habla había interrumpido el discurso del Relojes, al ir acompañando a su novia, la señorita Orna, que ocupaba un puesto en el partido.

No sé cuántos días estuvo sin hablarme mi nena, gritándome que lo había hecho a propósito para joderla.

*   *   *

Siempre he padecido del estómago, y ya empezaba otra vez a tener esos nervios que no me dejaban hacer una vida normal, porque afectaban demasiado a mi colon. Esa vez, fue una chuleta con salsa de menta lo que acabó de matarme.

Cenamos en un restaurante francés, al que íbamos muy a menudo, porque formaba parte de mi convenio con el hotel como embajador y no sé si ya nos tenían manía de ir tantas veces gratis y nos dieron la comida en mal estado expresamente o si fue casualidad, el caso es que no pasaron más de veinte segundos desde que me comí el primer bocado hasta que tuve que ir al baño del restaurante y cagarme en él, como si fuera que me estaban vaciando.

Al llegar a casa seguía con un malestar terrible. Hay cosas que odio de ponerme enferma, pero con creces, el vomitar. Desde que era pequeña, siempre me ha parecido algo horrible y muy doloroso. A partir de esa noche, sin embargo, me iba a parecer todavía peor.

Estaba en la cama tumbada y me levanté corriendo al baño por una arcada; comencé a vomitar tan fuerte que me desmayé y me golpeé contra la taza del wáter y perdí la consciencia. Nunca me había pasado algo así, jamás me había desmayado.

Lo siguiente que recuerdo es a mi Orna abrazándome y llorando, diciéndome: «Amor, amor, amor…». Le dije que ya estaba bien, pero volvió a sucederme lo mismo. Maldita sea no haber muerto de una manera tan simple, sin acordarme de nada, perdiéndome en un baño o en una taza, en lugar de tener que estar aquí repasando mi historia.

Quizá en ese momento no quería morir porque tenía lo más importante que hay en este mundo, tenía el amor de la persona que amaba; quizá por ello seguí adelante, quizá por lo contrario llegué hasta aquí… Solo sé que me di cuenta, de nuevo, de lo mucho que me amaba la mujer con la que compartía mi vida.

*   *   *

Entre pitos y flautas me ofrecieron participar en una obra de teatro que parecía interesante, una comedia bastante divertida. Yo siempre le había tenido pánico al teatro, y no porque tuviera nervios, sino porque he tenido demasiado amigos que se han dado auténticas palizas de trabajo para «nada» (para nada, entre comillas, claro, pero es que al final uno no puede vivir siempre de los aplausos). He visto amigos míos dejarse la piel en cientos de obras con las salas vacías de público, y eso me hacía tenerle al teatro demasiado respeto.

Con eso y con todo me convencí de que era hora de hacer teatro profesional, no las obras sin presupuesto en las que había participado de más joven. El plantel era muy bueno, estupendos actores con nombre y muchas tablas. Quizá el director y la obra dejaban un poco que desear, pero la peor elección fue sin duda el teatro para representarla; una sala escondida en una esquina, probablemente excelente para obras más *hippies*, pero no para algo que pretendía ser comercial.

Estuvimos ensayando más o menos un mes, algunos pequeños cambios en el reparto, pero todo quedó al final, la escenografía nos impresionó y el productor había apostado muy fuerte por nosotros con los pagos por función.

Fotos, más fotos, promoción y promoción por todo tipo de televisoras y radios…, muy divertido. Fue una promoción bastante intensa, pero la obra se estrenó en una época muy problemática para la ciudad, que dejó los teatros vacíos de gente, y el nuestro no lo estaba menos.

Empezaron los problemas porque los actores no cobrábamos y se hizo una especie de motín en el que se dejó claro que, si no se ofrecían soluciones urgentes con los pagos prometidos, nadie trabajaría. Por un lado, era justo que exigiéramos que se nos pagase lo acordado, pero por otro me pareció bastante fea la actitud de algunos compañeros y la falta de compromiso y comprensión. Al final, igualmente nos pagaron todo lo que nos debían, pero la obra se paralizó.

A mí entender tendríamos que haber aguantado un poco más de tiempo la obra; pero yo solamente podía estar del lado del reparto, y la mayoría decidieron dejar la obra, lo cual hacía imposible continuar con ella.

Tampoco los productores tuvieron buen ojo a la hora de invertir en los sitios correctos para promocionar la obra y de estar abiertos a otro tipo de técnicas de venta de entradas mucho más atractivo.

Al final mi pánico por el teatro había dado sus frutos en mí, y es que no hay nada como la ley de la atracción; lo que piensas lo atraes, sea bueno o malo. Tenía tanto miedo de que me pasara lo mismo que a mis compañeros teatreros, que al final me pasó.

Entre medias de todas las experiencias laborales tan intensas, nos dio tiempo a conocer a un personaje y su mujer, con los que, sin saber muy bien por qué, acabamos teniendo una relación de afecto, amistad y respeto muy bonita: el embajador de mi país y su altísima esposa.

También nos dio tiempo a relajarnos por las playas de Tulum, esta vez acompañando a Orna, a una conferencia que tenía que dar allí. Nos dio tiempo a robar una campana de un retiro budista en la montaña y a fumarnos un churro en el mismo temazcal de donde hurtamos la campana, entre risas, como *souvenir*; y también nos dio tiempo a comprar una peluca y hacernos nuestras primeras fotos de niñas en casa (fotos que más tarde fueron las causantes de que me bloqueara de sus redes, para que sus amigos y conocidos no pudieran ver lo que yo era realmente).

*	*	*

Enamorarse de alguien sin haber dejado de querer a otra persona siempre trae graves consecuencias. Es como cuando a los niños les preguntan a quién quieren más, «¿a mamá o a papá?». El enamorarse de otra persona perdidamente no está ligado a dejar de querer a quien has querido o a dejar de cumplir tu palabra. Yo, cuando digo algo, lo digo porque es verdad, porque así lo siento, porque no hay palabra que pronuncie que no haya intentado cumplir hasta la saciedad, porque no alabo por alabar; no digo por decir, no prometo porque sí. Y a Mar le había prometido muchas cosas que no tenía intención de no cumplir; siempre fui por las claras, sin tapujos, con la verdad por delante, pero ellas no querían dejarme cumplirlas.

Mi mujer española había organizado un viaje con una amiga y sus respectivas hijas a Cancún, obviamente pensando en que pasara unos días con mi pequeña.

Orna no podía con algo así, no podía aguantar que me fuera unos días de vacaciones con mi hija y con mi ex a dormir en la misma habitación y a reír y disfrutar con ellas; por otro lado, mi mujer ibérica no podía estar al lado de su «hombre», regresando a tantos lugares que habíamos recorrido juntas, sin que se le saltaran las lágrimas de ver a su hija en los hombros de un papi prestado por unos días.

A pesar de todos los gritos y los llantos, fue maravilloso recorrer de la mano de mi hija y su madre espacios tan bellos como Cobá o los restos de Tulum; fue maravilloso compartir la playa, las cenas y los paseos con ambas, y fue realmente muy doloroso tomar el coche de alquiler hacia el aeropuerto, rumbo a la ciudad de México, y dejarlas allí, solas, mientras mi cabeza me atormentaba sobre por qué no estaba con ellas. Pero de nuevo me fui sin mirar atrás, mirando la lluvia que se confundía entre las lágrimas de mis ojos.

«Si no quería hacer daño y si tan buena es, que te hubiera dejado en paz con tu familia. Hay que ser muy mala y muy puta para hacer lo que ella ha hecho. Insisto, ya llorará.

Algún día te darás cuenta. Esa sinvergüenza ha apartado a mi hija de su padre.

Me hubiera encantando formar parte de tu vida, porque tú eras mi vida, pero me has roto el corazón.

Es muy fácil juzgar a alguien por su mal carácter cuando lo único que haces es someterle a situaciones límite. Ojalá hubieras sido conmigo la mitad de amable que lo eres con ella.

Soy consciente de que tengo que cambiar muchas cosas. Entre ellas, mi dependencia emocional hacia ti. Siempre me he relacionado socialmente solo a través de ti y he pensado en mi trabajo como algo temporal mientras llegara el gran momento en el que te convertirías en una estrella y viviría contigo ese sueño.

Llegó el momento de despertar y de buscar mi propio futuro y mis propias relaciones sociales. Tengo que seguir adelante; te pido por favor que, si de verdad me has querido lo más mínimo, me dejes tranquila para poder dejar de quererte».

De nuevo Guatemala me requería, debía ir a grabar los primeros capítulos de la serie, ¿me iban a pagar lo que me debían de la primera vez o acumularía dinero del Monopoly en mi cajita de los sueños? Firmé unos contratos con rúbricas elegantes de todo tipo y eso me dio seguridad, por lo menos la seguridad de tener un papel precioso de recuerdo.

Grabamos y grabamos, y todo iba bien hasta que el equipo, como siempre, se reveló y jodió todo. Otra vez se llevaron las cámaras, los cables, las lámparas…, ¡hasta los bocadillos! Y es que, cuando no se tiene una mano firme y una dirección clara, todo se viene abajo.

Era la tercera vez que me pasaba algo así, y no era por el karma, era porque yo decía que sí a proyectos que sabía que era muy difícil que salieran adelante, por muy bonitos y utópicos que fueran…, pero «¿y si sí?», como diría un famoso humorista español.

De nuevo, un compañero cubano, muy buena gente y profesional, dispuso toda su ayuda y entre todos decidimos terminar ese rodaje como fuera. Nunca supe más de él ni de mi dinero, ni de los cristianos que lo patrocinaban ni de nadie. Quizá lo mío con el trabajo era conocer de primera mano las diferentes religiones a través de los productores; quizá tuve que regresar para volver a ver a la preciosa morenita periodista, que deseaba ser mi alegría en el país; quizá fue para sentir la muerte de cerca y avisarme del miedo que da estar próximo a ella…

Guatemala está ubicada en un lugar privilegiado para los sismólogos, y tanto es así que, una noche, empezó un ligero movimiento en el hotel donde nos hospedábamos, que poco a poco fue convirtiéndose en algo exagerado (y nada tenía que ver con la morenita, que tenía demasiadas coincidencias físicas con mi Orna, y nunca hubo nada con ella más que una charla bastante profunda). Los movimientos eran provocados por la cercanía de una placa tectónica, que esa noche decidió cambiar de lugar. He vivido terremotos diversos en México, pero como ese de Guatemala, ninguno. ¡Qué miedo que pasé, por favor!

La mesilla fue lo primero que empezó a golpear el suelo. Cuando estás en la cama (y has vivido ya algún terremoto), no te da gana ninguna de levantarte y esperas a ver si se pasa, pero en este caso el temblor adquiría cada vez más potencia y me hizo salir disparada, al sentirme más en un barco que en una colina.

Todos los actores nos encontramos en el pasillo de nuestras habitaciones bajo el quicio de nuestra puerta, como mandan los cánones en caso de sismo, mirándonos estupefactos y rezando por dentro para que todo pasase pronto.

Realmente fueron unos momentos angustiantes (no tanto como los que estoy sufriendo ahora con la pendejada que acabo de hacer, claro, pero angustiantes). Al día siguiente, las noticias informaron de varios muertos y desaparecidos muy cerca de donde nos encontrábamos, así que quizá regresé a casa sin dinero, pero con vida.

CIELOS

Las grabaciones de la serie de narcotraficantes continuaban. Estaba siendo todo un éxito, hasta el punto de que la temporada donde me tocó participar fue condecorada con el primer Emmy que se daba en Estados Unidos a una serie en idioma extranjero.

Todo iba perfecto, mi personaje tenía todos los números para continuar en las siguientes temporadas, pero teníamos unos ligeros problemillas con las chiquitas que hacían de mis novias, eran bien pinches problemáticas. Una por pesetera (querer dinero y dinero) y la otra por ser tan pesadilla como la de Elm Street (retrasaba los rodajes mil horas con tonterías o arreglos de pintalabios de última hora).

La producción estaba hasta la punta del nabo de ellas y, aunque a una terminarían perdonándola y se iba a convertir en un personaje mucho más importante más adelante, se quedó como la otra, llorando, cuando vio que en el último capítulo la mataban, algo que contrastaba con mi alegría, porque quien lo hacía era yo para seguir con vida. Sin embargo, aquello no me sirvió de mucho, puesto que, sin novias ni trama, mi personaje se fue para no volver… Quizá una nueva premonición (quien mucho abarca poco retiene, dicen).

A pesar de todo, participar en una serie tan bien realizada y con tan buenos actores había sido un placer, si no fuera por la hipocresía subyacente en un producto destinado a Estados Unidos. La verdad es que me sorprendí al ver el primer pase de esa temporada para la producción: era una serie sobre el mundo de los narcotraficantes, en la que desmembraban cuerpos en cada secuencia, en la que mataban a tiros a cientos, en la que hablaban de técnicas mafiosas, pero, eso sí, las niñas no podían enseñar lo más mínimo en las escenas de cama y nos ponían un pito por encima de las palabrotas, que actoralmente caían constantemente. ¡¡¡No mames!!! ¡Cuánta estupidez!

Como una vez, mientras veía el telediario en el único restaurante de Cuautla del Valle donde se podía comer decentemente. Después de emitir, sin ningún pudor, las imágenes de unos cuantos decapitados, de repente, le ponen un ¡¡¡Círculo negro!!! a Charlie Sheen, mientras hablaban sobre una noticia en la que decían que el actor había besado a un amigo de broma en la boca. ¿Se lo pueden creer?

En fin, tan solo me queda recoger la parte que a una le toca del premio Emmy ganado, que, entre todos los actores, los técnicos, lo sesgado de las actuaciones, los pitidos y los cortes, creo que no sería más que la pelusa de la parte inferior izquierda del elegante elemento decorativo.

Mientras yo acrecentaba mi estima en el trabajo, mi querida Orna se me fue a España, a mi querida España, sin mí. Ya me olía a chamusquina el asunto cuando me lo comentó, la timaron diciéndole que les iban a dar un diploma de una gran academia y le hicieron pagar un viaje en el que ni obtuvo diploma ni curso ni graduación; les enseñaron las estatuas de los leones y a correr.

Así que mi nena se estuvo paseando por mis calles lo que quiso y más, con una amiga, con la que sinceramente creo que tuvo algo más que un acercamiento, aunque nunca lo pude confirmar.

A la par, yo comencé a escribir el guion de la serie que tenía en mente para el canal de viajes, y me quedó tan redondo que decidí que debía ser una película.

A su regreso, nos pasábamos días y noches pensando miles de locuras divertidas y resolviendo los enigmas que la película de aventuras nos planteaba, de una manera maravillosa. Esos días fueron de amor y conexión profunda, de palomitas y risas extremas, de emoción por estar creando. A todo lo que hacíamos le echábamos unas ganas tremendas, le poníamos ilusión a raudales. ¡Nos íbamos a comer el mundo! Pero teníamos un defecto: cuando algo estaba hecho, no lo cuidábamos ni poníamos la misma energía en sacarlo adelante. Y ahí se quedó, en el armarito del lado izquierdo, según subes las escaleras del *loft*, que tanto crujían en la noche cuando bajábamos por agua o por enfado.

*   *   *

Me habían llamado para un programa en Estados Unidos, de aquellos a los que me solían invitar para promocionar algo y hacer el tonto un rato con los juegos que se inventaban. Me pareció estupendo y les requerí, por favor, que me pusieran con acompañante. Me iban a pagar muy bien y mi amada Orna se había apuntado, lo cual me hacía muy feliz, porque nos iríamos de compras y saldríamos un rato por la ciudad de nuevo.

Levantar a Orna de la cama y hacerle entender que hay que estar varias horas antes en el aeropuerto para prevenir imprevistos fue siempre una tarea ardua para mí. Ese día se mezcló el enfado por ello y el de ella por las mismas cosas de siempre, los celos; así que nos fuimos al aeropuerto de malas, algo poco recomendable cuando se va a tomar un avión.

Ya allí, nos peleamos bastante fuerte, y entonces ella se sentó en un lugar y yo en otro mucho más alejado; cuando por fin se levantó para hacer las paces, nos dimos cuenta de que se había dejado su recién estrenado iPhone en el asiento y, obviamente, no lo encontramos.

Ese fue el primero de nuestros problemas (generado por nosotras mismas al no estar pendientes de lo que teníamos que estar). El segundo, darnos cuenta de que nuestro vuelo no estaba en la pantalla de salidas. «¿Cómo era posible?». Miramos los papeles impresos que llevábamos, le preguntamos a una señorita, extrañadas, y nos dijo que nuestro vuelo no era a las seis de la mañana, sino a las seis de la tarde.

No lo podíamos creer, habíamos perdido un iPhone de última generación y, además, nuestra subnormalidad no nos había permitido ver un simple «pm».

Valoramos la situación, decidimos regresar a casa y de ahí irnos un poco más tarde, después de dormir un rato. Así que nos fuimos a casa, hicimos el amor, nos dormimos y yo me levanté, me acerqué al centro comercial que teníamos enfrente (quería darle una sorpresa antes que despertara) y le fui a comprar un teléfono igual al que había perdido. Me dije: «Total, por mucho que valga, me van a pagar más por ir al programa esta tarde» (y también me sentía algo culpable por estar enfadada con ella, todo hay que decirlo). El caso es que, ni corta ni perezosa, me gasté un dineral en el *iPhoncito* de la manzana y se lo envolví con todo mi amor.

Cuando subí, lo metí en nuestra secadora, un lugar infalible para esconder regalos. Al despertar, le di el presente, que tomó casi sin darme las gracias, diciéndome: «Ves, la vida me da todo, se me pierde un celular y me llega otro». Muy simpática ella… Lo bueno fue que los diez mil pesos me sirvieron para echar otro polvo, como premio de consolación, y de nuevo nos quedamos dormidas.

Eran las tres cuando despertamos y salimos corriendo hacia el aeropuerto, otra vez. Tomamos un taxi y comenzamos nuestro avatar por las calles de la ciudad, tres horas parecían suficientes para llegar.

Sin embargo, el cielo estaba muy encapotado y pronto se puso a llover. Llegar al viaducto, el único eje que une los dos extremos de la ciudad, fue toda una odisea, la lluvia no paraba y los carros no avanzaban.

Estaba empezando a desesperarme, porque el tiempo se echaba encima y seguíamos atrapadas en el viaducto. El tiempo corría, los coches a vuelta de rueda… Era desesperante; tanto que, por primera vez en mi vida, los nervios me pudieron y rompí mi playera de la tensión. Nunca llegamos a tiempo, por mucho que Orna intentó parar una moto y montarnos en ella, era el último vuelo que salía ese día para llegar a tiempo.

Había perdido el dinero del celular, el del programa, los vuelos de dos personas y, además, no sabía cómo explicarles a los productores de Los Ángeles que no íbamos a estar para el programa que se grababa esa misma noche.

Esa fue la primera vez que perdí un vuelo (con tantos vuelos de un lado para el otro, alguna vez tenía que suceder); la segunda fue de infarto, y con un punto esotérico muy fuerte.

Habíamos quedado con los americanos en que iría yo sola la semana siguiente (había conseguido su perdón gracias a las lluvias torrenciales) y tenía todo listo para llegar, por fin, a grabar el programa. Iba en el taxi tan tranquila cuando, de repente, sonó mi celular:

—¿Diga?

—Hola, soy de la producción de El *hombre del aire*, tienes las secuencias A, B y C esta tarde, a las tres te esperamos en la locación de Coyoacán.

—Espera un momento, yo hablé con Paquita y me dijo que hoy lo tenía libre.

—Deben de haber cambiado el plan a última hora.

—Es que estoy en el avión hacia Los Ángeles.

—Pues bájate, nos vemos al rato.

No podía creerlo, por segunda vez consecutiva, justo cuando estaba por llegar, no pude tomar el vuelo a Los Ángeles…

Llamé a la producción y ellos tampoco daban crédito, pensaban que les estaba gastando una broma. Se enfadaron mucho conmigo, pero no me quedaba más remedio que dejarlos plantados, antes estaba mi trabajo en la serie que cualquier otra cosa.

Lo bueno es que al final les sugerí que, en compensación, iría sin cobrar en la siguiente ocasión; les gustó la idea, me pagaron menos, pero al final pude cumplir mi promesa, unas semanas más tarde, y grabar de una vez el programa en la ciudad de las estrellas.

Si prometo algo, lo cumplo.

CALENDARIO

Estábamos convencidas de que nuestra empresa iba a salir adelante, por lo que decidimos crear una segunda colección.

Para seguir en la línea de la primera y de la empresa, cuyo principal objetivo era llevar la felicidad a quienes se acercaran a nuestros productos, se me ocurrió hacer unos diseños sobre las figuras que, a lo largo de los tiempos y las culturas, habían atraído esta a la Humanidad.

Así pues, me di a la tarea de componer y rediseñar una treintena de dibujos, a mi estilo, para convertirlos en piezas de plata. Desde la mano, hasta la pata, pasando por el calendario, el tigre, el águila, las cuatro hojas, etcétera. Todos ellos pasaron por mi imaginación para ser descompuestos en líneas y crear una segunda colección que fuera mucho más atractiva que la anterior.

Era una idea hermosa para la que contamos con un apoyo impresionante de los medios de comunicación y de nuestros amigos. Era nuestro primer gran evento solas, nuestra primera cita con algo que nos encantaba, crear y crear.

A mi nena le encantaba organizar, era su especialidad; convocar y hacer relaciones, era la jefa de la empresa y en casa. Me encantaba verla feliz, poniendo todo su entusiasmo en hacer las cosas y, aunque nos fallara lo mismo de siempre (querer hacer todo nosotras mismas), era maravilloso lo que conseguíamos dos niñas con muy pocos recursos económicos, pero con toda la ilusión del mundo.

Peleamos nuestras piezas con los artesanos en Real del Monte y nos gastamos una buena pasta en hacer también la misma colección en otro material más barato, para quienes no pudieran comprarla en plata (otro error que nos costó caro, pues no podíamos pretender hacer una colección dirigida al gran público con el mismo modelo).

Para la presentación nos dejaron el mejor espacio de uno de los hoteles más importantes de Ciudad de México. En el centro del hotel montamos unas mesas en L donde pusimos las joyas, un atril desde donde hablaríamos y el espacio restante lleno de sofás para nuestros invitados.

Nos patrocinaron las bebidas varios amigos y, como siempre, el jamón de mi querida catalana.

Cometimos, como era de esperar, un error de magnitud: no medimos el espacio de las puertas y no cabía, de ninguna manera ni por ningún sitio, el *presswall* que habíamos mandado construir. En vez de hacer las cosas bien y pensar, habíamos mandado construir una estructura de hierro soldado de dimensiones descomunales, sin darnos cuenta de que se vendían, por mucho menor precio, arañas plegables que nos habrían valido para el futuro.

* * *

De cada una de nuestras acciones depende nuestro futuro; no hay mejores ni peores, tan solo diferentes.

Hay quienes siempre se preguntarán cómo habría sido todo si no hubieran hecho o dicho algunas cosas de las que seguro se arrepienten, qué habría pasado si hubieran tomado otro camino. Quizá nunca habrían conocido a las personas que ahora forman parte de sus vidas, quizá habrían tenido una vida más digna o más indigna, quizá tantas cosas habrían cambiado con un simple gesto diferente al que hicieron.

Parece que las pequeñas o grandes decisiones que tomamos todos los días no son relevantes y las pasamos por alto como si nada, pero todo es demasiado importante.

Por ello hay que tomar las máximas precauciones, para luego no arrepentirse de aquella caricia que no diste, de aquellas palabras que dijiste, de aquella boda a la que no fuiste, de aquellas flores que no recogiste.

Porque, desgraciadamente, no podemos volver atrás en nuestras acciones ni vivir las millones de variaciones que cada una de ellas lleva implícitas.

Desgraciadamente no podemos volver atrás.

Extrememos la precaución hasta en donde pisamos, pues nuestros pasos nos pueden llevar a la mierda, a un charco o a la gloria.

* * *

Era muy tarde, se nos estaba echando el tiempo encima, y todavía estábamos esperando a que llegaran las personas que habían construido la estructura para que la cortasen en la calle.

Orna subió a la peluquería, y la verdad es que ese día me enamoré de todo su equipo de colaboradores, porque se dieron cuenta de lo bonito que era lo que estaban haciendo y pusieron todo de su parte. Así que, mientras unos estaban colocando y otros supervisando las bebidas, yo me quedé a presionar el corte del mamotreto, hasta que, a última hora, quedó resuelto. Tan a última hora que el embajador de España y su comitiva estaba llegando cuando seguían colocando las luces y ajustándolo en la entrada. «¡Qué vergüenza!», pensé. Lo bueno es que con el embajador había tan buen rollo que ese detalle quedó en nada y lo pasaron estupendamente con los conocidos y amigos que ese día tan fantástico acudieron a apoyarnos.

Y se notaba el buen rollo porque, antes de terminar la colocación de los productos, llegó un ministro borracho de Indonesia y me dijo que se quedaba con toda una mesa llena de nuestra joyería… Yo al principio no me lo creía, pensaba que era una broma, le veía negociar y me partía de risa, pero creo que siempre se me han dado bien las ventas y que en esa ocasión también conseguí un gran precio.

Fui a buscar corriendo a mi mujer, que bajaba de la peluquería, para darle la buena nueva y me paró en seco: «De eso, nada». Siempre teníamos que cabrearnos por algo, joder, y miren que se lo expliqué, pero hasta que no lo vio con sus propios ojos, no se convenció de que era un buen negocio. Eso sí, ella consiguió que nos dejaran la joyería hasta que acabara el evento, porque era una presentación.

Esa noche, mirándola, me di cuenta de que éramos un equipo maravilloso; dos personas que juntas podíamos con todo, que podíamos hacer lo que nos propusiéramos en este mundo, que nos compenetrábamos perfectamente, que éramos un solo ser.

Verla tan hermosa y conjuntada conmigo (con esos colores que habíamos elegido, el blanco y el verde esperanza), subida en el escenario, hablando de nuestro proyecto al público y a la prensa, junto a mí. Verle la cara de satisfacción por esa noche llena de circunstancias favorables, de amigos, de casualidades como que se estuviera celebrando una reunión con los dirigentes de su partido en la sala de al lado y la vieran, al pasar, en pleno vuelo triunfando, como todos ellos hubieran deseado ante la sociedad.

Ella no se daba cuenta, pero, cada vez que salía en la prensa o la cazaban en tantas cosas geniales y públicas, su reputación subía enteros en la política, escalaba y ganaba puntos; porque, si hay algo que se necesita en el medio, es que la gente conozca a sus candidatos, sobre todo en una sociedad aspiracional como en la que nos encontrábamos.

Rematamos el asunto con una cena de amigos, recogiendo todo, riéndonos de lo que había salido mal y haciendo el amor antes de descansar.

* * *

No había terminado una serie que ya me estaban invitando a otra. En esta ocasión se trataba de una novela muy prometedora, que podía suponer mi regreso a El canal de las luminarias, en la que mi personaje era fantástico: un truhán superdivertido que iba a hacer la vida imposible a una de las protagonistas.

De nuevo me tocó lidiar con los de «tráeme veinte personas que te conozcan» y, la verdad, fue de nuevo terrible, hasta el punto de que casi les digo que no participaba, pero me quedé.

* * *

A lo largo de nuestras vidas, parece como si hubiera personas a las que debemos demostrar lo que valemos. Digo «parece», porque eso es lo que nos han hecho que parezca.

Pasamos la vida intentando demostrar a familiares, conocidos y amigos, al mundo, cuánto somos de buenos para algo; necesitamos el aplauso constante de la gente que tenemos a nuestro alrededor.

Si por fortuna conseguimos alguna de nuestras metas, nos daremos cuenta de que todo era una ilusión. Parece una broma de mal gusto, en la que si nunca consigues nada de lo que te has propuesto en tu vida, te van a llamar fracasado, y, si lo consigues, te van a decir que a quién le importa.

España tiene esa cultura, la cultura de «¿a mí qué?, me la pela», la cultura de restregar.

Puede parecer que somos un pueblo que se apunta a todo lo que sea criticar, por las manifestaciones constantes contra los gobiernos, políticas, desahucios, guerras, palestinos, etc., pero solo hacemos eso, y no somos capaces de reconocer los logros de nuestros vecinos, nos da igual, «pa chulo, yo».

La gente está tan llena de información y de impresiones que pierde la consciencia y se siente creadora de todo lo que los demás han hecho, se siente por encima de todos; no sabemos si porque en realidad no se sienten nada y así pueden sentirse, por un momento, por encima de alguien, o por confusión.

Yo abogo por una mezcla de ambas, una confusión enorme.

Es cierto que todas nuestras vidas y lo que hacemos todos es valioso (sin tornillos no hay avión), pero nos hemos olvidado de aplaudir, de dar las gracias a la gente que se esfuerza, que destaca por su ímpetu e ilusión, que lucha por cumplir sus sueños, porque son ejemplo para todos. No todo es lo mismo, por mucho que todo valga.

Pasamos la vida intentando demostrar que no nos habíamos equivocado y, cuando lo conseguimos, nos damos cuenta de que no le importaba a nadie, que les daba lo mismo.

Quizá deberíamos hacer las cosas por nosotros, sin mirar lo que piensan u opinan los demás. Cuando se busca la aprobación de alguien que nunca va a aprobarnos, porque no se aprueba ni él mismo, el fracaso es seguro.

Si no se valoran los logros de los demás, es imposible que podamos lograr algo en nuestras vidas.

Si no valoramos lo que hacemos por nosotros, jamás esperemos que lo valore nadie.

* * *

La cuestión es que nunca se me quiso valorar, y yo, de nuevo, regalé mi trabajo a la novela, al productor y a la empresa; siempre a cambio únicamente de mi satisfacción personal, al ver, de nuevo, cómo cada vez que salía mi personaje los *rating* subían; al ver, de nuevo, cómo el público sí valoraba mi trabajo en la calle, cómo me volvían a llamar por el nombre de este nuevo personaje, que había calado por su simpatía, por su personalidad y por lo divertido que era.

Todo ello lo había conseguido gracias a mi desparpajo ante la pantalla, a ese «me da igual lo que me digáis sobre cómo he de hacer mi trabajo, que hace mucho que ya sé hacerlo». Y es que, de nuevo, me tuve que enfrentar con lo mismo, con el mismo tipo de dirección encorsetada, con las mismas exageraciones, con los mismos textos inamovibles…, pero yo, a lo mío, a lo que sabía hacer como nadie…: crear.

Y creé, creé un personaje lleno de matices, de gestos, de vocablos inconfundibles, con una naturalidad pasmosa frente a las mismas actuaciones histéricas de siempre.

Me dejé llevar y por fin conseguí utilizar el apuntador a mi favor, crear un vacío en mi cerebro que me permitía recoger únicamente lo que necesitaba de las voces y las instrucciones que recibía por ese cacharro infernal, que destroza cualquier actuación.

Había un director delgadito con el que me llevaba fenomenal, era fan mío, conocedor de mi trabajo, y estaba deseando hacer las cosas bien en la empresa. En el lado opuesto, estaba la pequeña Maquita, una sobreviviente en la dirección de escena de la época de oro de la cadena, que no iba a cambiar sus metodologías (ni por mí, ni por Marlon Brando); ella era la esencia de aquel pasado glorioso que tantos éxitos creían haber dado al mundo, aunque la realidad es que nunca había sido así. Era una mujer que me caía bien, por mucho que ella me tuviera entre ceja y ceja, debido a su falta de información y conocimiento sobre lo que ocurría fuera de las puertas de la empresa a la que había dado su vida... y ese era el más grave error de todos, habían estado tanto tiempo sin competencia, sin que nada les hiciera sombra, que nunca tuvieron la intención de actualizarse; todo lo que venía de fuera les parecía una agresión.

Para uno de los personajes habían contratado a una actriz maravillosa con la que había coincidido trabajando en la anterior serie; era una actriz con verdad.

Recuerdo verla en una escena dirigida por Maquita. Ella estaba sentada en el lateral de una mesa a mi derecha y, a su lado, a la izquierda, el señor Légora, otro de los actores. La chica hizo la escena perfecta, y en eso bajó la directora, se sentó junto a ella y le dijo: «Mira, guapa, está muy bien y todo lo que tú quieras, pero aquí hacemos las cosas de otra manera, estás demasiado natural, así que súbele dos rayitas». La chica me miró y yo la miré sin dar crédito, ¡de nuevo estaban pidiéndole a un actor que hiciera mal su trabajo!, no podíamos creerlo. Maquita reparó mi presencia, se volteó y me espetó: «¡Y tú lo mismo!».

Días más tarde tuvimos una conversación con mi compañera de reparto en la que charlamos sobre ese asunto y llegamos a la conclusión de que lo mejor era decirles a todo que sí y, cuando gritaran «acción», hacer nuestro trabajo como sabíamos hacer.

Lo que son las cosas. Como en mi otra novela, Maquita terminó agachando la cabeza y dándome la razón, y al final de la serie hasta estaba encantada con mi trabajo y con mi trato. Las apariencias engañan, ¡sobre todo conmigo!

* * *

En medio de esta vorágine, surgió algo que pondría en jaque mi relación con mi querida Orna: Bayona.

Recibí una invitación por parte del productor de *Los Robles* para ir a presentar la película al festival de cine de Bayona, ya que se habían hecho eco de los resultados de esta e iban a exhibirla y hacer un ciclo sobre el cine mexicano en el que me pidieron participase. Me hizo muchísima ilusión y, además, era con todos los gastos pagados.

Bayona es un pueblecito al sur de Francia que colinda con España, está englobado en lo que se hace llamar el País Vasco francés, realmente hermoso, con un estilo inconfundible, la humedad en las casas, la clase, el gusto y las olas, que atraen a surfistas de todo el mundo a la zona (obviamente, con trajes de neopreno hasta las orejas porque ahí no hay quien meta un pie en el agua sin congelarse).

Intenté por todos los medios que me proporcionaran el boleto para mi acompañante, pero Orna empezó con que no sabría si podía ir por sus reuniones políticas; total, que cuando quiso ya no se podía ni yo quería que me acompañara. Era una pesadilla cada vez que se tenía que hacer algo con esta chica, y en el fondo sentía la necesidad imperiosa de que mi mujer y mi hija me acompañaran en esa ocasión. Sentía que se lo debía a las dos. Nunca habían podido vivir mi éxito ni yo compartirlo con ellas, esta era una magnífica oportunidad para devolverles todo lo que no había podido darles, para que mi hija viera a su papi triunfando, para decirle a mi mujer que nunca me había olvidado de ella.

Así que tuvimos un gravísimo enfrentamiento, entre mi amor y yo, antes de que partiera rumbo a Francia.

«Que lo pases muy bien en Francia con tu ESPOSA y tu hija». Y entonces empezaron los llantos y las pataletas, el «yo me habría pagado el boleto»...

Como les he dicho, jamás mentí a nadie. Le dije cuáles eran mis intenciones, que no tenían nada que ver con el amor que sentía por ella, ni tampoco con algo sexual con mi ex. Pero Orna no se lo tomó nada bien y nunca entendió por qué yo necesitaba que, por una vez, mi mujer y mi hija estuvieran conmigo en un momento así.

Ella se había llevado lo mejor de todo lo que me había pasado, todo lo mejor, ¡hasta Hollywood! Por un lado, comprendía su enfado y me encantaba ese amor que me tenía y que rozaba la locura; pero, por otro, me parecía una simple caprichosa que nunca había entendido la situación en la que se había metido.

El caso es que me fui yo sola, les pedí que me pusieran el vuelo de ida a Madrid y el de regreso desde París, así que recogí a mi nena y a su madre e hicimos el camino en coche hasta Bayona.

El hotel donde nos alojaron era magnífico, y el evento, de lujo. No esperaba tanta clase ni atenciones, la verdad. Cenamos y comimos en los estupendos lugares de la ciudad y disfrutamos de la playa, de los paseos, de la belleza de las construcciones, del festival, de nosotras...

Qué hermoso verlas sentadas escuchándome en las conferencias.

Qué alegría, por fin, verlas a mi lado en las primeras filas de butacas de una sala con más de mil personas, viendo la película que tanto me había marcado, viéndome en el escenario, dando las gracias, respondiendo a las preguntas y dedicándoselo todo a ellas dos.

Pasamos unos días maravillosos y, por unos instantes, volvimos a ser la familia que nunca habríamos tenido que dejar de ser, aunque me quedé sola con mi hija durante unos días, porque su madre tuvo que regresar a Madrid por trabajo y volver más tarde por la niña. Pero aquello también fue impresionante: quedarme con mi hija a solas, llevarla de un lado al otro de la manita, ponerle música para que bailara, sentir su amor... ¡Qué suerte de niña tengo y qué suerte de madre nos tocó a las dos!

Y qué desgracia montarme de nuevo en un avión, llorando desconsoladamente, y pensar en cuántas noches seguiría despertándome sin tenerlas a mi lado, sintiendo mis lágrimas caer mientras mirase el techo de mi habitación, a la derecha de donde estoy colgada ahora mismo.

* * *

El colmo de la desgracia es que un desgraciado te diga que el problema de tu desgracia es cómo te sientes con ella. Hay que ser pendejos e hijos de puta para decirte que tu problema, mientras que te están pisoteando, es que te sientas pisoteado. Que deberías cambiar esa sensación por un agrado a lo que te está sucediendo, porque es un camino para el aprendizaje...

En resumen, que el problema no es de quien te apalea, sino de cómo sientes tú el apaleamiento.

Hay tantas vertientes ya de la autosuperación, de la autoayuda, tantas mamadas mezcladas, que la gente las tergiversa a su conveniencia tanto o más que las sagradas escrituras.

Hay tanta incapacidad, tan poca inteligencia, tan poca vergüenza, que se recogen palabras de grandes maestros con la supuesta intención de aconsejar, cuando realmente lo que se busca es el beneficio del consejero, sobre quienes dan su confianza, para seguir jodiéndoles la vida.

«Hay gente honrada que es tratada como si cometiera cosas malas, y hay gente malvada que es tratada como si hiciera cosas buenas» (Eclesiastés 8:14).

«Mejor es el pesar que la risa; porque con la tristeza del rostro se enmendará el corazón» (Eclesiastés 7:3).

*　　*　　*

Cuando llegué a México, mi nena me tenía preparado un dosier de pruebas que me condenaban por haber estado junto a mi mujer en el festival, y hasta había quitado la fotografía de mi hija de la repisa donde descansaba. ¡Eso sí que no iba a consentirlo! Así que tuvimos una nueva trifulca que se saldó con muchos gritos, unos cuantos arañazos y un buen polvo al encontrarnos juntas y comprender que seguíamos ahí las dos.

EL PUTO JUNG

Gurdjieff y Jung eran nombres que ya estaban empezando a cabrearme sobremanera. El de los perros pertenecía a una especie de secta y se había encargado de comerle la olla y meterle en la cabeza a estos dos eruditos de la psicología, de los que yo nunca había oído hablar antes, y que no tenían la culpa de que Orna me tuviera hasta la madre de repetir frases que ni siquiera ella misma entendía o de comprar todas las recomendaciones que el puto exnovio le seguía haciendo a escondidas. Porque, eso sí, la niña era muy cabrona: por un lado, no quería que yo tuviera ningún tipo de acercamiento con mi mujer y, por el otro, «si culo veo, culo quiero».

Estaba harta de que comparara mi relación anterior (veintitantos años juntos y una hija en común) con un tarado y tres perros, que se había quedado el pobre, tan horripilantes como él. No quería volver a oír hablar ni a imaginarme ciertas prácticas de las que seguía, no quería saber nada de ciertas escapadas a la montaña que terminaban con todos desnudos a la luz de la luna, aullando y bailando, con el fuego como único testigo, según me había comentado la propia Orna. Aquello me daba pavor, francamente, era algo que estaba totalmente en contra de mi línea de vida, y que sabía que estaba actuando de manera muy negativa en nuestra relación.

Cuando alguien crea precedentes, al final estos se vuelven contra él, así le pasó a Orna: tanto espiarme, tanto estar pendiente de dónde estaba o cuándo me conectaba (¡me había instalado un geolocalizador!), tantas peleas por el móvil que al final acabó gustándome la idea y yo empecé a hacer lo mismo con ella.

En una de esas, mientras se metía en su despacho (el baño) a hacer como que cagaba mientras escribía pendejadas a quien no debía, abrí la puerta y la agarré con las manos en la masa.

—¿Me enseñas el *cel*? —dije con el mismo tono con el que ella solía pedírmelo—. ¿No me prometiste que no hablarías más con él?

Al final la pagaban los libros de Jung, de Jang, de Jeng y de su puta madre, que acababan destrozados. Nunca pude soportar que me mintiera.

Hay dos cosas contra las que no puede luchar: la locura y la estupidez. No se puede adelantar nada con quien está mal de la cabeza, es imbécil o ambas cosas. Pero tampoco con quienes se quieren pasar de listos.

Jamás dejaron de dar por culo Jung, la secta de Gurdjieff y el Jodorowsky... y al final aprendí a vivir con ellos, incluso a veces fueron mis amigos y mis compañeros de fatigas, porque no hay peor ciego que el que no quiere ver, peor aprendiz que un bobo, y mi chica no se enteraba de nada de lo que querían decir estos señores, porque a ratos era superinteligente y en otros se sorprendía por el final de Tarzán. Sin embargo, he de reconocer que me encantaba que me los leyera en los viajes que hacíamos por carretera.

Y es que, a pesar de todo, de todas las peleas y del rumbo que estas tomaban de vez en cuando, seguimos yéndonos a todas partes: Acapulco, donde una famosa revista nos invitó a su fiesta y pudimos saludar a una cantante que a mi Orna le encantaba (no solo musicalmente, todo hay que decirlo); o a los premios de la música, donde nos dimos cuenta de que mi mujer también se estaba convirtiendo en una estrella, en alguien que empezaba a tener presencia propia... (¡Hasta me estaba empezando a opacar!)

Hubo un día en que se puso un vestido amarillo deprisa y corriendo en la parte de atrás de nuestra camioneta (llegábamos tarde, para variar) y no le dio tiempo ni para peinarse ni para maquillarse. Pues, justamente en esa ocasión, la revista social más importante de todos los tiempos la sacó junto a las más grandes como una de las mejor vestidas. Y es que, en verdad, esa noche, con el viento que movía su vestido de gasa en la misma dirección que su pelo en las fotos, estaba impresionante. No imaginan cómo me alegré al ver a mi mujer convertida, por un momento, en una de las más bellas de México.

En esa época visitamos también Tulum, donde Ruiz de la Prada nos regaló un neceser que nunca dejamos de utilizar, donde me atreví a llevar minifalda en toda la agenda de eventos del festival, donde bailamos, donde reímos como siempre, donde disfrutamos de nuevo, donde nos alojaron en una cabaña impresionante frente al mar, donde empecé a perderlo todo, tal y como el vidente me había vaticinado («cuidado», me había dicho).

Y fue entonces cuando no tuve cuidado con mi collar y, en un momento en el que caminábamos solas por la arena de la playa, una ramita se deslizó como una serpiente por mi cuello, al pasar por la vegetación, y nunca volví a ver mi citrino, mi zafiro, mi rubí, mi esmeralda o mi tortuga de jade. Aquello fue un mal augurio de lo que iba a venir.

Nuestras peleas se hacían cada vez más constantes y violentas, la convivencia oscilaba entre el amor más intenso y el desasosiego más tenebroso.

«¿Con quién estás hablando?, ¿por qué?, ¿quién te manda mensajes?, estabas en línea cuando he bajado al gimnasio…».

«A ver, amor, ¡perdón! Te pedí que me comprendieras, estoy molesta, pero quiero que estemos bien. Apoyémonos, ¿ok? No dejemos que la maldad gane, ¿te parece bien, amor?».

En el hogar, yo siempre he estado acostumbrada a cierta disciplina a la hora de hacer las tareas o de recoger lo que se ensucia y, sobre todo, a un respeto por los horarios y los tiempos de la otra persona. Pero, para ella, las cosas se ve que funcionaban de otra manera.

Yo fui asumiendo, poco a poco, todas las tareas del hogar, y no me importaba en absoluto atenderla y hacerle la comida o tener la casa en condiciones. Me hacía una ilusión tremenda cada vez que, a través del pasillo que conducía a nuestro departamento, escuchaba sus pasos, sus reconocibles tacones, y su llave abrir la puerta para fundirnos en un gran beso de amor. Ella, sin embargo, era una mujer que había pasado demasiado tiempo a lo salvaje…, sin nadie que se atreviera a plantarle cara (algo que nunca soportó que yo hiciera). Así que la mayoría de nuestros disgustos provenían de mis reclamos a la hora de no ir cumpliendo unas pequeñas normas que yo tenía asimiladas, pero ella no.

Llegaba, abría un paquete de galletas y le daba igual llenarlo todo de migas aun habiendo visto que acababa de barrer; iba dejando las cáscaras, los botes, los vasos, la comida y los papeles esparcidos por toda la casa, y creo que lo insoportable de esa situación empezaba a pesar más que los celos que ambos teníamos.

De todos modos, si había algo que yo no soportaba, es que me dijera que fuera preparando la cena, que llegaría en unos minutos, y que apareciera al cabo de las horas, argumentando que se había encontrado con una amiga y se le había pasado avisarme que tomarían algo juntas. Así día tras día, noche tras noche, hasta que, obviamente, una se cansa de ser pendeja y termina estampando el arroz recalentado contra la pared. Y acaba, para colmo, recibiendo un golpe en las costillas. Y es que mi Orna no se cortaba, no medía, no entendía que en una discusión (menos con alguien que se quiere) no se puede ir a matar, no se puede ir sin medida a hacer daño.

Pero bueno, poco a poco nos fuimos adaptando y, si algo bueno tenían esas rencillas, era verla aparecer en la oscuridad, desde el sofá donde me iba a dormir, en la planta de abajo, y gritarme en la madrugada: «¡Bola, ya!»; algo que, junto al dolor de riñones que me causaba la improvisada cama, hacía irresistible el subir las escaleras y abrazarla.

Mientras realizaba la serie, seguí creando. Decidí ponerme las pilas con el guion que había dejado abandonado y terminé el precioso texto cinematográfico, que sentía que podría ser un éxito de taquilla si se llegaba a concretar. Todo ello lo hice acompañado por ella, pues me encantaba que se involucrara como lo hacía, con el entusiasmo que ponía a todo lo que emprendíamos. Me encantaba crear con ella, crear junto a ella, imaginar y concretar cientos de cosas que volaban en mi cabeza y que Orna ayudaba a que tomaran forma.

Sin embargo, como ya he dicho antes, todo era muy emocionante al principio, pero rápidamente se nos olvidaba y nos poníamos a otra cosa, lo que hacía que algo que en un principio era muy potente se quedara en nada.

Y no hay nada como meter a familiares trabajando para una para que las cosas no funcionen o dejen de hacerlo. No dábamos en el clavo con nadie en la empresa y pusimos a una horrible prima suya que, al final, cuando le dimos las gracias, tras darnos cuenta de que no hacía ni el huevo, nos deseó todos los males posibles (sobre todo a mí). Supongo que cuando se entere de mi suicidio hará algún tipo de celebración especial. ¡¿Qué se le va a hacer?!

Siempre he sido una defensora de lo justo y nunca me callé ante nadie si sabía que tenía la razón, creo que ya se lo he contado. Eso me ha provocado ciertos problemas que rozan el ridículo, como la vez que, al salir de un avión, la señora de atrás no paraba de empujar y de querer colarse para salir antes, hasta que me harté y me planté en medio del pasillo impidiéndole cualquier movimiento y dejando pasar a todas las personas que había delante.

La señora, ni corta ni perezosa, se puso a insultarme, y yo, amablemente, intenté explicarle que no tenía razón y que debía guardar un orden, algo que le dio muchísima rabia. Al salir de la recogida de las maletas, encontré un par de agentes que me pararon. Les pregunté que qué estaban haciendo y me respondieron que debía acompañarlos porque había estado acosando a una señora, a lo cual, en primera instancia, me reí y les dije que no los iba a seguir a ningún sitio porque una loca les hubiera mentido por despecho, y que lo único que había hecho era impedir que se colara. Pero los guardias, en especial uno bastante irrazonable, se estaban propasando y yo estaba a punto de perder la paciencia y empezaba a elevar mi tono de voz (algo que irritó todavía más al tipo). Le dije que no atendía ninguna estupidez, que tenía prisa y me estaba reteniendo injustamente, que si alguien tenía algo contra mí, que fuera a ponerme una denuncia. Y en esto apareció la susodicha espetando que era un extranjero que la había insultado y que debían corregirme. Ya no podía más, así que perdí los estribos y vi que el policía abusivo tenía las manos en las esposas para ponérmelas… ¡Menos mal que apareció una señora que viajaba con nosotras y que se había percatado de la situación y les gritó a los guardias que yo tenía razón! ¡Ufff!

Tomé mis maletas y me di media vuelta rumbo a mi Uber, no sin antes retar a los agentes y a la señora a que me retuvieran, y a advertirles que lo mismo quien ponía la denuncia era yo. Se quedaron boquiabiertos viéndome marchar. Pero es que así actúan muchos polis: en vez de intermediar en una situación conflictiva que desconocen, acusan sin pruebas y toman parte subjetivamente (fijándose principalmente en la etnia y el sexo).

Pero si hay algo de aquella época que nunca comprendí cómo llegó a pasar, fue en una de nuestras numerosas llegadas por la carretera que unía Cuautla del Valle con el antiguo DF y, en cuyas entradas y salidas, los conductores formaban atascos al intentar colarse todos por cualquier medio (eso de intentar saltarse las filas es un problema que he detectado aquí hasta en las abuelitas en los bancos).

Yo siempre he respetado las normas de tráfico y aquí, en México, no podía ser de otra manera. Aunque en alguna ocasión esto llegara a provocar una confrontación con la policía, como la vez que quise tomar una glorieta en el sentido correcto, mientras todos lo hacían como les salía de los huevos (me refiero a la glorieta de la Diana Cazadora en pleno paseo de la Reforma, donde me planté hasta que los federales me pidieron el favor de que me fuera). Aquello fue increíble, pero entendí el problema del tráfico cuando fui a convalidar mi licencia europea para manejar autos y la señorita del mostrador me comentó que no hacía falta que le mostrase nada, que para sacarme el carnet únicamente tenía que llevarles un recibo de la luz o del gas y pagar seiscientos pesos.

Ese fue el momento exacto en el que dejé de extrañarme cuando intentaban atropellarme en los pasos de peatones, como en otra ocasión me ocurrió, o cuando los que se paraban para ceder el paso eran los vehículos que estaban circulando por una rotonda, y no los que iban a incorporarse a ella.

Aun así, intenté seguir con mi corrección, fiel a mis más de veinte años de experiencia al volante. De lo que sí terminé desistiendo es de poner el intermitente para avisar que vas a realizar un movimiento de incorporación a derecha o izquierda, porque el de atrás, lejos de facilitarte la maniobra, acelerará para rebasarte y ponerse delante.

En una ocasión lo hice, puse mi direccional y el coche de atrás aceleró, a lo cual yo aceleré más y me coloqué por delante. A partir de ahí, empezó una locura que me sigue sorprendiendo hoy día.

Un poco más adelante había una retención y yo (como es costumbre en mi país, con el que se pasa de listo queriendo ir más rápido) pisé en reiteradas ocasiones el freno para reducirle la velocidad.

Todo iba bien hasta que nos paramos; entonces bajó del vehículo un señor medio regordete con muy malas pulgas y comenzó a insultarme e intentar abrir la puerta de nuestra camioneta; no le hicimos ni caso y eso le enfureció aún más. Cuando arrancamos, aceleró y empotró su coche contra el nuestro rompiendo a propósito su frontal. Volvió a bajarse y a espetarnos que nos bajáramos de nuestro coche, esta vez acompañado del copiloto.

Tras unos cuantos insultos xenófobos por mi nacionalidad y decirnos que le habíamos roto el carro (lo que «oyen»…), me harté y le dije que nos dejara en paz; que, por si no conocía las normas de tráfico, el que da por detrás siempre tiene la culpa, ya que debe guardar la correspondiente distancia de seguridad por si el vehículo a la cabeza ha de frenar por cualquier imprevisto. Le dije que no nos íbamos a bajar, que a nuestro coche no le había hecho nada y que no íbamos a llamar a ningún seguro.

Arrancamos de nuevo y nos fuimos lo más rápido que pudimos, porque ya se estaba empezando a poner el asunto sospechoso y Orna histérica.

Los hombres se montaron en su carro y comenzaron a perseguirnos por toda la ciudad. Entonces, en un semáforo, atravesaron su coche delante y el conductor sacó una pistola diciendo que era policía y que nos bajáramos, a lo que respondí con una maniobra de escape hasta llegar a unos policías de verdad que patrullaban en otra esquina. Les dije: «Por favor, hay un loco que nos está persiguiendo con una pistola», y justo en ese momento llegó el zumbado y empezó a decirles una sarta de mentiras a las que nosotras no dábamos crédito, cosa que parece que sí hicieron los tarados de los agentes, que se limitaron a decirnos que llamáramos al seguro.

Ahí estaba el tipo que no levantaba ni metro y medio del suelo gritando como un loco e insultando y al final abrí la puerta de nuestro coche y, ante su asombro, me bajé y le grité: «¡¿Qué coño quieres?!, ¿que te pida perdón por ser extranjero y por haberte pisado el freno por no dejarme pasar cuando puse la direccional?¡Pues perdoooooooón!». El hombre me dio la mano, se metió en su coche y se marchó…, pero (aquí viene lo fuerte, agárrense), según iba manejando, le veo que se pega a mi derecha, baja su ventanilla y me dice: «Perdona, ¿puedes pararte un momento para que nos hagamos una foto contigo y nos des un autógrafo?». Sin palabras.

ELECCIONES

Se acercaba el final del año y de nuevo tenía que regresar con mi hija para su cumpleaños e intentar pasar el mayor tiempo con ella en las fiestas, lo que generó nuevos conflictos en nuestra convivencia. Nos queríamos más que nunca y yo no deseaba que nadie sufriera, pero no podía dejar a mi hija sola en esas fechas y las cosas no estaban del todo bien todavía como para que Orna viniera conmigo a Madrid (aún tenía que cerrar las cosas con mi mujer y aclarar de una vez a mi familia que amaba a otra persona).

*   *   *

Me equivoqué con algunas personas pensando que el tiempo las cambiaría, pero el tiempo no cambia nada para mejor. No hay más que observar a un niño, que nace puro y, poco a poco, va adquiriendo vicios que reafirman su ego hasta el final de sus días.

La Humanidad poco ha cambiado a través de los siglos. Muchas herramientas nuevas, poco más.

El tiempo no hace mejorar, destruye. Y, en el mejor de los casos, hace trascender a quienes rompen su barrera.

Quizá quienes logran librarse del tiempo puedan regresar al principio de estos, donde solo existía la creación.

Por ello puede que el amor tan solo resida en la locura del arte, que corta orejas que sobrepasan los tiempos.

Me rindo ante este homo sapiens *que crea herramientas para más tarde destruirse con ellas.*

Me rindo, porque el tiempo no cura, solo tapa las heridas, para que no veas cómo te están destruyendo.

Me rindo porque el tiempo cambia la creación por destrucción, hasta que se para y vuelve a contar el reloj.

*   *   *

Orna estaba obsesionada con presentarse a la alcaldía de su municipio y se metió de lleno a hacer campaña para ello. A mí me parecía una idea un tanto descabellada y peligrosa que no estaba acorde a todo lo que ella podía darle a su partido como política ni en imagen, pero era su decisión. Así que comenzó una competencia feroz con el contrincante más fuerte, un hombre poderoso que había sido su mentor, el Chan le llamaban.

El Chan era un tipo que se manejaba perfectamente en el mundo de los abusos, las influencias y el poder, y por ningún motivo iba a dejar pasar la oportunidad de seguir llenándose los bolsillos con las arcas de los ciudadanos.

Ella estaba atravesando un momento de gran tensión y admito que el que me fuera de nuevo sin ella no le convenía en ese momento, pero su agresividad contra mi familia, en especial contra la madre de mi hija, y su violencia en general nos llevaron a un abismo; algo que terminaría provocando la chispa que me ha llevado a colgarme hoy del condenado barandal. Y es que, en su afán de llamar la atención para que no me fuera, me propinó la primera paliza, de muchas que siguieron, y después intentó suicidarse (o por lo menos hizo un *show* sobre ello, que desgraciadamente me dio la idea de cómo llegar a donde estoy ahora… ¡Maldita la hora, la verdad!).

Yo nunca quise, por mucho que mi cuerpo se revolviera e intentara defenderse, hacerle daño. Sabía que, si se la devolvía y le ponía la mano encima, la perjudicada iba a ser yo. ¿Cuántos habrían creído a un hombre —eso era yo para todos— que dijera que su mujer le maltrataba? Por otro lado, sus familiares no habrían tardado ni dos minutos en venir con la policía a detenerme; así que, por mucho que me costara controlar mis impulsos cuando me agredía, siempre lo hice y lo único que le provocaba eran daños por agarrarla para que se estuviera quieta o al intentar parar sus golpes.

En aquella ocasión, afortunadamente, logré tranquilizarla y convencerla de que no hiciera ninguna tontería. Le prometí que las cosas iban a tomar otro camino y, efectivamente, cuando regresé a México las cosas habían cambiado totalmente: yo estaba convencida de que ella era la mujer de mi vida, y así se lo expresé al pedirle que ese año hiciéramos un viaje ella y yo con mi hija.

También, nada más llegar, en una bonita ceremonia en un centro budista, recibimos las dos nuestro Gohonzon, un pergamino con caracteres chinos que se entroniza en un altar para ayudar a los practicantes a enfocarse en el proceso de percibir y hacer surgir la condición más alta de vida posible. Así lo hicimos en un pequeño espacio a los pies de nuestra cama.

Todos los días realizábamos nuestro ritual budista con pasión y las dos orábamos la una por la otra; yo quería lo mejor para ella y sabía que *Nam-myoho-renge-kyo* nunca fallaba.

Acudíamos, por aquel entonces, a todo tipo de eventos políticos para que ella ganara puntos y que el gobernador la eligiera como candidata por su partido. Desde una cabalgata en la que casi me explotan los ojos por mi alergia a los caballos, a comidas, idas y venidas con todo el que podíamos para recabar apoyos y, cómo no, pasando por las típicas actividades multitudinarias de «ra, ra, ra» en las que me convencía para que le hiciera las veces de fotógrafa o de secretaria. Aunque siempre terminara liándola con el pobre Tío Relojes, que ya no sabía dónde meterse cada que me veía.

Uno de los días que ejercí la profesión de fotógrafa era en un evento en la sede repleto de mujeres de mediana edad, justo las señoras que por aquel entonces me tenían más fichada por el personaje de la novela *hit* del momento. Ni la oscuridad, ni la gorra que llevaba, impidieron a un grupo de féminas localizarme mientras estaba infiltrada entre ellas haciéndole unas fotografías fantásticas a mi pareja. Y ya saben, en cuanto una te pide una foto, ¡ZAS!, te puedes poner como te pongas, que se acabó lo que se daba.

Intenté huir y escabullirme sigilosamente, pero en menos que canta un gallo estaba rodeada por toda una serie de damas que me toqueteaban mientras me requerían autógrafos, fotos y besos. Obvio: desde el escenario comenzaron a ver cómo una bola de mujeres se desplazaba de un lado al otro y, de nuevo, interrumpía las palabras de mi querido Tío Relojes, lo cual alertó a los guardias de seguridad (otra vez, sí).

La cosa llegó a tal grado que me derribaron entre todas. ¡Nunca me he alegrado tanto de que un guarda de seguridad me diera la mano y me rescatara! Me llevaron al fondo del escenario y jamás volví a evento alguno donde El Relojes tuviera que hablarle a la gente.

También, por aquel entonces teníamos mucha amistad con un tipo que era un gran relaciones públicas, un señor a cuyo cumpleaños llegaban los máximos mandatarios del país en helicóptero, que se había comprado una hacienda con iglesia incluida y a quien le encantaba organizar fiestas en ella. A mí me caía muy bien, tanto como el embajador de mi país y su mujer; muy buena gente con la que coincidíamos en eventos y sobre todo en la fiesta de la Hispanidad (que a mí me llegó a poner los pelos de punta al darme cuenta de cómo me afectaba escuchar el himno de mi país, algo que nunca había ocurrido antes, al estar tan lejos de casa).

Para ellos yo era como un juguete al que mostraban incansablemente a sus amigos para que se fotografiaran conmigo, algo que, la verdad, aunque te haga sentir como un mono de feria a veces, a mí no me disgustaba.

Nosotras seguíamos a nuestro rollo, con estrenos y eventos, donde convivíamos con estrellas mexicanas y hollywoodienses, que compaginábamos con nuestros trabajos y con el afán por la alcaldía (algo que ya estaba empezando a afectarme, porque se sucedían las llamadas a altas horas de la noche; llamadas para hacer reportes que al final siempre acababan en chismes que lo único que hacían era sacarla de onda).

Fuera como fuera, nuestra vida ya empezaba a ser la de dos mujeres que se querían como locas en casa y la de una pareja heterosexual preciosa y envidiada en la calle.

De vez en cuando yo le regalaba alguna revista de chicas desnudas para que se excitara mirando buenos pares de tetas y también recurríamos a vídeos porno que encontrábamos en internet. La verdad es que teníamos una actividad sexual muy fuerte, las dos nos compaginábamos perfectamente y ninguna se había sentido tan libre antes con otra persona, y eso se notaba porque nos llenábamos cada vez que hacíamos el amor, era un alimento para nuestro cuerpo y nuestra alma que nos hacía mucho más fuertes fuera. Y, aunque seguían nuestras horribles peleas por los horarios, la convivencia o por no querer soltar nada, nos amábamos con locura.

Comprendo que le sentara mal que una revista nos sacara un titular en el que decía que tenía dos mujeres, comprendo que le sentara mal que le comprara un pijama a ella y otro igual para regalarle a mi mujer, que se merecía todo por cómo estaba cuidando a mi hija y cómo se estaba comportando conmigo y con Orna, de forma tan cordial. Eran cosas que no hacía a propósito, pero que le molestaban demasiado y mermaban nuestra relación, casi tanto como las que hacía Orna.

«No tienes la menor idea de lo que siento por el simple hecho de que no estés conmigo. Mis reacciones sí son de una persona que está loca, pero, como te lo he repetido millones de veces, SI NO TE AMARA, esto no me sucedería.

Creo que hemos llegado demasiado lejos, hemos llegado al extremo de falta de respeto, insultos, invasión de la intimidad, mentiras, berrinches, luchas de poder, caprichos y demás.

Te amo como no te imaginas. El sufrimiento y la felicidad que he tenido contigo son precisamente producto del amor que te tengo. Mis arranques también lo son, pero creo que esto ya lo sabes».

Había encontrado mi alma gemela, el amor de mi vida, y la estaba dejando escapar porque seguíamos sin comprendernos ni acomodarnos, seguíamos sin encontrar algo que nos uniera físicamente para siempre, al igual que lo habían encontrado nuestras almas.

A pesar de todo, ella me encantaba y había ocasiones en que no podía creer que fuera tan fantástica y que me incitara tanto a crear, era mi musa.

Recuerdo con risas el día que me presentó a un amigo que había autopublicado un libro con bastante éxito y me animó a hacer lo mismo.

Orna siempre miraba por su futuro (por *nuestro* futuro), quería que tuviéramos muchas fuentes de ingresos y confiaba mucho en mí y en mi creatividad (¡nunca había tenido a nadie tan cerca que prácticamente me obligara a crear, a sacar toda la magia que llevaba dentro y a ponerla a disposición del mundo!). Lo que ella no entendía ni por asomo es que yo, como todo artista que se precie, nunca buscaba el dinero en lo que hacía, tan solo satisfacción personal.

*   *   *

Escucho las mismas palabras de gente diferente muchas veces: «Tú has vivido muchas cosas que yo no».

Mucha gente quiere vida de artista sin siquiera poder hacer un trazo en un papel.

Para vivir como un artista, lo primero, hay que tener arte; lo segundo, sentir.

Odio lo básicos que somos los seres humanos, pero prefiero quedarme con el amor que les tengo.

Odio lo simples que somos, cómo copiamos patrones y programas sin darnos cuenta, sin saber lo grande que la vida nos ha dado.

Si culo veo, culo quiero… Aunque no sepa ni qué hacer con el culo.

*   *   *

«Tienes que escribir un libro, a Paquito le llegan regalías de mucho dinero», me dijo ilusionada; incluso me echó las cuentas de cuánto podríamos ganar con ello.

No era la primera persona que me pedía que escribiera, mis publicaciones en las redes eran muy comentadas y seguidas por muchos, también mi amiga Miriam me había pedido en numerosas ocasiones que pusiera en marcha mi talento a la hora de expresar mis ideas. Pero hasta entonces me había faltado el impulso de la persona que amaba y compartía su vida conmigo para ponerme a la tarea, y me puse.

Quería volver a dejar algo que sirviera a los demás, algo de mí, así que se me ocurrió escribir un libro que hablara de lo que mejor conocía, el ser humano.

Todos los días dedicaba varias horas a escribir y a diseñar las ilustraciones. Y, aunque gran parte del trabajo ya lo tenía hecho por tantas y tantas disquisiciones escritas anteriormente, fue una tarea dura, que se simplificó gracias a nuestra computadora Mac, que me había regalado para la empresa y para casa. Y la verdad, una pantalla de 27" te facilita mucho las cosas; me encantaba ponerme a trabajar en la mesita que teníamos instalada en la parte de arriba a modo de despacho y a ella le encantaba verme allí cuando subía las escaleras para darme un besito y seguir con sus cosas.

La amaba, la amaba, la amaba. A su lado, era mucho más feliz de lo que ella se imaginaba.

Me encantaba verla desde la cama por las noches, en el vestidor frente a nuestro cuarto, observar cómo se cambiaba para acostarse, cómo se lavaba los dientes a través del espejo, cómo me miraba, con qué cariño y cómo entraba a la cama a abrazarme y besarme con un amor inmenso. Me gustaban nuestras conversaciones en el baño mientras ella se duchaba y yo la miraba, enamorada de cada poro de su cuerpo, de cada movimiento, de cada vez que pasaba su trapito a modo de esponja por sus partes. Era impresionante lo que sentíamos la una por la otra. Cómo se iluminaba todo donde quiera que fuéramos del brillo que desprendía nuestro amor.

*   *   *

Cuando se juntan dos estrellas y se ponen a brillar, a muchos les duelen los ojos.

Cuanto más brillan las estrellas, más oscura es la noche, más oscuro es lo que hay alrededor.

Lo oscuro no soporta la luz y tiene fieles aliados; la niebla siempre sabe por qué rendija tiene que colarse para opacar el sol.

Poco a poco, la neblina se va filtrando por el viento que sopla; poco a poco, el silbido del viento, provocado por quienes se mueven como locos al no ver, se hace más constante y empaña la luz. Así, también poco a poco, la luz se va apagando, mirando para otro lado, donde el viento no sople tan fuerte.

Cuando se juntan dos estrellas que brillan tanto hay que tener cuidado con cegar, a sí mismas y a las demás.

Hay que tener cuidado porque los bichos van a la luz, el silbido del viento ensordece las almas, la neblina oscurece alrededor y lo blanco ciega por dentro.

Hay que saber ser antes de ser, para poder brillar e iluminar la vida sin que nada la ensombrezca.

Dos estrellas que se juntan para brillar más, si no saben dar luz, al final serán un gran agujero negro.

Los agujeros negros no molestan a lo sombrío; la luz, sí.

Por eso las sombras, cuanta más luz ven, más negras se vuelven.

*   *   *

Cuántas envidias despertábamos, sobre todo en su contrincante para la presidencia municipal. El tipo hizo de todo para ser él: habló, amenazó, quedó, pactó. Estaba claro que Orna no podía competir a esos niveles (de podredumbre), pero no entendía por qué yo le pedía que se preocupara por otro tipo de cargo (podrían incluso matar por él). Le repetí un millón de veces que venían cosas mucho mejores para ella, pero no pudo asimilar que le dieran la posibilidad al mismo tipo que había robado a medio pueblo, en vez de a ella. ¿Qué se podía esperar si el que tenía que dar el OK era alguien con una colección de Lamborghini que ni el príncipe de Arabia Saudí se habría podido permitir?

Está claro que, por mucho dinero que uno tenga, no consigue ciertas extravagancias si no es por llegar a algún tipo de acuerdo, más o menos oscuro, con mucha gente y a lo largo de muchos años.

Palcos en la Fórmula 1, sobres, tráfico de influencias, uso de cargos públicos para favorecer empresas, contrataciones familiares, cobro de sueldos a disposición de un grupo, impago de impuestos, dinero en B, no declaración de compra de bienes, uso de asociación para fines políticos, abuso de niños para campañas electorales... Muchas de esas técnicas se llevan usando desde la Antigüedad en diferentes países, pero en este era una cosa que ya clamaba al cielo, y ella estaba empezando a aplicar algunos de esos conocimientos que se aprenden, aunque uno no quiera, cuando se pasan muchas horas con determinado tipo de elementos.

Yo me enfadaba mucho con Orna por muchas de estas cuestiones y, obvio, a ella no le gustaba nada que le recriminara, aunque la pobre nunca fuera con malicia o por beneficiarse, que la política era algo más que pasase de un cargo al otro.

Quizá muchas de las cosas que hacía no las veía como delito, porque, comparadas con las que hacían los que estaban por encima de ella, no eran nada.

*   *   *

La mala hierba al principio crece como las demás, es verde y no tiene peligro, pero a medida que va chupando el agua de la tierra van surgiendo de ella el veneno y los afilados pinchos.

La misma agua y la misma tierra en algunas plantas da flores y en otras, espinas.

Así es la naturaleza de las plantas, la diferencia es que nosotros podemos elegir si damos una u otra cosa.

*   *   *

Algunas de las cosas que hacía Orna, por ejemplo, era colocar a familiares o pedir que los colocasen en alguna instancia gubernamental, algo que a mí me parecía que no era ético; tener una asociación para ayudar a los más desfavorecidos, pero que servía mucho más de plataforma personal o partidista y dejaba la poca ayuda sin validez, o cobrar sobres y sobres de apoyos que jamás se declaraban. Todo no valía y no podía evitar el enfrentamiento al explicarle que eso que no le parecía nada estaba tipificado igualmente como delito.

Cuando le dijeron que el designado era el otro candidato, pasaron varias cosas que a mí me alucinaron.

En primer lugar, eché cuentas y me puse a pensar cómo era posible que los candidatos gastaran millones y millones de pesos para postularse o hacer campaña si, sumando las cantidades de lo gastado, jamás las iban a recuperar juntando todos los años de mandato. No era posible si no es porque sabían que en el cargo había un beneficio oculto que les iba a permitir seguir comprándose casas y coches de alta gama.

Tampoco me gustó algo que hizo ella, aunque tampoco le habían dejado muchas opciones.

Le ofrecieron una diputación a cambio del disgusto (eso significa que te den un cargo en el ayuntamiento y que cobres una pasta), pero ella no podía «rebajarse» a ese puesto y tampoco podía poner a ninguno de sus familiares, porque su grupo se le iba a echar encima, así que se le ocurrió la fenomenal idea de poner a su antigua secretaria, a quien habíamos dado las gracias de nuestra empresa por no hacer nada en ese puesto. La genial idea nos estuvo dando por culo durante más de un año. En realidad ella quería hacer un bien, pero con otra ilegalidad, como siempre; se creía una especie de Robin Hood para todos sus amigos, familiares y colaboradores, a los que ayudaba constantemente como podía. Hasta aquí nada malo, era loable y yo admiraba cómo ella tiraba de un grupo tan grande, cómo tenía la fuerza y la capacidad de arrastrarlos a todos. Lo que no me gustaba es que no se diera cuenta de cierto tipo de cosas ni de que los estaba utilizando para su propio beneficio. Usaba a la gente, a todos, y eso no me gustaba nada, y evidentemente eso le generaba más de un disgusto.

Tenía a su primo machacado como chófer; a su amigo, al que tenía explotado por cuatro pesos; a su otro amigo; a su exnovio, que le hacía los deberes para sus diplomados, a su vecino… y hasta a mí, ¡si llegó incluso a darme un apoyo ensobrado en las ocasiones en las que no me iba muy bien en el trabajo!

No tenía malas intenciones, pero hacía sentir a todos como sus esclavos. Yo recibía y ya tenía que estar a su merced o, si pagaba un mes la renta, me lo estaba echando en cara durante cuatro semanas y, la verdad, yo a veces ya lo hacía aposta para que no fuera tan roñosa y déspota, pero no me sirvió de mucho.

He dicho que nos costó dolores de cabeza durante un año el poner a la secretaria en el cargo de Cuautla del Valle, porque la susodicha se hizo la pendeja.

Mi Orna y sus secuaces habían diseñado un plan en el que la chica debía donar el sesenta por ciento de su sueldo a la asociación y con ello pagar a todos los que trabajaban en ella. Como ven, no es que lo quisiera para beneficio propio, por eso digo que sus delitos eran como los de Robín de los Bosques, pero con un beneficio encubierto, quizá el sentirse como la reina que domina a un pueblo, señalando con el pulgar quién va a la mazmorra y quién es su más fiel aliado, y, obvio, eso lo sabían muchos y muchos le lamían el trasero más de lo debido, hasta que se vengaban, como le pasó con esta muchacha.

La tipa se vio con una pasta y, aunque le iba a quedar un muy buen sueldo por no hacer nada, aun quedándose solo con el cuarenta por ciento de la asignación, dijo: «¿Saben qué?, todo para mí». Fueron días horribles, días y días de no dormir, que, añadidos a su no postulación y a mi insomnio producido por la lejanía de mi familia, eran insoportables. Días de llamadas, de amenazas e insultos. Así hasta que consiguieron llegar a un acuerdo con la pava, se tranquilizó y donó.

Pero lo peor para mí fue cuando quedamos con una amiguita suya en el Chyvis, un restaurante de comida mexicana muy famoso. Esta amiga suya, al parecer, tenía una crisis nerviosa: a ella sí le habían dejado que se presentase a las elecciones de otro pueblo, pero en el recuento iba perdiendo y no sabía qué hacer, así que Orna, siempre fiel, acudió a consolarla.

* * *

Existen varias clases de políticos, los de las estrategias, estadísticas e informes estúpidos e infantiles y los de las estrategias, estadísticas e informes mafiosos y perversos.

Imaginen qué ocurre cuando se combina la falta de inteligencia y madurez con el ansia de conseguir lo que sea a cualquier precio, la perversión con lo infantil. Estamos dejando que nazcan nuevos pederastas poblacionales, gente que viola los derechos de la población porque la consideran tan tonta como a un niño. Gente que, siendo niños, juegan con los recursos de la población como si fueran playmobils. Mafiosos metidos a salvadores, con el dinero de la gente.

De otro lado están los políticos narcisistas, a los que les gusta salir únicamente en las noticias para que vean lo guapos que son, y también los políticos pendejos, que son los que creen que van a arreglar el mundo. Con estos, lo que dejamos es que los recursos del pueblo vayan a manos de Channel o de una organización no gubernamental que, aparte de ayudar a las ballenas, llena las tripas, al final, de otras ballenas terrestres.

Dentro de lo que cabe, estos últimos son los menos peligrosos, los unos porque no tienen tiempo de hacer maldades mirándose el ombligo, y los otros porque, hasta que se dan cuenta de que salvar el mundo era una utopía y que están más ricos los camarones comidos que liberados, pasan muchos años, y la población marítima se lo agradece.

Por último, están los políticos vocacionales, de carrera, y los humanos, los de verdad, los genios.

Los de carrera son como un médico al que le importa bien poco la vida de sus pacientes y que a lo único que va es a subir puestos, de becario a enfermero, de enfermero a doctor, sin más interés que ver hasta dónde se llega y qué se consigue, como si fuera un juego.

Los genios, los humanos, los verdaderos…, de esos, la verdad, hay muy pocos, porque las diferentes combinaciones de los demás anulan cualquier tipo de genialidad que pudiera surgir.

Dicho así puede parecer que la política, en vez de ser una sopa para que la mayoría coma algo, sea un caldo de cultivo para todo tipo de profesionales de no hacer nada aunque parezca que hacen algo, cuando lo único que hacen es estropearlo todo aún más.

*   *   *

Yo la estaba esperando fuera a que terminase, pero me pidieron que pasara y me senté con ellas. Viendo la cara de la amiga, pensé: «Menos mal que no le dieron la candidatura a Orna, no me imagino lo insoportables que habrían sido esos momentos». Sin embargo, en medio de esos pensamientos, ocurrió lo que más me había impactado en todo el tiempo que llevaba inmersa en la política desde fuera: la amiga comenzó una conversación por el celular, a gritos, en la que, ni corta ni perezosa, le dijo a su mandado que le ofreciera lo que quisiera al que llevaba las urnas, al que contaba las papeletas y al que custodiaba los votos.

Ahí fue cuando entendí exactamente cómo se las gastaban los políticos en este país, cómo se manejaban las cosas... Ninguno de los guiones de las series en las que había participado me había impresionado tanto, por muy exagerados que fueran, pero esto era la realidad, lo que estaba viviendo era real... ¡Estaba delante de una señora que estaba intentando comprar unas elecciones! ¡Trágame, tierra!

AVIÓN

Hay que tener cuidado con los que pretenden ganar a toda costa, con los tramposos.

El ajedrez es un juego limpio, donde los jugadores ven las fichas y la partida, donde cada uno las mueve al ritmo de su inteligencia.

Tanto en la vida como en el ajedrez, hay que tener cuidado con la gente que no es inteligente, porque, lejos de aprender de la partida para acumular experiencia, lo que hacen es cambiar las fichas en cuanto el otro jugador se da la vuelta. Amablemente te piden un vaso de agua mientras colocan el alfil donde estaba la reina, y ya te han jodido si no te das cuenta.

Así es la gente que pretende salir ganando a toda costa, en la vida y en el ajedrez; te das la vuelta pensando que juegan como tú, limpiamente, y, cuando le llevas el vaso de agua, no tienes ni mesa dónde ponerlo porque se han llevado hasta el mantel, te quedas hasta sin casa.

Quienes no tienen inteligencia para jugar juegan sucio; porque quienes no son inteligentes pretenden ser listos. Lo que no saben es que lo que se gana sucio embarra y que el tufo que desprenden se acumula y los delata; lo que no saben es que no hay jabón que pueda blanquear lo que no se hace limpiamente y que los que hacen las cosas por detrás, ensuciando la vida, saldrán, como la basura, por detrás y al vertedero.

El ajedrez es algo noble, como la vida, y lo más bonito sería verlo como un aprendizaje, no como un juego.

* * *

Orna se partía el alma trabajando, pero para su partido, no para la gente, y eso me enfadaba mucho. Yo siempre he visto la política como una forma de ayudar a las personas, una manera de llevar los ideales a lo más alto y hacerlos efectivos, y en algunas ocasiones la veía con unas ganas terribles de hacerlo, pero al final no hacía nada, porque simplemente estaba metida en un sistema que le impedía salirse del tiesto, un sistema que trabaja para ganar elecciones, para tener el poder y, entre medias, repartir unas despensitas cuando convenía y tener todo más o menos estable para que la rueda siguiera girando.

Otras fórmulas para ganar votos de manera poco ortodoxa con las que me topé fueron la típica compra por «quinientos pesitos» a cambio de la foto de la papeleta en el celular, o las menos agresivas de ofrecer tarjetas o sueldos (que luego jamás se podían cobrar).

No podía soportar ya las llamadas y las reuniones para hablar de cargos y puestos; en ninguna se hablaba de hacer algo para mejorar la situación de habitante alguno, a no ser que estuvieran en periodo de elecciones, entonces, ahí sí, buscaban al pueblo.

Orna era una mujer con unas posibilidades inmensas de llegar muy alto; es más, no en balde, cuando la conocimos, mis amigos y yo la llamábamos «La Presidenta», no porque lo fuera, sino porque teníamos el presentimiento de que podría llegar a ser presidenta del país. Así se lo expresé en más de una ocasión, en ese periodo en el que estaba muy dolida y desencantada, tras su no postulación.

La animaba constantemente a que pensara que ella estaba ahí para algo más grande y delicado, que había mil puestos a los que podía optar y que eran mucho más afines a su personalidad, puestos en los que podría dar lo mejor de sí, tanto para su partido como para su gente. Poco a poco se fue convenciendo y las cosas se fueron acomodando. Era una niña con mucha suerte, porque era suplente de todos los cargos importantes, así que, cuando alguien dejaba el puesto unos meses antes de ocupar otro lugar, ella entraba a esa posición. Tuvo muy buenas experiencias gracias a ello y, de secretaria, pasó a presidenta del partido en Morelos, su región.

Seguíamos practicando todos los días el budismo de Nichiren Daishonin juntas y amándonos demasiado. Entonces llegó mi cumpleaños y me regaló unos pijamitas de una conocida marca de lencería que me encantaron.

Ella quería más y más conmigo, y yo también estaba dispuesta a ello (¡la quería con toda mi alma!), pero los tiempos que manejábamos eran muy diferentes.

Pronto le empezó a entrar el ansia que la naturaleza exige y comenzó a hablar sobre tener hijos conmigo. Ella ya sabía que me había sometido a una vasectomía y que era difícil, aunque no imposible.

Se estaban empezando a cumplir los vaticinios de mi mujer: «Llegará un momento en el que su cuerpo le pida tener hijos y, cuando se dé cuenta de que tú no se los vas a poder dar, acabará marchándose». Sin embargo, yo veía a Orna como a una mujer dedicada a su trabajo y con pretensiones de seguir profesionalizándose, no en el papel de ama de casa o de madre, no le pegaba para nada, así que hice caso omiso a sus profecías que, en un principio, vi como algo que venía más de un sentimiento de rabia que de advertencia.

Pero Orna no paró con el tema y decía cosas que me cabreaban profundamente, como por ejemplo que estaba dispuesta a acostarse con cualquiera para que le hiciera un hijo o a pedirle el favor a algún amigo, si llegaba el caso de que no pudiéramos nosotras. Y lo decía de una manera tan natural que las discusiones se mezclaban con nuestro amor demasiado habitualmente. Intentaba hacerla razonar, pero era imposible; en primer lugar, por cómo podría yo aceptar semejante extravagancia y convivir con ella como si nada, en segundo, por el padre, que seguramente reclamaría sus derechos en algún momento, y, en tercero, porque yo ya tenía la hija más bonita del mundo y no iba a consentir que los genes de nadie pasaran como míos.

La verdad es que todo ello fue calando en mí y en muchas ocasiones tuve la certeza de que un hijo nuestro podría ser una criatura de una belleza y salud incalculables, así que empecé a investigar sobre el asunto para valorar las posibilidades de volver a ser padre, pero no le dije nada.

En esa época surgió la posibilidad de diseñar un anillo para la fundación del hijo de Hugo Sánchez (recientemente fallecido, pobrecito). Para mí fue un orgullo y todo un placer colaborar con esa causa y me ilusionaba mucho, porque Hugo Sánchez, delantero del Real Madrid, había sido mi ídolo de pequeña y también más tarde, cuando lo conocí mientras trabajaba en los grandes almacenes y me ofreció ir a esas pruebas a las que no acudí nunca (todavía hoy no entiendo cómo mi madre me pudo prohibir que saliera de casa, cuando yo era ya una adolescente que hacía más o menos su vida..., pero así son las cosas). El caso es que ahora podía, de algún modo, devolverle aquel favor y no me lo creía, no me creía hasta dónde había podido llegar. Mi cabeza daba vueltas hacia el pasado y me parecía increíble que la vida diera tantos giros, tantas como para poner a una niñata que vendía productos en un departamento de un centro comercial durante las Navidades, a diseñar un anillo conmemorativo para una asociación de ayuda a los menores a través del deporte, asociación fundada por el hijo del goleador más grande de la Historia.

Orna se dedicó a las presentaciones y a hacer nuestra labor de empresa, y creo que fue una bonita colaboración.

Mientras tanto, tuve que regresar con mi hija, lo que de nuevo me costó unas cuantas peleas y algún que otro golpe. Desarrollábamos tanto amor como dolor a nuestro alrededor. Cada visita a Madrid suponía una nueva despedida de mi mujer mexicana, pero también una alegría por compartir momentos inolvidables con mi hija.

En esa ocasión me la llevé a un parque temático que habían remodelado recientemente y más tarde nos fuimos a la playa, a visitar a una amiga y compartir unos días en la boda de su hermano.

Me hizo gracia cuando Mar, entre risas, le explicó a su amiga que mi intención había sido mantener una relación con Orna y ella juntas, y la amiga, lejos de frenarla le animó a que lo hiciera. Y es que la mirada de la amiga lo dijo todo: «¿Por qué no estaré yo en su lugar?».

Por su parte, mi mujer española lo tenía cada vez más claro; había sufrido demasiado (y lo que le quedaba) y de lo único que tenía ganas ya era de que se solucionaran las cosas por las buenas, porque ella veía que yo realmente estaba enamorada de Orna y que nuestra relación iba para adelante.

No me fui de Madrid sin pedirle que viniera con nosotras y la niña al viaje que estábamos pensando hacer en verano, pero me dijo claramente que no.

*   *   *

Al llegar a México, continué con las grabaciones de la novela, que tuvieron su punto álgido el día que me mandaron en una avioneta junto a la protagonista en un avioncito no más grande que una camioneta, destino a Cozumel. Son las cosas especiales que tenía mi trabajo, así de inesperadas y de fantásticas.

Yo creía que en un *jet* privado se viajaría como un rey, pero nada más lejos de la realidad. Fue muy interesante y divertido grabar los planos, eso sí, pero una gran paliza hacerme seis horas metida en tal aparato. Sobre todo, cuando me entraron ganas de mear.

En el vuelo de regreso, no sabía dónde meterme ni cómo ponerme, tenía la vejiga a punto de reventar, miraba las latas y las botellas, pero no quería hacerlo delante de la gente, porque, entre cámaras y otros actores que se regresaron conmigo, el avión iba repleto. Intenté aguantar y aguantar hasta que aterrizamos, y entonces salí corriendo al baño saltándome cualquier tipo de control de seguridad. Al rato, me encontré con el piloto y me preguntó por qué no había levantado uno de los asientos que escondían lo que yo requería. Habría sido una salvación a mis dolores, lo admito, pero igualmente habría tenido que mostrar mis partes a quien no me apetecía, así que mejor comprobar cuánto resiste mi cuerpo.

Orna siempre acudía a todo tipo de terapias y médicos, ya que tenía un punto hipocondríaco bastante grande. Había conocido hace poco una vidente que echaba los huevos y después le pasaba unas hojas y un poco de humo para quitarle las malas energías; «sacarte el chamuco», como mi nena me decía. Ya había llevado allí a todos sus amigos y tan solo faltaba yo…, y ahí que me encaminó, atravesando pueblos y calles de las que no sé todavía cómo logramos salir vivas esa oscura noche, que las hacía aún más tenebrosas.

Llegamos a la casa de la mujer, un lugar con una puertita de madera que se encontraba dentro de un patio medio derruido. Primero entré yo. La señora era una ancianita medio ciega, pero con una habilidad tremenda para partir huevos después de pasártelos por todas partes de tu cuerpo. Poco a poco comenzó a caerme tan bien como yo a ella y, al final, como siempre, quien dominaba la situación y quien había conseguido sacarle una sonrisa era yo.

La señora me dijo que estaba perfectamente, que no necesitaba que me sacasen ningún chamuco, que iba a seguir teniendo éxito tras éxito, que tenía un don natural, que estaba protegida y no sé qué más cosas; entre ellas, una que me dejó de piedra: «Tienes dos mujeres», me dijo, «las dos van a quererte hacer daño pero no van a poder, porque vas a utilizar lo que tienes de forma natural y conoces desde pequeña». Se refería, obviamente, a mi conexión con fuerzas que nunca he sabido entender, y que desde pequeña me habían venido ayudando en mi camino (aunque hoy parece que me han abandonado). Y es que en muchas noches de insomnio, me conectaba con ellas o con vete tú a saber qué y a veces hasta me parecía que me encontraba en una nave…, pero nunca me flipé, siempre puse por encima la lógica.

El caso es que le pregunté algo curioso: con quién de las dos iba a estar al final y me dijo: «Con la que tú quieras, solamente ten cuidado de ellas».

Salí y Orna se sorprendió cuando, antes de hacerla pasar a ella, la señora me aseguró que no necesitaba ningunas hierbas ni humos.

Ya de regreso a casa, mi chica me preguntó qué me había dicho la mujer y le respondí que no mucho, que iba a tener mucho éxito, que me había caído muy bien la ancianita y que nos habíamos reído. Yo también le pregunté y lo único que me contestó es que la señora le había comentado que había una persona que la quería muchísimo, que había sido muy tolerante, pero que agotaría su paciencia y que, cuando quisiera recuperarla, sería demasiado tarde.

Ella manejaba esa noche y su conducción empezó a ser gradualmente temeraria, hasta que llegó a su grado máximo y le grité que, si quería morirse estrellada contra otro coche, que lo hiciera ella sola, no cuando fuera conmigo. Entonces, mientras aceleraba y esquivaba los otros coches que se cruzaban en la carretera, me preguntó: «¿Así que tienes dos mujeres?». Obviamente, había estado escuchando tras la puerta. No supe qué contestar, porque era algo que me habían dicho, no que hubiera dicho yo, aunque se ajustase en cierto modo a la realidad. Y la realidad era que las necesitaba a las dos y que, inevitablemente, solo podría estar con una.

De Orna admiraba sus ganas, su pasión, cómo me provocaba a crear, nuestra sexualidad; de Mar admiraba su tesón, su disciplina, su fidelidad, la seguridad que me aportaba en la vida en todos los sentidos.

De Mar no soportaba su estrechez de miras, su poca visión más allá de lo real, cómo me coartaba y cómo me juzgaba por todo; de Orna era insoportable su descontrol, su desfachatez, lo poco confiable de sus acciones, su orgullo, su ego y su arrogancia.

No supe qué contestar ni qué hacer tampoco cuando casi nos estrella en una curva muy cerrada que nos llevaba a Constituyentes, el último paso para llegar a nuestra casa en Santa Esperanza.

Esa noche cada una durmió en un lugar de la vivienda, no sin antes enfrentarnos y amenazarnos de nuevo.

ESTRELLA

Las mañanas siempre eran limpias, nos llenaban de luz después de una pelea y hacían que nuestro amor estuviera por encima de cualquier otra cosa.

Acabé la serie y fuimos invitados a una fiesta en la que me confesó que uno de los actores, hacía tiempo, en una grabación le había comentado que yo, en maquillaje, me jactaba de tener dos relaciones.

Me quedé de piedra al saber que algunas personas, a las que yo veía como amigas, lo único que pretendían era destruirme por envidia. Pronto le iba a demostrar que estaba equivocada (tenía pensado dar un paso muy grande en nuestra relación), pero primero, de nuevo, me tocó ir a Los Ángeles, a que me dieran calambrazos y me hicieran comer cerdadas por unos cuantos dólares.

Además, todavía me quedaba disipar las dudas sobre mi futuro, y hubo algo que me ayudó mucho a tomar una decisión.

Me escribieron para pedirme que hiciera un *casting* para un personaje transexual en una película, cuyo argumento era el maltrato de esta mujer, que se había visto obligada a ejercer la prostitución. Hice la prueba, única y exclusivamente, para darle alas a mi poderosa parte femenina, porque, leyendo el guion, era más que evidente que el personaje no era para mí; sin embargo, me di a la tarea de componer un buen trabajo y, de paso, verme un poco más cerca de lo que realmente era.

Lo hice fenomenal, la directora me felicitó, pero, por mi físico, era imposible que hiciera de mujer transgénero nacida en Oaxaca. ¡Habrían tenido que cambiar la película entera para adaptarla a mí!

Eso sí, todo ello me sirvió para jugar con Orna, y seguir afianzando nuestra heterolésbica relación.

Me encantaba que ella me maquillara y que me hiciera sentir mujer; me recordaba a mi vecinita y a nuestros juegos de la infancia, y eso reconfortaba una parte abandonada de mí y me hacía encontrarme muy bien. Me hizo sentir maravillosa, hasta que decidí que estaba supermona de mujer y puse una foto caracterizada como perfil de Facebook.

Yo casi nunca me metía en las redes sociales de la que consideraba ya mi mujer, pero me dio por hacerlo y vi que me había borrado de sus amigos.

En la noche, cuando llegó, le pregunté por ello y, después de unas cuantas mentiras, me confesó que lo había hecho porque no quería que sus amigos políticos pudieran entrar en mi perfil privado y ver ese tipo de fotos, ya que le habían hecho algunos comentarios jocosos al respecto.

Fue la primera vez que sentí una decepción tremenda con ella. Ni toda la violencia que generaba era comparable a un acto tan feo de su parte. ¡Me había escondido de los demás! Por si fuera poco, tras aquello, hizo otro acto igual de deleznable.

Yo había creado, con toda mi ilusión, una página que recopilaba todos los enlaces y recortes de prensa de los lugares donde nos dejábamos caer, a modo de diario. Ni corta ni perezosa, mandó a toda su pandilla de trolls informáticos a que denunciaran la página, así que Facebook la desactivó y jamás me dejó recuperarla por mucho que alegase en contra.

Nuevas peleas, nuevos tiempos, más violencia y más reproches. No entendía por qué alguien ponía su hipocresía por encima de nuestro amor, cómo quería evitar a toda costa que alguien supiera algo de su vida privada, cómo empezaba a responder a los posibles requerimientos de algunos de sus compañeros de la política en forma de consejo (que para mí tenían mucho que ver con la envidia hacia dos personas triunfadoras, que vivían el amor de una forma brillante, por muchos puntos oscuros que hubiera en casa). Mi decepción no podía ser mayor.

Guardar las apariencias era lo que menos soportaba, algo que a un político le inculcan hasta ponerlo por encima de cualquier amor, por grande que este sea.

En realidad, nosotras no hacíamos nada malo, no teníamos nada que ocultar, lo que teníamos era fruto de nuestro trabajo, y creo que éramos incluso un ejemplo de superación para muchos, no entendía esas decisiones tan rancias sin ni siquiera consultarme. Pero no me quedó más remedio que tragarme todo aquello si no quería quedarme sin ella.

Sobre todo porque se estaban aclarando las cosas y nos íbamos a ir de viaje a España juntas por primera vez.

IBIZA

Iba a dar uno de los pasos más importantes de mi vida: afianzar mi relación con Orna. Ya era hora de presentarla en familia y de normalizar una situación de amor que llevaba mucho tiempo mermada. A ella le hacía falta ver que íbamos en serio, que estábamos unidas en todos los ámbitos y lugares, y yo empecé a mostrarle que así era, por muy difícil que me resultara tener que, definitivamente, dar la espalda a mi mujer.

Al llegar a Madrid, nos alojamos en un hotel cerca de casa de mi madre para manejar un poco mejor la situación. Sabía que iba a ser algo muy difícil para todos, para Orna, para Mar, para mi hija y para mí.

Aparcamos el coche de alquiler cerca de la casa de mis progenitores, donde nos estaban esperando mi hija y mi sobrina, junto a mis padres, que habían preparado una estupenda comida para recibirnos.

Era la primera vez que Orna y mi hija se iban a ver y yo, al igual que seguramente ellas, estaba demasiado nerviosa.

Al ver a mi hija de nuevo, la abracé y rompí en lágrimas. Me senté con ella en el sofá gris del salón para apapacharla y presentársela a Orna, quien también pronto comenzó a jugar con ella.

A Orna se le veía una cara sacada de onda, mirando a mi hija y viendo a su madre, alguien a quien en ese momento consideraba una rival; una cara que se fue haciendo aún más agria cuando fue al baño y encontró una fotografía, que mi madre siempre expone en una repisa, de mi boda con Mar, y que acabó por desencajarse cuando la incómoda e inoportuna sinceridad de los niños salió a relucir en boca de mi sobrina, con un: «¿Entonces tienes dos novias, Mar y Orna?».

Terminamos de comer, salimos hacia el coche y empezaron los reclamos. Acabábamos de llegar y ya empezaban los problemas, ya se quería ir porque, en el fondo, no podía resistir que tuviera una hija con otra persona que no fuera ella.

Al día siguiente, antes de que hiciéramos el viaje largo que teníamos programado, decidimos hacer una pequeña visita a un pueblo al norte de Madrid, las tres juntas, para irnos adaptando los tres.

Llegamos a El Escorial, un lugar hermoso donde se encuentra uno de los monumentos más importantes de la comunidad. Un complejo del siglo XVI que contiene un palacio real, una basílica y un monasterio.

Allí, mi hija, como siempre, destacó por su maravillosa vibra y por su integración total con el aquí y el ahora (siempre ha sido una niña que se adapta completamente a las circunstancias y que todo lo hace plenamente).

Allí, Orna, como siempre también, destacó por su mala vibra y por su desconexión total con lo que estábamos haciendo; tan solo se lamentaba por encontrarse envuelta en una situación que no le agradaba nada, hasta que me harté y le di el primer toque de atención: mi hija era mi hija y jamás la iba a despreciar ni iba a consentir que la despreciara nadie.

Poco a poco las cosas se fueron calmando y mi hija se la fue ganando, hasta que las caras largas se fueron convirtiendo en risas.

Yo no quería estropear ese momento, así que esperaba a hablar con mi mujer, que por motivos obvios estaba preocupada por su hija, cuando Orna iba al baño o se encontraba alejada. Había sido difícil, pero por fin se había producido un primer acercamiento; eso me alegraba e hizo que nuestra siguiente parada fuera algo más agradable.

* * *

Orna y yo queríamos aprovechar para ir a Londres nosotras dos solas (ni a Mar ni a mí nos parecía oportuno llevar a Vic fuera del país)
y así lo hicimos. Llegamos al anochecer a la ciudad de los bombines
y, después de instalarnos en nuestro hotel estilo victoriano (más antiguo que el mear, caro como ninguno y de habitaciones tan pequeñas como blancas), comenzamos nuestro recorrido por las calles de
la ciudad.

Nuestra primera parada fue Picadilly Circus, un lugar que había cambiado tan solo en los carteles del edificio principal ovalado, respecto a la última vez que los había visto, hacía ya muchos
años. Aquella primera vez, eran de cartón y estaban iluminados
con fluorescentes; en ese momento, en cambio, todos brillaban y
cambiaban electrónicamente con pantallas de alta definición, pero
lucían igual de hermosos.

Pasamos por los *pubs más emblemáticos y* por los lugares más
pintorescos; nos paramos ante cualquier manifestación callejera que
llamaba nuestra atención; nos metimos a jugar en las típicas cabinas
que nunca quitan, por mucho que la tecnología demande que las re-
tiren, al igual que los gorros de la guardia real. Y es que Londres es
un lugar lleno de contrastes, que mezcla como ninguna ciudad ese
ambiente de la corona, algo recargado y retrogrado, con la modernidad de lo cosmopolita.

Llegamos al maravilloso parlamento coronado por ese icono inglés, el Big Ben, que iluminado, ya de noche, lucía aún más bello. Allí
hicimos las típicas fotos a ambos lados del puente; fotos que quedarán como recuerdo electrónico, en algún soporte que quizá nadie
vuelva a ver más.

Eso me hace valorar lo importante de la fotografía en papel. El
papel, lo tangible, permanece, lo real permanece, y ahora estamos
metidos en una época irreal, donde todo es efímero, donde todo desaparece de la misma manera que se forma, en el aire.

Inconscientemente intenté repetir la misma fotografía que tantos
años atrás le había hecho a mi mujer con tanto éxito, pero esta vez
con una modelo diferente a la que amaba igual de lo que amaba en su
momento a la anterior.

La diferencia con Orna siempre era la noche, esa noche que nos perseguía, esa oscuridad que viajaba con nosotras, al igual que el brillo de nuestro amor, y que no dejaba de molestarnos con su negrura. Al día siguiente viajamos a través del tiempo al visitar los museos más importantes de la ciudad; el Museo de Historia, entre ellos, donde se encuentra la piedra de Rosetta, una piedra grabada que permitió descifrar los jeroglíficos egipcios. ¡Y es que los ingleses tienen medio mundo allí metido, porque se dedicaron a expoliar por dondequiera que pasaban!

En Latinoamérica se quejan de los españoles, pero los auténticos ladrones fueron los ingleses, que arramplaron con media Asia, con media Europa y con media América.

El mayor daño que hicieron mis antepasados fue llevar la religión, el de los suyos fue engañarlos.

Para mí, el mayor daño que causaron los españoles no fue llegar a lo bestia, como en esas épocas salvajes llegaban todos, el mayor daño fue meter la religión a punta de espada, tanto que aún hoy en día se sigue protestando por el sometimiento que sufrieron las demás creencias, pero siguen rezando en las iglesias.

Quizá por ello sean estas las que verdaderamente guardan ese oro de cuyo robo todos se quejan, dejándolos llenos de mentiras, hasta el punto de llegar a creer que los verdaderos responsables de su desidia no son sus gobernantes o antepasados que les dan sus apellidos, sino quienes habitan al otro lado del Atlántico.

Demasiada manipulación a lo largo de la historia, es más fácil para la mente pensar que se desciende de seres conectados a una fuerza superior, con tecnologías avanzadas, que de un tipo de Albacete que lo único que ha hecho es cortar queso con una navaja mientras paseaba a las ovejas.

Pero claro, los ingleses eran muy buenos, por eso tenían hasta un templo griego dentro del museo, traído piedra a piedra, por eso tenían jeroglíficos mayas y estatuas de Jordania, porque se las regalaban, de lo buenos que eran.

Fuimos a comer pato laqueado al barrio chino, con la sorpresa del estreno de *Kung Fu Panda 2* y el encuentro con sus protagonistas (con sus voces, más bien, en plena calle). Allí estaba el chico este que tan mal me cae en sus películas, Jack Black, y que tan bien me cayó ese día en el que no tuvo reparos en fotografiarse con todo aquel que se lo requería, incluso en contra de sus guardaespaldas.

Está claro que el mundo de la actuación me ha perseguido siempre dondequiera que he estado.

Pasamos por Trafalgar Square, donde tomamos unas cuantas fotos con los negros leones que la rodean, y nos fuimos, de nuevo, al parlamento para recrearnos, ya de día, con su magnificencia. Allí, como en tantas y tantas ocasiones y tantos lugares del mundo, nos encontramos a turistas mexicanos que habían visto mi película decenas de veces y pronto entablamos una conversación que acabó, como siempre, con una esperada fotografía.

Hicimos la parada obligatoria en el Palacio de Buckingham para ver el cambio de guardia y observé que no había cambiado en nada más que la gente que va dentro de ese gorro alto e inmóvil.

Londres está lleno de atractivos, y en aquel momento uno de ellos éramos nosotras y el amor que derrochábamos cuando no estábamos peleando, porque, cómo no, también la tuvimos en la capital inglesa. Por los mismos motivos de siempre estuvieron mis maletas en la entrada a punto de regresarse a Madrid antes de tiempo, y es que Orna, tenía millones de cosas maravillosas que quedaban opacadas cuando sus celos comenzaban a invadirla, cuando sus caprichos no se veían cumplidos.

Creo que quizá en Londres empezó a fraguarse nuestro desastre, quizá nuestro destino, cuando mientras paseábamos por sus calles, me dijo que quizá pronto se iría a un lugar como Londres y nadie iba a saber de ella.

Yo pensé que aquellas palabras eran fruto de su insatisfacción con la política y con su hartazgo por nuestras peleas, y no le di mayor importancia a su interés por todo lo anglosajón. Recuerdo que le contesté que no creía que fuera a ser capaz de llegar a una ciudad como esa y enrollarse con un gordo rosado masticachicle, que era como yo los veía a todos, quizá inconscientemente por la imagen que fueron dejando esparcida en las playas españolas, después de tanto tiempo en mi retina de borrachos *hooligans* sin respeto por nada.

Fuimos también a la Torre de Londres y al puente más famoso de la ciudad. No sé cuántas veces he visitado la fortaleza en la que guardan celosamente los cuervos para que no se vayan; tan celosamente que les cortan las alas a los pobres, y todo por una profecía en la que se dice que, si se van de ese punto, la corona caerá. Puede que esa costumbre hiciera que le quisieran cortar también las alas a la princesa Diana, pero ya la podían haber extendido y haberle cortado las orejas un poco a su marido.

Y hablando de orejas, evidentemente fuimos a comprobar que los girasoles de Van Gogh seguían en su sitio en la National Gallery, una de las mayores y más relevantes pinacotecas del mundo, donde mi nena se encontró con todos los cuadros que deseaba ver desde hacía mucho tiempo. Me gustaba ese interés por el arte que siempre demostraba, aunque a veces lo encontrara ligeramente inculcado por su exnovio.

Llegó la noche y con ella la de los museos; creo que fue uno de los momentos más mágicos que vivimos allí, de esos que nos conectaban a otro mundo y a nosotras de una manera envidiable.

Acudimos al Museo de Historia Natural y realmente nos encantó el ambiente y esa nueva forma, desconocida para nosotras, de ver un museo, como si estuviéramos en un bar, con una cerveza en la mano. Y es que la noche morada, por las luces del exterior de la fachada, era una noche que llenaba los museos de gente respetuosa que adquiría en la entrada una bebida y charlaba con sus amigos mientras admiraban los esqueletos de antiguas especies; sobre todo el diplodocus de la entrada principal que, junto a la bella arquitectura del interior del edificio, te transportaba directamente a la Inglaterra de Charles Darwin, del que tantas y tantas veces se habían reído sus contemporáneos por sus teorías sobre la evolución, lo que me hace pensar en una mujer que me dijo que del mono vendría yo, que ella venía de su señor superior. Pobre Darwin, lo que aguantaría; si yo, en pleno siglo XXI he escuchado cosas tan increíblemente ilógicas, no me imagino en su época.

No nos fuimos sin pasar por el dichoso y estúpido paso de cebra de Abbey Road, donde los Beatles hicieron su famosa portada de un disco. A mí me pareció una pendejada, pero todo sea por amor, hasta exponerse a un atropello; y es que la gente cruzaba una y otra vez, al igual que Orna, para que su pareja intentara hacerle la foto con la postura exacta de Paul McCartney al cruzar la calle, mientras los conductores londinenses se cagaban en la madre de todos los que cruzaban y cruzaban por el semáforo. Yo me puse en el lugar de alguien que viviera cerca y todos los días tuviera que pasar por esa calle viendo pendejos, y me dio vergüenza estar allí, pero como repito, el amor mueve montañas y llega hasta los pasos de cebra.

Tocaba regresar a Madrid, no sin antes comprarnos algunos recuerdos en los mercadillos principales.

Tocaba mi hija y nuestro viaje con ella.

Su madre le había hecho una maleta perfecta, con todo colocadito y ordenado, como era su costumbre, que sorprendió hasta a Orna positivamente.

Muy pocas mujeres en este mundo, después de pasar por lo que ella había pasado, serían capaces de ser tan buenas personas como para dejar a su hija en manos de la tipa que le había arrebatado a su marido y querer que las cosas comenzaran a ir bien entre todas nosotras, algo que entendíamos perfectamente todas excepto una persona, mi mujer mexicana.

Llegamos a Valencia en coche para tomar el barco que salía hacia Ibiza en la noche y, a propuesta de Orna, aprovechamos para visitar la Ciudad de las Artes y las Ciencias de Calatrava, más por una nueva apropiación de personalidad que por verdadero interés. Y es que su exnovio estudiaba las edificaciones y ella, supongo que como pago por haberle dejado, quería tener un vínculo con él y decidió que era este. Así que muchas de las imágenes que tomaba eran para enviárselas al chico, que por un lado le estaría dando las gracias y, por el otro, estaría cegándose en su madre.

Orna es así, siempre ha querido tener y prolongar todo, que no se le vaya nada y así recoger los frutos o los intereses de todas partes.

Por la noche tomamos el barco en la oscuridad, un barco con una piscina cubierta y con mucho espacio incómodo para poder dormir, si es que tenías el sueño fácil, en las pocas horas que tardaba en recorrer las millas que separan la península de la isla.

Llegamos de madrugada y esperamos un buen rato para recoger el coche de renta, pero, en cuanto lo tuvimos, pusimos rumbo hacia nuestro hotel al norte de la isla.

El lugar me impresionó mucho más de lo que había imaginado; estaba ubicado en lo alto de un acantilado y tenía unas vistas espectaculares a la cala, llena de barquitos apostados cerca de las rocas, y al mar, que iba degradando su azul hasta llegar a la orilla de la playa.

Nos dieron la habitación y nos hicieron la deferencia de no cobrarnos por la niña. Parecía que todo iba bien, excepto por la cara de Orna, que no acababa de asimilar que tuviera que platicar con la madre de mi hija y estar reportándome con la niña. No sé si le daba rabia que hablara o que hablara bien con ella, no sabía ya qué más quería que hiciera. Estábamos de vacaciones, ella y yo con mi hija, y su madre nos había dado su bendición, ¿dónde estaba el problema?, no entendía nada.

En una de mis visiones premonitorias, la vi emprendiendo un viaje en barco y tomando muchas decisiones que condicionarían su futuro. Así se lo hice saber, quién sabe si entendió que era este.

Las llevé a una de las playas más hermosas, pero nada, ella seguía a su rollo de no hablarme y de dejarme con la niña a solas mientras se bañaba a metros de distancia, así hasta que se le pasó y por la tarde noche visitamos Ibiza la capital, y volvió a enfadarse porque le hice una fotografía a mi hija en un lugar que encontré por casualidad y que había retratado en uno de mis primeros cuadros; se enfadó porque ya había estado allí antes con mi mujer, hacía veinte años. Yo seguía sin dar crédito, porque mezclaba un rato de euforia con uno de depresión y, si en algún momento había llegado a pensar que era bipolar, me lo estaba ratificando.

Pero no fue hasta que no le vio las orejas al lobo, de mi hartazgo, que no depuso su actitud y empezó a disfrutar de nosotras y del lugar tan magnífico al que habíamos ido a pasar las vacaciones. Eso ocurrió una noche en la que discutimos porque a la niña se le había antojado una pelota brillante y yo le dije que no se la compraba. En ese momento sacó todo el cobre llamándome manipuladora y no sé cuántos cientos de cosas más que venían de su frustración por sentir que, quizá ella, en muchas ocasiones, iba a remolque sobre mis deseos y lo que quería hacer.

Esto es algo que me han repetido a lo largo de mi vida todas mis parejas. Ellas hacían lo que les salía de los huevos conmigo y me echaban la culpa, para colmo, de que solo hacían lo que yo quería.

Esa noche bajé muy enfadada a pasear por la playa con la niña y llamé a mi mujer llorando para que hablara con su hija y para decirle que no aguantaba más, que ya no podía con esta situación, que me tenía amargada la mujer que amaba y que no sabía qué hacer. Para colmo, la pobre me dio tranquilidad y me dijo que tuviera paciencia.

Al subir a la habitación del hotel, dispuesta a irme, encontré a una Orna arrepentida que me pedía perdón; nunca me pude resistir a ella, así que por fin empezamos a disfrutar de las vacaciones.

Fuimos de playa en playa, de restaurante en restaurante y de lugar a lugar, entre mercadillos, barcos y paellas. Descubrimos calas preciosas, espacios que respiraban el aire de libertad de la pequeña isla, nos bañamos en barro, nos reímos una y otra vez, visitamos cuevas y compartimos abrazos y juegos entretanto nos fotografiábamos escuchando los sonidos de Ibiza y su música *chillout* mientras las olas rompían el rojo atardecer del Mediterráneo.

Así hasta que volvimos a tomar el barco hacia Valencia y otra vez las peleas; peleas que nos dividieron una vez más al llegar a la ciudad, hasta el punto de que le tuve que gritar en el nuevo hotel delante de mi hija para que no siguiera, hasta el punto de que tuve que tomar en brazos a mi pequeña y decirle a Orna que no nos siguiera porque nos íbamos, con los ojos llenos de lágrimas, mi hija desencajada y la gente de la calle asistiendo perpleja al espectáculo. En verdad ya no podía soportarla más, la quería con toda mi alma, pero había cruzado demasiados límites, demasiadas puertas que no tenía derecho de cruzar. Se había metido con mi familia, y eso, para una persona como yo, con un nivel de proteccionismo absoluto sobre lo que considero sagrado, había acabado por mermarme.

Mi pequeña y yo nos sentamos en un restaurante en una reducida plaza para que cenara algo e irnos a descansar. Yo creí que Orna ya se habría ido con sus maletas, pero de nuevo apareció y, como bien sabía, lo único que pude hacer fue invitarla a que se sentara y besarla, olvidando de nuevo todo lo que había ocurrido.

El camino de regreso fue muy bonito: cantamos y jugamos mientras iba manejando hasta Madrid, saturada ya de escuchar a mi hija con su «veo, veo».

Dejamos a mi hija y regresamos juntas a México, Orna y yo, no sin antes disfrutar una vez más del Mercadillo de San Miguel y reírnos de lo extraño de algunos rincones; sobre todo de un bar, cerca de Gran Vía, cuyo dueño tenía fotos trucadas de muy mala manera con Photoshop, con todos los artistas y monarcas de mi querida España.

OTHÓN

Orna era una chica incansable, y yo admiraba su capacidad de ir y venir, de llamar puertas y de buscarse la vida. Estaba pasando por un momento laboralmente malo y los nervios la comían, pero ella no desfallecía. Visitó a los posibles candidatos a la elección del nuevo gobernador de Morelos, por si su par se quedaba sin opciones, visitó a todos los grandes y buscó la manera de entrar a todos los eventos donde el actual líder se encontraba hasta que consiguió un puesto directivo. No podía más que aplaudirla, aunque no me gustase que se rebajara tanto.

En esos días la empresa que vendía nuestras piezas en los aeropuertos nos avisó de que la encargada del punto en Saltillo había retirado nuestras piezas sin previo aviso, cuando era uno de los puntos que más facturaba.

Tuvimos que hacer un viaje relámpago para recolocar y ver qué estaba ocurriendo. La maldad estaba empezando a operar; la maldad y, quizá, de nuevo, nuestra falta de compromiso con la empresa.

El viaje nos sirvió de poco, excepto para darme cuenta de que Orna ya había paseado su trasero por el río artificial de la ciudad con su exnovio tiempo atrás.

Mira que le tenía manía al chico sin haberme hecho nada, solamente porque ella repetía ciertas actitudes que había puesto en práctica con él. Me daba rabia encontrarme con tiras de fotos guardadas iguales que las que se hacía conmigo o que me llevase como si nada por sitios que habían significado cosas para ambos; aunque yo también, en algunas ocasiones, hiciera lo mismo. Al poco tiempo de llegar de Saltillo, recibí una llamada que me sorprendió. Era de una chica que me conocía por las redes sociales y que decía llevar las relaciones públicas de un equipo de fútbol en Sinaloa. Me invitaba, pagándome, a la inauguración del estadio y a apoyar a su equipo, que estaba jugando por subir a la división de honor.

Me encanta el fútbol, así que acepté al instante, aunque no me gustaba ni un pelo ir a una ciudad en esa zona del país, porque era un momento muy complicado por culpa del narcotráfico.

Llegué allí y me encontré a una muchacha muy agraciada físicamente, pero con un trastorno cerebral bastante grande. Al parecer, la susodicha se había quedado prendada de mí en un evento en el que habíamos coincidido y no había parado hasta encontrar la excusa perfecta para reunirse conmigo.

Nada más llegar, me llamó corriendo para hacer una rueda de prensa y más tarde presentar la camiseta con los futbolistas. De camino al recinto, me enseñó los especulares donde anunciaban que yo estaría en la inauguración del estadio. No entendía nada.

Me sentó junto al entrenador y los miembros del cuerpo técnico y, ahí, sin saber de qué iba la vaina, me pusieron el micrófono en las manos.

Salí como pude del embolado en el que me había metido y les deseé mucha suerte, mientras me hacía miles de fotos junto al equipo.

Al terminar me dirigí a ella para comentarle que nuestro acuerdo era previo pago y que no había visto todavía ni un peso, a lo que me respondió, como buena hija de su madre, que al ratito me proporcionaba mis viáticos.

Mi requerimiento fue constante, mientras me acercaba a un riachuelo más seco que una mojama para enseñarme las lindezas del lugar, mientras se tomaba unos tacos junto a su chófer y nos invitaban, a cambio de una foto. Se lo pedí tantas veces como tantas veces me dijo que al rato. Ya me había cansado; mi paciencia, que tanto parece que no tengo, siempre es infinita, pero me cagaron las sospechas de que los tipos encargados del club no tenían intención alguna de pagarme.

Me llevaron a última hora al estadio y allí me paré, con todo mi ser, a cumplir con mi palabra y a exigir lo que me correspondía.

Saludé al gobernador y a todas las autoridades, me senté con ellos a disfrutar del juego y allí me di cuenta de la mafia y el despotismo con el que se lleva el fútbol en esos niveles.

Uno de los dueños llevaba unos auriculares por donde daba instrucciones al cuerpo técnico (bueno, más que instrucciones, insultaba y les decía lo que debían hacer, como loco). Pocas veces había visto perder el control a alguien como a ese *mirrey* chulito y engreído, que tenía un porcentaje del club. Comprendí entonces contra quiénes me iba a tener que enfrentar para pedir lo que me correspondía, lo justo; la verdad, siempre he sido una persona de palabra, de justicia, y estaba hasta los mismísimos huevos de que los poderosos se rieran de los menos pudientes. De mí no se iban a reír, me daba igual si eran narcos, si eran multimillonarios, si eran matones o si su padre era el Papa; cuando no mido, ya no mido, y si es por algo justo, menos. Había ido allí porque me habían ofrecido una cantidad, ni la mitad ni el doble, tan solo quería lo que me debían.

Al día siguiente, antes de irme, paseé por la ciudad que acogía el evento y me paré frente a una urbanización cerrada y blanquita que me llamó la atención, no sé si por lo fuera de contexto que estaba o por su modernidad.

Regresé a mi casa y tan solo me habían depositado la mitad de lo prometido. Me cabreé como nunca, llamé a la estúpida que me había contratado y le dije cuatro cosas bien dichas. Si ellos tenían su fuerza, yo tenía la mía para convencerlos de que hicieran lo justo, y mi fuerza siempre fue mi trabajo, mi palabra y el público que me seguía.

Escribí una misiva con todos los pasos que iba a dar hasta conseguir mi objetivo, dirigida a los dueños del club, y tardaron medio día en abonarme los cuatro pesos que me debían, y es que no era la cantidad, era lo justo.

Pocos días después, observé en los noticieros una imagen que me era conocida, se trataba de un condominio ubicado en un pueblecito de Sinaloa. Allí habían detenido a un señor que se había escapado de una prisión de alta seguridad mediante un túnel excavado durante un año. El condominio era la urbanización blanquita frente a la que me había parado hacía unos cuantos días, allí tenía su guarida uno de los narcotraficantes más buscados de todos los tiempos; allí, en ese estadio, quién sabe si aquel tipo de la gorra que me felicitaba por mi personaje en El *hombre del aire*, mientras subía las escaleras hacia el palco, era el mismo que se hizo amigo por unos días de Sean Penn y de la Castillo.

Me dio algo de miedo, pero al miedo siempre lo gana lo justo (si no fuera así, ¿qué sería de nosotros, la Humanidad?).

* * *

Para celebrar que seguía viva, Orna me llevó a un lugar extraordinario, unos prismas formados por basalto que bordeaban el agua que bajaba de la montaña.

Los prismas basálticos son de esos lugares mágicos que abundan en México, sobre todo si bajas a donde acaban y te sientas a observar la cascada, que forma un efecto visual como nunca había visto: se mezclan las imágenes de los prismas a los laterales del agua y tu cerebro es incapaz de reconocer dónde se encuentran, lo cual hace que parezca que la tierra se eleva y entras en trance hasta que el que se eleva eres tú.

Sobre todo, me encantó el lugar donde nos alojamos después de la lluvia intensa. Una impresionante hacienda reconvertida en hotel, pero que guardaba todo el encanto y los misterios bajo su piso, en el que seguía discurriendo el agua que bajaba de los prismas.

Nos amábamos, nos amábamos, nos amábamos; nos reíamos, nos reíamos, nos reíamos de todo lo que nos pasaba, hasta de los pasillos oscuros ocultos en la noche y los ecos de sonidos de otros tiempos que nos asustaban. ¡Cómo la quería, cómo me quería!. Batíamos nuestros propios récords, siete veces seguidas llegamos a tener sexo.

Nuestro amor estaba empezando a tomar vuelos mucho más altos, a vivir sus mejores momentos, su pico de alegría desenfrenada, de sexo descontrolado, de pasión que sonrojaba.

Y así llegamos a Othón, con el amor a tope, con las ganas de vivir y de soñar juntas al máximo, con las ganas de que jamás acabara nuestra relación.

Le daba toda mi energía en las noches mientras yo me vaciaba, quería que llegara a lo más alto, apostaba por ella porque creía tanto en su amor, en mi amor, que mientras la engañaba poniéndole mis manos por su cuerpo, diciéndole que era para que se recuperara de sus dolencias, yo me entregaba, le entregaba toda mi energía, todo lo que me había hecho llegar hasta allí, esperando que algún día retornara de ella cuando yo la necesitara.

Othón, qué viaje más hermoso y divertido, de esos que ocurrían con poca frecuencia.

Fue invitación de una amiga a acompañar a un joyero muy relevante en su presentación de una nueva colección de corales. Allí se formó un grupo muy interesante, entre periodistas y populares que íbamos de un lado al otro, según nos movían. Y rápidamente conectamos muy bien con el hijo de uno de los actores más populares de la República y su novia.

Nos traían de acá para allá, entrevistándonos o haciéndonos fotos, de las cuales salieron amistades preciosas con reporteros y fotógrafos sociales de los medios más relevantes.

Fuimos a Cancún, a disfrutar en uno de los hoteles más *chic*; Tulum, otra vez con nuestro querido amigo Rodri, a comer en sus cabañas frente al mar; Othón, viajando en barco por los manglares en una comida exclusiva con el presidente; Bacalar, un lago de agua dulce totalmente paradisíaco.

Lo pasábamos bomba, en los largos viajes que conectaban las ciudades por carretera, jugando a ese juego que un día me enseñó mi querido director y maestro, Juancho, en una velada de esas que tanto nos costaba terminar en mi casa de Madrid, Lobos y Ciudadanos; un juego de análisis psicológico que queda para siempre instalado en cualquier reunión futura de quienes lo han probado.

Nos reímos sin parar, vibramos con los paisajes, nos comieron las hormigas rojas, disfrutamos la comida y ¡cómo nos queríamos Orna y yo! ¡Cómo me gustaba verla posar en el agua cristalina y ayudar al

fotógrafo a seguir con otros su trabajo!, ¡cómo me gustó siempre verla reír y disfrutar de la vida, en esos momentos que lograba desconec-
tarse de todo, salir de su papel de política adecuada y ser ella misma!.

Y, aunque no faltasen sus celos por la *miss* que nos acompañaba
y con la que cruzábamos miradas, todo fue fantástico, hasta la amistad con mi querido joyero y su novio grandón.

MADRID

En México siempre sentí una gran conexión con muchas fuerzas ocultas que me movían hacia donde ellas querían, y una de estas me llevó a descubrir que la amistad surgida con una compañera de reparto en la última novela no era casual. Aparte de lo bien que la imitaba Orna, uno de sus talentos ocultos.

No sé si el destino o el karma me trajo hasta ella, pero el caso es que resultó ser amiga íntima de Julián, mi querido realizador impulsor de mi carrera en el país, y fue ella quien me avisó de su fallecimiento. Ciertamente, la última vez que nos habíamos visto, casualmente en una función en la que actuaba llamada *El último encuentro*, ya le noté algo raro; no estaba tan mordaz ni tan hiriente como de costumbre y fue evasivo cuando le comenté de quedar, y aunque su tono anaranjado de piel hacía sospechar que no andaba bien, nunca lo achaqué a una enfermedad, sino al maquillaje de la obra.

Julián, mexicano, español, republicano y narcisista hasta para morirse. Allí estaba, con la bandera tricolor cubriendo su ataúd. Me ganó, y se fue con sus malas pulgas sin haber podido siquiera controlar su odio por un mundo que no se comportaba como él quería, y es que, en su afán de dirigir, quería dirigir a todos. (En un rato nos vemos, amigo; lo que tarde en quedarme sin aire aquí colgada, no te enfades conmigo, que bastante tengo.)

La muerte ronda siempre, y el paso de morir a no hacerlo está a solo eso, un paso. Como en el parque de atracciones de Chapultepec;

si el zoo deja mucho que desear sobre el ideal de un zoo, el parque era un primor en cuanto a seguridad.

Era la grabación de la fiesta mexicana de la televisora para la que trabajaba y la invitación, ese año, se hizo extensible para todos los familiares. Y allí que nos presentamos con toda mi familia política al completo, porque para mí ya eran parte de mi familia; siempre que tuve oportunidad, intenté que nos acompañaran a ciertas cosas, a las que difícilmente tendrían acceso de otra manera, y una fiesta así lo merecía.

Orna, cuando era ella misma, era una niña que disfrutaba como tal de todo lo que le ofrecía la vida; lo que yo veía como algo simple, ella lo veía como algo grandioso. Fue fantástico verla sonreír con sus hermanos, con sus padres y con su sobrino y llevarlos de acá para allá mientras se sucedían los espectáculos y las fotos y entrevistas.

Ahora bien, esa noche averigüé por qué a mí nunca me han gustado los parques de atracciones.

Ya nos habíamos subido en todo, en todo menos en una atracción de esas antiguas que dan vueltas a un rulo mientras los vagones suben y bajan (una montaña rusa, vamos). Me senté junto a Orna y ajusté (lo juro por mi madre) los cinturones como especificaba la normativa (qué puto karma, los cinturones, seguro en otra vida fui curtidora de pieles; si no, no me lo explico); la vagoneta arrancó y comenzó a subir esa cuesta terrorífica, que te hace intuir la velocidad a la que vas a ir cuando se convierta en bajada. Todo iba bien; bueno, relativamente, porque la boca y la mandíbula estaban desencajadas y mi mayor miedo era que alguien vomitara las doscientas cervezas gratis que se había tomado (ya saben que lo gratis, normalmente sale caro). De repente, las sujeciones que me anclaban al asiento se fueron de mis brazos y no sabía cómo pero ya no tenía con qué asirme al vagón, mi cuerpo únicamente estaba sujeto por la inercia de la velocidad que ejercía la fuerza centrífuga. Me agarré como pude a la barra de manos para no salir despedida, pero eso era tan peligroso como soltarme, pues, para agarrarla con fuerza, tenía que inclinarme y el desarrollo de la atracción iba a conseguir que me golpease la cara. No sé a dónde ni a qué me enganché, pero cuando el cacharro hizo el *looping* y mi cuerpo quedó boca abajo no iba sujeta por nada. Al parar la atracción, en medio de las risas de los hermanos de Orna, di gracias por no haber salido despedida.

Cuánto sufrimiento me habría ahorrado si aquel día mi cuerpo se hubiese elevado en las alturas hasta encontrar el carrusel y caer reventada en el cuerno de uno de los unicornios que dan vueltas junto al cerdito. Pero no, no era mi momento todavía, una vez más estuve a un paso de cruzar la delgada línea que une la vida con la muerte, pero no lo hice.

*   *   *

Me pasaba la vida entre su café con leche de soja *light* y sus canciones de Alejandro Fernández; que imitaba realmente mal, aunque nunca me atreví a decírselo. Y es que mi Orna era tan hermosa que no me importaba romperme los oídos ni ir mil veces a una cadena que yo no soportaba, a pedirle un café (que ni era café, ni tenía leche, ni nada).

Me encantaba hacerle la cena y la comida, cruzar la calle e ir andando al súper a comprar nuestras alitas de pollo, nuestros calamares, nuestras lechugas y nuestros caracoles de pasta para hacer ricas sopas. Ir a por nuestro arroz, con el que hacíamos maravillosos platos que nos deleitaban en las noches mientras veíamos una peli de terror en el sofá blanquito que habíamos comprado…

Toda esa paz y amor se vieron interrumpidos de nuevo cuando tuve que marchar a Madrid a requerimiento de mi mujer, ya que su padre había caído muy enfermo y necesitaba que la ayudase con la niña.

Fueron días de mucha angustia para la madre de mi hija y su madre. Siempre había tenido una especie de cariño empañado de odio hacia los padres simples y posesivos de mi mujer, pero aquella situación no la merecía nadie.

Sabía que el hombre estaba muy disgustado conmigo por mi relación actual en México y que probablemente me deseaba lo peor, pero yo no quería que estuviera mal. Para mí, siempre prevaleció su dedicación por su hija, que, aunque a veces fuera demasiado profunda, era comprensible al ser la única.

En esos días intenté tranquilizar a Mar; yo pensaba que no era nada, pero según le habían descrito los doctores, se trataba de una enfermedad degenerativa que hacía que en poco tiempo su cerebro se deteriorase hasta dejar de funcionar. Sin embargo, yo le había visto pasar por tantas enfermedades que ni me impresionaba ni di crédito a las informaciones que llegaban. Aquel hombre había superado varios ataques al corazón, cánceres diversos y operaciones múltiples, no iba a morirse por una chorrada semejante diagnosticada a última hora, así que cumplí la promesa que le había hecho a Orna de acudir con ella a la boda de la hija de su jefe y dejé a Mar con su padre ya instalado en una residencia.

A mi llegada a México, me encontré con la sorpresa de que un artista del camuflaje chino muy relevante me había incluido en una de sus obras y eso me hizo mucha ilusión. Ya empezaba a entrarme el gusanillo de plasmar mi arte también…, pero a lo que estábamos: la boda.

La boda, dichosas bodas, qué importantes han sido las bodas en mi vida, qué relevantes. La de esta ocasión parecía de cuento. El padre se había gastado un dineral impresionante para darle la fiestecita a su hija; el banquete, los invitados de lujo, gente que manejaba los hilos del país, puestas en escena de artistas al nivel del musical del *Rey León*… Una boda hermosa y más amor y risas entre Orna y yo, que como siempre sacábamos punta a todo lo que veíamos que podía hacernos pasar un buen rato.

De esa elegante boda hubo algo que destacó y que no había visto en ninguna: más que una boda entre el novio y la novia, parecía una fiesta entre padre e hija. Era algo que rayaba en lo pastelero; el padre llorando al entregar a la niña, como si esta tuviera doce años y la estuviese regalando a un marajá, con vídeos de pequeña y bailes de salón para despedirse… Era la expresión de un trauma.

Asistir a ese espectáculo me costó algo que Mar jamás me perdonaría.

Ella me había pedido, por activa y por pasiva, que no regresara a México y me esperara un poco porque su padre estaba a punto de morir. Yo no creí que eso fuera a ser cierto hasta que, efectivamente, falleció mientras yo me comía un pastel en una boda pastelera, para que Orna quedara fantástica entre toda una bola de ratas de la política que me había presentado cientos de veces e iban a por su trozo de «tarta».

Ese es uno de los momentos que jamás me perdoné para con mi exmujer, y ya eran demasiados, lo que más tarde detonó mi absoluta ruina.

EL AVE FÉNIX

Dicen que todo tiene un porqué y el encontrarnos con un curso de actuación de mi primera escuela en México, en un mensaje de correo, fue significativo.

Orna quería ampliar sus conocimientos y la actuación era algo que le podía venir muy bien en su carrera política, aparte de para su mimetización con la persona que estaba. Fue ahí donde comprendí realmente que era un camaleón que absorbía las ideas y los gustos de los demás para hacerlos suyos.

Ni cortas ni perezosas, emprendimos ese taller, basado en los eneatipos, que tan interesante nos había parecido.

El profesor era un chiquito cubano, tan *light* como instruido y preparado, y los alumnos, geniales. Como siempre, había de todo, gente con experiencia, con ninguna, profesionales, curiosos, zumbados y cuerdos, y, dentro de la amalgama, las guapas y la compatriota, que causó, cómo no, otra de las tantas discusiones con Orna, cuando la pobre me preguntó, por empatía, sobre mi historia.

La verdad es que el curso fue algo *semi*, pero a mí me sirvió para refrescar y a Orna para soltarse un poco con el público, algo que la atormentaba cada vez que tenía que hacer un discurso.

Aparte de muy buenas amistades, Orna sacó un psicólogo improvisado del profesor, que paralelamente ejercía como tal, y las dos sacamos una especie de hija que se incorporó a nuestras vidas poco a poco.

Mr. Cuba, el profe-psicólogo, tuvo gran parte de culpa en todo lo que nos pasaría más adelante y Lucy, la alumna modelo aventajada adoptada por nosotras, tuvo mucha más. Es más, creo que esa niña, con todo el cariño que le tengo, vino a nuestras vidas a traer la ruina mandada por una parte oscura que comenzaba a hacerse notar.

Orna me pidió permiso para contarle nuestra situación al profe y, entre confesiones, el licenciado le sugirió a Orna que portaba una energía masculina muy grande y que quizá debería explorar algo más su lado femenino, a la par que le recomendó que trabajáramos la confianza alejándonos de esa posesión infernal que la una sentíamos por la otra.

Creo que no pudo haber hecho peor labor con ella, sinceramente. Orna no entendía exactamente los criterios y los parámetros que ciertas mentes avanzadas ponían a sus pies, porque lo llevaba todo a los extremos, tomaba a pies juntillas todo lo que cualquiera de fuera o con un pequeño título en astrología aplicada le pudiera decir; Orna se mimetizaba inconscientemente con quien tenía a su lado, pero justamente a nivel de ideas, era muy influenciable por todos menos por quien tenía a su lado, que era siempre lo último a lo que prestaba atención.

No sé por qué sucede eso, pero parece que no es lo mismo que te diga algo tu pareja, tu hermano o tu padre, que si te lo dice un desconocido; y, si a ese desconocido le atribuimos ciertos títulos o habilidades, la credibilidad aumenta.

Aunque hayas visto a tu pareja mover un lápiz con la mente o traer ante ti al mismísimo demonio y comprobar los poderes más maravillosos a través de sus manos, siempre te parecerá más creíble que un desconocido pueda mover una montaña. Y es que tenemos tal descrédito por lo nuestro, por lo que está a nuestro lado, que a veces no solo apartamos la vista, sino que despreciamos lo que entra por nuestros oídos en nuestras casas.

Hacemos caso a tipos que no conocen para nada nuestra verdadera vida, mientras despreciamos soberanamente lo que alguien que duerme y caga junto a ti puede llegar a saber de lo que nos ocurre.

Por eso tienen tanto éxito los curas y los guías espirituales, porque no los conocemos; si los conociéramos, no nos creeríamos ni media de ellos.

En primera instancia, las palabras de su nuevo psicólogo provocaron que durmiera al lado contrario de la cama, lo cual me provocó un trastorno, ya que mi brazo se había acostumbrado tanto a tenerla en él como mis ojos a verla retirar las sábanas desnudas desde esa perspectiva.

De Lucy, por ahora puedo decir poca cosa, era una niña tan listilla como mona, tan zorrilla como poco inteligente y tan hermosa en las fotos como poca cosa sin parafernalias. Pero tenía algo importante para nosotras, tenía posibilidades, tenía muchas posibilidades de ser pulida, de ser adoptada. Y es que Orna y yo ya teníamos ganas de probar algo que yo siempre había deseado: incorporar un juguete a nuestra relación.

Hacía tiempo habíamos tenido un medio intento con una que le gustaba a Orna y que trabajaba para ella, hasta que yo la observé bien y nunca comprendí dónde le veía el gusto; máxime cuando llegó a casa una de las veces, sabedora de lo que pretendíamos, y se tumbó en mi sofá como si nada, rompiendo cualquier regla no escrita sobre lo que un empleado podía o no permitirse, por mucho que se oliera que podía haber algo más.

Lucy parecía una buena candidata, pero estaba empezando a hacer lo mismo, a apoderarse de un espacio que no era suyo, en vez de jugar al respeto y a la niña buena (si dejábamos suelta la rienda, no habría luego quien le abriera la puerta para que se fuera a su casa). Por otro lado, no cumplía un requisito imprescindible para Orna, no tenía casi bubis, y eso le restó demasiados puntos.

Además, uno de los días que Lucy nos acompañaba a un evento, tuvimos una conversación muy sensual que nos puso a las tres como motos, pero, cuando le dije que se quedara a dormir con nosotras… Orna se cortó, no lo tenía claro, necesitaba más tiempo y todo se chafó.

Aparte de ligeras ligerezas, tocaban tiempos de gloria, y uno de los momentos más esperados fue la presentación al público de mi libro.

¡Cómo impresiona ver materializado algo que has imaginado! Nunca ha dejado de sorprenderme esa circunstancia inherente al ser humano.

Nunca me gustó la portada que diseñaron y que era lo único que no me pertenecía del libro, ya que, al final, habían respetado hasta la última coma que había surgido de mi cabeza. Lo que sí me llamó la atención es que esa portada coincidía perfectamente con uno de mis cuadros de hacía años, sin que yo hubiera tenido nada que ver. Una nueva muestra de mi conexión entre el futuro y el pasado que me ha atormentado hasta el día de hoy. Si comparan la portada del libro con el cuadro, diez años anterior, se les pondrán los pelos de punta, se lo aseguro.

Como ya comenté, quería, de nuevo, llevar algo positivo a los demás, algo de mi éxito. Quise hacer un libro de reflexión con algunos *tips* de lo que a mí me había funcionado, quería dejar un libro auténticamente mío, con mi carácter impreso en cada página, lleno de mi agrio humor y de mi amor por todo. No había otro título posible que el de *El águila de fuego*, un ave mitológica, que desde pequeña me ha acompañado por su semejanza conmigo y con mi vida, pues he tenido que levantarme cientos de veces después de la caída.

El día que toqué el primer ejemplar con mis manos casi me desmayo de la emoción, a ese le siguió la firma de ejemplares para amigos y prensa, y la rueda de prensa que ofrecí en el Centro Cultural Español de Ciudad de México.

Mi preciosa Orna estaba orgullosa de mí, no obstante, como ella era el detonante de que ese libro hubiera cobrado vida, no faltó su enfado por querer más relevancia en la dedicatoria. De todos modos, al final comprendió que mi honestidad siempre estaba por encima de cualquier cosa, hasta de ella.

Me ayudó en la presentación el amigo escritor de Orna que me había echado una mano a la hora de la corrección de estilo. Y nos sacaron en todos los periódicos y revistas más relevantes, con fotos preciosas y magníficos comentarios.

Mi primera decepción en el mundo de la literatura, sin embargo, fue al darme cuenta de que me había matado a hacer publicidad y los libros no estaban en los puntos de venta. Eso era algo que mermaba el recorrido, pues cuando la gente iba buscándolo no estaba y caía en el olvido.

Decidí subsanar la descoordinación haciendo una presentación para amigos y prensa social a las pocas semanas. Para ello nos reunimos en uno de los restaurantes de moda de la ciudad e hicimos una fiesta maravillosa en la que no cabía la gente de lo a gusto y felices que se sintieron todos.

Una vez más mi nena era parte importante de la organización, le encantaba, y mi corazón estaba junto a ella cada vez más, cada vez que comprobaba todo lo que me amaba y cómo se volcaba en crear junto a mí cosas increíbles.

Sorteamos muchos regalos y nos divertimos como locas, aunque no tuviéramos tiempo de probar todas las viandas y bebidas que conseguimos para nuestros invitados. Fue otra gran noche, otra de esas fantásticas veladas que creamos para muchos de la nada y que culminó en nuestra cama de nuevo, en nuestro colchón gigante en el piso de madera a modo de cama japonesa, destrozadas del cansancio y ávidas de amor, besos y abrazos por lo bonitas que hacíamos las cosas y por el éxito que nos acompañaba. Un éxito que brillaba en forma de luz invisible y que nos llenaba.

Mi segunda decepción en el mundo de la literatura fue al darme cuenta que era un mundo como todos los demás, no como yo creía. Un mundo en el que lo único que cuenta es el dinero y los resultados; en el que, si no pagas, tu libro se pierde en los últimos rincones de las estanterías. Y es que yo pensaba que en las librerías y en los comercios se funcionaba de forma honesta, que los libros de novedades y las pilas eran a criterio de los nuevos lanzamientos, no a criterio del dinero. Pero estaba equivocada.

Así que, una vez más, mi decepción, al ver que efectivamente el libro empezaba a encontrarse a la venta, fue mayúscula cada vez que lo ponían detrás de muchos o en la estantería de más arriba, y al descubrir que, si no se vendía en un corto periodo de tiempo, lo devolvían a la editorial para dejar espacio libre a un *Harry Potter* o a un *Cincuenta sombras de Grey*.

La ley del mercado, la ley de la selva, la ley del más fuerte que también está instalada en el arte y la cultura, precisamente los generadores de todo lo contrario.

Una desagradable sorpresa.

SPECTRE

«Crees que no me duele no ser parte de todos tus proyectos, pero lo lamento, me duele y me va a seguir atormentando.

Dolorosamente para mí, tienes una hija por la que debes relacionarte con su madre y lo más jodido es que esa relación que tienes es de marido y mujer, algo que yo nunca tendré contigo y que, para colmo, me tendría que seguir tragando si seguimos juntos.

Lo de tu divorcio ha sido una mentira, una falacia de los dos, pero ya no me importa, es algo que no veré, por fortuna».

$$* \quad * \quad *$$

Los domingos salíamos a correr y andar por un hermoso bosque cerca de Santa Esperanza, lleno de vegetación, en la que encontrábamos la paz que el humo de la ciudad nos retiraba. Casi siempre hacíamos el mismo recorrido hasta llegar a un pasillo de árboles de troncos gigantes, que parecía la puerta de entrada a otro mundo, al mundo de Alicia en el que estábamos inmersas. Una entrada que también podía ser la salida y que quizá así fue el día que Orna se sentó sola, de espaldas a mí, para abrirla de nuevo en su mente, quizá deliberadamente o quizá sin darse cuenta.

Orna y Mar se parecían mucho más de lo que ellas creían; dos mujeres luchadoras, incansables, con un amor profundo hacia mí, trabajadoras, guapísimas y encantadoras cuando querían.

Así se lo expresé en una carta con copia a las dos, en la que les decía que me hacían falta por igual; quizá por eso Mar nunca entregó en el juzgado los papeles del divorcio, que le había firmado hacía ya mucho.

Eran iguales, pero cada una me proporcionaba cosas diferentes; mientras Mar me traía la paz y la seguridad, Orna me proporcionaba la libertad que siempre había deseado para crear en todos los sentidos. El naranja era su color, el de ambas, y me perseguía sin yo darme cuenta, el emblema que las distinguía y las igualaba era ese tono afrutado del que su profesión las cubría, a una por la telefonía y a otra por la política; las dos eran grandes mujeres, sin duda. Pero la vida se había encargado de ponerme cerca de la morena y apartarme de la rubia (que también era morena).

Así seguíamos nuestras vidas Orna y yo, asistiendo a todo tipo de eventos sociales y creándolos, invitando a sus amigas a que nos acompañaran, invitando a Lucy, a ver si de una vez se decidían.

A mí me tocaba presentar mi libro en las ferias de literatura, me tocaba dar charlas sobre él y contar mi experiencia en diferentes foros, porque era un libro que se prestaba a ello, a poder ayudar a otras personas a ver un poco más allá de lo que pensaban que eran.

Seguíamos practicando budismo frente a nuestro altar, seguíamos acudiendo a fiestas fantásticas, como la presentación de la esperada película de James Bond del momento, seguíamos de acá para allá, ella y yo, luchando por un futuro unidas. Seguíamos riéndonos en los campos de golf, en las pistas de carreras, en las montañas, en casa, en un restaurante italiano que nos encantaba en Polanco, en todos los sitios que visitábamos, con todo lo que nos ocurría, cosas fuera de lo común. Y es que no se puede pretender tener una vida normal con quien no lo es, porque si lo fuera no habría hecho cosas insólitas, habría hecho cosas normales.

Nuestra casa y nuestras vidas estaban llenas de luz.

El amor era sentir que perdía la vida cuando me faltaba.

Amor era sentir el pecho hundido cuando no estaba a mi lado.

El amor era sentir que estaba dentro de mí cuando estaba lejos.

Amar era sentir el dolor que ella sentía cuando sufría por algo.

El amor era dejarse llevar muy lejos, hasta donde pocos llegan; era soltarse y ser libre junto a ella; era un milagro que se cuaja en los más altos cielos entre nuestras almas. Puedes ser mil cosas de alguien: compañero, amante, marido, esposa, amigo, quizá querido…, pero el amor de la vida de alguien solo está en lo divino. Y así era, éramos algo nacido en los cielos, algo que venía más allá de las tierras que pisamos, y se notaba, lo notaba cualquiera que nos hubiese conocido.

Quien ha sentido lo que digo, entenderá de lo que hablo.

Me di cuenta de que las energías se mueven a mi alrededor de tal manera que me es imposible parar las miles de cosas que genero allí donde esté.

Siempre pasa algo que nunca deja indiferente.

Mucho, para quienes prefieren que nunca ocurra nada; poco, para lo que yo espero.

Antes de ir a Madrid a celebrar el cumpleaños de mi hija, recibimos la invitación de una cadena de hoteles en Nayarit para pasar unos días de fiesta entre amigos inaugurando un recinto.

Fueron unos días especiales de risas y visitas a lugares envidiables, pero pasó algo que me puso sobre aviso (y no fue la balacera que ocurrió unos días más tarde, en uno de los restaurantes más *chic* de la ciudad, donde habíamos cenado).

Había comido algo en mal estado y empecé a ponerme enferma; desde aquella vez que Orna había visto cómo me desmayaba al vomitar y me golpeaba con la taza del wáter, no había estado tan horrible, pero esta intoxicación alimentaria fue tan fuerte que nunca he sabido en qué momento logré salir de ella.

Estaba totalmente deshidratada, con un hilo muy fino de vida en la cama, cuando la fiebre o quién sabe si otra cosa, se apoderó de mí y empecé a hablarle a Orna en otra jerga. Era una lengua que no conocía, una lengua que jamás había oído y que se expresaba a través de mi boca, ante el asombro de Orna, con una claridad y una sintaxis digna de un gran idioma de otro espacio y otro tiempo. En la inconsciencia, yo era consciente de ello y Orna, asustada porque sabía que las palabras estaban dirigidas a ella, incluso lo grabó con su celular.

Algo muy enfadado se estaba expresando a través de mí y era la primera vez que lo hacía de una manera tan arrolladora. Algo quería decirle que no continuara por ese camino, algo quería avisarnos de que los ojos del demonio ya se habían fijado en nosotras, porque, como los cuervos, el mal va a lo que más brilla.

Orna llamó a los servicios de urgencias del hotel, pero, después de esas palabras, después de ese momento, todo el mal que atormentaba mi físico desapareció y me encontré en la terraza de la habitación, mirando desde lo alto el mar, sentada en una silla reflexionando sobre lo que acababa de ocurrir.

En ese momento no le encontré el sentido que más tarde descubrí, pero sí sabía que formaba parte de una lucha entre la luz y la oscuridad que se viene desarrollando desde los confines de los tiempos, y sabía que esa voz había venido a avisarnos de algo.

La oscuridad y la luz están sumidas en una batalla constante que intenta cambiar lo negro por lo brillante y lo luminoso por lo velado.

Así eran nuestras vidas, llenas de brillo, al igual que nuestra casa, que lo desprendía desde los bombones dorados que una conocida marca me regalaba hasta el último destello que reflejaba el cuarzo más escondido en la esquina con más sombra. Pero el brillo solo duró hasta que lo oscuro se fue colando, poco a poco, bajo la rendija de nuestra puerta, sin que nos diéramos cuenta de las señales que la luz nos mandaba cuando parpadeaba.

Mientras eso sucedía grabé un episodio de una popular serie y conocí a Ce, la dueña de una peluquería que se convirtió en mi esteticista particular y en una gran consejera y amiga, y que, sin ella saberlo, el día que me propuso ponerme extensiones en el pelo, encendió la chispa que me faltaba para dar el paso más importante de mi vida; me vi tan bien con ellas, tan cerca de mí… Me pareció tan fácil llegar a cumplir uno de mis sueños que la revolución comenzó en ese momento.

Había investigado sobre las facilidades que en España se estaban dando a las personas transgénero para realizar una transformación. Al parecer, la Seguridad Social cubría todos los gastos de operaciones y tratamientos, y brindaba apoyo desde diferentes campos.

Y así, por primera vez, le dije a Orna que tenía intención de investigar sobre el proceso cuando llegase a mi país de origen, lo cual tomó muy bien, animándome a que lo hiciera. Hablamos sobre ello y, aunque entre risas me pidiera que esperara unos años para hacerlo, estaba dispuesta a apoyarme en todo, a sabiendas de que era algo muy importante en mi vida y que había deseado siempre.

Entonces, pasó algo curioso, estábamos pensando qué nombre era adecuado para mi cambio y le pregunté a mi mujer qué le parecía el nombre de Sonya. De repente, sonó mi celular: «Hola, buenos días, le llamo del Banco Popular, ¿tengo el gusto de hablar con la señorita Sonya?». Nos quedamos alucinadas, era una señal divina, me acababan de ratificar cómo debía llamarme. Rápidamente le dije al señor del banco que se había confundido, totalmente sacada de onda, y es que pocas cosas tan directas me habían dicho en toda mi vida. Demasiada casualidad.

Compartíamos hasta la ropa, prácticamente vivíamos como dos mujeres, incluso más yo que ella, pues yo hacía muchas labores socialmente femeninas y ella muchas consideradas más masculinas. Pero no importaba, nos amábamos como lo que éramos.

Lo que no le pareció tan bien es que me fuera a Madrid otra vez sin ella a pasar las Navidades, lo que provocó una nueva bronca y nuevos golpes que yo ya no estaba dispuesta a seguir recibiendo. Esa fue la primera vez que la amenacé con que no habría próxima, porque iría sin dilación a interponer una denuncia contra ella si volvía a repetirse lo que ya se estaba convirtiendo en fea costumbre. También entonces comencé a grabar audios y vídeos, y a tomar fotografías de lo que estaba sucediendo, porque había dos Ornas y esa que surgía en momentos de furia no sabía hasta dónde sería capaz de llegar.

Celebré el cumpleaños de mi hija y, de nuevo, unas Navidades llenas de tristeza, empañadas por el acoso telefónico y los mensajes constantes de mi mujer mexicana, que seguía sin asimilar que me debía a una familia, a la que había abandonado por ella, aunque fuera tan solo por unos días.

«¡Vete de mi vida de una vez por todas, estoy hasta el culo de ti y tus putas migajas!».

«¡¡Vete a la mierda!!, yo no voy a empezar el año con un puto, tenlo por seguro».

«Esto es lo último que te escribo, que no se te pase por la imaginación que voy estar en el aeropuerto esperándote, no me vas a volver a ver, tenlo por seguro».

Más tarde también me enteré de que tenía mi teléfono conectado a un geolocalizador y que espiaba constantemente mis movimientos, pero nunca le dije nada, porque yo sabía que no estaba haciendo nada malo que pudiera perjudicarla.

Al llegar de nuevo a México para afrontar ese principio de año con ella, me di cuenta de que había pasado el tiempo con su exnovio, con sus perros y con los sobrinos del ex, a los que llamaba sus «sobrinos» y con los que aprovechó para rememorar viejos tiempos yendo a los estrenos de las películas navideñas del momento, entre ellas la última de *Star Wars*, que yo vi al mismo tiempo al otro lado del continente con mi hija. No le dije nada porque ya habíamos tenido suficientes peleas y quería comenzar el nuevo año tranquila, así que, cuando vino a buscarme al aeropuerto, tan solo nos dimos besos y cargamos la maleta, repleta de jamón ibérico, hasta la camioneta.

Para pasar el Fin de Año, elegimos un hotel holístico que se encontraba en lo alto de un cerro; una habitación con chimenea y un marco incomparable. Evidentemente, discutimos durante la comida por el tiempo que había pasado en España, pero reservamos la cena de Nochevieja en el mismo hotel, ya recuperadas de los malos rollos.

Pocas veces había recibido el año fuera de mi entorno (y tan solo una vez la que no me había comido las uvas a tiempo, en Milán, porque allí comen lentejas), pero aquel lugar resultaba magnífico: al fondo de la terraza, en lo alto de la montaña, se divisaba la hermosa estampa de un pequeño pueblo con los edificios más relevantes iluminados. La cena fue exquisita y todos íbamos arreglados para esa ocasión tan especial en el calendario. Estaba esperando el momento de las uvas (con los nervios típicos de cualquier español, por ver si le dará tiempo a seguir la tradición de comer una uva con cada una de las campanadas), cuando el encargado de organizar el evento en el hotel, un señor sin gracia ninguna, hizo una cuenta atrás, y… ya.

«¡No!, esperen un momento, ¿y las campanadas?».

Cuando me quise dar cuenta, todos se habían comido sus uvas sin orden ni concierto y los cohetes inundaban el cielo de la ciudad. Aquello era un mal presagio, el mal presagio de llegar tarde, de no hacerlo correcto… Esa es la sensación que me envolvió y que intenté evitar mientras besaba a mi hermosa morena y brindaba con ella por una vida feliz, y mientras hacíamos el amor como locas frente a la chimenea, que le daba un aspecto salvaje a nuestra sexualidad cuando el amarillo de las llamas quemaba nuestras pieles, dibujando sombras y luces en nuestros cuerpos.

Ese día, Orna me recordó más que nunca a la bruja que se folla a Arnold Schwarzenegger en la primera parte de *Conan el Bárbaro*, y es que aquella película siempre tuvo algo que ver con ella, desde el pelo negro y lacio que se asemejaba al del villano, hasta la magia épica que cubre el film y nos envolvía a nosotras.

A la mañana siguiente, no pude más que retratar la maravillosa estampa que se formó con la silueta de mi hermosa mujer y el fondo iluminado por la luz y por los focos en el ventanal a sus espaldas. Esa estampa siempre fue un proyecto de cuadro para mí, por su belleza y por su significado, y acabó plasmado más tarde entre los restos de nuestra vida, en uno dedicado a ella. Una sombra buscando la luz, la oscuridad de un ser iluminado, la belleza de lo negro, la atracción de lo prohibido.

La lucha cada vez se hacía más evidente entre ella y yo, entre la luz y la sombra, entre el pasado y el futuro… y yo solo quería que esos mundos se uniesen para siempre en las bondades de ambos, para crear un nuevo ser nacido de los opuestos iguales y comenzar el principio de un nuevo mundo.

Los espectros estaban llegando a las puertas del muro.

FLORES

Las cosas empezaban mejor de lo que las uvas habían predicho. Quise retomar mi afición por la pintura y comencé a plasmar una imagen que siempre me había dado vueltas en la cabeza: la de una fotografía que había hecho a unos juguetes en un kiosco a la entrada de Mixquic, cuyos colores eran perfectos para lo que mi mente estaba maquinando en esos momentos.

Por aquel entonces, surgió la posibilidad de hacer una presentación por todo lo alto de mi libro en Cancún, y allá que nos fuimos las dos con todo nuestro amor.

Nos alojaron en el Zivart, justo en la esquina más alejada del paseo de Kukulkan, enclavado en un hermoso faro desdeñado, con la pintura a rayas rojas y blancas, intentando tapar el óxido y el salitre del mar.

Lo pasamos en grande de un restaurante al otro, de una actividad a otra, de la playa a la alberca. Todo estaba de nuestra parte para hacer algo grande, las gaviotas se combinaban con el azul del mar, ayudándonos a realizar unas magníficas fotografías, llenas de magia, en un puente de madera en el que nos instalamos con el libro. Parecía que las aves respondían a una llamada divina al sobrevolar tan cerca como para cubrir las espaldas del aura y llenar de alas las alas propias de quien volaba con ellas.

Hacía poco que había comprado unos vestidos en una conocida tienda cerca de casa, un modelo era morado con flores blancas y el otro naranja intenso, compré dos tallas de cada, una para

Orna y la otra para mí. El de flores fue el que ella llevó en la presentación del restaurante orgánico donde la prensa local nos acogió de manera extraordinaria, mientras yo elegí el blanco como instrumento de canalización. Di una hermosa charla a los allí congregados exponiendo las virtudes del libro y hablando un poco sobre lo que en él se relataba, y ahí me di cuenta de que muchas de las cosas que uno promulga no las cumple en casa (como aquello del herrero con cuchillo de palo). Y es que mi vida solo era estar pendiente de Orna, viéndola hablar con todo el mundo, haciendo relaciones…, tan hermosa, tan bella, con tanta clase como nunca tuvo, no quería verla nunca más en ese ambiente de piel de oveja, de lana empastada, haciendo como que era *hippie* como antes la había encontrado.

Allí, en ese Cancún que tanto nos gustaba, las dos salimos con nuestro vestido naranja saturado. Quizá en mí parecía más una camisa por cómo lo llevaba, sobrepuesto a unos cortos pantalones vaqueros, pero, aun así, sentía que era nuestra primera vez, la primera vez que nos acercamos a eso que mi espíritu anhelaba desde que había nacido en el cuerpo de un hombre. Cada vez me acercaba más, nos acercábamos más, a esas dos mujeres que vivían juntas. Así nos fuimos a cenar, así nos hicimos una sesión de fotos impresionantes junto al fuego tribal de los jardines del hotel, así salimos a dar nuestra primera vuelta por la calle, por la zona de marcha, para excitar nuestros sentidos con las bailarinas y el olor a sexo que las hormonas efervescentes de los jóvenes emanan; así nos hicimos nuestras fotos juntas bajo el faro que nos iluminaba hasta entonces y que pronto dejaría de alumbrarnos.

Cada vez que nuestro amor se engrandecía, la maldad tomaba mucha más fuerza. La envidia que generábamos se pegaba a nosotras demasiado. Y es que teníamos una vida envidiable, una vida irrepetible.

Al regreso a nuestro departamento en Santa Esperanza, organizamos una comida familiar para celebrar el cumpleaños del hermano de Orna. Como siempre, aparte de nuestros favoritos caracoles y almejas, les hicimos carne a la parrilla, un arroz exquisito, los pimientos de padrón con jamón serrano y patatas, nuestras crujientes alitas de pollo y una sangría española digna de cualquier marqués.

Pasamos un buen rato y nos reímos mucho, pero si hablo de ello no es para decir lo mucho que nos divertimos, sino porque aquel día las premoniciones y los asaltos a mi alma fueron constantes.

En un momento íbamos a hacer una foto grupal y les dije algo que vi con claridad, a lo cual rieron y no dieron importancia: les pedí que se hicieran la foto solos, sin mí, porque quizá el año siguiente ya no estaría en ella.

Su familia me caía bien, era gente trabajadora, de clase media, oftalmólogos en su mayoría, y, aunque tuviera muchas diferencias de parecer con ellos, siempre les tuve un aprecio enorme. A su madre, aunque su religiosidad extrema fuera irritante; a su padre, aunque su inconsciencia a la hora de tener sexo le llevara a llenarlos de hermanitos perdidos incluso con la edad que tenía; a su hermano pequeño, que olía las cosas antes de comerlas como si fuera un chihuahua o como si le fueran a envenenar; a su hermana mediana, a la que veía que ocultaba una vida que no se atrevía a exponer; a su hermano mayor, en el que se observaba una violencia contenida por el tiempo, pero que me gustaba porque de vez en cuando se peleaba con su hermana por las inconsciencias que esta se gastaba con sus familiares… Y es que, para Orna, aunque la familia fuera lo primero, siempre la dejaba para lo último. Aunque los ayudara con trabajos y apoyos, al final quedaba como una auténtica desalmada cuando le quería cobrar a su abuela por una cocinita que no utilizaba. La pela siempre fue la pela para Orna, un refrán catalán de cuando en España se utilizaba la peseta (llamada, coloquialmente, «pela») y que traducido significa que el dinero es el dinero y está por encima de cualquier cosa.

Eso era algo que le preocupaba demasiado, algo que desde que le había expuesto mis intenciones de combinar mi alma con mi físico me preguntaba constantemente, sin yo poder tener respuesta, qué iba a hacer o a qué me iba a dedicar, obviamente para saber qué clase de futuro le esperaba. Pero era imposible que pudiera darle gusto a su inseguridad calmándola con algo concreto, porque el mundo en el que me iba a meter era incierto, impredecible... un mundo en blanco, una hoja que se iba a escribir poco a poco, inexplicable aún.

La lucha entre la luz y la oscuridad estaba evolucionando y comenzó a expresarse en acontecimientos cada vez más extraños. Nuestras peleas se hacían cada vez más constantes, y en ellas algo se manifestaba y quería salir, algo que aterrorizaba a Orna y hacía que se calmara a la vez, una especie de ente muy poderoso que hablaba con ella a través de mí, intentando hacerla entrar en razón...

Yo quería salir de una situación que estaba empezando a descontrolarse, no había ningún tipo de orden en nuestras vidas. Hacíamos intentos con la empresa, tratando que su hermana y su novio se movieran por los bazares, pero cada intento tenía unas consecuencias fatales por la falta de organización y de energía. Todo lo que generábamos se estropeaba de la misma manera que había surgido, y un ejemplo claro que me sacó de quicio totalmente fue el día en que participamos en un mercadillo de la Cruz Roja.

Todo iba perfecto ese día, Orna y yo habíamos hecho un trabajo exhaustivo ordenando las piezas y sus precios, y tan solo teníamos que ir al lugar a una hora determinada para montar las mesas y que su hermana se encargase de venderlas.

Ese día estábamos preparadas en la calle desde bien temprano, pero ni su hermana ni su novio llegaban. Como siempre, la falta de compromiso nos pasaba factura. Al final acabé peleada con todos porque no podía más con ese *valemadrismo* de todos a la hora de hacer cualquier cosa, con esa falta de puntualidad y de disciplina.

Orna terminó cargando las piezas en nuestra camioneta y se fue, mientras yo esperaba al novio con el otro coche, cagando leches al lugar del evento, ya que tenía una hora límite de entrada a los expositores.

Cuando estaba viendo llegar, tan pancho, al novio, sonó mi celular. Era Orna que acababa de estrellar la camioneta. Estaba tan nerviosa y cabreada que, después de comprobar que estaba bien, no pude contenerme y la mandé a la mierda, a ella y a todos.

Llegué lo más rápido que pude al lugar del siniestro, era la segunda vez que destrozábamos la camioneta, la primera vez había sido su secretario, a quien se la dejábamos cuando se le hacía tarde para que no llegara de madrugada a su casa, y en una de esas la estampó contra un camión. Esta segunda había ocurrido por la velocidad y el despiste que Orna imprimía siempre a la conducción. Se le había ido hacia el lado izquierdo, y había rebotado con la separación de carriles para acabar estrellándose en el lado derecho contra unos arbustos y rocas. Afortunadamente no le había pasado nada, ni a ella ni a su hermana, y yo, al verla allí después de haberle gritado, lo único que quise fue abrazarla y besarla.

Me recordó la vez que mi esposa, en un despiste, había atropellado a una mujer en un paso de cebra por ir hablando con sus compañeros, a los que llevaba con ella al trabajo en nuestro deportivo negro. Afortunadamente no le pasó nada a nadie, pero el cabreo y mi condescendencia y empatía con mi anterior y actual mujer, fueron los mismos. Y es que el amor siempre está por encima de todo, pasa como con los niños. Hagan la prueba: que cualquiera que no aman se atreva a estropear algo de ustedes aunque sea sin darse cuenta a ver qué le dicen; en cambio que sea su hijo, como ya les comenté que me ha pasado, el que con un cuchillo te raya toda la pantalla del televisor o te rompe el sofá, o tira agua en la computadora; la primera reacción es un grito, pero la segunda es la piedad total y absoluta, incluso el surgimiento de un amor todavía más profundo.

Así me pasaba cada vez que Orna me hacía alguna, lejos de odiarla, la quería incluso más después de verla en una situación tan compleja y delicada para ella.

Yo seguía con las presentaciones de mi libro y, en paralelo, con la producción de un programa que un cineasta y yo habíamos imaginado, en el que contábamos un viaje por los lugares más emblemáticos de México desde un punto de vista espiritual. Habíamos comenzado a levantar imágenes del Estado de México, tomar planos desde un globo a las pirámides, fotografiar toda esa magia…, pero el cineasta no entendía lo que yo pretendía o yo no entendía lo que pretendía él, que no paraba de pelearse con el productor que nos había asociado la cadena para la que estábamos preparando el producto. Ellos estaban cambiándome la idea original a un formato visto mil veces que yo no quería repetir. Todo ello más la falta de compromiso y de organización, las mentiras y los egos, hicieron que terminara prescindiendo de él, no solo para ese proyecto, sino para otros en los que le había involucrado, y me fastidiaba, porque me había hecho perder mucho tiempo y recursos y había destrozado una gran idea.

De nuevo esa oscuridad que nos perseguía estaba hundiendo, poco a poco, todo lo que levantaba. Estaba pasando por un periodo en el que las cosas no andaban bien y decidí que lo mejor era encerrarme en casa y comenzar la idea que ya hacía algunos años había anunciado a la prensa: preparar mi primera exposición de cuadros en México. Y, como había hecho otras veces, decidí dejarme guiar por uno de mis sueños.

Así, al despertar, dibujé lo que, sin yo saberlo, sería el cartel de la presentación de la *expo*. No solo sabía la obra que iba a realizar, sino que sabía cuál iba a ser el resultado y la promoción.

Volví a generar lo que había destacado en mí siempre, esa forma de ver la vida, de resaltar lo bueno y lo bonito en lugar de lo horrible y feo que hay en el mundo. Me propuse crear once obras del mismo tamaño en óleo, con colores brillantes, siguiendo mi estilo geométrico de líneas remarcadas. Mis reglas no aprendidas eran claras y nunca me las saltaba, no podía poner el mismo color seguido nunca, no podía hacer nada redondo, todo debía ser angular.

Decidí que esas once primeras obras creadas en mi país de acogida fueran un homenaje a él, por ello la titulé *Luminoso de México*, y por ello escogí las once imágenes más relevantes que encontré en la calle y que reflejaban el color de sus gentes y pueblos.

Era un proyecto precioso que comencé con una caja de pinturas, un par de pinceles y un lienzo pegado a la pared. Nunca fui de esa gente que se compra toda una equipación cada vez que decide hacer algo, nunca fui de esa gente que se disfraza de ciclista para dar una vuelta a la manzana con un triciclo, nunca fui de esa gente que se compra todo el *kit* de explorador para ir a hacer unas chuletas al campo. Siempre fui de crear sin nada, de inventar, de resultados.

Lo que sí sabía es que esa exposición iba a dar que hablar, porque en ese dibujo que me atravesó en el sueño me vi como Frida Kahlo.

Mientras creaba, el amor y la luz seguían imponiéndose a esa oscuridad que evidenciaba su participación a cada instante.

Orna, por su parte, andaba ajetreada con sus múltiples compromisos y yo la ayudaba en todo lo que podía, incluso en el evento de la llegada del Papa a Morelos; un evento que la tuvo noches sin dormir y a mí dando vueltas para entrarla y sacarla de la inmensa muchedumbre que se había congregado, entre meados y basura, a ver una multitudinaria misa en la que el religioso pedía que todos se amasen, mientras ellos se empujaban por un mejor sitio. ¡Qué hipócrita es la sociedad!

* * *

Orna y yo quisimos hacer algo nuevo, quisimos escaparnos y comprobar hasta qué punto nos queríamos. Ella quiso darme una sorpresa y me llevó a una hermosa hacienda para que disfrutáramos de ser niñas las dos.

Ella quería que fuera una noche especial, quería que fuéramos a cenar maquilladas, quería verme vivir con el vestido de flores puesto, quería verme feliz. Nunca pude agradecerle lo suficiente ese gesto de amor profundo y, aunque yo no me atreviese a usar el vestido durante la cena, sí lo hice, después, para ir a dar una vuelta.

Las dos estábamos muy nerviosas, se notaba que estábamos haciendo algo prohibido, y hasta cierto punto no queríamos que nos viera nadie caminar por esa hacienda, yo maquillada y con mis patitas al aire. Nos reímos como locas, nos escondimos en todos los rincones cada vez que oíamos pasar a cualquier huésped, a cualquier guardia.

Esa noche brindamos escondidas en unas escaleras y nos besamos de amor como en tantas ocasiones nos besamos en el estado de Puebla.

Qué importante fue esa ciudad en nuestras vidas (de ahí se supone que vengo yo, por cierto, pues así me conoce el público, como poblano), allí habíamos vivido nuestra primera noche de niñas en la calle, allí nos habíamos peleado y amado en varias ocasiones, allí nos hicieron la foto que decora mi muerte, mientras esperábamos nuestros chiles en nogada. Allí, más adelante, ocurrirían cosas con otras personas a mis espaldas...

COREA

Me habían contratado para un programa en la televisora de la competencia, que tenía un presupuesto y una proyección envidiables. Iba a realizarlo y, después, acudir con Orna a la boda de su primo, en Zacatecas.

Los planes cambiaron cuando me llamó la madre de mi hija para pedirme el favor de que cuidara de la niña mientras ella resolvía el enorme papeleo que le había quedado tras la muerte de su padre.

Cuando le dije a Orna que debía ir a Madrid y que no sabía exactamente cuándo iba a regresar, tuvimos una pelea enorme en la que casi me estrangula al agarrarme el cuello por la espalda y apretar con toda su fuerza. Yo no podía más, pero no quería denunciarla, no quería ponerle la mano encima y defenderme del daño que me estaba haciendo cada vez que pasaba algo así, no quería que siguiera esa violencia absurda cada vez que tenía que ir con mi hija a Madrid... No quería hacerle daño de ninguna manera, pero cada vez que sucedía algo así me veía obligada a recabar pruebas para defenderme.

«No te voy a engañar, cada vez que te vas y tomas un avión, me angustio, te extraño desde el momento en que te alejas de mí... No quise que fuera así, simplemente lo fue.

Yo siempre he deseado verte bien, que emprendas muchas cosas y obtengas logros, deseé ser un apoyo para ti y parece que solo he sido una piedra en tu zapato.

Me da pena todo esto, me jode, me da sufrimiento y tristeza, estoy vomitando bilis por tercera vez hoy, llorando, como te dije antes, lo que nunca».

Ya había intentado disuadirla con escritos, con fotos, con amenazas de lo que estaba dispuesta a hacer si seguía por ese camino de violencia, pero Orna no tenía límites, no podía parar la rabia y el odio que le generaba la madre de mi hija, sobre todo porque cada vez que ocurría algo semejante yo la comparaba, comparaba las virtudes de lo que había dejado atrás, mi hogar, mi gente, mi hija y una mujer maravillosa, trabajadora y bella, por una persona a la que tenía que grabar en vídeo mientras me pegaba o no me dejaba salir de casa para ir a la policía.

Sé que los e-mails o los mensajes que le enviaba después de algo así eran muy duros, pero no podía más. Sé que especialmente le hizo daño uno en el que le explicaba cómo me sentía al ver tanta violencia en una mujer que decía me amaba, mientras me apaleaba. Sé que especialmente le dolía el no saber si regresaría nunca y si dejaría de amarla o la abandonaría, pero nada más lejos de la realidad, porque yo siempre volvía. Mi amor siempre se imponía, no sé ya si por una especie de síndrome de Estocolmo, en el que la víctima se enamora de su captor. El caso es que no me importaban los golpes tanto como el amor que tenía, pero siempre utilizaba mis armas para devolverle el daño, aunque no fuera de manera explícita.

*   *   *

Por mucho que te haya maravillado una comida, un perfume, es imposible reproducir esa sensación que te producen el olor o el sabor si no los tienes. Solamente puedes recordar lo que te gustaba.

Lo mismo pasa con el amor, es imposible reproducir una sensación de tal magnitud sin la persona que amas a tu lado, por mucho que te quemes en el intento.

*   *   *

Esa última vez nos marcó (mucho más a ella que a mí), recordé cuando me decía que yo no le felicitaba la puta Navidad. ¿Acaso no podía entender que para mí es un periodo de luto? ¡Qué obsesión tenía con todo lo relacionado con la familia, con la Navidad, los cumpleaños o las bodas! Y cuánto me arrepiento de esa maldita boda a la que no la acompañé en Zacatecas…

Grabé el programa de música después de nuestra reconciliación y antes de acudir al requerimiento de la madre de mi hija.

Nunca supe lo que iba a repercutir en nuestras vidas el no celebrar mi cumpleaños con Orna, el dejarla sola en la celebración de su primo… El familiar que contraía matrimonio trabajaba en Alaska y llegaron de allí hasta sus jefes, mientras que su hermana, a dos pasos, pasó de ir por diferencias entre ellos, algo habitual en una familia en que unos estaban peleados con los otros. La que sí acudió fue la zorrilla de nuestra adoptada, que acompañó a Orna, y eso fue determinante, porque era una niña que llamaba mucho la atención de los hombres y, además de aventada, era una incitadora.

La comunicación desde Madrid con Orna fue buena, parecía que algo había cambiado en ella y pensé que por fin se había dado cuenta de que no pasaba nada, que yo tenía obligaciones que cumplir con mi gente y que no me iba por capricho ni por ganas de hacerle daño. Sin embargo, al regresar, encontré ciertas cosas que no me gustaron…

«Se me hace curioso que pienses ciertas cosas y no quieras imaginar que estoy en nuestro hogar, sin ganas de salir porque soy la persona más triste del universo, pensar en que, a lo mejor, estoy poniendo en orden cosas de la empresa, en que me encuentro enferma por el frío, en que tengo que encender mi computadora y ver series para desconectarme de la realidad y no permitirme pensar en cosas que me destrozan».

Encontré en su agenda una frase en la que se comprometía con ella misma a recuperar todo el poder que había perdido.

Encontré unas fotografías de ella en una cascada dando un paseo con su exnovio en la Navidad pasada.

Encontré la foto de un crío de unos veinte años desde una cama.

Encontré que de repente había cambiado de parecer en cuanto a los penes, pues parecía que ahora le gustaban, según ella por su reloj biológico, que perseguía dejarla preñada.

Encontré un interés especial en establecer un tipo de negocio paralelo en México con las adjudicaciones a las empresas de tuberías de gas que el jefe de su primo quería implantar desde la tierra de los esquimales.

Encontré que se iba a Corea.

Encontré más peleas y desesperación.

Las sombras estaban haciendo un gran trabajo, y prueba de ello fue el día que me encontraba hablando con mi hija frente a la computadora y saludé a su madre. Recuerdo verla venir como loca hacia mí, que estaba sentada en mi silla de oficina blanca, a juego con el sofá de la parte de arriba. Recuerdo mi computadora portátil encima de la mesa de despacho que habíamos comprado, hacía ya tanto tiempo, con tanto amor. Recuerdo verla golpear con tanta fuerza la pantalla, que hizo que la conexión se cortara. Recuerdo verla tirar las macetas y nuestras plantas, como si de un gorila enfurecido en la selva se tratase. La recuerdo totalmente fuera de sus casillas.

Abrí la puerta de casa diciéndole que esta vez sí iba a llamar a la policía. Bajé en el ascensor y corriendo pedí una patrulla, salí a esperarlos a recepción y, en cuanto vi el coche, les dije que era yo quien los había avisado y les expliqué cómo estaba la situación. Subieron conmigo al departamento donde encontramos a Orna barriendo la tierra que había vaciado de las plantas, y nos sentaron en la parte de arriba para que les explicáramos lo que había pasado; yo no podía creer que la policía hubiera tenido que llegar al final a nuestra casa y no pude contener las lágrimas. Nos dijeron que nos calmáramos y que solucionáramos la situación nosotras, que si no queríamos estar juntas, lo mejor sería que nos separáramos por las buenas. Me dijeron, delante de ella, que si quería podía interponer una denuncia y se la llevarían detenida para esclarecer los hechos.

La miré y lloré, ¿cómo le iba a hacer eso al amor de mi vida?

Les di las gracias y les dije que no se preocuparan, que no iba a volver a suceder, que lo íbamos a arreglar.

En cuanto salieron por la puerta, nos abrazamos como nunca antes, y lloramos y nos pedimos perdón por todo lo que nos estaba pasando. Fue la única vez que tuvo que venir la policía a casa (ahora vendrán para echarme por allanamiento, pero no me pienso mover, va a tener que ser con los pies por delante).

A los pocos días me comentó algo de un programa de intercambio internacional del departamento en el que trabajaba y que consistía en pasar unas semanas en algún lugar del mundo para contrastar ideas y demás con homólogos de otros países. Ella se había apuntado en el programa de Corea, un viajecito con todos los gastos pagados y dietas a costa del heraldo, en el que metió más tarde a varios de sus colaboradores para que conocieran el hermoso país. Aquello era una nueva muestra de que, en el Gobierno y en la Política, más valía maña que fuerza y que hacían lo que les daba la gana.

Hablamos sobre la posibilidad de ir con ella, pagándome yo mi estancia, a lo cual no se mostró muy convencida alegando que no iba ninguna pareja de nadie y que iba a ser muy complicado compaginarnos, porque solo asistían mujeres y yo no lo parecía todavía mucho, que en todo caso utilizara ese tiempo para volver a España y pasar unos días con mi hija.

Quizá tenía razón y me iría bien irme a Madrid. Quizá la situación por la que estábamos atravesando requería algo de distancia para pensar sobre nuestra relación. Así que yo me fui por un lado y ella por el otro.

Los primeros días lejos fueron de mucho distanciamiento, hasta que todo comenzó a regresar a su cauce y ya me contaba sus aventuras y desventuras como si fuera Marco Polo. Que si el hotel donde las habían ubicado parecía un puticlub, que si las compañeras árabes eran lesbianas, las risas que se pasaba con las dominicanas y lo mal que se llevaban con las negras jamaicanas.

Yo, por mi parte, aproveché para estar con mi hija y también para dar un primer paso hacia lo desconocido… Y pedí hora al médico de cabecera.

El proceso parecía que iba a ser tedioso y burocrático, ni siquiera mi médico sabía dónde debía derivarme, pues era el primer caso con el que se encontraba en toda su carrera, y yo la primera vez que me atrevía a contarle a un desconocido que siempre había sido una mujer y que quería poner remedio a ello. Fueron momentos emocionantes para mí, de nervios, de saber que estaba dando los pasos correctos porque era la ilusión de la justicia y la verdad lo que me movía.

Al final consiguió lo que buscaba y me mandó con los especialistas, que no tenían hueco hasta cuatro meses más tarde, así que regresé unos días antes a Ciudad de México para recoger a Orna en el aeropuerto.

Llegó feliz, llegó cansada y llegó con muchos mensajes de un chino que había conocido, según ella, en el avión, y que quería ligársela.

Nos montamos en un Uber y, no sé si fue por el conductor que nos tocó (que no sé si iba borracho, no había dormido o qué) o por la lluvia, pero casi nos matamos. El pavo estaba medio loco, se puso a darle con el coche a una barrera que habían colocado en el periférico para que no entraran los carros, queriendo entrar por sus cojones, hasta que se le cayó encima del capó y tuvo que recular. Pero lo que me hizo reportarle a la empresa fue la cabezada en una curva, casi llegando a casa, ¡qué susto!

El mal seguía actuando.

Y, sin yo saberlo, Orna estaba inmersa en muchas más cosas de las que yo podía imaginar. Ella venía con las pilas cargadas, con demasiada fuerza; venía contenta por varios motivos. Había estado reflexionando mucho junto a las estatuas doradas de todos los budas, decía.

A mí me trajo una chamarra coreana de hombre (justo lo que deseaba, resaltar mi masculinidad) que me quedaba un poco grande, pero que le agradecí con toda mi alma, hasta que vi los pobres regalos que le había traído a sus padres y hermanos, llaveros y chorradas; hasta que al día siguiente abrí la maleta y me encontré con una preciosa caja de pinceles chinos de pelo de bigote, que parecía costar una fortuna, y que deducía perfectamente a quién iban destinados. A su exnovio cuidaperros… o por lo menos eso parecía lo más lógico.

No me molestó la idea de que le trajera un presente, ya que le tenía de acá para allá trabajando para la asociación y haciéndole los deberes por detrás (ella pensaba que yo no me enteraba). Lo que me molestó fue que ese fuera el único regalo en el que había puesto su corazón. Era un regalo al que le había dedicado tiempo pensando en qué podría agradarle a una persona a la que tenía cariño. Eso me molestó gravemente, porque el valor del mío quedó en nada, por mucho dinero que le hubiese costado. El valor de los regalos que traía a sus amigos y familiares delataba la importancia que cada quién tenía en sus vidas, lo que generó uno de mis ya habituales reclamos ante tanta hipocresía y desfachatez, que a los pocos segundos desaparecían, pero que dejaban huella.

CONGRESO

Una de las cosas que más me extrañó de esa época fue el día que me dijo, sin siquiera consultarme, que iba a tomar clases de inglés por las noches, en una academia cerca de casa.

Si ya era poco el tiempo que teníamos para nosotras, si ya eran pocos los lugares a los que llegábamos tarde, si ya eran pocas todas las cosas en las que estábamos metidas, una más, y a esas horas, me pareció una falta de respeto a nuestra relación, algo que no entendía muy bien, pero a lo que no podía negarme. No iba a impedirle que se desarrollase, no iba a anteponer mi inseguridad y mi falta de caricias a su aprendizaje y formación. Aunque algo me decía, como siempre, que no había trigo limpio en ello.

* * *

Nunca me había interesado por la política hasta que empecé a observar que no era algo tan técnico y limpio como un niño puede llegar a creer.

En España las cárceles se están llenando de banqueros rateros y políticos corruptos, y eso dice mucho de cómo, cada día más, la justicia y el pueblo tienen controlados a los funcionarios que manejan el dinero de todos.

Yo comparo y observo. Mientras en unos países la prioridad son los ideales o la oferta de cambios para la sociedad, en otros, de lo único que se habla es de puestos.

En realidad, no concibo que no haya nadie que levante la mano ante tantas aberraciones que pasan desapercibidas o ya son tan comunes que parecen normales.

Ahora te pongo aquí para que saltes allí, ahora te pongo allí para que de ahí alcances aquí. Así, sin ningún pudor van ocupando cargos, no por ser los más indicados o para favorecer a la población con sus medidas, no sean ilusos, solo es para saltar como ranas de un buen puesto a otro mejor.

Ranas con grandes sonrisas y muchas despensas para repartir a un pueblo que mendiga migajas, mientras se ríen en su cara a carcajadas.

Quizá a muchos se la den, pero a mí no, HIPÓCRITAS.

Hipócritas camuflados que se rifan las secretarías, las diputaciones, las presidencias, etc., como si fueran jugadores de póquer, sin pensar en ningún momento que las personas a las que representan, su propio pueblo, no son un juego.

No se confundan más, señores políticos, ustedes no son nada, son unos simples administradores, funcionarios contratados por su pueblo; no sigan pensando que son algo, que están por encima de la gente, y mucho menos que los que les pagan son estúpidos.

No sigan pensando que somos imbéciles, dejen de jugar con los cargos y atiendan los problemas de la población antes de que el pueblo, que de momento consiente sus risas, les meta por el culo las despensas, las bicicletas y los sacos de cemento.

Sigo diciendo lo mismo: cuando veas las barbas de tu vecino cortar, pon las tuyas a remojar.

Quizá le quede lejos a algunos España, pero los que se daban la vida padre con casas, coches y lujos de todo tipo, gracias a especulaciones, contratos, amiguísimos, rasuraditas y pactos, ahora están en la cárcel pactando cigarrillos en el patio.

Dejen de chulearnos y pónganse a trabajar por lo que se les paga. No sigan pensando que lo que se les está financiando es su propia carrera, no se equivoquen más, señoritas y señoritos altaneros con sonrisa Colgate.

*   *   *

Algo andaba mal, algo me estaba avisando de que todo estaba revuelto. Demasiadas señales, demasiadas cosas que no me cuadraban…

El peso de ella, 66, 6 kg como la marca del diablo (más tarde me enteré de que la madre de mi hija pesaba lo mismo en el mismo momento), las tuberías que no tragaban agua, la sal que se derramaba y se teñía de rojo. Demasiados llantos en las noches mientras algo se apropiaba de mí.

Y volvió a hacerlo, volvió a pegarme, y ya no pude resistir más.

Me planté delante de la comisaría de Lomas una de las noches que nos enfadamos en las que se fue a dormir fuera de casa, pero seguí sin tener valor a entrar.

Recogía sus cosas, se iba, volvía. Y así una y otra vez: llegaba con sus amigos, recogía sus cosas, las metía en el coche y al poco tiempo regresaba a pedirme perdón al verme hundida; porque es verdad que me tiraba en el baño sin poder respirar del dolor que me causaba perderla.

Y es que se le estaba subiendo a la cabeza un movimiento de su grupo político, un movimiento de esos que resultan obscenos por cómo toman por idiota a la gente.

Ella era sustituta de una política que se quería postular a gobernadora del estado de Morelos y, para ello, no tuvieron mejor idea que mandarla a una secretaría para que, un año antes de las elecciones, fuera haciendo mella en la población, haciéndose la buenas-obras, la dadora, la que arreglaba las cosas, la que salvaría la comunidad. Y eso hacía que Orna fuera a tomar su cargo, uno de los más importantes después del de presidente del Gobierno: ministra de la República.

Todo ello la hizo reflexionar sobre lo nuestro, sobre el impacto que podía tener para su carrera el estar compartiendo su vida con una persona transgénero. Así, mientras yo seguía pintando, ajena a todas estas circunstancias, sus amigos, sus familiares y sus compañeros empezaron a comerle poco a poco la cabeza, diciéndole lo que necesitaba oír, algo que la alejaba de mis expectativas, puesto que la clase de ejemplos que tenía a su alrededor no era muy halagüeña para la causa: machotes, puras hembras, hijos por todos lados sin saber de ellos, amantes pagados con regalos, cuernos por doquier, caprichos, gente que dejaba el amor de lado por una buena vida, señores mayores que iban dejando embarazadas a mujeres jóvenes, etcétera. Unas joyitas en las que no tenía muchas esperanzas para que la ayudaran a tomar el camino del amor.

Si a todo ello le sumamos el hecho de que, probablemente, su partido le diera un toque especial para que dejara todo lo que no le convenía, ya que la estaban preparando para menesteres mayores, quizá un nuevo caballo ganador (yegua en este caso), nuestra convivencia resultaba muy complicada.

Así que empezó a buscar excusas, cada vez más descabelladas, para alejarse de mí, excusas que se contrarrestaban con el amor tan grande que sentía. Excusas que iban desde mi falta de trabajo en esos momentos, a cómo íbamos a formar una familia, a los dichosos niños y a cómo no quería que los recogiera del colegio una mamá extraña y no un papá.

Mis nervios estaban empezando a flaquear, mis dudas a ampliarse, mi vida a tambalearse de forma extrema, y aquello llegó a su punto álgido el día que a la madre de mi hija le cayó el veinte sobre el proceso que iba a emprender y comenzó a machacarme de la misma manera que ella. Todo se estaba aliando para eliminarme, para acabar conmigo.

Siempre que estaba en casa, Orna llevaba una playera con una inscripción en inglés que ponía «Orgullo»; Mar lo llevaba incrustado también, pero sin camiseta, a ella no le hacía falta ir presumiendo de él.

Orna estaba a punto de tomar posesión de su nuevo cargo, algo que borraría toda su amargura por no ser presidenta, algo que me daba la razón cuando le decía que ella debía aspirar a cosas más grandes, algo que sin duda era la primera prueba de que la práctica de *Nam-myoho-renge-kyo* había dado resultados…, algo que era importantísimo y que, sin lugar a dudas, cambiaría nuestras vidas.

«Debería estar muy feliz», le dije, «pero fíjate que siento que este es nuestro fin».

La tormenta se calmaba y de repente regresaba la tromba de agua.

Yo quería que las cosas nos fueran bien y lo intentaba.

Un sábado, se fue temprano a celebrar «el cumpleaños de una amiga». Habíamos quedado en casa para comer juntas y más tarde irnos a uno de nuestros múltiples eventos sociales. Estábamos comunicándonos por mensaje, que si cariñito esto, que si cariñito aquello, y sobre las dos de la tarde me avisó, cuando tenía la comida a punto de echarla al fuego, de que su reunión se estaba retrasando y que la esperara porque llegaría en una hora más. A la hora, me di a la labor de calentar la comida para que cuando llegase estuviese todo listo y no tuviera que esperar con el hambre.

No era la primera vez que llegaba cuando se le daba en gana, ni era la primera vez que discutíamos por ello, pero esta vez, cuando a las cuatro de la tarde me llamó para decirme que comiera yo sola, que definitivamente no iba a llegar porque estaba con su amiga tomando algo, no pude aguantar. Le dije de todo por teléfono, me pareció tal falta de respeto y amor, de tal *valemadrismo,* que le colgué con fuerza.

Esa noche no regresó, ni me contestó a los mensajes ni llamadas, ni la noche siguiente, que solamente me habló para decirme que estaba bien, con sus padres.

Por primera vez pisé la comisaría dispuesta a interponerle una denuncia, y pasé a las dependencias de la unidad de Lomas a preguntar dónde debía hacerlo, con tan buena suerte que la persona que me atendió pertenecía al servicio de maltrato familiar. Estuve hablando con ellos largo y tendido, explicándoles la situación. Quería saber qué opciones había para no tener que llegar a poner una denuncia en toda regla (no quería impedirle ejercer su vocación ni perjudicarla en el trabajo), pero para que pudiéramos vivir en armonía. Lo único que hicieron fue tomar constancia y yo me regresé de nuevo a casa, una vez más, sin denunciarla, porque en realidad no quería más que estar junto a ella y que las cosas fueran bien.

No entendía en qué momento se había estropeado todo. Tan solo observaba una oscuridad tremenda que se estaba apoderando de nosotras, de una manera rapidísima, y que yo quería contrarrestar con cuadros llenos de color.

Esos dos días fueron de una angustia total para mí.

Por un lado, tenía a mi mujer española insultándome constantemente por mi decisión de cambiar de sexo, y por otro lado a mi mujer
mexicana desaparecida sin querer saber nada de mí por lo mismo.
Había creído que me amaban a mí, no a un trozo de carne.

En ese momento tomé los cinturones que ahora llevo en mi cuello, los até al barandal (igual que he hecho hace un rato) y envié un
mensaje de despedida a cada una; a Orna la bloqueé y con Mar seguí
en línea.

Yo miraba hacia el cuadro que estaba pintando en ese momento,
las muñecas y sus colores, y miraba los cinturones, miraba los colores
y miraba los negros cinturones atados unos con otros.

Sonó el teléfono varias veces y al final lo tomé, era Mar que me
pedía que no hiciera ninguna locura, que hablásemos las cosas, que
hablase con Orna…, pero yo sentía que todo estaba destrozado, sin
razón aparente, y ese día me sentí morir.

Colgué y miré de nuevo los cinturones, los agarré con fuerza y,
entonces, por suerte o por desgracia, volví a mirar los colores de mi
cuadro… ¡Nadie se podía quitar la vida delante de aquellos rojos,
azules, verdes, amarillos, rosas, morados y naranjas!

Me vino a la mente un actor muy famoso que se había colgado, de
la misma manera, hacía algún tiempo y de cómo le puse a parir en las
redes sociales diciendo que no había derecho, que una persona que lo
tenía todo, que había sido un ejemplo para la juventud, no podía
quitarse la vida y dejarnos, al resto de seres humanos, pensando que
todo es una mierda. Se llamaba Robin Williams y mis palabras causaron, como siempre, un gran revuelo; mucha gente me decía que no
sabía lo que estaba diciendo. En ese momento los comprendí: yo, que
lo había tenido y tenía todo, una hija maravillosa incluida, estaba a
punto de cometer el mismo error.

Tomé los cinturones, los desaté, llamé a unos amigos, y me fui
a su casa a contarles todo de mi vida. Eso me ayudó muchísimo a
la hora de enfrentarme a lo que venía, y regresó Orna, y recogió
sus cosas, se las llevó, y a las pocas horas regresó de nuevo, por
enésima vez, con ellas, a besarme y a pedirme que lo intentáramos
de nuevo.

Esa noche tuve una nueva premonición para ella que le conté: «Veo cómo un dragón negro te lleva a unas montañas escarpadas, grises, y te encierra en una jaula escondiéndote para siempre». Orna, entre lágrimas, me dijo que, si algún día nos separábamos de verdad, no sabría qué hacer, que me extrañaría y me necesitaría demasiado.

* * *

A las pocas semanas llegó uno de los días más importantes para nosotras, iba a tomar protesta como ministra.

No saben cómo me sentía de orgullosa por ella; por fin las cosas se estaban dando, por fin iba a ver a mi mujer brillar como yo había deseado para ella. Y, aunque el cargo le había llegado de chiripa, también había sido fruto de su esfuerzo, constancia y trabajo.

Ella guardaba un vestido precioso que le había regalado hacía ya tiempo, de la marca a la que representaba. Decía que lo tenía reservado para una ocasión especial, y fue esa.

Estaba preciosa con su vestido corto pero elegante color cielo.

Me pidió que le hiciera las fotografías de la toma, y así lo hice.

Fue muy emocionante estar dentro del hemiciclo y escuchar la característica campana de llamada que invitaba a los diputados a tomar sus lugares para la protesta.

El jefe de prensa de la sala me mandó llamar, me había reconocido y me dijo que pasara con ella en el recorrido y que sin problema me daba permiso para tomar todas las fotografías que quisiera a mi mujer.

Ahí quedaron mis pies, grabados para siempre desde la cámara con la que el Congreso registraba para la posteridad los asuntos relevantes, mientras ella, guapísima y feliz, vivía uno de los momentos más importantes de su vida.

La solemnidad del evento se barrió de mí en cuanto el jefe de la comisión me reconoció también y me saludó preguntándome: «¿Eres celoso?». No supe qué responder, ni tampoco supe qué decir a cada uno de los diputados que me saludaba y me felicitaba por la película, más que «cuidádmela».

Cuando salimos, volví a ver a esa Orna que actuaba de una manera que no me gustaba nada.

Con mucho gusto comencé a hacerle fotografías con todos los amigos que habían venido a visitarla y con miembros de su partido. Había muchos que solo habían asistido para buscar la foto, para buscar el enganche, para seguir trepando y tomar el ejemplo de cómo se hacen las cosas en ese mundo que yo no soportaba. Demasiados lameculos.

Sin embargo, lo que verdaderamente me molestó y que, de nuevo, nos acarreó discusión, fue que tuviera a sus padres a su vera esperando y que pasara a todo el mundo a darle abrazos y fotos excepto a ellos. Yo miraba a sus padres y ellos me miraban a mí igualmente extrañados del comportamiento de la princesa.

La última foto fue para ellos.

Más tarde, en casa, le pregunté cómo había sido capaz de tener ese gesto tan feo con ellos. Me pregunté si el día de nuestra boda sería capaz de hacerse las fotos primero con las damas de honor y luego conmigo o si subiría la foto con ellas y la mía la dejaría en pequeño viéndose solo la silueta.

Por mucho que ella dijera que quería crear una, todo estaba antes que la familia. Vivía en una contradicción, y ese día me lo confirmó.

Su excusa es que ellos iban a estar allí hasta el final, que no se iban a mover y que los demás no tenían por qué estar esperando. Pero aquella no me pareció una respuesta nada convincente y se lo dije, le dije que, si mis padres hubieran estado en el estreno de la película que me dio la fama, con los primeros que me habría retratado habría sido con ellos, hubiera estado quien hubiera estado, aunque fuera el mismísimo rey, habría comprendido que ellos tenían preferencia absoluta ya que me habían dado la vida.

Comprendí entonces todos nuestros problemas; comprendí que por mucho que quisiera tener hijos, por mucho que quisiera o amase a alguien, estos siempre estarían al final en la escala.

Comprendí por qué prefería quedar bien con alguien que acababa de conocer o en el trabajo, sin poner un límite a los horarios, antes que conmigo.

Comprendí el porqué de la mayoría de nuestros problemas; yo estaba ahí, e iba a estar ahí siempre, para cuando ella quisiera, como sus padres y hermanos.

Pero, como dijo la bruja: «Hay alguien que te quiere muchísimo al que le vas a hacer perder la paciencia».

Aun con todo, el día siguiente, en mis redes, le escribí estas palabras llenas de sinceridad y de amor:

«Quiero dedicar este espacio a la persona con la que he vivido los mejores y los peores momentos de mis años en México.

Hemos compartido de todo, risas y llantos; hemos superado momentos muy difíciles con lo único que nos ha unido: el AMOR.

Ha habido mucho amor, por muy diferentes que seamos, con un carácter tan fuerte.

Hoy, hoy me ha hecho llorar esta niña, viéndola ahí, cumpliendo sus sueños; sueños realizados de la misma manera que les digo siempre, con determinación, con constancia, amando lo que hace.

Es fácil demostrar amor cuando las cosas van bien, pero las cosas no van bien si antes no han ido mal… y ahí hemos estado más que nunca.

Besitos, bola hermosa, no todos los días uno puede ser ministro de su país y servir a los demás.

Te quiero».

LA VIOLENCIA

¿Cuánto nivel de violencia es necesario para decidir hundir a la otra persona denunciándola?

La violencia de género o la violencia degenerada en la pareja.

Es gracioso que puedas denunciar que te han partido una pierna y no algo que hace todavía más daño: que te han atravesado el corazón con espadas por la espalda, o de frente, con premeditación y alevosía.

* * *

«¡Me das ascoooo!¡Te odio! ¡No tienes cojonessss!». Vejaciones, gritos, portazos, insultos y para colmo: «Mira cómo me pones». Es increíble, una recibe lo indecible y la culpable de que le griten, la insulten, vapuleen, vejen y violenten siempre es ella misma, ¿no se han dado cuenta? Los culpables de los malos tratos son los que los reciben, no los que los dan: «Me pones de los nervios», «me desesperas y por eso…» te gritan, te pegan o te intentan hacer daño de la manera que sea.

¿Han visto alguna vez *Alien, el octavo pasajero*, en vivo y en directo? Yo sí, varias veces, y varios alienígenas. Es horrible, tienen esos dientes que salen de la boca como las cabezas de los hipopótamos del Tragabolas y babas repugnantes que, cuando caen al suelo, lo deshacen. Son víctimas, pero de ellos mismos. Los *aliens* han invadido el planeta y están entre nosotros, parecen personas normales, pero, cuando se convierten, ni Sigourney Weaver puede acabar con ellos.

No me extraña que esté aquí colgada, lo prefiero antes de que me coma uno de ellos.

Pero ahora en serio: ¿de verdad son los demás los que nos hacen perder los estribos o somos nosotros mismos los que no sabemos controlar el caballo salvaje que llevamos dentro? Al final va a ser cierto que las pirámides las construyeron los extraterrestres, porque no puedo creer que los seres humanos sigan comportándose así, como si fueran de otro planeta, de una especie que quiere devorar a otra inferior. La violencia siempre es superior porque gana sobre todas las cosas. Lo bonito sucumbe a la violencia; lo feo, también, lo agradable y lo desagradable, lo cercano y lo lejano; todo acaba si la violencia se lo propone. Se dice que la paz, la inteligencia y la sensibilidad acaban con la violencia, pero es mentira, solo la apaciguan, solo son la llave que mantiene el candado cerrado.

Reproches, reclamos; a nadie le gusta recibirlos, pero le encanta darlos.

La desproporción en la acción, la desproporción en la reacción.

Reaccionamos desproporcionadamente en muchas ocasiones, ¿por qué? Porque tenemos muy poca proporción interna en nuestros sentimientos. Sentimientos con picos altos y bajos, con una gráfica totalmente arrítmica. Y, sin estabilidad dentro, somos una bomba de relojería fuera, talibanes en potencia, soldados del ISIS que se inmolan por cualquier estupidez.

Política, amor, salud, hijos, cualquier conversación puede activar el botón de pánico y… ¡adiós!

No se puede confiar en personas inestables. Se les cruza un cable y se aprovechan de la situación, sean hombres, mujeres o niños.

Las personas, sin castigo presente flotando en sus desmesuradas acciones, pueden convertirse en verdaderas sádicas. Con impunidad de sentimientos, físicos o mentales, uno puede convertirse en algo aterrador.

Me pegaron como a nadie, pero no rufianes, sino mis amores, he aguantado todo tipo de golpes, pero los que más me han dolido han sido los del corazón, los que fueron a traición.

Siempre supe perdonar, pero ¿cuántas veces puede perdonar la rana al escorpión que cruzaba en su espalda por clavarle el aguijón? La naturaleza del escorpión.

Hace muchos años, en una discoteca, en la pista de baile, un chico borracho me empujó, se empezó a meter conmigo y acabamos peleados por el suelo, con las caras magulladas. Tras ser expulsados, el chico vino con la mano tendida a pedirme perdón, y yo, con buen corazón, hice lo mismo; pero, al ofrecerle mi mano, el joven me propinó un puñetazo que me tiró al suelo y se fue. Qué mala onda, la verdad.

Entonces, compré un machete, me até, como Rambo, una cinta al pelo (en aquel momento todavía no se me habían quitado las ganas de parecerme a una cosa inflada con bótox) y me senté a esperar al chico en la parada de autobús para darle una paliza.

Cuando le vi bajar, tan campante, fui corriendo y gritando hacia él, y el chico asustado me paró y me dijo: «Perdóname, estaba borracho y no sabía lo que hacía».

En ese momento me di cuenta de que yo pertenecía a los buenos, que los calambrazos que había recibido fabricándome espadas láser no habían sido en vano, que realmente era un caballero Jedi (bueno, más bien una dama Jedi), como dicen en la película, «como mi padre antes que yo» (pero mi padre sí que sería caballero y no dama... ¿ok?).

El caso es que le estreché la mano sin dudarlo, y me fui a mi casa, mucho más a gusto que si le hubiera dado una buena paliza al pobre chaval.

Así me he comportado con todos los que me han dado golpes en la vida; me han pegado muchas veces y siempre he sabido perdonar. En ocasiones, estuve a punto de cometer locuras para vengarme, pensé en daños extremos para quienes me dieron los golpes más profundos. Pensé en destrozar las vidas de quienes me habían traicionado, pensé en romper los corazones como a mí me lo habían roto, y también pensé en el karma, y eso siempre me ganó.

Sí, el karma, como Earl en la serie.

El karma siempre actúa cuando menos te lo esperas, lo que generas lo recibes, sin ninguna duda y sin paliativos. Te puedes poner como te pongas, puedes patalear lo que quieras, que la ley de la causa y efecto no te la quita nadie.

Te quejas de que no tienes un hijo y no miras atrás cuando le quitaste la vida a otro.

Te quejas de cómo te traicionaron y no ves cuántas traiciones dejaste a tus espaldas.

Te quejas de cómo te engañaron y no ves los engaños que hiciste en el pasado.

Te quejas de cómo te desprecian y no te acuerdas de a cuántos has despreciado.

Te quejas, te quejas y te quejas de lo que te pasa, y quizá a veces pienses que el daño que se te infringe es muy superior al que tú has causado. Pero no lo creo.

¿Creen ustedes que alguno de esos políticos que roban el dinero de las arcas de sus pueblos duerme tranquilo? Yo no lo creo. No quiero creerlo.

Sin embargo, llevo tiempo viendo gente que hace y dice cosas horrendas, denunciables, desde hace ni se sabe cuánto tiempo, y los miro a la cara y son todos iguales, con características físicas similares, con miradas muy parecidas, con la prepotencia de creerse impunes (aunque con un ojo en la espalda).

Conozco y sé de tipos que se llevan millones, que compran los votos a los jueces y a los que cuentan las papeletas, que cobran comisiones por firmar papeles autorizando obras y mierdas, que cobran un sueldo por dejar vender cosas ilegales en las calles, que ponen a sus amigos en los cargos y se llevan porcentajes del sueldo o lo reparten, gente que se vende y compra, gente que lame el culo de los poderosos para poder alimentarse de sus sobras, aves de rapiña...

Una vez me senté en una mesa con un tipo que vendía leche en polvo para los niños, me quedé impactada cuando propuso un negocio para hacerlo mediante el Gobierno: «Me compra el Gobierno leche para repartirla entre los pobres y te llevas un porcentaje... El dinero está en los pobres... Jajaja».

No se cortó ni un pelo, le dio lo mismo si le grababan, lo que opináramos, daba igual.

Igual que a mucha gente le da igual que le den un título sin haber asistido un solo día a clase o presentando los trabajos que le hace otro a quien le paga.

Lo mismo de igual que trabajar para un partido y haber estado cobrando en B toda la vida sin pagar ningún tipo de impuesto.

Lo mismo de igual que alguien te diga que crea varias empresas fantasma para meter un proyecto y solo una cumpla los requisitos para la licitación y así se la adjudiquen sin sospechas.

Lo mismo de igual que poner a dedo, sin preparación ninguna, a gente en todo tipo de cargos, solo porque se les deben los puestos.

Lo mismo de igual que pararte al haber cometido una infracción y que el policía le diga a su compañero que apague la cámara para pedirte doscientos *pesitos*.

Y es que las cosas que he visto en algunos lares claman al cielo.

Pero una de las cosas que más me han impactado ha sido observar cómo en las conversaciones de los políticos, jamás se habla de los problemas de la gente, pero sí de los de ellos y de cuánto se van a repartir.

Otra fue un policía federal, sentado en una mesa de un restaurante, que, al ser preguntado por la corrupción y las mordidas respondió: «¿Cómo crees que iba a poder sentarme a cenar si no en un restaurante tan caro como este?».

LOS COLORES

Estaba determinada a cumplir con los sueños de ella y con los míos, así que decidí informarme sobre cómo podía conservar mi esperma, sobre cómo podían extraerlo y guardarlo para cuando estuviéramos preparadas para traer una criatura al mundo.

Nunca le dije nada de todo este proceso, quería que fuera una sorpresa para un día especial. Y, mientras, guardaba el certificado de las muestras que habían recogido de mis testículos, en el que decía que eran aptos para la inseminación y que estaban congelados a no sé cuántos grados y no sé qué madres más (y también que, si no pagaba puntualmente todos los meses, me tiraban los prospectos a la papelera). Todo muy bonito explicado, pero en el fondo, venía a decir que ellos no vendían productos congelados, que ellos los tenían en depósito.

A mí nunca me dieron mucha confianza esos sitios (¿y si no valen para nada y te meten los de otro?, ¿y si cuando nace el niño es chino?), pero era la única opción real que nos quedaba para poder tener hijos en un futuro, la otra era revertir la vasectomía y esperar que todo saliera bien para poder ir probando, pero eso era también incompatible con el proceso que iba a empezar en unos meses. Todo se podía, pero había que actuar, y a mí me pareció mejor el congelado… ¡Mira que si luego nos salía el niño como un oso blanco, heladito de frío, pobrecito!

Siempre he imaginado la niña o el niño tan precioso y sano que habríamos podido tener, con esa mezcla física y de culturas tan marcada. Estoy segura de que de nuestra combinación habría nacido un ser con una belleza superior, una criatura especial, sin duda, y diferente, con unas posibilidades inmensas en este mundo y con un brillo como pocas personas podrían desear.

Para saberlo, tan solo tenía que mirar a la hija que ya tenía, que cumplía con todos esos factores y más, y eso que era fruto de dos personas de la misma edad y con mayor similitud.

Orna volvió a marcharse unos días para ayudar a su partido en Jalapa y me dejó sola ante la inminente fiesta que mi gran amigo Rui iba a dar, y un viaje con todos los gastos pagados, que podía ser muy beneficioso para nuestra empresa, con muchos amigos involucrados.

Fue muy interesante el viaje e hice muchos contactos para ampliar los productos que podíamos realizar con nuestra empresa, pero Orna había perdido cualquier interés por todo lo que no fuera su agenda política. Se estaba convirtiendo en la misma mierda, en otro chupóptero más que perpetuaba el sistema, cambiando de un puesto a otro, a conveniencia de unas siglas que le daban de comer alimentándose de ella. Algo de lo que se había quejado constantemente, pero de lo que no salía.

La fiesta, como todas las que montaba mi pareja gay favorita en su *roof garden*, fue de antología. Allí volví a coincidir con el director de una conocida marca de coches y su mujer, ambos superdivertidos y con unas ganas tremendas de reírse conmigo (sobre todo porque los tres éramos madrileños y muchas veces solo nosotros comprendíamos nuestros chistes).

Me dejaron boquiabierta una pareja de bellezas que se acercó a la fiesta, eran preciosas las dos y no supe que estaban juntas hasta que los signos de acercamiento fueron evidentes. Después de unas cuantas risas y risas, les entraron muchas ganas de compartir conmigo otro tipo de momentos (¿qué digo otro tipo de momentos?, ¡querían cumplir con una de las ilusiones de mi vida!), pero yo estaba demasiado pillada con mi relación con Orna y ya no quería hacer nada sin ella, hacía mucho tiempo que mi amor estaba por encima de cualquier cosa, así que las emplacé a que cenaran con nosotras un día a ver qué pasaba.

Le propuse la idea a Orna y, tras mostrárselas por foto, quedamos al regreso.

Cuando llegó el día, yo había preparado una cena exquisita. No me podía creer que esa noche fuera a cumplir uno de mis sueños (también uno de los de Orna): poder estar con tres mujeres hermosas a la vez (¡no una ni dos!) y que una de ellas fuera el amor de mi vida. Estaba muy emocionada.

Las chicas llegaron temprano y estuvimos esperando a que Orna llegara, hasta que llegó… con muy mal rollo.

Durante la cena, Orna no mostraba interés por nada de lo que yo proponía para avanzar en nuestro camino, se la veía cada vez más fuera, más lejos de mí. Y eso, unido a sus bostezos constantes, alejó a las dos chicas nada más terminar el postre.

No hubo ni empatía ni ganas de que ocurriera nada, pero tampoco por mi parte, la verdad; porque al verlas allí, juntas en una misma mesa, me dije: «¿Qué coño estoy haciendo?, si solamente tengo ojos para ella». Ningún ser me parecía tan fantástico como mi mujer, nadie me gustaba ya, nadie me parecía tan maravillosa, ni veinte chicas juntas. La quería tanto, la amaba tanto…

Así que se fueron por donde habían venido y nosotras nos echamos un buen polvo a su salud.

A pesar de ello, a pesar de quererla con locura, la magia de nuestro amor se estaba viniendo abajo de una manera atroz.

No era la primera vez que bajaba al garaje a por algo que se había dejado en el coche, en esas noches, mientras yo preparaba la cena. Así que un día decidí seguirla.

Bajé al parquin, y allí no estaba; subí de nuevo y, tampoco; salí a la calle y nada, estaba en el *mezzanine* hablando con alguien. Cuando abrí el elevador, de nuevo, para llegar a casa, ella iba unos pasos por delante y, al entrar a nuestro departamento, voltearse y verme, noté perfectamente el vuelco que le dio el corazón.

«¿Con quién hablabas, que has tenido que esconderte para ello?», le pregunté. Después de una acalorada discusión me dijo que se trataba de un exnovio que quería quedar con ella para invitarla a cenar. «Inocente de mí», me dije, «no mames, no teníamos poco con el de los perros que apareció uno más antiguo».

A la mañana siguiente, después de dormir de nuevo en el sofá, le pedí que me diera el número de celular de aquel tipo para llamarle y explicarle amablemente por dónde se podía meter la cena, y de paso le dije que también me proporcionara el del novio perruno porque ya me había cansado de todos (sí, lo sé, fue algo muy posesivo por mi parte).

* * *

Eso me lleva a pensar en la palabra «tóxica» aplicada a las relaciones. Es una de esas palabras New age que se utilizan como excusa en psicología para convencer al individuo de que con quien está es un veneno y lo mejor es que se distancie. Para decirle, con palabras feas, lo que quiere oír.

No me digan que no es fea la palabra «tóxico». Y yo me pregunto: ¿Quién no es ese tóxico para otra persona? Todos somos tóxicos.

«Es que no soy libre», «es que no me deja desarrollarme», «es que me controla», «es que quiere que hagamos lo que quiere».

Que levante la mano a quien le importe un huevo a las horas que llegue su pareja y dónde esté, que no prefiera hacer lo que le guste, que no pida explicaciones sobre quién es el tal Paquito con el que se mensajea, o que no le importe si llega sudando a casa despelujada y sin sostén.

No me jodan, «tóxicos» mis «huevos».

Hasta los que más libertad y desarrollo tienen se quejan.

Y cuando no te preocupas y a todo dices que sí, te tachan de valerte madres la relación.

Que levante la mano quien quiera tener una relación absurda en la que hay que pedirse cita para verse en casa.

Cuando dos o cien personas quieren establecer una relación, es para eso mismo, y ya saben que un día les tocará ir al cine a ver Rambo y otro La Sirenita. Si no, quédense solos y relaciónense consigo mismos. Seguro que son los primeros que se intoxican con su propio veneno.

* * *

No era normal que, después de las que me había montado cada vez que hablaba con la madre de mi hija, cada vez que una ex se arrimaba a mí para saludarme, cada vez que le entraba la loquera de celos, ahora empezara a comportarse de esa forma conmigo.

Más tarde, estaba llevando yo los cuadros a la galería donde se iba a realizar la exposición, cuando, sin cortarme ni un pelo (frase que utilizan en mi barrio para referirse a las personas que tienen agallas para enfrentar una situación), marqué los números correspondientes, y al pavo que tomó la llamada le dije tres o cuatro cosas sobre si tenía huevos a volver a invitar a mi mujer a cenas ni desayunos. El tipo me respondió sin nervios, muy amablemente, pidiéndome perdón, lo que me hizo suponer que ya estaba advertido.

Acto seguido le mandé un mensaje al de los perros diciéndole que ya estaba bien de Jungs, de sectas, de Gurdjieffs y de su puta madre, y que dejara en paz a Orna si no quería que le metiera los perros por el culo. Este nunca me respondió, tan solo se chivó, y es que yo creo que los demonios y esa secta adoradora del diablo que seguía le había chupado la sangre y no le quedaba nada. Es más, le consideraba uno de los máximos culpables de nuestra penosa situación de pareja, me parecía el gran impulsor de toda esa oscuridad que nos estaba envolviendo y el precursor de que Orna estuviera demasiado conectada con el oscurantismo, con ciertas prácticas de brujería y que fuera amante de todo lo sobrenatural.

No había cosa en la que no creyera. Cada dos fines de semana íbamos al temazcal con unas amigas de las que, a veces, no podíamos parar de reírnos al verlas pasar el coño por la hoguera, quemándose casi los pelos, y cantar siempre la misma canción de manera desafinada, dentro de la imposible huida del, metafórico, vientre materno. Se le daba también por echarse o echar las cartas, el *iching*, el *ichung*, las runas, los imanes, la virgen, Caronte, Dante... Estaba hasta el culo de aguantar tanta desproporción con el futuro, y es que lo único que buscaba con ello era adelantarse a su vida y a los acontecimientos; algo que, visto desde cierto punto, es una TRAMPA.

* * *

Ni la luna, ni los horóscopos, ni los eneatipos, ni las cartas, ni nada. Esas son las nuevas excusas de los humanos para justificar sus acciones y lo que son.

Preferimos creer que nuestro comportamiento es fruto de la colocación de las estrellas cuando nacimos; preferimos creer que somos así porque los chinos dividieron las épocas entre dragones, ratas y monos; preferimos creer que nuestras acciones son fruto del Ichi, Ichu o Ipu; preferimos pensar que no hay remedio porque un tipo decidió dividirnos en nueve; creemos que nos van a pasar cosas porque un señor tiró unas cartas con colorines encima de una mesa después de cortarlas tres veces… Preferimos, decidimos, justificamos; emprendemos basándonos en cosas sin fundamento.

Como no tenemos fundamentos, preferimos creer en todo tipo de cosas menos en la potestad que tenemos de hacer las cosas «bien».

Es más fácil entrar en toda una serie de absurdos juegos oscuros, buscando por la puerta de atrás, a escondidas, intentando tomar ventaja sobre la vida, cuando nuestra vida la creamos nosotros día tras día.

Venimos acumulando millones de guerras, de odios, de matanzas, de amores, de alegrías; hemos visto y experimentado millones de cosas desde el principio de la Humanidad, pero sobre todo desde que nacimos.

Vemos a nuestros padres, lo que pasa, lo que nos pasa… y vamos formando nuestra mal llamada «personalidad» cuando deberíamos llamarlo «caparazón». Nos formamos un gran caparazón oculto entre risas y llantos para protegernos de los demás, del exterior, de más batallas, de más guerras, de más amor mal entendido; nos defendemos y atacamos para proteger ese caparazón.

No hay nada más manipulable que la mente de una persona.

Nuestros «amigos», nuestros «seres queridos», «nuestros enemigos», TODOS, van insertando pequeños códigos binarios que se van instalando en forma de ceros y unos para componer un sistema que va en contra totalmente de la naturaleza de la existencia.

Los animales actúan de forma natural, con un patrón lleno de ceros y unos para mantener un sistema que se crea, se come y se caga a sí mismo. Es solo un programa, un sistema casi robótico, si observamos.

Cuando el ser humano empieza a actuar como un animal, deja de ser humano y natural, porque el ser humano es la propia evolución del sistema, el SER HUMANO tiene la oportunidad de salir de ese sistema con una sola palabra: AMOR.

Cuando se empiezan a buscar excusas y pretextos en la mente, finaliza la sinceridad del corazón.

* * *

Al final caí de nuevo en su trampa y me hizo una tirada con su baraja de tarot marsellés. Como parecía que había puesto las cosas en orden con la gentuza que le estaba comiendo la cabeza, le di el gusto. Y salieron unas cartas que decían toda la verdad: que pronto saldría a la luz que quien creían que era el Papa Juan era en realidad la Papa Juana y culminó con la carta del Mundo para mi futuro, una figura femenina que consigue trascender la Humanidad a la que delatan sus caderas.

Al final, hasta yo misma empecé a creer en aquello, al fin y al cabo, solo era una forma más del contacto que tenía, y que nunca quise aceptar, con algo que se escapaba a mi comprensión.

* * *

Al poco tiempo, llegó otro día mágico: la presentación de mis primeros cuadros en México por todo lo alto. El lugar elegido, la galería de arte más importante de toda la ciudad, la de mi amigo el Tío Sombreros. Estaban invitados al evento artistas, compañeros, políticos, amigos, prensa, y se formó una buena, incluso con la inclemencia de la lluvia.

Yo aparecí radiante con un vestido de la marca a la que representaba y que jamás me dio permiso para decir que era de ellos (otra vez la hipocresía de la sociedad). Mi amiga Ce me había maquillado y peinado; estaba guapísima e impresionante, todos quedaron boquiabiertos por mi atrevimiento, y yo, orgullosa, lancé mi homenaje lleno de color a México y a Frida, que cerraba con un cuadro dedicado a la virgen de Guadalupe.

Estaban todos, el embajador de España, políticos muy relevantes, todos menos ella… Orna no aparecía.

Yo no podía comenzar mi discurso sin ella, sin el amor de mi vida presente. Y llegó, muy tarde, pero llegó, cuando todos empezaban a irse, entre los reproches incluso de algún compañero del Congreso, al que le oí decirle que eso no se hacía, que uno dejaba todo lo que estuviera haciendo, por muy importante que fuera, para estar con quien realmente te necesitaba.

Y es que seguramente todo fue premeditado para no estar a mi lado, para que ya no me asociaran con ella, para que, ahora que tenía un cargo tan relevante, nadie pudiera decirle nada por estar al lado de un chico con vestido, para guardar las apariencias.

En aquel momento, nuestra vida me recordó mucho a *La La Land*; quizá por eso, cuando volví a verla tiempo más tarde en Madrid, no pude contener unas lágrimas que surgían sin parar ante el asombro de la madre de mi hija. Quizá por eso, también, me llevé un gran disgusto cuando le arrebataron el Oscar, después de ese error premeditado de Dic Tracy.

Con todo y con ello, la fiesta fue un éxito y la prensa estuvo, como siempre, maravillosa, al igual que los invitados.

Las cosas se fueron calmando y comenzamos a recuperar nuestras vidas cuando se dio cuenta que no pasaba nada y que la situación tampoco era tan grave.

AGUA

«Me hiciste ir al bosque, quererlo, creer que era mi hogar, para más tarde arrebatármelo y perderte en él».

Regresamos al bosque, a nuestros árboles, cada vez ocultando menos nuestro ser. Todo se estaba arreglando, el amor volvía a nuestras vidas, la calma, las sopas de caracoles, los platos de almejas, los camarones a la plancha, nuestros arroces, las películas de miedo y, aunque había algo que seguía avisándome, dejé de hacerle caso.

Sobre todo, había una señal inequívoca de lo que estaba pasando en nuestras vidas que, inconscientemente, intenté subsanar, pero que a la hora de la verdad no veía: en nuestra casa el agua estaba atrancada y no fluía.

Intenté de todo para arreglar el desagüe, compré todo tipo de ventosas, todo tipo de enseres; todos los días sacaba cubos de aguas negras mientras intentaba liberar el tapón. Compré incluso un cable de seis metros que se partió de la fuerza que tenía el atranco.

La gente de mantenimiento del edificio me dijo que solamente podría desatrancarlo un profesional, pero yo estaba empeñada en conseguirlo por mí misma y casi lo hago.

En aquel momento no supe ver lo que ese atranco de aguas negras me estaba queriendo decir metafóricamente sobre nuestra relación, ni tampoco me di cuenta de lo que significaba mi comportamiento frente a aquel incidente. Fue mucho más tarde, cuando ya no tenía remedio, cuando me cayó el veinte.

En aquel momento no supe ver cómo había cambiado Orna desde que supo que ese cargo iba a ser para ella por tiempo limitado.

Pero sí notaba mis alas brotar en las noches, como en una especie de trascendencia que me transformaba en un ángel de fuego, para intentar explicarme, a través de mí misma, lo que no quería ver.

Nosotras seguíamos hablando mucho de nuestro futuro, de cómo íbamos a hacer y Orna seguía pidiéndome respuestas que me era imposible darle, porque todavía no había visto a los especialistas que me ayudarían con mi proceso.

Surgió entonces la posibilidad de ir a Cancún a pasar unos días para entregar el material de la empresa a un nuevo distribuidor con el que había contactado.

Entre bromas le dije a mi niña que debíamos ir, que esa era nuestra despedida, que teníamos que hacer juntas ese viaje, que pidiera los días correspondientes en el congreso porque no podía fallar.

Se lo dije entre bromas, pero algo dentro de mí sabía que era cierto, algo dentro de mí sabía que era nuestro último viaje, que no había otra forma de despedirnos que en el mar que tantas alegrías nos había dado, nuestro mar Caribe.

Hicimos todo lo que pudimos para que esos días fueran maravillosos, y así fue.

Gracias a un amigo, nos alojamos un hotel increíble con todas las estrellas posibles. Paseamos, comimos en taquerías frente al mar, cenamos en los mejores sitios con amigos, fuimos al centro comercial a despedirnos del restaurante tailandés mejor ubicado del mundo. Lo pasamos en grande, y nos volvimos a reír y a reír, y nos volvimos a enamorar la una de la otra, y me retrató en las fotos más bonitas que nadie me había hecho en un restaurante precioso al borde del mar.

E hicimos una excursión llena de incomodidad y de buenos deseos en una motoneta hasta Tulum, donde volvimos a comer en uno de los sitios que más nos habían marcado: las cabañas de mi compañero actor; trescientos kilómetros de cariño abrazadas a un ciclomotor.

El amor volvía a estar de nuestro lado y, de nuevo, todo se confabulaba para hacernos felices.

Antes de irnos de allí, pudimos ver y estar a un paso de decenas de tortugas gigantes que salían del mar a poner sus huevos en la playa e incluso nos regalaron un vuelo redondo a cualquier parte del país por habernos hecho esperar una hora a causa del *overbooking*.

Fue un viaje inolvidable donde nos grabamos, con el *sticker* que había traído de Corea, subidas a una moto, riendo como locas y confesando nuestro amor. «¡¡¡Bolaaa!!!», me gritaba entre la sonrisa de sus ojos.

Y llegamos, y de nuevo nos reunimos en casa con toda su familia, que quería festejarla unos días antes de su cumpleaños, y jugamos a lobos y a ciudadanos, y nos abrazamos todos felices sin saber lo que pronto iba a ocurrir.

Tan solo había una persona que lo sabía.

Las señales me llegaban en variadas formas, pero una de las más claras fue el día de nuestro último evento juntas.

Era el estreno de una película muy importante de gladiadores, en el mismo cine que se había estrenado la mía, y se iba a montar una buena porque todos los protagonistas, incluido el señor Freeman, iban a estar presentes en la alfombra roja.

Ese mismo día, ella tenía una reunión con mujeres en Cuautla del Valle, y fui con ella. Allí la oí hablar de los pagos a su exnovio y de los trabajos que le había encomendado, y también capté a medias una conversación con su mano derecha sobre el parecido de alguien con un futbolista del Atlético de Madrid; en aquel momento no supe interpretar nada de aquello, pero sentía que no podía ser nada bueno.

El grupo de mujeres con el que se reunía le había organizado una prefiesta de cumpleaños en la que la obsequiaron con varios presentes, entre ellos unas lentes sobre las que ella hizo un pequeño chiste de lo bien que le iban a venir ahora que se iba a quedar sin toda nuestra colección, en alusión a nuestra posible separación.

Al final me tuve que adelantar, porque no íbamos a llegar al estreno, y quedamos en que yo tomaría algo de ropa de casa y la llevaría a la puerta de la premiere, donde ella se cambiaría.

Mientras yo me iba con su chófer hacia casa, algo llamó mi atención y me causó muy mala vibra: las palabras de un cartel pintado en una pared: «Acabará en boda».

Llegué al cine, como siempre, desesperada. La alfombra estaba a punto de terminar cuando, por fin, después del suplicio habitual con ella, se vistió en el coche y salimos disparadas hacia los flashes. Esa fue la última vez que nos vieron juntas, pero aun así nos retrataron preciosas.

Allí estaba Morgan y todo el *crew*, a dos pasos de nosotras, como siempre tan cerca de lo más alto, y yo miraba la carita de ilusión de su hermana, a la que habíamos colado como asistente, y me llenaba de satisfacción.

En verdad creí que habíamos vuelto a ganar, que el amor había vuelto a ganar.

*　*　*

Quedaban tres días para su cumpleaños y yo ya tenía preparadas unas cuantas sorpresas. Entre ellas una cena en un magnífico restaurante, un bolso impresionante de la marca que yo representaba (y que me apresuré a comprar en el mismo momento que me dijo que le gustaba), una caja de bombones, un bañador, el certificado de congelamiento y, sobre todo, el cuadro que más le había gustado de los que había pintado y que decidí no vender nunca desde que me había dicho que era su favorito.

Quería que fuera un cumpleaños que superara a todos, quería demostrarle mi amor incondicional, quería que supiera que era mi mujer y que quería pasar el resto de mi vida con ella, quería que comprendiera que la necesitaba más que nunca, que todo ese proceso iba a ser muy duro para mí y que contaba con ella, y que ella contaba conmigo para todo, que todo lo que nos había atormentado ya había pasado y que a partir de entonces todo iba a ir bien, como ella deseaba. Quería que fuera un cumpleaños especial, y tanto que lo fue… pero no como yo deseaba.

Una noche de luna llena, de esas que deslumbraba nuestra casa a través de los ventanales, me sentó en nuestro sofá y me dijo, con su típica sonrisa nerviosa: «No voy a estar en mi cumpleaños, me voy».

Yo no daba crédito, le pregunté, le pregunté y le pregunté si era una broma; después me cabreé por la premura de decírmelo y por sus explicaciones, no le encontraba sentido a nada. Obviamente no me lo había dicho antes porque tenía miedo de mi reacción, pero decirme, ¡a tres días de su cumpleaños!, que se iba a Alaska a pasarlo con sus primos me dejó completamente K.O.

En ese momento no caí en la cuenta, pero hasta los tiempos estaban premeditados para no dejar margen a reacción de mi parte.

Me dijo que había comprado los billetes uno de los días que nos habíamos enfadado, porque se sentía muy mal y quería vengarse por no haber estado yo con ella en el mío, a lo cual le contesté que estaba ayudando a la madre de mi hija a solucionar algunas cosas tras la muerte de su padre, que no había estado de fiesta.

Me pidió perdón y me dijo que había intentado cambiarlo o que le devolvieran el dinero, pero que le salía muy caro y que al final había optado por realizar el viaje aun a sabiendas de que no era lo correcto. Me pidió que no me fuera de la casa, que la esperara esos tres días, que era muy poco tiempo, solo un fin de semana, y que cuando regresase todo iba a cambiar, que me iba a apoyar en todo, que íbamos a ser felices, pero que le dejara hacerlo y que no me enfadara por ello.

Yo tenía una invitación a Puebla ese fin de semana, a algo que podía ser muy divertido y había creído que me acompañaría, teníamos un hotel precioso y los recorridos preparados, pero me tragué mi rabia y dije: «Órale, adelante, si así tiene que ser, que así sea».

No quería enfadarme más, no quería más peleas, no quería a la policía en mi casa. Si necesitaba espacio para pensar, que lo tuviera. Lo único que deseaba era estar bien de una puta vez con ella.

Se marchó la misma noche que comenzaba su cumpleaños, con mi maleta negra llena de regalos, que elegimos entre varias cajitas de

Olinalá, supuestamente para sus familiares y por si conocía a alguien en el viaje tener algún presente de más.

Se marchó no sin antes santiguarme en el coche, como aquella actriz tan bruja que, antes de darme la puntilla final, quiso encomendarme a Dios. Se marchó tras besarme ante el control de equipaje y saludarme a lo lejos, triste y feliz al mismo tiempo. Se marchó sin que yo pudiera entender por qué alguien que me quería tantísimo prefería siempre su soberbia, su arrogancia y su orgullo a la verdad. Creo que ni ella misma fue consciente aquella noche de a dónde se embarcaba. A Juneau llegaba, al mismísimo fin del mundo.

Yo me marché y lo primero que hice al llegar las doce fue mandarle un mensaje de amor, felicitándola por su cumpleaños y deseándole que tuviera un feliz viaje y estancia.

Al día siguiente estuvimos en contacto para saber que había llegado bien y yo me marché hacia Puebla.

El evento fue muy entretenido, tenía que ser jurado de la *miss* que iba a competir por el estado en la gala de Nuestra Belleza de México. Estaba lleno de niñas bellísimas y creo que fue una prueba para entender exactamente que la mujer con la que deseaba pasar el resto de mi existencia ya estaba a mi lado, que no necesitaba estar con nadie más que no fuera ella. Me di cuenta cuando, al preguntarme el entrevistador, frente a la cámara, le dije algo que no habría salido de mi boca en ningún otro momento y que me sorprendió hasta a mí misma: «No tengo favorita, porque quien yo quiero no está en estos momentos conmigo y no tengo ojos para nadie más. Así que aprovecho para mandar un beso desde aquí a mi querida Orna».

Nos marchamos a una discoteca para festejar el evento con todas las chicas y, obviamente, había unas cuantas con las que, si les hubiera dicho que sí, habría pasado una maravillosa noche poblana; pero no lo hice, lejos de ello, intentaba establecer contacto con Orna, algo que sucedía cada muchas horas, fruto de la falta de cobertura en los bosques de Alaska.

Al regresar a casa, de nuevo un sentimiento muy fuerte de que algo no andaba bien comenzó a apoderarse de mí. Entonces comencé a rezar frente al Gohonzon: «Nam myoho renge kyo, Nam myoho renge kyo, Nam myoho renge kyo». La única respuesta que conseguía era claridad y esa claridad me pedía calma.

Repasé algunas bolsas de papeles que teníamos en casa para entretenerme e ir haciendo limpieza, entonces encontré decenas de mapas, entradas y folletos de todos los lugares donde habíamos estado y lloré por la preciosa vida que habíamos tenido juntas.

Se acercaba el momento de su llegada, y yo estaba esperando que me dijera en qué momento debía recogerla en el aeropuerto. Comencé a preparar los regalos de nuevo para darle una sorpresa cuando llegara y, mientras lo hacía, recibí un mensaje en el que me decía que no iba a llegar ese día, que había tenido que retrasar el vuelo un día más porque los jefes de su primo le habían preparado una fiesta. Por motivos obvios me emputé como en pocas ocasiones; o sea, ¿no había sido capaz de cambiar el vuelo para estar conmigo e ir en otra ocasión a ver a su familia porque salía muy caro, y en cambio sí por una puta gente que la invitaba a comer? No lo creía.

Me dijo que era importante para los negocios que estaba pensando emprender con las tuberías y, en un momento de lucidez, la llamé por WhatsApp y le grité como una furia: «¡¡¡Pásame al hijo de la gran puta con el que estás!!!».

Orna rápidamente me acalló: «¿Estás loca? ¿Cómo crees que iba a venir yo a Alaska para liarme con nadie? Piensa lo que dices, por favor. Mañana ven a recogerme al aeropuerto y a darme besitos, venga». Con esas palabras desmontó todo mi imaginario, pero no desmontó a mi ser, que seguía enviándome señales de todo tipo.

* * *

A la mañana siguiente desperté con la ilusión de verla, con la ilusión de que ya estaba en camino, de que ya regresaba a mis brazos.

Coloqué, una vez más, parte de los regalos encima de la cama para que los viera nada más entrar, reservé el certificado para una cena especial que había preparado el fin de semana y emprendí camino al aeropuerto con un ramo de flores en la mano, la ilusión de mi mente y el cansancio de mi alma.

Esperé pacientemente el vuelo que venía de Juneau y, al poco tiempo de aterrizar, apareció por la puerta corredera de cristal que tantas veces se había abierto para mí y para ella con una de las dos a cada lado.

Allí estaba mi morenita preciosa, con su bolso y mi maletita agarrada, que fui rápidamente a liberar de sus manos para abrazarla mientras unas lágrimas de amor y desesperación caían de mis ojos. Entonces me besó y me dijo: «¿Ya vas a empezar?, ¿qué pasa ahora?». Me callé mientras le tocaba la barbilla, que inusualmente tenía llena de granos.

Nos montamos en el coche y fuimos directas para casa.

Me contó un poco de lo que había hecho y yo empecé a ponerme más feliz.

Llegamos y me encantó ver la carita de ilusión y el sentimiento de amor que desprendía su mirada mientras desenvolvía sus regalos, que sabía lo mucho que significaban para mí, le estaba regalando algo que había creado con mis propias manos, el cuadro que me había salvado de suicidarme.

Abrió la maleta para sacar algunos presentes que había traído a sus familiares, que no a mí, porque entre otras cosas yo no necesitaba en casa un lienzo con una fotografía de un oso Grizzli. También observé algunas cosas dentro que supuse se había comprado ella, pero que no me quiso enseñar y yo tampoco tenía gana alguna de que me pasara lo mismo que a su regreso de Corea.

Fue una noche difícil para mí; por un lado, estaba encantada de abrazarla y de tenerla conmigo y, por el otro, no paraba de pensar en cuánto me descuadraba la lógica de sus acciones.

Para analizar una situación hay que observar dos cosas: los tiempos y la lógica; cuando no coincide la lógica del tiempo, algo no anda bien.

Con los nervios típicos de unos cuantos días sin vernos, comenzamos a hacer el amor, acto que fue muy gratificante, pero con el que confirmé mis sospechas de que había estado con otra persona. Quizá en otras ocasiones, tanto ella como yo, tuvimos sospechas de que podíamos haber estado cogiendo con alguien que no fuera nosotras, pero en este caso, fue demasiado evidente: me hizo cosas que jamás me había hecho, quizá las mismas que le habían hecho a ella.

Los granos de su barbilla tenían una explicación mucho más creíble que la de «demasiado chocolate» o la alergia a los renos, una explicación que no era otra que las babas de alguien escurriéndose por su mentón.

No quería creerlo, pero, en cuanto se durmió, no pude evitar la tentación de mirar la cámara que se había llevado. Como era de esperar, no contenía tarjeta alguna, así que revisé todos los lugares donde podía haberla escondido, hasta que di con ella en un pequeño orificio de su cartera.

No la toqué y me acosté de nuevo, rezando porque mis sospechas tan solo fueran una locura de mi mente.

A la mañana siguiente, cuando nos despertamos, le di un beso y se metió en el baño, parecía contenta.

Sabía que los tiempos de sus duchas podían llegar al extremo, así que, cuando se llevó su celular y cerró la puerta de la regadera mientras se calentaba el agua, encendí mi computadora, bajé a por la tarjeta y la descargué en un tiempo récord, antes de volver a colocarla en su sitio.

Tocaba su revisión, no podía más con esos nervios que te dicen que vas a encontrar algo que no esperas, esos nervios que debe tener cualquier espía cuando se enfrenta al descubrimiento de documentos secretos.

Lo primero que encontré fue la foto de una ardilla, las fotos de un camino desde el coche, algunas fotos de ella entre montañas grises escarpadas y, más tarde, las de un crío de unos veinte años muy feo, gordo y con la nariz chueca, casi sin pelo y muy mal vestido, como solo los americanos saben hacer.

Encontré fotografías de algunos lugares que había visitado junto a la criatura, pero ninguna con más gente.

Un niño anglosajón, rosado y rollizo que me recordó al de una foto que había visto junto con las de la boda de su primo, en aquella el tipo aparecía tumbado en una cama con una lámpara desdeñada apunto de descolgarse encima de su cabeza. Automáticamente las comparé para confirmar que se trataba de la misma persona.

Con una incredulidad cercana a la de un musulmán por un santo llegué a su baño, abrí la puerta y me senté en la taza del wáter.

Entonces, mientras ella se secaba frente al espejo, rompí a llorar. Entre lágrimas tan solo llegué a balbucear: «Por favor, enséñame una foto de tu primo». Lo repetí tres veces, cada vez más alto, con la última esperanza de que me mostrara una foto de un familiar que coincidiera con el niño que la había paseado por los bosques alaskeños. Ella no me la enseñó, pero yo sí le enseñé la foto del cerdo que me había mancillado y, al preguntarle quién era, respondió, obviamente, desde la desesperación de quien dice cosas improvisadas al verse cazado; me dijo que no lo sabía.

Orna estaba hipernerviosa, no sabía qué hacer, se movía de un lado al otro mientras yo la increpaba con una agresividad que, por suerte, nunca volqué sobre ella y que pagó nuestra cama y nuestras almohadas mientras me revolcaba de dolor dando golpes a todo lo que se cruzaba a mi paso.

Ella repetía y repetía que no había hecho nada con el chico, que no le había tocado, y yo la llamaba mentirosa, falsa, desgraciada y todo cuanto se me pasaba por la cabeza. ¿Cómo podía atreverse a negar lo evidente?, ¿a tener delante una naranja gorda y querer hacerme creer que era un limón?

Me fui hacia la sala de estar y tomé el celular para llamar a mi amiga Miriam y pedirle que estuviera atenta para ayudarme a recoger las cosas. Entonces Orna vino como loca hacia donde yo me encontraba y me dijo con una rabia tremenda, con la arrogancia, el orgullo y el ego que la caracterizaba: «¡Te jodes!, ¡Ahora sabes lo que he sentido yo cada vez que te ibas con la zorra de tu mujer y con vuestra maravillosa hija de viajecitos, mientras yo me revolcaba en la cama de dolor!».

No me lo podía creer, las veces que había ido a Madrid, las había dedicado a hacer feliz a una niña pequeña que no puede estar cerca de mí por muchos motivos. Había intentado, poco a poco, solucionar muchas cosas por el bien de una criatura y de todos. Una criatura que lo único que me había dicho siempre era: «Papi, papi, llévame en hombros». ¿Y qué me encontraba yo a cambio? A una pareja que me reclamaba, me mentía y me fastidiaba, aun a once mil kilómetros, por no sé qué razón.

Con qué maldad expulsó esas palabras sobre mí, con qué maldad se expresó sobre una criatura de apenas cinco años y su madre, que lo único que estaba era hasta los huevos de mí y de ella.

En ese momento se cortó nuestra vida como se corta una canción cuando no hay corriente o se va la señal.

Las fuerzas malignas nos habían vencido, el mal absoluto estaba presente y regocijándose ante mí. El demonio invadió nuestras vidas.

*   *   *

Desde el principio todo fue una batalla entre ángeles y demonios, como siempre ha sido desde el principio de los tiempos.

Pusieron al ángel ante los demonios que cantan desnudos al fuego en las tinieblas y que buscan el poder en la tierra.

Así la lucha fue encarnizada, unos ocultos bajo las sombras, haciendo su trabajo eficazmente, porque en las sombras nadie ve.

El lobo con piel de cordero y el ángel con la única ayuda de sus alas.

Proteger del demonio al Ser para que no quedara atrapado en las tinieblas para siempre.

Pero un Ángel caído no entiende de sermones y, cuando se equivoca, no solo rompe sus alas, sino que entrega al ser en manos del demonio.

Enhorabuena por los demonios, siempre hacen un trabajo más fino, porque conocen lo profundo del ser humano, manejan sus emociones y no se guían como los ángeles por sentimientos.

Quizá sea tarde para vencer a los demonios, pero los ángeles tienen algo que ellos no poseen: el amor verdadero que solo el Ser sabe distinguir en lo profundo de su corazón.

Al final la batalla solo la puede ganar el SER, ni los demonios ni los ángeles.

Es el ser quien decide de qué lado está y si en el cielo o en la tierra.

* * *

Puse a grabar mi celular y me fui para la habitación sin saber qué hacer, ella seguía gritándome y yo a ella, los insultos y los reproches seguro que los escucharon en toda Santa Esperanza. Hasta me dijo que me lo tenía bien empleado por ir posteando fotitos de mi familia, a lo que le respondí que se fuera preparando porque ahora sí que las iba a ver por todos lados.

De repente vino corriendo hacia mí como una furia y empezó a golpearme en la cama, mientras yo le pedía que dejara de hacerlo y ella me contestaba que no fuera mamón, que tuviera huevos y que tan solo me estaba dando cachetadas.

Entonces utilicé lo único que tenía: agarré el celular y, de nuevo entre forcejeos, salí de mi casa, ahora sí decidida a interponer una denuncia, no sin antes decirle que iba a ponerla no solo por malos tratos, sino por la furgoneta que compramos para la empresa que jamás me había pagado y que su hermano utilizaba mientras yo debía tomar taxis para moverme.

Salí a la calle y comencé a andar hacia la parada de taxis cuando recibí la llamada de su hermano pequeño, que me amenazó y me insultó mientras yo le mandé a tomar por el culo junto a la zorra de su hermana.

Tomé un taxi y, de nuevo, cuando estaba a punto de llegar a la comisaría me pregunté si iba a ser capaz de joderle la vida a la persona que amaba, me pregunté lo que quizá ella nunca se preguntó cuando tomó el avión hacia Juneau.

Me pregunté si sería capaz de estropear la carrera de una persona, si sería capaz de destrozar a una persona a la que quería con toda mi alma tan solo porque mi ego no podía soportar la humillación constante, en todos los sentidos, a la que me había visto sometida.

Le pregunté al taxista el precio por regresarme a mi casa, a lo que quedaba de mi hogar, y se lo pagué.

Llegué y ella también se había ido, nos escribimos, nos hablamos y, después de muchas palabras muy feas, nos emplazamos a vernos en la noche y solucionar las cosas.

Y nos vimos, hablamos, nos abrazamos y nos acostamos, esperando que al despertar al día siguiente todo ello hubiera sido tan solo un sueño.

Pero no fue así. Al despertar, me sentía violada, como si hubieran traicionado lo más profundo de mi ser, no me podía arrimar a ella, tan solo rozarla me producía un asco estremecedor, estaba sucia, sucia en cuerpo y sucia en alma.

Nunca creí que persona alguna fuera a causarme el mismo efecto que un virus en el estómago. Pero ¡qué putas ganas de vomitar! Y no se pasaban mirando hacia otro lado, ni con ningún antibiótico ni tratamiento.

Entonces comprendí el porqué de tantas guerras, por qué ese sometimiento de la mujer por el hombre, la diferencia tan brutal en la que nunca había creído de lo sagrado del vientre de una hembra frente al absurdo e insignificante miembro viril. Lo importante que era la mujer para el sentido de continuidad genética de un hombre. Sentí la animalidad de mi ser como jamás la había sentido, como lobo defendiendo su territorio. Esa crueldad de la naturaleza que hace al león matar a los cachorros que no son suyos.

Comprendí que no me iba a ser fácil llegar a buen puerto.

Todavía en la cama, yo la miraba y la miraba sin entender cómo me podía haber engañado de esa manera, sin querer creer que quizá esa no había sido la única vez, sin querer creer que quizá no solo me había engañado en eso, sino que todos los rumores que había oído sobre ella podrían ser verdad, que quizá todo lo que había podido imaginar en el pasado, sobre sus viajes, reuniones o amigos, tenía un fundamento en esos momentos.

No lo pude resistir, no pude con ello y, en cuanto se fue a trabajar, a ocupar su escaño en el Congreso, a seguir zorreando con vete a saber quién, salí a la calle y anduve toda la avenida de Santa Esperanza hacia arriba.

No podía parar de pensar en el gordo baboso, en la mentira, en lo que me había hecho, en cómo lo había hecho y, sobre todo, en por qué lo había hecho. A mí, el cerdo, siempre me ha gustado para comer, nunca para acostarme con él. Pero, oye, hay gente para todo, lo mismo se zampa unas almejas que un buen jamón. Lo que no entiendo es cómo la banda cambia de gustos tan rápidamente y menos cómo puede dormir con la comida. ¡Qué asco! No podía creer que hubiera sido capaz de irse a follar con un niñato en Alaska, no entendía cómo se había podido montar en ese avión sabiendo lo que iba a suceder si me enteraba. Aún hoy, no sé cómo pudo escoger una fecha tan señalada después de hacer un viaje tan hermoso como el que hicimos en el Caribe.

«¿Por qué, Orna, por qué? ¿En verdad merecía esto de ti, tan solo por haberte dicho que quería informarme sobre cómo podía ser yo, sobre cómo podía ser la mujer que ya era desde que nací? No merecía esto. Te amaba demasiado».

A veces no solo se trata de lo difícil de perdonar un hecho, se trata de lo inviable que es perdonar cómo se ha producido un hecho; pero, sobre todo, de lo imposible que resulta perdonar por qué se ha producido ese hecho.

Ese día comprendí que hacer el amor es conectar tu alma con la de otra persona y poder sentir las lágrimas de felicidad que inundan el abrazo infinito que une al universo y que no tiene nada que ver con excitación alguna provocada por un evento, ni con tener sexo, por muy ardiente que este sea.

Hacer el amor no es comparable con nada y solo conocen la diferencia los que lo han hecho, a ciencia cierta y de seguro, muy pocas veces en su vida, aunque cojan con la misma persona en cien ocasiones.

Son incontables las veces que he follado, mejor o peor, con más o menos éxito, con más o menos pasión, ni me salen las cuentas a razón de los años que tengo y las noches que he vivido, pero sí puedo contar con los dedos de la mano las veces que he hecho el amor y con quién, las veces que he derramado una lágrima al mismo tiempo que la persona que me miraba, porque mi alma no olvida lo que mi cuerpo sí.

Y así había sido con ella, ella se llevó muchos de esos dedos, muchas veces nos miramos a los ojos y vimos nuestras almas elevarse mientras nuestras lágrimas caían gritando: «No te vayas nunca de mi lado, amor mío». Pero ese día machacó todos los dedos de mi mano, partió todas las falanges con las que había contado mi tremendo amor por ella.

Mientras andaba calle arriba, pensaba en cómo se había roto todo aquello, como las incontables copas de cristal que se rompían contra el suelo cuando no podíamos más, imposibles de pegar.

Pasé por nuestros lugares cotidianos, por el súper donde comprábamos nuestra comida, donde decidíamos felices qué plato nos hacíamos el fin de semana. Pasé por los departamentos que un día miré para irme a vivir yo sola, en momentos de desesperación, que echaba de menos, porque comparados con lo que estaba viviendo en ese momento me parecían estupideces. Me paré en el Office, una tienda departamental en la que compré todas las cajas de cartón que pude cargar sobre mis hombros, y salí a la calle a emprender mi viacrucis.

El camino desde la tienda a mi edificio era largo, de asfalto, con cuestas y altibajos. No podía con todas las cajas, no sabía cómo ponerlas. Mientras andaba, se me caían y me agachaba, volvía a colocarlas en mis espaldas, en frente, como podía. Y el cartón se iba humedeciendo con mis lágrimas, que no paraban de brotar, esta vez de pena por todo lo que quedaba por suceder.

Me sentía como el protagonista de aquel film coreano de Kim Kiduk, *Primavera, verano, otoño, invierno... y primavera*, como ese monje que subía una estatua de un buda a lo alto de una montaña, con una piedra atada, buscando la redención. Escuchaba, al fondo, la música de esa escena que tanto nos gustaba.

Apenas pude subir el puente que separaba el centro comercial de nuestro bloque, apenas pude llegar al ascensor. Apenas pude armar las cajas con la cinta que mis manos temblorosas pasaban por el fondo para que no se rompieran.

Metí en ellas toda mi vida en México: cada objeto, cada perfume, cada vestido, cada cosa que quería conservar, un llanto. Una a una fui llenando las cajas y una a una fui vaciando, de mí, la casa.

Mis piedritas, mis cuarzos, mis enseres, mis momentos... Dejando lo que sabía iba a entender por qué dejaba. Unas por el amor extremo hacia Orna que estaba impreso en ellas, y otras porque nunca me fueron entregadas con el amor que yo demandaba.

No la pude dejar sin el vestido con el que tomó protesta en el Congreso; no la podía dejar sin los pendientes de oro con una rosa esculpida que le compré en California después de recorrerme mil tiendas pensando qué podría gustarle más al amor de mi vida; no me pude llevar esa chamarra de coreano que era más un cumplido que fruto del amor que me tenía; no me pude llevar una piedra con un conejo grabado que era más suya que mía; no me pude llevar los conejitos blancos que le había traído de un puesto de Oaxaca y que tenía abrazaditos en una bolsita como reflejo de nuestro amor; no me pude llevar tantas y tantas cosas que no eran mías, sino nuestras, y en cambio me llevé demasiadas que nos pertenecían a las dos.

Armé una pila de cajas, llamé a Miriam y le dije que iba a llevarlas a su casa y que si podía pasar la noche en ella.

Me costó muchos viajes de Santa Esperanza a San Gerónimo. Me costó un horror sacar las cajas, me costó demasiado escribir en las redes sociales un mensaje de despedida de México que se reinterpretó demasiadas veces por quien no debía y que fue el causante de otras muchas maldades más adelante, fue mi pequeña venganza. Como siempre sin querer hacer un daño irreparable, pero con la intención de no dejarme pisotear.

«Queridos amigos, quiero anunciaros mi despedida del país. Me metí en una relación desastrosa con una persona en la que deposité toda mi vida y que acabó destrozándomela.

Solo he pagado, al igual que todos nosotros, las consecuencias de lo que he hecho en mi vida. Lo acepto y pido perdón por ello; por buscar fuera todo lo que tenía dentro, cambié un desarrollo en mi trabajo por mi familia, y en el camino creí haber encontrado un amor todavía más fuerte, pero me equivoqué, me siento frustrado de haber vivido una vida llena de malos tratos y engaños.

Como les dije, los políticos que tienen son los que les representan y a mí me ha decepcionado la única que conocí.

Me lo merezco, sí.

Gracias a todos mis amigos y amigas de México, gracias por tanto amor y cariño, y por todo lo que me ha dado este maravilloso país, lo siento por todo lo que me quitó.

Nos vemos».

Me senté frente al Gohonzon e hice Gongyo por última vez frente a él.

Entoné, entre gritos mudos y llantos, los cánticos budistas que en más de una ocasión me habían salvado y me habían concedido lo mejor para mí.

No sabía si era mi práctica la que me estaba librando de una persona dañina para mí o que no había rezado lo suficiente para entenderla.

Recé con la esperanza de que algún día pudiera resolver todo lo perverso que se había instalado en nuestras vidas, recé por nosotras y, cuando acabé, retiré el papel de arroz, grabado con mantras milenarios, de nuestro Butsudan y lo enrollé con mucho cuidado, para meterlo en la cajita de cartón de la que lo sacamos el día que nos lo concedieron.

Esa era la señal de que mi vida en esa casa se había acabado.

Me fui con todo, cerrando la puerta sin dejar de mirar de dónde me iba, dejando un escrito a Orna sobre lo sucedido y cómo me había hecho sentir.

LA INDEPENDENCIA

Esa noche fue horrible para mí, estaba decidida a no volver, había tomado una decisión firme y me había puesto una barrera mental para no dejarme influenciar.

Me fui con Miriam a cenar y me propuse no contestar ninguna llamada o mensaje que estuviera relacionado con Orna.

Pobre Miriam, siempre aguantando mis penas, siempre escuchando mis lamentos, siempre atendiendo mis requerimientos, y ella, ¿qué le daba yo a ella? Ni siquiera la escuchaba a veces, tan solo «yo, yo, y un mira lo que me ha pasado». Siempre he sentido que no le di suficiente a una mujer que estuvo pendiente de mí, tan solo por amistad, desde que me conoció. Una mujer que me trataba como una madre, como una hermana y, a veces, hasta como una esposa, mientras que yo intentaba pagarle tanta atención con cenas o risas, con emociones que quizá ella buscaba y que de otra manera no podría tener.

Nunca supe qué era de mí Miriam ni qué quería ser.

Esa noche me acosté a un lado de su cama, dispuesta a dormir y dispuesta a luchar contra todo lo que me invadiera.

Sonó el celular una y otra vez, hasta que sobre la una de la madrugada descolgué para escucharla.

Era Orna, que me pedía llorando que regresara junto a ella, que la perdonase, que no me fuera de su lado; y colgué. Y volvió a llamar, y volví a contestar y, llorando, me volvió a pedir que regresara a nuestro hogar; y volví a colgar.

Me acosté de nuevo, intentando conciliar un sueño imposible después de escuchar tales palabras de amor.

A las cuatro de la madrugada me levanté sigilosamente, me puse los pantalones y la camiseta, tomé mis zapatos y me despedí de Miriam, que me miró con una sonrisa de cariño, contenta de observar las cosas que era capaz de hacer y cuánto quería a esa mujer.

Pedí un Uber y en media hora llegué a mi casa.

Abrí la puerta sigilosamente, me desnudé; subí las escaleras intentando hacer el menor ruido posible y me metí en la cama junto a mi nena, que lloraba de alegría, en una habitación, en penumbra, llena de ropas y pastillas, en la que faltaba toda la vida que en algún momento yo había puesto.

Me miró con esa carita de sufrimiento, de haber estado llorando toda la noche, arrepentida de lo que había sucedido y la besé, la besé, porque no había nada que pudiera con el AMOR tan grande que le tenía.

«Me encuentro verdaderamente mal, decepcionada, agotada, frustrada, triste. Muchas de las palabras que digo que han sido horribles, no han sido del corazón, han sido desde la rabia.

Es increíble que, siendo plenamente conscientes de lo que nos está pasando, sigamos en las mismas, que tu orgullo y el mío puedan más que cualquier otra cosa, que puedan más que querer estar bien y seguir en la dirección correcta.

Estarás pensando que no te comprendo, y tienes razón. Quizás no he dado lo que pretendo recibir.

Quiero pedirte algo: que regrese la paz».

Dormimos abrazadas toda la noche, a sabiendas de que la mañana iba a ser difícil.

Nos despertamos y decidimos hacer un pacto de amor, en el que nunca fuera a haber más mentiras, que las dos cerramos con algo más que nuestra sangre.

Esa misma noche teníamos la invitación de un conocido restaurante brasileño que quería hacernos embajadoras.

Quedé con ella en otro restaurante de la calle Masaryk, para que pudiéramos llegar andando, ya que estaba yo reunida con unos amigos.

Llegó como siempre tarde y se sentó desencajada; ninguna de las dos sabíamos qué hacer con esa amalgama de sentimientos; nos tomamos algo rápido y salimos rumbo al otro restaurante, no sin antes aceptar la fotografía pertinente con el grupo.

Íbamos andando por Polanco, por su avenida principal, y yo la miré y vi su sonrisa, y entonces también vi las marcas que los granos habían dejado en su piel y sentí ese asco de nuevo, esa ira que me provocaba todo lo que había sido capaz de hacer, mientras pensaba, como la canción de David Guetta, en que no podía creer lo que yo había hecho por amor hacia ella.

En ese momento me llegó al celular la fotografía que, momentos antes, nos habíamos tomado con la pandilla; no podía creer lo que estaba viendo, no pude contener el erizado de mi vello ni la mala vibra que esa fotografía me dio. Estábamos todos normales, y ella, al fondo de la fotografía, aparecía con los ojos rojos y con unos cuernos a modo flanqueando su cabeza.

No sé de qué efecto óptico fue el resultado, no sé qué había tras ella en el momento de apretar el botón de la cámara, pero sí sabía lo que estaba viendo, una nueva e inequívoca señal de lo que era y de a quién se había entregado.

No pude contenerme y, en un ataque de celos, la increpé con mis habituales ironías para acabar diciéndole lo que pensaba que era, a lo cual respondió llamando a su chófer para irse.

Afortunadamente nos calmamos y fuimos directas al restaurante brasileño, que nos ofreció una cena exquisita y nos obsequió con un irónico regalo, sin ellos saber que, de nuevo, se convertiría en una señal: dos cuchillos de carne gigantes con nuestros nombres grabados.

Todos los días, a partir de su regreso, se habían convertido en auténticas partidas de ajedrez, juego al que jamás consiguió ganarme por mucho que pataleara.

Entonces comenzó una batalla a raíz de las publicaciones sesgadas y malintencionadas que algunos medios habían sacado sobre mi despedida.

Hubo quienes mezclaron unos cuantos tuits con mis escritos de Facebook y crearon una auténtica película en la que yo hasta me cagaba en los creyentes de la virgen. Hicieron algo que Orna creyó era orquestado por mí, y me acusó de ser la culpable de que su imagen estuviera asociada a la de una amante despechada que había puesto los cuernos a un actor famoso y que en los reportajes, que contó como cincuenta, hubieran puesto fotos nuestras personales y a ella junto al presidente de la nación, llamándola de todo menos bonita.

La pesadilla acababa de comenzar, y sus reclamos empezaron a ser constantes cuando regresé con las cajas a nuestro hogar y vio que ya estaba otra vez con ella.

Yo no entendía cómo el ofensor podía haber llegado a ser el ofendido. ¿Cómo era posible si yo lo único que había hecho era decir que me iba porque estaba hasta los huevos de mentiras y malos tratos?

Intenté explicarle, una y otra vez, que yo no tenía nada que ver con aquello, que, si hubiese querido hacerle daño, se lo habría hecho de verdad y le habría mandado a la prensa cosas muy fuertes que tenía sobre ella (lo cual tomó, para más inri, como una amenaza).

Comenzó entonces una batalla contra mí en las redes sociales, en la que recibía insultos y desprestigios y en la que llegaron incluso a crear un *post* falso (imagino que fueron sus secuaces) en el que decía que los mexicanos me daban asco o algo así de fuerte.

Los artículos publicados por la prensa le hicieron (¡nos hicieron!) un daño atroz. Aquello era justo lo que siempre había intentado tapar. Nuestro problema principal, el disimulo, las apariencias, su carrera, la política, la falsedad en donde todos ellos se movían y que intentaban tapar por todos los medios para que su modo de vida no se viese afectado.

La madre de mi hija se enteró de lo que estaba pasando y me pidió que regresara a España urgentemente, que dejara toda esa mierda en la que estaba envuelta y que volviera a casa con mi familia, pero en realidad lo que yo quería era arreglar las cosas con quien estaba conviviendo entre reclamos e insultos, entre la arrogancia de una y el orgullo de la otra.

Nos volvimos a pelear fuerte, y sus padres quisieron hablar conmigo.

«No solo me heriste de muerte, me mataste y me pisoteaste, sino que, no contenta con ello, decidiste enterrarme en lo más profundo y echar tierra sobre mi tumba.

¿Por qué? ¿Por qué decidiste que esto era lo mejor? ¿Por qué decidiste durante todo este tiempo apartarme de forma tan vil de tu vida? ¿Por qué razón decidiste que debías ser fuerte en esto? ¿Cómo pudiste irte con el primero que te ofreció la luna teniendo el sol a tus pies?

Como dice una canción: «¿Cómo pudiste hacerme esto a mí, yo que te hubiese querido hasta el fin?».

No me lo explico. Yo, que te he visto abrazada a mí tanto tiempo; yo, que te he visto destrozada por nuestro amor; yo, que te he visto rezar por nosotras; yo, que te he visto reír junto a mí como loca, que te vi loca por mí. No te entiendo, amor… Yo, que salí corriendo cada vez que me pediste que volviera a tu lado. No llego a entender cómo pudiste transformarte en esto, tan solo porque un día te dije que quería cambiar ciertas cosas para mejorar mi existencia.

Poco a poco te olvidaste de celebrar la vida conmigo y preferiste pasar tu cumpleaños con otra persona hasta olvidarte del mío. ¿Por qué tanto daño, amor? ¿Por qué tanta maldad? ¿De dónde surgió todo esto?

No sé de cuántos sitios me has bloqueado ya, ni lo que lees ni lo que no, de cuántos sitios que te recuerdan a mí has intentado huir. No lo sé, pero sí sé que sabes lo que es correcto y lo que no y te da igual, porque se te ha metido en la cabeza, no sé por qué puto motivo, que tenías que deshacerte de mí, apartarme, olvidarme para conseguir ser feliz; ni tú misma lo entiendes, no sabes ni lo que te ha guiado hasta aquí, y aunque yo lo tenga claro nunca podré hacerte entender lo que no quieres.

Como dice tu amiga: «Pasar página no siempre es lo mejor».

Sigo destrozada llorando por ti, por nuestro puto amor todos los días, revolcándome de dolor.

Me vendiste, me destrozaste sentimentalmente, partiste mi alma en pedazos. Siéntete orgullosa de cómo pisoteaste al amor, a la magia y a la intensidad sin límites de nuestra relación.

Mientras, yo seguiré despertándome con tu cuerpo desvaneciéndose a mi lado mientras abro los ojos.

Siempre se te ha dado muy bien arrimarte a los que tienen el poder, acercarte y pedir a los que pueden darte…, pero ¿a costa de qué, de cuánto? ¿Cuánta de tu vida se está yendo en esa institucionalidad programada tuya? ¿A cuántas personas has dejado tiradas en el camino, incluida a mí, por defender algo que sabes es incorrecto?».

Quedamos en un restaurante que ella solía visitar en el centro comercial al que yo particularmente le tenía una gran manía.

Me salí de un evento al que no me quiso acompañar y llegué a su encuentro.

Estaban todos ellos sentados en una mesa apartada; Orna, con síntomas evidentes de cansancio, fruto del desgaste al que estábamos sometidas, sus dos hermanos pequeños, y su padre y su madre con cara de preocupación.

Saludé a todos de manera habitual, sin rencores y sin acritud, incluida a Orna, que no podía levantar la cabeza para mirarme de la vergüenza que le daba la situación a la que habíamos llegado. De hecho, hasta se levantó y se fue a casa con su hermana, eludiendo la responsabilidad de su parte y dejándome sola con sus padres y su hermano.

De lo primero que me di cuenta es de que su padre iba a jugar un papel fundamental a la hora de hacer que Orna tomara ciertas decisiones, ya que no paraba de repetirme que no debíamos estar juntas en esta situación, a lo cual le respondí que no se preocupara, que en unas semanas yo tenía que regresar a Madrid y tendríamos tiempo de reflexionar.

Su madre me miraba muy triste mientras les explicaba todo lo que había sucedido en nuestra relación y cómo me sentía después de todas las cosas que había dejado atrás por ella para que me pagase de la manera que lo había hecho.

Me di cuenta de que sus padres no se parecían en nada a los míos ni a lo que a mí me habían enseñado.

Como ya les he dicho en algún momento, yo siempre recibí una educación en la verdad, en la que se me inculcó que, por encima del cariño que ellos pudieran tenerme, estaba la justicia y que, si hacía algo injusto en mi vida, no esperara apoyo de su parte. Todo lo contrario a esa familia, que se mentían unos a otros pero que se apoyaban como si de una manada se tratase si alguien pretendía morder a cualquiera de ellos por muy correcto que fuera el mordisco.

Me molestó al extremo el trato imperativo, repetitivo e interrogante de su padre, que no paraba de preguntarme si yo le había puesto la mano encima. No sé si con la intención de que le dijera que sí y tuviesen una prueba registrada en alguna de las grabadoras que de seguro llevaban encendidas para cubrir las espaldas de Orna en caso de que me decidiera a presentar una denuncia; qué poco me conocían.

Recordé entonces unas duras palabras de Orna: «Estoy más convencida que nunca de que, pase lo que pase, siempre será lo mejor y, si terminamos totalmente destruidas, ¡¡¡eso será lo mejor!!!».

Así estábamos, al borde de la destrucción, y, la verdad, no parecía lo mejor.

*   *   *

Dedicándose a destruir solo se recogen escombros.

Mucha gente, para huir de las cosas con las que no puede o no sabe cómo hacer, las rompe poco a poco. Sin entender por qué, su subconsciente empieza a generar un mundo negativo que se va forjando, granito a granito, con acciones contundentes.

La mente busca liberarse de las cosas que le hacen pensar y buscar soluciones, y tiende a acercarse a todo tipo de elementos que faciliten la pasividad de esta.

De ahí el éxito de todo lo relacionado con la evasión, y el fracaso de todo lo que requiere atención.

Lo vemos en todo, en las relaciones, en el trabajo, en nuestro desarrollo personal... La mente prefiere algo con lo que se sienta cómoda, con lo que se sienta despreocupada, mientras que nuestro ser busca todo lo contrario, ponernos en todo tipo de situaciones que nos hagan crecer.

El hacer o el no hacer. Crear o no. La no creación, el no hacer; destrucción en sí misma.

Cuando paseas entre escombros te puedes dar cuenta de cuánto se ha destruido.

La gente tira bombas nucleares por todos lados, por cualquier cosa que disturbe sus pobres mentes, sin darse cuenta de que no solo destruyen lo que les disturba, sino a sí mismos.

En una película titulada Juegos de guerra, la máquina encargada de controlar los misiles acaba dándose cuenta de que, por muchas variaciones y cálculos que haga, si tira una bomba intentando destruir lo que le disturba, al final acaba igualmente destruida.

No hay ganadores en la Guerra Fría, no hay ganadores cuando la potestad de nuestras vidas es dirigida por un pequeño trozo de carne protegido por ella misma y por un buen hueso.

El cerebro siempre va a intentar defenderse y luchar por lo que está programado: la supervivencia del YO.

Pero, casualmente, esa es su destrucción, porque hacer caso a un YO es competir contra otros YOES y matarse unos a otros, en pro de la supervivencia, con todo tipo de armas.

Los seres humanos, por suerte, podemos elegir a quien hacemos caso, si a nuestros YOES o a nuestro S E R.

La ofensa más grave para un mentiroso es la REALIDAD del SER, nunca soportarán que les hablen con la VERDAD, porque prefieren vivir en lo FALSO de sus YOES.

* * *

Una y otra vez le respondí que la prueba más evidente de que ello no había sucedido era que estuviera sentada junto a ellos, ya que, si lo hubiera hecho, habría estado sentada, desde el primer minuto, en el banquillo de los acusados.

Conociendo como conocía la justicia mexicana, que no pregunta sino afirma y juzga antes de conocer, y conociendo a Orna y a su familia, si a mí se me hubiera ocurrido levantarle la mano para castigarla o hasta para defenderme, me habrían detenido instantáneamente acusada de maltrato y me habrían puesto a disposición de las autoridades por violencia machista con unas penas ejemplares.

Afortunadamente, mis hermanos me salvaron de eso. Después de toda una infancia peleándome con ellos y teniendo que medir nuestras fuerzas para no llegar a causarnos daños graves, yo sabía muy bien que no podía responder a Orna con la misma violencia a la que ella me sometía, por eso me dejé hacer todo lo que me hizo.

Otra de las cosas que me molestó fue que el cabeza de familia osara preguntarme si estaba actuando. Quizá tendría que haberle preguntado a su hija si actuaba cuando les dijo que no se había acostado con nadie. Pero yo no tenía nada que temer, ni nada que ocultar, sabía que el tiempo pondría a cada uno en su lugar y que tendrían que agachar la cabeza cuando me vieran por cómo se habían portado conmigo (¡si hasta llegaron a amenazarme con lo que podría hacerme su hermano mayor, que según ellos estaba loco, si se me ocurría hacerle daño a su hermana!).

Pero fíjense qué casualidad, que precisamente era yo la única persona de la familia que tenía en consideración a su hermano mayor, a su mujer y a su hijo, ya que era el único que tenía huevos a decirle a su hermana lo déspota que era.

Creo que era el único que me comprendía, el único que, sin ni siquiera conocer mi historia, sabía de lo que era capaz su hermana y quién era la verdadera víctima, por mucho que igualmente la defendiera.

Siempre he sido una persona muy razonable y no me gustaba, para nada, hacer sufrir a nadie, menos a unas personas que consideraba mi familia y que estaban preocupadas por su hija, así que les prometí que no volvería a pelearme con ella y que intentaríamos tener una buena relación hasta mi viaje a España.

Les pedí que no se preocuparan más (y ya les adelanto que cumplí mi promesa, no volví a tener una palabra más alta que otra con ella en el tiempo que pasamos juntas, porque mi palabra va a misa).

Llegué con todos ellos a casa y subieron a mi departamento, Orna se había acostado y estaba tomando un té, subieron uno por uno a nuestra habitación a despedirse de ella.

Cuando comprobaron que todo estaba bien, se fueron y entonces subí a verla. Me dio tanta ternura, la sentí tan cansada… Sentí que lo único que queríamos las dos era que todo se solucionase; me senté a su lado y la abracé, la abracé con el amor que me quedaba por ella, y nos reímos cuando le conté que su padre me había puesto de los nervios haciéndome la misma pregunta reiteradamente y pensando que estaba actuando.

Nos dormimos abrazadas.

Yo había recibido una invitación para ir a un pueblo llamado Tequila y me pareció una buena excusa para cambiar los ánimos y empezar de nuevo a querernos estando fuera un fin de semana. Hasta arreglé las fechas para ajustarme a su calendario, pero al final tuve que decirles que no íbamos, porque Orna no quería pedir más días al presidente de los que ya había utilizado en su viaje a las escarpadas montañas de Alaska, lo cual no me pareció oportuno, porque volvía a mostrar lo que verdaderamente le interesaba.

Empezamos a valorar de nuevo lo que teníamos y me convenció de que sería buena idea que visitáramos una psicóloga con la que había contactado para que nos ayudase a superar la situación.

Y acepté.

Después de buscar el condominio por medio estado en medio de la noche, llegamos al despacho, donde una guapísima licenciada nos recibió.

A mí siempre me ha parecido que los orientadores eran para gente sin conocimiento, que nosotras mismas éramos las que debíamos arreglar nuestros asuntos, pero, aun así, decidí apartar mis reticencias y escuchar. De todos modos, pronto se confirmaron mis sospechas: no era yo la que iba a escuchar, sino que era ella la que iba a cobrar por escucharnos.

Lo que allí ocurrió era lo mismo que ocurría en casa, reproches y más reproches, nervios y tensión, todo ello mezclado con una dosis intensa de amor y cariño inmenso.

Me molestaba que pusiera a la misma altura un escrito en mis redes que la barbaridad que ella había cometido, pero ella seguía, erre que erre, con su malestar y su arrogancia.

Cuando terminamos de discutir, la chica nos dijo: «Mirad, yo aquí veo que ninguno de los dos quiere cerrar la relación, veo que hay mucho amor, pero también hay mucho ego. Sois vosotros los que me tenéis que decir en qué queréis que os apoye: ¿en cerrar o en arreglar?».

Definitivamente, la psicología era tan solo un parche, una pastilla, un sucedáneo para evitar tratar la raíz del problema, una aspirina contra un cáncer.

Lo nuestro era lo que había sido siempre, un trabajo del alma, un trabajo de crecimiento, y eso, en esos momentos, solo lo veía yo.

Orna estaba cerrada, estaba centrada en su cabeza, había bajado del Olimpo de los dioses a la tierra y había echado raíces muy profundas, mientras que yo me había separado tanto del suelo que flotaba en las alturas sin querer comprender nada de la insignificante vida del ser humano.

*　　*　　*

Quizá, socialmente, muchos actos puedan estar justificados, pero para el corazón, no puede haber justificación alguna en lo socialmente justificado.

*　　*　　*

Ella tenía razón, íbamos por caminos diferentes.

Ojalá pudiera entender por qué debíamos realizar los propósitos de nuestras vidas por separado, por qué no quisimos hacerlo juntas.

Casi cuarenta años para encontrarte y tan pocos para perderte.

Las dos decidimos que nos ayudara a arreglar las cosas, y así se lo expresamos, pero antes de salir le dije a la psicóloga que a la siguiente sesión yo no podría ir porque estaría en España y que me apostaba lo que fuera a que Orna le pediría que la ayudase a cerrar.

Sonreímos las tres y nos fuimos sumidas en el profundo oscuro de la noche.

Pasaron unos días en los que todo empezó a aclararse, parecía que lo íbamos a poder superar y reafirmamos el juramento de jamás volvernos a mentir.

Las cajas todavía estaban cerradas, habíamos decidido que no seguiríamos con la renta del departamento, así que Orna me comentó que las llevara mientras a algún lugar y que, cuando regresara de España, decidiríamos adónde irnos a vivir, que iría mirando lugares o que nos trasladaríamos a la capital del estado.

Me pareció buena idea dejarlas en casa de otra amiga con más espacio y así evitarnos el desembalaje y el embalaje en un mes o dos a lo sumo.

Estábamos comprando en el Superama nuestra despensa habitual, de nuevo con el amor ganando la partida, cuando quise probar si era cierto que nos encaminábamos a otra fase diferente o tan solo era una ilusión, así que, cuando nos acercábamos al coche a guardar las cosas, le pregunté: «¿Lo conociste en la boda de tu primo?».

Desafortunadamente para nosotras me contestó que no; me volvió a mentir estúpidamente, cuando era obvio que yo lo sabía todo, cuando la primera imagen que vi del tipo era de ese día.

Me di cuenta, de nuevo, de que nada había cambiado, que me estaba volviendo a equivocar, que la mentira estaba demasiado arraigada en ella. Incluso una de las noches me atreví a preguntarle si había utilizado preservativos. Ella me respondió con un rotundo sí, pero yo ya no me creía nada…

RETIRO

Alguien me había dicho que llegaba una época de retiro para mí, una época en la que debía cargar pilas, en la que debía descansar y tomar fuerzas para todo lo que venía.

Amar es sentir que se pierde la vida, y yo la estaba perdiendo demasiado.

Llegó el momento de ir a Madrid, llegó el momento de partir una vez más en la noche, esta vez con la clara sensación de que sería la última.

Nos fuimos a cenar a uno de nuestros lugares favoritos y nos sentaron casualmente en la misma mesa que nos habían sentado la primera vez que fuimos allí. Cuántas veces tuvo que levantarse Orna al baño para secarse las lágrimas, cuántas veces nos tomamos de la mano sin saber por qué nos estábamos despidiendo si nuestro amor no había terminado.

Qué fuerte nos agarramos del brazo mientras yo conducía por el paseo de la Reforma hacia arriba rumbo a nuestra casa.

Esa noche, en la que dejé mi hogar en México, fue de las noches más especiales que viví en toda mi existencia.

Le había creado un álbum con muchas de nuestras fotografías y lo coloqué estratégicamente en la secadora para que, al despertar, lo encontrara tras las palabras que escribí en su puerta blanca: «Verás que al despertar todo era un sueño, nada más».

Esa noche hicimos el amor como nunca, sabiendo que sería la última vez que nuestros cuerpos volverían a estar unidos en lo profundo del ser. Sabiendo que quizá nuestros gruesos labios jamás volverían a tocarse, ni nuestros ojos volver a ver el brillo de la vida en la mirada. Lloré, lloré y lloré mientras mi boca besaba cada rincón de su cuerpo y mis fluidos inundaban cada parte de él. La besé con toda mi alma, con todo mi amor, desde la punta de los pies hasta el último pelo de su cabeza; besé sus pechos, su espalda, sus ojos, sus mejillas, sus brazos, sus manos y sus dedos, sintiendo el calor con el que la noche impregnaba nuestra piel.

Me levanté, me vestí temblando de miedo, miré con una pena profunda nuestra casa y bajé a la cocina, donde, después de besarlas, dejé las llaves, que tantas veces habían abierto la puerta de nuestro hogar con la ilusión de ver al amor de mi vida dentro, en la encimera gris donde tantas veces habíamos compartido tanto.

La escuché llamarme cuando estaba a punto de salir por la puerta; «¡BOLA!», me gritó, y yo dejé las maletas y me asomé corriendo, encontrándome desnuda en la oscuridad del barandal al ser más hermoso que en mi vida pude encontrar, la noche de mi día, la oscuridad de mi luz, la parte que me complementaba.

Subí las escaleras y me fundí con ella en un abrazo profundo de nuestro amor sellado en nuestros labios.

Al apartarme me pidió que no llorara más y me dijo unas palabras que aún hoy recuerdo: «No llores más, amor mío, vete tranquila, todo va a estar bien, mi bola, todo va a estar bien».

Bajé las escaleras, besé el suelo del departamento y le di las gracias por tantos momentos maravillosos allí vividos, llamé al ascensor y se abrieron las puertas de los cuatro elevadores que teníamos en la planta, como queriéndome dar a escoger qué camino tomar, cuando lo que quería era regresar al calor que había dejado unos metros más atrás.

Bajé y me despedí de los conserjes, me monté en el taxi con la mirada pegada al edificio, intentando buscar nuestra ventana, mientras con la mano dibujaba un corazón y le mandaba mi último adiós sabiendo que había escuchado la última gran mentira que saldría de su boca sin ella saberlo: «Todo va a estar bien».

* * *

Mi vuelo hacía escala en Cancún, así lo decidí para despedirme también de mi fantasía.

Pasé el día en una playa llamada Maroma, en un hotel cuyo camino estaba rodeado de frases de amor que le mandaba a Orna para que viera que la otra parte también estaba haciendo su trabajo.

Estaba muy dolida, me sentía morir en un mar de sentimientos encontrados.

Me fui dejando atrás charlas sobre mi libro en las ferias más importantes, me fui dejando atrás el último programa que había hecho y que había sido un éxito, me fui dejando atrás mi carrera, mis amigos, mi casa, mi amor... Me fui, como la canción, «para echarte de menos», para volver de nuevo.

* * *

Reencontrarme con mi hija fue muy gratificante y, en esa amalgama de amor, viví momentos cruciales.

En primer lugar, mi visita, por fin, a la unidad especial de identidad de género a la que me habían derivado. El primer día que llegué a la unidad estaba llena de nervios, no podía creer que hubiera tenido el valor suficiente para llegar hasta ahí. Cuando me atendió el endocrino responsable de la unidad, que comprendía sociólogos, psicólogos, psiquiatras y todo tipo de cirujanos, y me senté frente a él para explicarle lo que me había llevado allí, rompí a llorar.

«No llores, mujer», me dijo, «estamos aquí precisamente para ayudarte». Era la primera vez que alguien fuera de mi entorno me trataba como lo que era.

A partir de ahí comenzó un camino arduo y difícil en el que debía cumplir con muchos trámites y requisitos: análisis, pruebas psiquiátricas, charlas...

Tenían que asegurarse de que estaba preparada para meterme en algo tan difícil psicológica y físicamente, tenían que comprobar que iban a suministrar unos medicamentos que son muy caros a una persona que realmente los requería, que no estaba loca o los iba a vender en China.

Fueron muy duras las esperas, muy duro lo que tuve que enfrentar.

Poco a poco fui abriéndome a mi familia, de la cual me sorprendió su comprensión y apoyo, sobre todo de mis padres, que inmediatamente tomaron el toro por los cuernos y me dieron el aliento que necesitaba.

«Me alegra que estés con tu familia, que luches por tus sueños sin que nada te pare, sé que serás una mujer guapísima y preciosa, que tendrá a su lado a una persona que le corresponda, yo espero haber contribuido en esta parte de tu proceso, espero haberte proporcionado algo más importante que desgracias.

No hace falta decirte que estoy deshecha y que no mentiste cuando me dijiste que iba a llorar demasiado, lo que no me dijiste fue hasta cuándo me duraría el dolor, me temo que todavía me queda sufrir mucho».

La dificultad más grande a la que tuve que enfrentarme fue con la madre de mi hija y su madre, que no aceptaban mi situación ni por asomo. Tuve que combatir rechazos, insultos de todo tipo y el asco que le producía a Mar arrimarse a mi cuerpo cada vez más femenino.

Mi relación con ellas era cada vez peor. Mi mujer estaba demasiado enfadada conmigo por haberla abandonado, por haberme paseado con otra persona publicando mi amor a los cuatro vientos, por llegar y decir que, no contenta con todo, iba a empezar un tratamiento para hacerme mujer y, sobre todo, por haberle estropeado, con mi regreso, lo que ella consideraba una nueva oportunidad en su vida, ya que un compañero de su trabajo le andaba rondando y paró el desarrollo de esa relación por mi llegada.

Y es que hay gente muy capitalizadora, que cuando ve a alguien pasando un mal momento aprovecha para colarse como el salvador de todos los males hasta que se cuela en tu cama y ya no sale.

Eso me estaba pasando por duplicado; en un lado y en el otro del Atlántico las bacterias estaban empezando a inundar la carne putrefacta. Se estaban colando todo tipo de virus sin que yo me diera cuenta, poco a poco, picando para apropiarse de los frutos de mi energía, de los frutos de dos bellezas que brillaban demasiado y que atraían a muchos cuervos.

*   *   *

El mayor reto para el ser humano es deshacerse del ego, de esa identidad aprendida que no es más que una mentira inculcada.

Deshacerse de ese espejo que le dice a uno lo maravilloso que es y cuántas cosas puede conseguir con su precioso cuerpo e inteligencia; de cuánto es y de cuán poco son los demás que no son parecidos a él.

Una vez que entendemos la profundidad del ser, el ego, la identidad, se convierte en un mero y estúpido sueño que nunca existió.

*   *   *

Quise arreglarlo todo, confiaba en que lo que me había dicho Orna era cierto, en que lo que me había dicho Mar, también.

Pero empecé a encontrar un distanciamiento muy grande en Orna a medida que mi estancia se ampliaba en mi país; un distanciamiento que tuvo su culminación cuando volvió a espiar mis ubicaciones a través de la aplicación a la que tenía conectada mi terminal y no le pareció bien que fuera a pasar unos días con mi hija a la playa.

A partir de ese momento sus mensajes fueron remitiendo, su «todo se va a solucionar» quedó en «yo ya me estoy mudando de la casa» y en un «mejor lo dejamos aquí», algo que me crispó de nuevo y que de nuevo expresé en las redes sociales.

Aprovechando un hueco entre las citas médicas, preparé mi regreso a Ciudad de México y escribí a Orna para decirle que iba para allá. Su respuesta fue escueta: «No es mi responsabilidad que vengas o no, dejé el departamento hace tiempo y estoy viviendo en otro lugar, así que busca dónde quedarte, porque necesito espacio y pensar qué vamos a hacer». Seguía enfadada conmigo y reclamándome porque, decía, la llamaban puta en algunos de los comentarios a mis publicaciones. O sea, que, según ella, no se lo llamaban por las acciones que dedujeron que había hecho, sino porque yo expresé mi malestar, ¡manda huevos!

«Reconozco que me he equivocado muchas veces y que, probablemente, lo seguiré haciendo, no hay persona que no se haya equivocado o cometido errores.

He sido lo peor solo porque no quiero y no estoy dispuesta a renunciar a mis sueños, porque no hice lo que tú me pedías, porque no me sentía bien cuando tenías que dividirte en dos, porque me hiciste pasar los ratos más horribles de mi vida, porque decidí no continuar esto porque nos habíamos perdido el respeto.

Te pido que, si tanto me adoras, como dices, me permitas marchar y me dejes ser feliz».

Esa noche tuve una nueva premonición: llegaba a mi departamento preguntando por Orna y el amable conserje me pedía que no se lo dijera a nadie, pero que seguía viviendo allí.

Debía regresar, tenía que arreglar las cosas.

Hablé con mi exnovia rusa y amablemente me ofreció su casa para lo que durase mi estancia.

«Al final, Orna, después de tanto tiempo, después de ver una y otra vez nuestras fotos, después de recordarnos tantas veces, descubrí que era mentira que tú y yo estuviéramos mal, descubrí que nos amamos con toda el alma, descubrí que lo único que hacíamos era luchar para no perdernos cuando cada una se vio en ello.

Descubrí que fuimos pendejas hasta más no poder, descubrí que rompimos algo maravilloso que algún día valorarás como se merece, descubrí que lo que provocó nuestro fin fue tu miedo a andar ese camino desconocido que tanto me acusas de haber tomado.

No hubo un solo día que no te haya pensado, que no haya tiritado de frío por ti.

Esta noche pensaba en si voy allá y seguimos igual, en el miedo, el pánico y el dolor de pasear por una ciudad sin saber en qué esquina voy a encontrarte, sin saber qué puerta voy a abrir topándome contigo, sin saber si podré seguir aguantando extrañarte tanto.

Éramos algo especial en este mundo y lo pagamos bien caro.

Pagamos bien caro ser una pareja tan hermosa, con tanto futuro por delante…

Nos pusieron un precipicio enfrente para jodernos.

Espero que te haya gustado tanto como a mí haberte conocido».

Tomé el vuelo con pocos enseres; lo más importante que recogí de España fueron mis botes de pinturas al óleo, hacía tiempo que sabía lo siguiente que iba a pintar, sabía lo que iba a contar en mi próxima exposición.

De nuevo llegué a Cancún y lo primero que hice al bajar del avión fue llamar a Orna, me costó varias llamadas que me contestara, pero al final lo hizo. Yo quería verla en cuanto llegara a la ciudad, pero se negó alegando que ese fin de semana estaría en Puebla. Me puse tan mal que el mesero que trabajaba en la sala VIP del aeropuerto me trajo, sin yo pedírselo, un vaso de agua y unas servilletas.

Qué llegada más triste al antiguo DF, sin nadie esperándome, sin casa, sin mi amor.

Tomé un taxi hacia la vivienda de mi amiga y, cuando vi la desolada habitación en la que iba a pasar mis días, me derrumbé, lloraba tanto que los vecinos reclamaron en más de una ocasión que sus hijos no podían dormir de lo asustados que estaban.

«Hoy por primera vez flaqueé, me arrepentí, me acordé de mi chamarra de cuero, mis pantalones vaqueros y el mundo a mis pies.

Me arrepentí como en el cuento de la hiladora y el enano Rumpelstiltskin cuando tiene que dar a su hijo como pago, cuando me tuve que dar para pagar lo que he vivido, cuando tuve que borrar mis labios porque los labios que me amaban se fueron a la vez que mi cuerpo se despedía.

Nacimos para morir y no quiero que ocurra.

Hoy, por primera vez, eché de menos demasiadas cosas.

Todos los días nos pasaban cosas maravillosas juntas, teníamos miles de sitios a los que ir, de tu parte y de la mía, miles de lugares donde reírnos, conocer a gente y aprender de todo. Fue precioso. Hasta estar en casa viendo una peli nos sentaba de maravilla después de tantas cenas, eventos y estrenos a los que nos invitaban. Pero nos quedaron tantas cosas que hacer, nos quedaron tantos sitios, tantas cosas por vivir a ti y a mí juntas, mi boliche, tantas...

Como dice Pablo Alborán en una canción: «quien te quiere de verdad no te desprecia ni te ignora, al contrario, siempre busca la forma de estar a tu lado».

Siento que al final no me quisieras tanto como yo te quise a ti».

Mi amiga «rusa» intentaba animarme; era tan loquilla, con sus novios que la utilizaban igual que ella a ellos, las mismas problemáticas de siempre, el mismo *show*...

Intenté localizar a Orna, intenté salir con amigos, intenté tener sexo con amigas, pero todo era un despropósito. No podía tocar a nadie, no sentía nada por nadie, tan solo lloraba ante mi desgracia; paseaba por las calles de la ciudad derramando una lágrima en cada esquina, en cada lugar donde Orna y yo nos habíamos reído. Me salía de las reuniones con amigos porque no podía soportar estar sin ella. Si no la tenía a mi lado para compartir mi vida, no quería vivir más.

Cuando ocurre algo que se escapa a la lógica y el raciocinio, se tiende a pensar que no es real. Así me pasaba, no le encontraba explicación a lo ocurrido y cada mañana me despertaba pensando que tan solo era un sueño, pero, mientras me lavaba la cara, descubría la realidad.

«A veces pienso que tan solo paso por el mostrador de Aeroméxico para que los turistas se tomen fotos conmigo.

El otro día, no paraba de pensar en lo cruel que ha sido todo este camino de destrucción que tomamos y cómo toda mi ilusión se ha ido topando, cada vez más, con un muro más alto.

Me paré en el mismo lugar donde te esperé por primera vez en el aeropuerto de Madrid con la esperanza de que quizá fueras tú la que salieras con tu maleta y que todo esto fuera mentira, me eché a llorar de manera desconsolada por no poder volver a verte ni aquí ni allí, pues nos ha separado un océano demasiado grande para cruzarlo con aquella nuestra barquita.

Con un simple «ven» hubiera hecho todo para cruzarlo mil veces, nadando si hubiera hecho falta.

Todo este fin de semana me estuvo rondando una de esas frases que me dices creyendo que tengo el corazón como tú y que nada me afecta o lo mueve: «No tengo ningún interés y estoy construyendo otras cosas».

Como tú dirías: «Una rayita más al tigre», pero para mí «una nueva mancha negra en mi ser».

No te haces a la idea de mi dolor, porque si fuera al revés yo no permitiría que tú estuvieras así, por mucho que me costase.

Quizá odiarte sea lo único que pueda mantenerme en pie, no lo sé.

Como te dije, ganaste, yo no puedo hacer más sin voluntad de tu parte, porque yo sola no puedo con todo, no puedo con todo esto. No puedo obligarte de ninguna manera a que estés a mi lado porque no sería correcto.

Eso es algo que tendría que haber salido también de ti, yo no puedo soportar el dolor de regresar a un lugar en el que cerraron las puertas de mi hogar.

Estar aquí, por mucho que disimule, me hace un daño atroz.

Me decían «tiempo al tiempo», pero ¿qué se soluciona con el tiempo más que las cosas que soluciona el tiempo? ¿Quién quiere olvidar, quién quiere no sentir o no amar? ¿Quién quiere que las cosas que han pasado den igual?

Para lo único que ha servido mi esfuerzo es para seguir comprobando en lo que te has convertido, desde luego yo me estaré transformando exteriormente, pero tú…, joder, bola, te has transformado totalmente.

¿Qué le estás haciendo a tu vida para que tu alma no pare de llamarme?

¿Por qué temes tanto mis palabras?, ¿por qué tiemblas al verme? Porque me amas y tu cabeza me odia por ello.

Si no te hubiera amado, si no me hubieras importado, descuide usted que no estaríamos en esta situación, pero como te dije, me fallaste cuando más te necesitaba y te regodeaste en ello, en mi dolor, y eso se quedó grabado a fuego y sigue quemándome, porque nadie se ha dignado a ponerme siquiera un algodón en la herida.

Sé que, no algún día, sino muchos, te arrepentirás de esta decisión tan horrible que arruinó algo creado por el universo, pero que seguramente encontrarás justificación para tal hazaña, porque todo lo que hace un abogado es justificar los actos por muy deplorables que sean.

Es horrible ver en lo que se ha convertido la persona que me hizo dejar a mi hija en la puerta tirada con su madre, porque confiaba en que sentía el mismo amor que yo.

Los seres humanos tenemos la misma capacidad para crear que para destruir, tú decides qué hacer con ese poder.

Para mí esto ha sido un golpe del que no creo que pueda reponerme en la vida por mucho que disimule que sí. Lejos de disminuir, mi dolor y mi vacío aumentan cada día que pasa sin ti a mi lado. Lo siento tanto, cariño mío, tanto, tanto. Esto jamás debió haber sucedido, jamás. Para mí es una puta pesadilla en vida en la que estoy sumida, deseando siempre que llegue la oscuridad para soñar que estás a mi lado.

Te veo esta noche, de nuevo junto a mí, abrazadas, desnudas, con tu pelito negro acariciando mi piel. Hasta luego, amor mío; me tuve que conformar con soñarte y despertarme a las cinco de la mañana para recordarte y llorar mirando como un nuevo día nace sin ti.

Me habría gustado que juntásemos nuestros cristales y los hubiésemos fundido para hacer una copa mucho más bonita en vez de tirar los restos a la basura.

Me hiciste un daño inconmensurable, atroz, como solo puede hacerte la persona a la que amas. A veces no puedo ni respirar, me quedo sin aire de la angustia, me ahogo… Quizá es lo que tendría que haber hecho, quedarme sin aire para no poder regresar jamás.

TE AMO y solo con haberme dicho que tú también, hubiéramos curado todo.

Pero hay algo muy poderoso dentro de ti que te impide pronunciar la verdad, porque teme por los castillos que construyó en el aire.

Siento haber fracasado estrepitosamente en lo más importante que la vida puso en mis manos».

Por fin quedamos para vernos un instante en un lugar emblemático para nosotras, el lugar donde presentamos la segunda colección de nuestra empresa de joyería.

Allí me encontré con la nueva Orna, una Orna que sabía muy bien por lo que nos había cambiado, una Orna más arrogante que nunca, toda una mujer a la que su alto cargo se le había subido a la cabeza.

Aun así, después de escucharle sus miles de yoes, la besé y le dije que no pasaba nada, que dejara atrás su ego por un instante, que confiara en nosotras.

Pero ella ya nos había vendido.

Sabía muy bien que nos había vendido al diablo y por qué me había cambiado. Era el principio de un trueque, la comodidad, la tranquilidad, el hacer lo que le diera la gana sin que yo interfiriera, pero, sobre todo, asegurar su futuro, tan incierto conmigo como hermoso.

Me di cuenta, por primera vez, de que no iba a jugársela por mí, que no iba a poner en riesgo su trabajo por vivir en un idilio con una transexual, que no iba a olvidar sus sueños de tener una amorosa familia con tres churumbeles abriendo regalos rojos en Navidad, por mucho amor que me tuviera.

Le pregunté si seguía viviendo en nuestra casa y volvió a decirme que no.

* * *

Quien se vende ya sabe a lo que se ha vendido y que más tarde o más
temprano vendrán a por lo que han comprado. Por ello mejor no ven-
derse ni vender lo único que se tiene en este mundo: el alma.

* * *

A los pocos días, aprovechando unas compras que debía realizar cerca, pasé por mi antiguo hogar. Me quedé mirando nuestra ventana
desde la glorieta que tantas veces había visto desde arriba y estuve un
buen rato llorando por los tiempos de gloria hasta que me decidí a
entrar.

Bastaron muy pocas palabras con la gente de conserjería para
que, como en mi sueño, me diera cuenta de que me había vuelto a
mentir y que seguía viviendo en nuestra casa, que jamás se había ido.

Puta madre, no podía dejar de temblar, anduve sin parar la avenida
Santa Esperanza hacia arriba, conteniendo como pude mi rabia, hasta
que llegué a unas pequeñas escaleras que desembocaban hacia la terrera del otro lado de los edificios, allí me derrumbé, me senté en el suelo
intentando que no saliera ni una lágrima más de mis ojos, pero fue imposible. ¿Cómo era capaz de hacerme esto?, de dejarme tirada al llegar
a México, de mentirme otra vez con tanta maldad. «¿POR QUÉ?, ¿por
qué me hiciste todo esto, mi vida?».

En cuanto llegué a casa de la «rusa», le escribí diciéndole unas
cuantas cosas no muy bonitas, intentando hacerle entender que yo la
había perdonado, que no la había denunciado, que no le había destrozado la carrera publicando los vídeos de cómo me pegaba y que
ella a cambio tan solo me regalaba mentiras y más mentiras.

Quedamos un par de ocasiones más en las que todo fueron reclamos, ella me grababa intentado obtener pruebas para defenderse, en
caso de que fuera capaz de interponer una denuncia, mientras yo lo
único que quería es que regresara conmigo. En una de esas ocasiones
llegó a amenazarme dejándome bien claro que estaba muy cerca del
presidente, a lo cual, mirándola a los ojos, mientras estábamos sentadas en una mesa de madera de un restaurante tan *chic* como poco
iluminado, le dije: «Me la pela, me la pelas tú, tus mil amistades y

abogados, me la peláis todos porque yo no he hecho nada malo, en cambio tú sí».

Poco después me enteré de que había ido contando una película en la que ella era la víctima y hasta que había pretendido expulsarme del país, algo que le quitaron de la cabeza muy pronto cuando le expusieron las desventajas de exiliar al poblano más famoso de todos los tiempos por una venganza marital. También descubrí que se había sincerado con una amiga a la que le había dicho, llorando, que se había equivocado, que no sabía cómo podía haber sido capaz que hacerme algo así con lo que me amaba.

Quedé una vez más con Orna para entregarle una premonición muy fuerte que había tenido, una de las muchas noches en vela en el departamento de mi amiga, y que le escribí en forma de cuento. Se trataba de una princesa que amó a una mujer y que al final acabó casada con un rollizo y colorado príncipe rubio, dejando de lado el amor mientras quedaba atrapada en ella misma por miedo, por ambición, por asegurarse un futuro.

Ese día había ido con toda mi ilusión y un ramo de flores a una pizzería a charlar con ella, pero las flores acabaron en el estanque del parque Lincoln, en Polanco, pues se fue de la mesa amenazándome de nuevo, furiosa por mis comentarios en las redes sociales.

«Al final no ganó el amor.

Lo intenté con todas mis fuerzas. Creí que acabaría con todo el mal, pero de tu parte ya no hay nada, en todo este tiempo no fuiste capaz de hacer nada por nosotras, por nuestro amor, no hubo el más mínimo gesto.

Hoy toqué fondo, ya no puedo más, caí exhausta por tanto esfuerzo en pedirle a la vida que me devolviera junto a ti y comprobar cómo estos no valían para nada, porque ninguno fue capaz de tocarte el corazón.

Me siento impotente ante un hechizo que soy incapaz de romper; esos hechizos que tanto usan en los dibujos animados para atrapar a la persona amada y justificar que en la vida hay quienes acaban casándose con otra persona y no con el protagonista.

Quizá por tantos dibujos pensé que un beso sería suficiente para romper el embrujo, pero me di cuenta de que la vida es de carne y hueso, no el maravilloso mundo de fantasía y de amor en el que creí estar inmersa contigo».

En mi vida había pintado tan rápido, con tanta pasión, con tanto amor, con tanto sentimiento; en esa segunda colección lo estaba dando todo, estaba convirtiéndome en una verdadera artista.

Siempre había renegado de lo horrible, pero comprendí que el verdadero arte surgía desde el dolor, no desde las risas. Comprendí el verdadero significado del arte mientras creaba, día y noche sin parar, otros once cuadros que completaban la anterior colección.

Esta vez, lo oscuro.

Hacía mucho tiempo que había vuelto a soñar lo que quería, lo que iba a hacer, cómo sería mi presentación, cómo sería mi regreso al arte.

Me visioné con unas hermosas alas negras a juego con mi vestuario, a modo de venganza, a modo de ángel caído que lleva la oscuridad en su ser de tanto dolor.

Era justo, esta vez, que retratara la contraparte de los colores y me atreviese a relatar *Lo sombrío de México*, todo lo que consideraba que no estaba bien, todo lo que había sufrido, lo que veía en las calles, lo que sentía en sus gentes. Mi ser necesitaba expresar, por primera vez en mi vida, el dolor y el sufrimiento que en ella había.

Arte en su estado puro.

Para ello tomé ciertas postales en mi cabeza de todas las cosas que no me parecían justas y creé una colección que empezaba con un cuadro dedicado a los cuarenta y tres de Ayotzinapa y que concluía con la Santa Muerte, al igual que la otra cerraba con la virgen de Guadalupe. El Yin y el Yang, la vida y la muerte, la creación y la destrucción, presentes a un lado y al otro de las dos colecciones que se componían de veintidós cuadros divididos en un cabalístico once-once.

Tomé el salón de la «rusa» y mi habitación como estudio de pintura y, ante la mirada atónita de ella, que de vez en cuando, al ver mi

ya evidente atractivo en femenino, se volvía más loca de lo que estaba
y rozaba, como una gata en celo, su coño contra «el mío», trabajaba y
trabajaba como nunca antes.

El primer cuadro que terminé es la mejor obra que yo haya creado jamás, una obra que titulé *Ladylska*.

Me dejé el alma en cada trazo, cada línea fue un llanto, cada color
una lágrima. Fue muy doloroso pintar lo que más me había hecho
sufrir en mi vida, en el país; fue muy doloroso dibujarla a ella.

Todo el cuadro era un homenaje a lo que más amaba, una venganza a lo que había dejado atrás, a nuestro faro, a nuestros proyectos, a
nuestras vidas… El retrato de aquella silueta que había fotografiado
en nuestro último fin de año, que envolvía el maravilloso rostro que
tantas veces había pasado por mi objetivo. Y, en un lateral, un sonriente e ingenuo yo, apuñalado por la espalda.

Cómo lloró cuando lo vio en una de las múltiples fotografías que
le enviaba, cómo me pidió perdón ese día.

Quedamos para vernos una vez más antes de mi regreso a Madrid, donde iba a continuar mi tratamiento. Nos sentamos en otro de
nuestros lugares favoritos, en el Hotel St. Regis, donde hacían una
deliciosa pizza de aguacate que combinábamos con jugo de jengibre.
Allí me preguntó por última vez, como si de mi respuesta dependiera
lo que iba a pasar, si me iba a hacer una mujer.

No paraba de repetir: «No sabes lo que has provocado», todavía le
parecía que quien había provocado la situación era yo. Me dijo que no
era consciente de todo lo que había hecho que sucediera, de que habían pasado cosas que lo habían cambiado todo. Excusas y más excusas fue lo único que me dio a partir de entonces, un mar de excusas
para ocultar el exceso de amor propio que tenía y del que me acusaba
de carecer.

Son irrelevantes los motivos que expone la mente para justificar actos injustificables. A mayor cantidad de justificaciones, mayor delito.

Podrás engañar muchas veces a tu mente, pero nunca a tu alma.

A pesar de todo, tuvimos una cena preciosa y llena de nervios
en la que nos abrazamos y lloramos cuando me confesó que le

había dado mucho miedo el camino de transformación que había tomado.

Al salir del restaurante, me di cuenta una vez más de a dónde se estaba dirigiendo. Una nueva camioneta gris la recogió con su chófer y, al despedirme y verla entrar en ella, comprendí que había elegido un camino enterrado en lo material. Sentí una pena enorme cuando arrancó y se fue, como si saliera directa a un pozo negro.

*　　*　　*

Llegué una vez más a Madrid, con el estómago encogido, intentando que no me afectaran todas las cosas que tenía que aguantar, discutiendo por mensajes con ella e intentando arreglar algo.

Mi mujer española, por su lado, seguía combinando el cariño que no podía dejar de tenerme, con el malestar que le producía que estuviera allí, molestando el transcurso normal de la existencia a la que se había acostumbrado.

Mar y yo jamás volvimos a hacer el amor, quizá intentamos coger unas cuantas veces, pero ella se paralizaba cuando sentía mis pechos, cada vez más grandes, junto a los suyos. Y yo, cada vez que me iba a la cama recordaba el amor profundo que Orna y yo nos teníamos hasta que lo dejó por amarse a sí misma. No paré de llorar ni un solo día por ella, no dejé un solo día de soñarla, de intentar recuperar nuestra relación, de sentirla a mi lado… Y, cuando dejaba de hacerlo, ella sola se aparecía.

No se puede anteponer nada al amor, nada, de lo contrario este mundo está perdido. Anteponer cualquier cosa al amor verdadero es algo de locos. No puede haber por encima del amor nada, ni carreras, ni pasiones, ni anhelos, ni planes, ni objetos, ni siquiera la propia vida; porque, si es así, no es amor de lo que se trata.

Ellas antepusieron demasiadas cosas al amor.

*　　*　　*

Amar es entregarse y, a partir de ahí, construir. No es un contrato, ni una empresa en la que cada quien hace por separado trabajando para un proyecto común.

Porque ¿qué proyecto común puede haber más importante que amar?

La gente normalmente se arrejunta, no se ama.

Se junta para obtener una comodidad y crear otros seres en un flujo interminable de sobreponer elementos que más tarde hacen lo mismo.

¿Cuántas personas conocen en este mundo que estén juntas con la única premisa de amarse?

Si se dan cuenta, todos actuamos en base a unos objetivos que, al final de nuestras vidas, no tienen mayor propósito que el de perpetuar un sistema y un modus operandi.

Todos hacen lo mismo, porque no quieren hacer otra cosa.

Todos quieren hacer lo que ven, aunque sepan que carece de sentido alguno.

Todos quieren ponerle el gorro de papá Noel a su bebé, para el cual trabajan interminablemente, sin saberlo, desde que nacieron.

¿Qué hace nadie por hacer algo que no sea hacer lo que se supone que debe hacer? Nada.

¿Para qué todo? ¿Para qué tanto? ¿Para qué nos esforzamos?¿Para qué vamos a trabajar todos los días?¿Para qué nos juntamos?

El único propósito de todo ello es la supervivencia, sobrevivir.

¿Cuántos conocen que vivan del amor?

Por eso quizá me dijeron que no podíamos vivir de ello.

Me niego a creer que todo se reduzca a algo tan simple como la existencia de una babosa. Algo tan simple como dejar pasar la vida cumpliendo las metas que al pie de la letra están en nuestros genes.

Me niego a creer que el amor salga perdiendo siempre.

Me niego a creer que no se pueda vivir de él.

Me niego a creer que muy pocos entiendan la magnitud de dejar de ser uno para convertirse en dos.

Me niego a creer que todo sea un negocio.

Me niego a creer que todo sea un «tú me das lo que quiero y yo te doy lo que tú quieres».

Me niego a creer en la evidencia de un mundo perdido lleno de babosas gigantes que viven sus vidas como tales y que yo haya surgido de eso.

Me niego a ser una babosa, prefiero un millón de veces entregarme al amor, aun perdiendo mi vida y mi estatus de ser pegajoso y escurridizo».

* * *

Yo siempre fui por las claras, sin tapujos, con la verdad por delante. Y siento un profundo asco y decepción por quien fue conmigo de la mano, sin que me diera cuenta de que la otra la tenía escondida en la espalda, mirando siempre a su conveniencia.

Y es que la vida te sorprende, a veces, de la peor manera.

Jamás creí que pudiera ocurrirme algo así basándome en el amor que había sentido, basándome en lo que conocía o me decía la persona a la que me abrí de par en par, y ese ha sido siempre mi mayor problema, no entender que las palabras y los actos, para otras personas, no tienen la misma importancia que para mí.

Yo, cuando digo algo, lo digo porque es verdad, porque así lo siento, porque no hay palabra que pronuncie que no haya intentado cumplir hasta la saciedad, porque no alabo por alabar, no digo por decir, no prometo porque sí.

Desgraciadamente, hay quienes prefieren no escuchar ni decir verdades, prefieren vivir en la mentira esperando siempre lo redituable de no enfrentarse a la realidad.

He conocido a mucha gente que ha tenido relaciones conmigo, pero siempre a las claras; no me gusta, sí me gusta, voy a por todo, no voy a nada, vamos un rato, me interesa, no me interesa, etcétera. Pero nunca por detrás, nunca un engaño, nunca un «voy a por todas mientras busco a ver si encuentro otra cosa que me sea más rentable en mi futuro para cumplir con mis expectativas».

Creo que se ha perdido totalmente algo que cualquiera comprende cuando decide emprender una relación con otra persona, y es que vas a dar mucho de ti para recibir mucho de la otra parte. Esta nueva sociedad individualista no entiende que crear entre dos implica dejar algo de ti en el camino, que ya no es todo tú, y eso, para ciertos egos, es muy duro. Yo siempre he pedido la entrega total que yo he dado, siempre he creído en que una pareja debe llegar a acuerdos y puntos que no puede romper a conveniencia, porque entonces no se es una pareja, se es un tramposo más que juega a otra cosa, y eso, no es honesto; no es honesto mover el tablero para ganar a toda costa.

En cuanto a mi hija, era impresionante ver cómo era la única que se adaptaba. Somos seres a los que se nos va programando poco a poco, pero, si se deja de hacer el programa, se para.

*　　*　　*

Todos los seres de este mundo llevan impreso un patrón de comportamiento que prevalece en el tiempo, multiplicándose. Así los patos siempre se comportan como patos, picando el suelo, nadando en el agua, siguiendo a la pata y soñando con pienso. Desde la vida más simple a la más compleja tienen un programa. Aunque no lo creamos, nosotros también.

Un patrón claro de comportamiento que varía según se va reprogramando por la experiencia y, si esa experiencia no es cuestionada por otros programas, se instala como normal en el nuestro.

*　　*　　*

Mi hija no tenía absolutamente ningún problema de los que el resto de los mortales se jactaba. Le importaba un pimiento si yo era un chico, una chica o una mosca, tan solo sabía que me quería y que conmigo lo pasaba como con nadie de bien.

Me llamaba «Mapi», un nombre que encontramos para englobar mis dos roles; a veces me decía que era imposible que fuera a llegar a ser una chica, pero cuanto más veía avanzar el proceso, más me apoyaba.

Siempre me trató en femenino, fue la única que consiguió hacerlo sin mirar lo externo, incluso cuando hablábamos sobre el asunto y

veíamos fotos antiguas me decía que le gustaba muchísimo más de
chica que antes.

La verdad es que me estaba poniendo buenísima, estaba cada vez
más bella, más guapa, más mujer, con un pelazo precioso, que ya
quisiera haber visto mi abuela cuando me dijo que me quedaría sin
uno a los veintiséis.

Ya vestía y me movía como una mujer, era la mujer maravilla,
podía hacer pis sin sentarme en la taza.

La primera vez que me di cuenta realmente de que mi sueño se
estaba convirtiendo en realidad fue en un control aeroportuario en la
República Dominicana, cuando me preguntaron si estaba embarazada antes de pasarme por el escáner. ¡Qué emoción! Aunque tengo
que reconocer que también me dio cierta rabia, ¿acaso se me veía la
tripa gorda?… Y es que no se comprenden ciertas actitudes de la mujer hasta que uno no se mete en la piel de una. A mí siempre me había
parecido una estupidez la obsesión por estar delgada o por engordar,
hasta que me di cuenta de que las hormonas femeninas canalizan las
grasas de manera muy diferente. Tampoco creía en los cambios de humor, ni en el rollo de tener que pasarse tres horas arreglándose el pelo
y pintándose antes de salir, pero, poco a poco, me fui haciendo a la idea
de que yo también era ya una víctima de los estrógenos.

Tampoco creí que hubiera hombres tan pesados que no pararan
de perseguirte para invitarte a tomar algo…, hasta que lo comprobé
por mí misma, claro.

Nunca quise fingir. Mar, una de esas veces que de jovencita estaba
exagerando mi rol cuando me ponía un vestido en casa, me dijo algo
que se me quedó grabado para siempre: «Para ser mujer no hace falta
hacer el imbécil». Tenía razón, si se es mujer se es, no hace falta estar
interpretando que lo eres.

Mi historia no era la de un niño gay que la pasaba en el gimnasio
esperando enrollarse con un fortachón, mi vida no era la de un niño
que se había pasado la vida pintándose las uñas mientras soltaba plu-
mas. Mi historia era la de una mujer real en un cuerpo de hombre.

Por eso era todavía más especial para mí todo, porque era yo y
no comprendía cómo un ser tan maravilloso podía haber sido recha-

zado, precisamente, por las personas que más promulgaban que le amaban.

Yo misma me habría follado si hubiera podido, estaba fantástica. Había cumplido mis sueños, mis metas y esa premonición que había tenido con diecinueve años, cuando, en un mirador que daba al mar, le había dicho a mi mujer: «Algún día tú y yo seremos dos mujeres y estaremos en ese sitio».

Y allí estábamos, paseando por las calles de esa misma ciudad costera, cuando escuché algo que me impactó, un comentario de un tipo que, al vernos pasar, dijo: «Está de moda». Hijo de puta, ¿crees que alguien iba a pasar por lo que yo he pasado en la vida por moda o por gusto?, ¿crees que alguien iba a arriesgarse a perder su trabajo, a su familia, a las personas que ama o su vida por un capricho?

La gente a veces no sabe lo que dice.

Yo no sabía lo que iba a tener que soportar, por lo que iba a tener que pasar. Sabía que iba a ser un camino duro, pero pensaba que tenía la fuerza suficiente. Sobre todo, había confiado en el amor, nunca habría podido pensar que fuera el amor el que me abandonase... Me podía esperar cualquier cosa, podía esperar que el trabajo fuera difícil, que la gente no me aceptase, que me rechazase cualquiera, cualquier cosa excepto esto.

Estaba dispuesta a luchar porque a nadie le ocurriera nunca más lo mismo que a mí.

Para que nadie tuviera que sentir vergüenza o sentir que peligraba su trabajo por estar con alguien como yo. Para que se sintieran orgullosos de la valentía y la fuerza de la persona con la que estaban.

Me di cuenta de que eran cientos las personas que pasaban por la consulta madrileña de la unidad especializada en identidad de género. Chicas que eran chicos, chicos que eran chicas, gente mayor, adolescentes, bomberos, artistas, panaderos, profesores, licenciados, gente sin estudios, gente rica, gente pobre, católicos, protestantes, asiáticos, latinos, europeos, africanos... La transexualidad no conoce edad, ni posición, ni raza, ni ideología. Es mucho más universal de lo que yo había pensado, y está mucho más estigmatizada de lo que yo creía.

Quedaba un gran trabajo que hacer en la sociedad, un trabajo de normalización, un trabajo de las mismas personas transgénero para que dejaran de ser identificadas con la depravación, con la pluma, con el rímel y con la prostitución.

No me importaba perder mi modo de vida, no me importaba perder los focos, la adrenalina de mi trabajo, la fama, el calor de la gente, mi dignidad; solo me importaba perder el amor que había encontrado.

Entonces llegó una sorpresa que no esperaba (o sí, desde que una de mis exnovias me lo había pronosticado hacía un tiempo): me tocó la lotería. Al comprobar los números de la papeleta y ver que coincidían todos, volví a sentir la misma emoción que aquella vez que había ganado una moto. Es una sensación hermosa, llena de adrenalina y nervios en el estómago, ¡un subidón!

Era algo que podía cambiar mi vida y la de los demás, pero que me generaba un problema muy grande, pues no quería que nadie estuviera conmigo por el dinero que tenía, nadie. Sabía que, si le decía a Orna que me había tocado una muy buena cantidad en la lotería, tanto que nos solucionaba la vida para siempre, quizá hubiera cambiado de opinión sobre lo que estaba haciendo, pero yo quería que si hacía algo fuera por amor verdadero. Así que me callé cuando metí el dinero en una cuenta que creé a nombre de mi hija y mío.

Lo que sí hice fue mandarle el emoticono de un anillo pidiéndole que se casara conmigo, lo cual no tomó muy bien, aunque le hizo gracia.

Tampoco quise decirle nunca nada a Mar, porque estaría en el mismo caso (aunque por ley el dinero era tan mío como suyo).

El caso es que, con la boca cerrada, llegué de nuevo a México a hacer la presentación de mi obra, esta vez como millonaria.

Llegué como hombre para despedirme de todos mis amigos, llegué sin ostentar para no confundir a nadie.

«Tengo miedo, mucho miedo, Orna.

Un día muy duro para mí, un día de regreso a la soledad, de regreso a las calles oscuras, a los recuerdos. Tengo pánico de enfrentarme a tantos recuerdos, a cada calle, a cada rincón, a cada sitio…, porque en todos has estado tú.

No hay espacio en el que no tenga tu imagen presente, no hay lugar en esa ciudad donde no esté tu esencia.

Tengo mucho miedo, porque te siento como nunca y no estarás como siempre estuviste, esperándome.

Quizá me rompa en pedazos».

Llegué con la intención de recuperar al amor de mi vida, con la intención de no irme de allí sin él, estaba dispuesta a morir por él, como dice el título de la canción de un compositor hindú, un estilo de música que me encanta, que sonaba cada vez que Orna me llamaba: *Mar Jayian*, moriría sin ti, y así podía ser, morir sin ella.

«¡¡¡¡Haz magia!!!

Cásate conmigo, Orna, las dos de blanco en la playa.

Donde sea, como sea, regresa.

Podemos arreglar todo, hacer todo lo que queramos juntas, tan solo hagámoslo a través del amor.

Hagamos que gane de verdad.

Sé que es muy difícil, pero tú puedes con ello y más.

Hablémonos con el corazón, creemos de nuevo juntas, hagamos las cosas bien.

No pasa nada con nada.

Vuelve a mi lado.

Tengamos nuestro hijo.

Haz magia y acaba con todo el mal que entró por nuestra puerta».

Me vestí de negro, con un maquillaje estilo *The crow*, fruto de nuevo de la mano de mi querida amiga Ce, y volví a presentar la obra en la galería más importante de la ciudad, con mi amigo El Sombreros, esta vez bajo la tristeza de las sombras, el llanto de mi corazón y la música que tanto le gustaba a Orna y que venía perfecta para ese momento: *En la ciudad de la furia*, una canción de Soda Stereo que le encantaba porque estaba escrita por uno de sus ídolos, Gustavo Cerati. Una canción que yo le había cantado mil veces sin saber que era una canción dedicada a una pareja que le abandonó, una canción que habla de un ángel que regresa a la ciudad donde la perdió y que nunca imaginé que se iba a convertir en parte de mi banda sonora.

La presentación fue una gran despedida, logré juntar a casi todos mis amigos y mis exnovias, una buena convocatoria y muy buenas críticas.

Lo que no logré es ver a Orna a mi lado. Jamás reunió el valor para venir a ver su cuadro ni a mí, aunque seguramente mandó a alguien para que le reportara cómo le había dedicado la exposición, emocionada, y vestida, literalmente, con unas alas negras.

Aquella noche, El Barbas, nuestro amigo delincuente con el que habíamos compartido tantas risas en isla Owen, me dijo quizá las palabras más hermosas que nadie me ha dicho jamás:

«Gracias por dejarme ser parte de la historia. Lo que has hecho hoy, lo que te he visto hacer durante todo este tiempo que nos conocemos, lo que sé que vas a hacer, es comparable a lo que hacía Dalí o Picasso, o cualquiera de los grandes de su época. Eres un artista, un creador y vas a pasar a la historia. Gracias, porque algún día yo podré decir que estuve allí».

Llegué a casa de mi amiga, la «rusa», que era ya mi otra casa, y me eché a llorar en el colchón. No podía creer que Orna ya no estuviera conmigo.

Y caí enferma, tanto que me llamó y me llamó, y se preocupó por mí, y por primera vez quería verme. Al cabo de unos días ya estaba algo mejor y tenía una cena programada con mi amiga Miriam a la que le pedí que se apuntara.

A pesar de todo lo que me había hecho sufrir esa mujer, pensé que todavía había una oportunidad para nosotras. Cenando en el restaurante, la miraba a mi lado, como antes, y no podía tragar bocado; hasta tuve que excusarme y encerrarme en el baño a llorar para que no me vieran.

Esa noche la llevé a su casa, a nuestra casa, en el coche de Miriam y no nos soltamos de la mano en todo el camino. Nos agarramos de nuevo, paseo de la Reforma arriba, mientras, con sus húmedos ojos, me recordaba las veces que habíamos realizado ese trayecto.

Le pedí que me invitara a subir a casa, pero me dijo que mejor no, que todo estaba muy cambiado; y de nuevo, su «todo va a estar bien».

Es imposible dejar marchar a una mujer con la que has hecho tantas veces el amor, a la que tantas veces has querido, con la que tantas veces te has divertido, reído, compartido, prometido, soñado…, de la que tantas veces has escuchado los latidos de su corazón.

Tuvimos una cena más, una oportunidad más donde nos abrazamos y nos sentimos como antes. Ahí le entregué un corazón de plata, como el del cuento que le escribí y, dentro de él, unas palabras ocultas. Ahí volvimos a sentir lo que nos había unido, nuestra última oportunidad de conservar la magia que desprendían nuestros cuerpos juntos. Pero volvimos a ver la copa de vino caer, cómo todo volvía a romperse, cómo se derramaba el líquido que parecía nuestra sangre en un suelo tan blanco.

Al salir y despedirnos me confesó que estaba con alguien y me partió de nuevo el alma. Fue la última vez que me besó.

«Anoche volvió a quedar claro que hay un AMOR profundo entre tú y yo que va mucho más allá que cualquier cosa en este mundo.

La felicidad inmensa de nuestros seres divinos al reencontrarse en un abrazo fue espectacular y, aunque no lo creas, la magia que nos unió tiempo atrás ayer estaba presente como nunca, haciendo de las suyas.

Era tan evidente, tan claras las señales. ¡¡¡Guau!!! Recuerdo lo que sucedió cada segundo y cómo, anoche, EL AMOR se puso las pilas para demostrar quién manda en el universo.

No fue casualidad el lugar, la música, la copa, el ambiente, lo que se respiraba… y cómo se respiraba nuestra divinidad; respiramos a nuestros seres con la profundidad de las estrellas y vimos la realidad.

Hubo un momento, cuando estábamos abrazadas, que pasaron por dentro de mí todas las playas, los lugares, las experiencias, las risas y la gran felicidad que nuestro ser puso en estos cuerpos mortales… y fue maravilloso volver a ver las luces y lo luminoso de nuestro camino plagado de estrellas… Mi bolita, mi vida: llegamos a Hollywood, llegaste a ser ministra.

No nos damos cuenta del nivel de experiencia en el que hemos estado inmersas.

Si tú analizas todas las cosas que nos han ocurrido y las cuentas a alguien por separado, se quedarán mirándote raro. ¡Imagínate todas juntas! Tantas y tantas cosas por las cuales millones de seres humanos darían su vida, por tan solo poder experimentar una de ellas…

Pero la avaricia rompe el saco. El orgullo provoca fricción. La arrogancia no deja ver la realidad. Y el egoísmo es el mal de nuestro mundo.

Nuestros males.

Como reza en un especular que invadía las calles y carreteras mexicanas junto a una botella: «La verdadera riqueza no está en recibir, sino en dar».

Nosotras somos el ansia viva, queremos, queremos y queremos.

Tú sabes bien por lo que quieres cambiar lo nuestro, por esa emoción de lo desconocido, por esa supuesta libertad para elegir, sin darte cuenta de que nunca perdiste la libertad conmigo y que no se puede estar toda la vida en una indecisión como has estado, porque siempre va a quedar algo que no se pueda experimentar.

La cuestión era compartir esa libertad desde la unión del Ser, porque cuando nuestros seres se encontraron, supieron que eran uno, como la leche Laly, un dragón con dos cabezas… ¿Recuerdas en la mesa de la cocina cómo nos reímos de la foto del envase?

Ahora somos nosotras esos dragones.

Hay algo mucho más importante que nada en este mundo, y hasta te aburriste de ello, de amar, como te aburres de todo.

Todos los caminos llevan al mismo sitio, pero, como te dije, encontrar lo que encontramos en nosotras es algo muy difícil en la vida, y la vida nos concedió todas las experiencias y las suertes más difíciles de conseguir para un ser humano, todos los éxitos posibles, que fuimos apagando porque nada nos ha saciado, porque no tuvimos la visión de crear como uno solo, nuestras cabezas siempre miraban a nuestro ombligo, y eso es lo que nos ha hecho fallar siempre, no poner las dos el foco en lo mismo y a la vez. Porque, si lo hubiéramos hecho así, si nos hubiéramos enfocado, poco a poco en cada cosa y a su tiempo... Ufffff... Cuántos grandes triunfos...

Pero no, queremos todo, somos unas avariciosas, no nos conformamos con nada de lo que se nos da y despreciamos los regalos de la vida por el simple hecho de querer experimentarlo todo..., pero, amiga, querer experimentarlo todo tiene sus consecuencias, y despreciar, no saber valorar, también.

Si para ti es más relevante follarte a cuatro gatos con pantalón después de que te inviten a cenar y elegir a uno para que te infle de blanco, si prefieres todo esto a nosotras, a nuestro AMOR y a todo lo que nos queda por hacer, adelante.

Como te dije, avísame a qué horas, dónde y con quién. Me avisas para que yo vea cómo dejas atrás todo lo que eres para convertirte en lo que no has sido nunca, ni sinceramente vas a ser; porque, si lo hubieras sido, lo serías ya desde hace mucho.

Me avisas, como te digo, para que lo vea.

Me hablabas de forzar y no te das cuenta de que hace ya mucho que vienes forzándote por ser una cosa que no eres, y por esa fantasía has tirado todo lo que sabes que eres y lo que se te dio a cambio.

Se te dieron muchas de las cosas que querías de manera diferente, se te podrían haber dado muchas más.

Pero cuando tenemos lo diferente queremos lo igual... Ya sabes lo que va a pasar cuando tengamos lo igual después de haber conocido lo diferente.

Hay una diferencia extraordinaria entre nosotras: yo comprendí lo extraordinario de ti y de nosotras, lo extraordinario de nuestro amor, de nuestra capacidad para crear juntas, de nuestra conexión con el universo. En cambio, quizá por tu juventud, tú no comprendiste lo extraordinario de quien te habían puesto al lado, de alguien que, como has comprobado, quizá ni siquiera sea de este mundo; te pusieron en manos de la creación misma en su estado puro, de eso que tanto admiras en los museos, de todas esas cosas que ves y alucinas; te pusieron con alguien en tu camino irrepetible en todas las facetas, tantas y tan profundas que comprendo sean tan difíciles de llevar. Y no hace falta que yo te lo diga, tú ya lo sabes desde que me conociste. No es vanidad, es observación.

Lo que pasa, como siempre, es que solo queremos recibir las cosas buenas, y cuando nos toca lo torcido, que siempre toca, salimos corriendo, en vez de luchar al lado de quien se ama.

Gracias por aparecer un poco, por darme un poco de ti, como un fantasma que quiere comunicarse con los vivos, en esa última noche de felicidad absoluta y amor profundo que me regalaste desde nuestras tumbas.

Es cierto que ya pasó el día de muertos y quizá quien se comunicó conmigo fue lo más vivo de la vida, y que quizá se esté abriendo paso entre la tierra lo que nunca murió y que solo fue un error haberlo enterrado.

Quizá pronto despiertes de nuevo a la tierra de los vivos.

Quizá, cuando despiertes, busques soluciones en vez de pegas a todo lo nuestro, y quizá las encuentres y podamos ser felices juntas y tener todo lo que deseamos y ser un gran ejemplo para la vida, para la Humanidad, para nosotras y para el AMOR.

Como te escribí en la secadora: «Un día despertarás y te darás cuenta de que todo fue un sueño».

Hasta siempre, mi bolita, la que anoche volvió a reposar en mi hombro.

Te juro que no sé cómo puedes dormir tranquila, cómo puedes estar con otras personas sin morir de la pena. Yo no tengo dudas, yo te AMO a ti.

Me habría encantado dormir contigo esta gran noche y volver a querernos».

Estaba destrozada, hice un viaje a Cancún y le pedí que viniera conmigo una vez más a que nos iluminara el faro que nos había visto de rojo, pero jamás tomó el vuelo y solo respondió a uno de mis mensajes, llorando, para decirme que le habría encantado, pero que ya no podía ser.

La última vez que nos vimos fue en un Starbucks (quizá por ello les he tenido siempre tanta manía, porque sabía que allí sería mi fin); ella estaba tan diferente, tan triste, tan decaída, tan dejada, como si hubiera perdido el brillo de su piel. Fueron cinco minutos en los que me requirió alejamiento, que dejara estar las cosas, que ya no íbamos a regresar. Fueron cinco minutos en los que me vi morir, en los que mis dedos, al abrazarla cuando nos despedíamos, no se querían separar de sus hombros. Los últimos cinco minutos que pude ver su rostro cerca del mío y oler su pelo mientras mis lágrimas caían desesperadamente.

Di dos pasos y la llamé: «¡Bola!», se giró y le dije: «¿Quién te quiere a ti?». Me miró con tristeza y se volteó para seguir su camino a ninguna parte.

«TE AMO y abrazarte el segundo que te he abrazado, lejos de la mierda que siempre echas sobre mí, ha hecho que mereciera la pena cruzar un océano. Porque YO SÍ haría cualquier cosa por ti, como siempre te he demostrado; dejaría lo que estuviera haciendo, movería las montañas y el cielo si hiciera falta tan solo por verte y abrazarte.

Sigue transformando tu amor por mí en lo que siempre demostraste que fue, NADA, porque si hubiera sido AMOR jamás te habrías permitido hacerme cosas tan ruines como las que me has hecho, incluido HOY; sí, porque todos los días sigues demostrando lo que de verdad se apoderó de ti.

Me cabreo porque veo que no ha servido de nada mi amor incondicional ni mis esfuerzos por no olvidarte, me cabreo porque no puedo creer que en mi hogar esté entrando gente de mierda que se aprovechó de una situación de debilidad emocional para colarse allí donde una vez un ángel nos guió y se alegró por nosotras en un elevador. No me puedo creer que alguien esté bebiendo en los vasos que nos regalaban después de tantas risas, comiendo con nuestros cubiertos y utilizando las cosas que con tanto esfuerzo y amor creamos tú y yo.

No me creo que alguien pueda estar mirando, sentado en nuestras sillas, por el cristal que tantas veces mirábamos tú y yo con una copa en la mano, admirando la noche y riéndonos de los chinos... No me creo que hayas dejado pasar a nuestra vida a nadie, al cuarto de baño donde tuvimos tantas pláticas y donde tantas veces me revolqué de dolor hasta morir.

No me creo que creas que con un poco de humo y unas ramitas dejo de ver nuestra casa, donde hicimos el amor tantas noches amándonos libres hasta más no poder.

No me creo que sea verdad que decidiste romper por la mitad nuestra vida e inflarte de los veinticinco kilos que alguien quiso que ganaras para que no pudieras seguir pasando todas las puertas.

Yo no me enamoro ni intento formar una familia con la primera que se cruza en mi camino, tengo demasiados años y siempre he sido honesta y fiel. Jamás, estando contigo, me fui a follarme a una cualquiera mientras me esperabas sentada en un sofá, algo que tú no puedes decir porque no eres fiel ni a ti misma, eres una veleta que se mueve según sopla el viento.

Pero ten cuidado, porque a veces el viento sopla muy fuerte.

Como te dije, los premios, los trabajos, lo que tuviera que hacer en México tan solo eran excusas para estar contigo, pues lo único que me interesaba de este país era el amor que había encontrado en él.

Y eso pudo siempre más que cualquier cosa, y con la excusa de una invitación, decidí darnos otra oportunidad y gastarme lo que fuera con tal de verte unos segundos.

Quizá para ti no ha merecido la pena, pero para mí ha sido igualmente precioso poder volver a sentir tu corazón al lado del mío, aunque sea para que segundos después se rompiera todavía más.

Quizá en vez de mirarme las tetas deberías mirar un poco más dentro; quizá, en vez de reírte de mí y decirles a tus amigas: «No mames, qué bubis», deberías darles una lección y decirles: «No mames, qué corazón más grande».

Como te dije, he soñado mil noches que este hechizo de mierda, que alguien nos echó por envidia, se rompiera como en los cuentos, simplemente con un beso de amor, con un TE AMO de esos que antes nos sobraban y ahora me faltan tanto. Pero no ha sido así.

Mírate en qué te has convertido, ¿qué mierda has hecho con tu vida? Mírate lo hermosa y radiante que estabas a mi lado…, y aun así te sigo amando.

No es normal cómo te dejaste y dejaste todo. No merecía la pena por un coche más grande, NO.

Eras maravillosa. Eras una diosa y te bajaste del cielo.

No sabes lo que daría por volverte a ver asomarte por las escaleras y decirme: «¡Bola, ya, te adoro!».

Después de todo lo que ha pasado y sabiendo el dolor que nos ha causado te pregunto de nuevo: ¿Volverías a vivir lo mismo si se pudiera? Yo ya sabes que SÍ.

Mientras yo sigo revolcándome de dolor, tú sigues inflando tu ego.

Fíjate cuántos meses han pasado ya y cada vez estoy peor que el día en que decidiste marcharte de nuestra vida.

Elegiste tu carrera, que considerabas en peligro, a cambio de mí, una carrera que ponía los ojos de los más grandes en ti, porque salías todas las semanas más en los periódicos que ninguno de ellos. Decidiste que no era conveniente para tus aspiraciones.

Creo que eres una chica inteligente y sabes muy bien todo lo que está sucediendo. Pero tú, mientras, sigue disfrutando de tu puesto y absorbiendo la personalidad de los que están cerca de ti. No te das cuenta, o sí, pero eres como un camaleón que se transforma en lo que está a su lado, hasta en pensamiento, para poder atrapar más moscas con su lengua. Haz un repaso y dime si no te has comportado como con quien tenías cerca; hazlo, mírate en las fotos, en tus pensamientos. Empieza a ser tú, deja de comportarte como crees que deberías o los demás esperan y ten huevos a ser tú, no a absorber los pensamientos y gustos de los demás. Reconoce que te importa una mierda la arquitectura de Calatrava, que te la pelan las estructuras de los edificios y que nunca vuelves a ver los millones de fotos que haces a los frisos, que te toca los cojones quién gane el Oscar, que te la pelan las escuelas y lo que pase en tu barrio mientras no te afecte, reconoce que solo buscas poder, poder y poder, como los demás políticos que te morderán el cuello en cuanto te descuides si eso les beneficia. Sé honesta, pero contigo.

Realmente no tienes sentimientos».

Al día siguiente, encontré una foto que me atravesó el corazón. Era de su hermano y ella en un viaje a Oaxaca de hacía unos días junto con el mismo tipo que me la había arrebatado el día de su cumpleaños. No podía creerlo, no podía creer que fuera verdad lo que estaba viendo. La persona con la que estaba saliendo era la misma que me había dicho que jamás iba a volver a ver.

Entonces la película se reeditó y todo cobró sentido, mucho más cuando hablé con ella por última vez y me dijo, entre lágrimas y perdones, que se iba a casar con él y que había lanzado una bala que no podía parar y que, por mucho que me quisiera, estaba dispuesta a dar ese paso.

Ahora entendía todo, había estado un año entero machacándome, desde la boda de su primo, desapareciendo con el niñato gordo y feo las veces que le daba la gana, culpándome por ello, intentando así justificar sus acciones; había aprendido inglés para irse con un oso alaskeño, con el que estaba el día que me dejó sola en el departamento y en el que estuve a punto de ahorcarme. Me había estado dando largas continuamente, porque no sabía qué hacer, hasta que el orco horroroso la convenció, probablemente a base de buenas palabras, de cenas, de un anillo de oro blanco y de prometerle el futuro que ella siempre había deseado: pasaporte extranjero, casa en varios países, familia amorosa, economía boyante, un anillo de diamantes, una boda de blanco con damas de honor, una empresa familiar y todos los churumbeles que pudieran tener, aunque salieran con la nariz torcida.

Ella siempre tuvo poco gusto por el físico de los hombres, le importaba bien poco. Excepto el mío, que sí le preocupó.

Lo único que necesitaba era un asistente que estuviera adorándola y a sus órdenes constantemente.

Comprendí entonces por qué nunca quiso regresar conmigo, por qué no quería a alguien como yo a su lado por mucho que fuera el amor de su vida.

Y claro que se encargó de decírmelo, se encargó de repetirme, una y otra vez, de mil maneras, que había tenido que elegir entre el amor o su futuro, que había tenido que elegir entre su carrera o yo, entre la vida que siempre deseó o el amor verdadero que nos teníamos. Se encargó muy bien de decirme que había tenido que endurecer su corazón para que no le afectara nada, que había tenido que hacer de tripas corazón para no hundirse.

«No es quien es, sino lo que me hace ser», me escribió.

¿Qué podía haber más perfecto para una egocéntrica con un amor propio desmesurado? ¿Qué podía haber mejor para una reina que sentirse como tal?

No entendía cómo una mujer que me había rogado, implorado, llorado, amado e incluso golpeado por los celos tan grandes que tenía, se estuviera comportando así.

No entendía cómo alguien, que me tenía geolocalizada y que se enfurecía si detectaba el más mínimo distanciamiento de ella, se comportaba así.

¿Cómo podía hacerme aquello alguien que me había escrito cosas tan bellas, alguien que me amaba tanto?

«Perdóname, estoy fatal, entro en desesperación y actúo como una loca.

Solo tengo ganas de que me abraces, de que estemos juntas.

Soy culpable de amarte demasiado; qué ironía, cuanto más amas, más dolor y yo me estoy rompiendo por dentro.

Perdóname, perdóname por sentir todo esto.

Necesito tu consuelo, es todo lo que te pido antes de que quede destrozada completamente, no tienes idea de cómo estoy. Háblame, amor».

No entendía nada, hasta que lo entendí.

Parece ser que está mal visto pasearse del brazo con una novia transexual, máxime si eres mujer, máxime si te dedicas a la vida pública y eres política, mucho más si la que va de tu brazo era famosa como hombre y todo el mundo va a hablar de ti.

Las cosas pueden ser más simples de lo que parecen, a veces no convienes a las aspiraciones de otras personas.

Me había partido el alma flagelándome mientras me castigaba preguntándome qué había hecho mal, cuando lo único que hice siempre «mal», al parecer, había sido ser yo.

Se había tirado a los brazos del primero que había pasado con un anillo por delante de ella, prometiéndole cumplir con los sueños de una princesa huérfana, y había dejado de lado a su amor, que quedó llorando y revolcándose de dolor durante días, durante semanas, durante meses.

Me mató.

Se había metido en un juego muy feo del que ya no podría salir, el juego de las apariencias al que todos jugaban en su profesión.

Moría por mí y al final quien murió fui yo. Y sus familiares, amigos y compañeros fueron culpables de buena parte de ello, porque veían en mí a un ser extraño que lo único que podía traerle eran problemas.

Tenía miedo, miedo de entregarse al amor sin saber qué iba a suceder, porque lo único que intentó siempre en su vida fue controlar su futuro; saber qué iba a pasar, para modificarlo si no le convenía.

Quizá lo que no nos conviene en este mundo es que haya personas que, aunque sepan que no es correcto, actúen por conveniencia.

* * *

Siempre nos soñé vestidas de blanco casándonos en un acantilado del Caribe. Ahora… yo estoy al borde de él.

Siempre nos soñé amándonos hasta el resto de nuestros días, la soñé pariendo a mis hijos, la soñé queriéndome como mujer… Habría estado dispuesta a cualquier cosa por ella, a cualquier cosa que me hubiera pedido, incluso a renunciar a mi vida por ella.

«*Y lo dejaste ir*, y lo dejé ir, y lo dejamos marchar y nunca pude perdonarnos».

Pero ella nos había vendido al diablo. Nos había cambiado por unas monedas de plata, había cambiado nuestro amor por un parche en sus heridas, como un Judas traidor.

Eso fue lo que no hizo a las dos, no solo a mí: traicionar a nuestras almas, que habían vuelto a encontrarse en esta vida; traicionar a nuestro ser, que mandaba señales y señales para no ser traicionado. Eran los ecos del futuro los que atormentaban nuestro pasado.

Había mordido la manzana.

No pude contener mi ira y colgué un *post* en el que anunciaba que iba a subir un vídeo demoledor en el que se descubriría toda la verdad de lo que era esa persona que iba por el mundo como si no hubiera roto un plato, condenando la violencia contra la mujer, dando charlas políticas y colaborando en hacer constituciones. Quería que todo el mundo supiera lo mierda y lo falsa que era, que vieran cómo me había robado la vida, cómo me había maltratado, cómo me había echado de su lado cuando más la necesitaba, cómo me había hundido en la miseria por miedo a que no cumpliera con sus antojos. La odiaba, la odiaba, la odiaba.

La soberbia, el egoísmo, los caprichos, así actúan muchas personas: «Si no me das lo que yo quiero, no te preocupes que ya me lo dará otro».

Dejé a mi familia por ella, me peleé por ella con todos, la integré en mi mundo, la llevé por todos lados, le di todo lo que tenía, hasta mi hija, y así me lo pagaba; cuando le tocaba a ella dar la mano, la apartó.

Mi cuento se hizo realidad, mis predicciones, todo lo que me habían mostrado cobraba forma.

Me destrozó entera, pero lo que más me rompió fue el día que le dije que ella y yo nos amábamos, y me dijo: «¿Y eso qué?».

¿Eso qué? Eso todo. Eso te lo digo yo:

«Eso es lo que hace que la luna refleje la luz del sol, lo que hace girar a la Tierra, lo que nos ha dado la vida y lo único que nos salvará de ser los arrogantes animales que tan orgullosos estamos de ser.

La palabra AMOR es la pura evolución.

Ojalá algún día lo comprendas y nunca más vuelvas a cagarte en ella.

«¿Eso qué?», no, eso TODO».

Estaba demasiado dolida y preparé un vídeo con algunas de las veces que me pegaba, dispuesta a joderle la carrera y la vida como ella me la había jodido a mí.

Mar se hizo eco de lo que iba a hacer y me escribió unas palabras: «Ven a casa, todo va a estar bien». Otra vez aquellas palabras que las dos querían hacerme tragar.

El karma me la había jugado bien, estaba pagando con creces todo mal creado por mí.

Así, con toda la rabia por el desprecio que estaba sufriendo escribí la verdad que había callado durante mucho tiempo y quise pagarle a mi mujer por todos los males que le había causado al haberla abandonado con un bebé en sus brazos:

«Lo primero que deseo hacer hoy es ofrecer mis respetos a la madre de mi hija, una persona intachable, honesta como ninguna, trabajadora de verdad, entregada a su familia y a su hija como nadie, con un amor hacia la vida impresionante.

Mis respetos, mis respetos, mis respetos.

Empezamos nuestra relación con dieciocho y diecinueve años, hasta que decidí que me importaba más triunfar en mi trabajo y vivir muchas experiencias por mi cuenta que ella y la relación tan bonita que teníamos.

Por mucho que le haya hecho y por mucho que haya sufrido conmigo, lo que está sufriendo y lo que sabe va a sufrir, ahí ha estado apoyándome hasta en las últimas.

Por mucho que me haya dicho y por muchas ganas de mandarme a la mierda que haya tenido, ha podido más su sentido de la responsabilidad, del compromiso y de la lealtad a un sueño que yo trunqué de manera despiadada, aunque yo tuviera mis justificaciones.

Quizá las cosas ya no sean las mismas nunca, pero sé que ella nunca dejó de ser mi familia y no me dejó tirado como seguro desearía haberlo hecho.

Gracias por estar ahí, por tu ayuda en mi complicada vida; sin tu coherencia y comprensión quizá ya no estaría aquí.

Gracias por permitirme ser yo y brindarme todo tu apoyo incondicional para que así sea.

Gracias por tanto amor, aunque ahora sea de otra manera.

Me pongo a tus pies y los beso.

Beso tus pies, Mar, la madre del regalo más grande que la vida me dio y te aplaudo.

Mis respetos».

A las pocas horas colgué el vídeo en la red.

Nunca fui una mala persona, nunca quise hacer daño a nadie, lo único que quise fue recuperarla.

FINAL

«Inventarás mil excusas y una más para justificar, pero cuanto más te alejas, más cerca de mí está tu alma, que me busca sin cesar, desde que la obligaste a perderme».

Mi *post* anunciando que colgaría un vídeo había tenido muchas reacciones en la red y al colgar el vídeo, este tuvo más visitas que ninguno (y es que lo oscuro tiene demasiados seguidores). Sin embargo, la mayoría se llevó una gran decepción.

El montaje que realicé tenía como fondo una canción que desde entonces he relacionado con nosotras, *Lost stars* de Adam Levine. Y era, en realidad, un pequeño homenaje a un vídeo que ella había realizado tiempo atrás con nuestras fotografías, uno de esos días de enfados, con el que ella me había demostrado su amor. Así, entre las notas de las estrellas perdidas, enlacé, yo también, fotografía tras fotografía, nuestros mejores momentos, nuestros besos, nuestras alegrías, nuestro amor profundo que se reflejaba en cada toma.

No pude postear lo malo, no pude mostrar la crudeza de nuestros peores momentos, no pude vengarme, no pude hacer más daño del que había, porque nunca pudo llevarme la oscuridad; porque recordé la película que más me había impactado de pequeña, recordé a Luke Skywalker luchando en su interior contra el lado oscuro, recordé sus palabras, que había hecho mías desde hacía décadas: «Yo soy un Jedi, como mi padre antes que yo»…

Toda la gente que iba buscando carnaza para roerla encontró algo hermoso, porque al final siempre me gustó mostrar lo bello de la vida, no lo feo que nos inunda.

Fue la despedida de mis dos mujeres, a cada una lo justo.

A cada una lo suyo, agradecimiento y verdad.

«Elegí la profesión de actor para poder vivir muchas vidas, quizá porque no pude vivir la mía.

Elegí hacer reír y reírme mucho, porque nunca he soportado el sufrimiento.

Elegí crear, porque nunca me gustó destruir.

Elegí amar, elegí entregarme».

Escribí también unas palabras para mi hija, y las guardé en un sobre junto a la cuenta del banco y una fotografía nuestra felices y riendo.

Quizá por ella nunca debí hacer lo que iba a hacer (lo que estoy haciendo ahora), pero sentí que sería más doloroso para ella tener un padre infeliz y destrozado que no tenerlo.

«Como dice la canción de Nelly Frutado: «Mi vida cambió desde que tú llegaste».

Cambió quizá demasiado.

Perdóname por no haber querido que llegases a mi vida, porque sabía lo que significarías para ella, porque sabía que, al llegar tú, yo moriría.

Te amo, te adoro.

Sentir tu pequeño corazón junto al mío, cuando te mecía en las noches, fue hermoso; verte sonreír, cuando bailabas entre mis brazos, fue maravilloso.

Te vi crecer y sé que ya estás preparada para crear todo lo que has venido a crear a este mundo.

Lucha siempre por lo justo, amor mío, lucha siempre por la verdad. No dejes que nadie te lleve al lado oscuro de la fuerza, tú también eres paladín de la luz.

Perdóname por irme tan pronto, por no poder apoyarte más, pero ya no puedo llevar sobre mis espaldas la cruz que cargo en este camino. Porque después de haber vivido lo que nadie, me toca morir como pocos.

Perdóname, mi vida, por no valorarte como debía, por no poder con la angustia de un alma destrozada, por no poder arrastrar más mis pies por este mundo.

Haz caso a mami y cuídala, ella no tiene la culpa de que yo haya pensado en mí mucho más que en vosotras, no tiene la culpa de que yo no fuera lo suficientemente hombre para amarla como ella merecía ser amada.

Te quiero, hija mía.

Siempre tuya, Mapi».

Me despedí de mis amigos con una canción en las redes sociales: *À tout le monde*, una canción de Megadeth que habla sobre los últimos momentos de una persona y de lo que les diría a sus seres queridos.

Sobre todo, que sonrían cuando piensen en mí; porque, si hay algo que me ha encantado en esta vida, ha sido ver a las personas que tenía a mi lado ser felices. Si hay algo que me ha gustado hacer en este mundo, ha sido hacer reír a tantas personas que han pasado por ella, ver sus carcajadas, su cara de ilusión en cada tontuna que les he dedicado.

Me dirigí hacia mi muerte con la resignación a la que un condenado se enfrenta a la guillotina.

Tomé un taxi hasta la avenida de Santa Esperanza, allí me bajé y recorrí por última vez los edificios que tocaban el cielo con la intención de que me llevaran allí. Anduve por nuestros lugares, por las aceras que tantas veces había recorrido con su ropa del tinte entre mis manos (con las bolsas de la compra que me destrozaban los dedos por el peso), con la ilusión de vivir junto a ella, con la ilusión de verla a mi lado con su gorra y yo la mía, en esos domingos en los que no nos apetecía ni peinarnos. Esos domingos de bosque, de palomitas y películas, abrazadas en el sofá, esos domingos de arroz, esos domingos para nosotras.

Estuve un buen rato esperando en la glorieta que hacía esquina con nuestra casa, estuve un buen rato mirando nuestro ventanal desde abajo para asegurarme de que ella no estaba en casa, estuve pensando mucho…

«Lo intenté. Lo intenté con todas mis fuerzas. Intenté que no cayeras, intenté que volvieras, intenté que sintieras, intenté que tu corazón sucumbiera, lo intenté de todas las maneras.

Intenté no perderte, intenté dar marcha atrás, intenté girar el planeta para regresar antes de que desaparecieras.

Intenté que pensaras, intenté que reflexionaras, intenté que comprendieras para no volver a repetir.

Intenté mostrarte la verdad, intenté enseñarte el camino, intenté abrirte de par en par para que entrara el aire fresco en tu alma.

Intenté sujetarte mientras te tambaleabas, intenté poner la otra mejilla para que supieras lo que es amar, intenté mostrarte, intenté que vieras, intenté que supieras.

Intenté con todo mi ser que no te alejaras de mí, que no te fueras de nuestras montañas, de nuestros ríos, de nuestro mar, de nuestros valles, de nuestro cielo.

Intenté por todos los medios que no volvieras a cruzar el túnel, intenté que no soltáramos nuestras manos.

Lo intenté todo y, cuanto más lo intentaba, más desprecio recibí de ti.

Más desprecio, más indiferencia y tu espalda como respuesta.

Nunca me paré a pensar qué significaba la foto que nos hicieron en aquel museo de Othón, paradas de espaldas ante una gran máscara azteca, iluminada de rojo con su boca abierta lista para engullirnos, hasta que poco a poco me di cuenta de que, tomadas de la mano, estábamos a punto de entrar en el infierno.

Intenté con todo mi amor que saliéramos de él.

Me tragué todo mi odio y mi dolor.

Me tragué ver nuestras fotos en tantos sitios, fotos en las que expresábamos nuestro amor, besándonos, riéndonos, viviendo… y no morir de la pena.

¡Cuánto hemos vivido juntas!.

No me cabe en la cabeza… Después de tantos y tantos besos, abrazos y miradas; después de tantas experiencias, de tantísimo AMOR, de tantas y tantas cosas que vivimos juntas… No me cabe en la cabeza cómo me pudiste mentir tan vilmente en tantas ocasiones en un periodo que siempre recordaré como el peor de mi vida.

Ni la muerte de mi hermano, que me hizo revolcarme de dolor durante mucho tiempo, me había hecho sufrir tanto como lo que me sucedió contigo.

No lo puedo entender.

¿Te das cuenta de lo que significaba aquella vez que meé en el pijama cuando te fuiste aquella noche de casa? Solamente fue un símbolo, un recordatorio de Nueva York, una demostración de que yo no olvido; una fotografía de lo que ocurrió en aquella habitación, de cómo nos empapamos de nosotras en el baño marcándonos para siempre. Un recordatorio de los parques, de las calles, de la arena, de los monumentos, de los edificios, de los restaurantes, de las comidas, de las camas… Un recordatorio de todo lo que habíamos caminado de la mano y de lo que nos habíamos prometido de tantas maneras.

Cuando en la cama, llorando, me decías que sabías a lo que ibas a renunciar, que no sabías si volverías a encontrar un sentimiento tan profundo, y más tarde decidiste jugarte nuestro amor, no solo vendiste el tuyo, sino también el mío, que me lo arrancaste sin ningún tipo de compasión, dejándome destrozada y tirada en el piso, amarrada sin ninguna posibilidad de levantarme.

Fuiste una gran egoísta que olvidó el amor y a mí me lo arrebató.

«Vamos a hacer dinero y luego nos dedicamos a viajar las dos por el mundo». Tú y tus palabras, siempre jugando con el viento, sin darte cuenta de que el mundo estaba a nuestros pies.

Se nos da a cada uno de nosotros donde más nos duele. Cuanto más conocimiento, más dolor; por eso hay tanta gente tan básica que prefiere pasar de lado por la vida.

¿Sabes por qué nunca te denuncié? Porque comprendí que todo eso había sido fruto de tu amor por mí, fruto de algo que, al fin y a la postre, me encantaba, que me amaras con toda tu alma, por mucho que tu forma de expresarlo fuera esa.

Me fascinaba el amor que me tenías, tan grande como para defender lo que amabas a toda costa, a puñetazos si hacía falta. Aunque no lo creas, supe apreciar y ver lo que se escondía bajo toda esa violencia, un amor profundo que, desgraciadamente, condenaste.

Nos separamos sin que el amor se hubiera ido, te entraron muchas ansias, muchas ganas de otras cosas, ¿qué creías que ibas a encontrar? ¿Te parecía poco todo lo que vivíamos? ¿Crees que no me gustaba estar junto a ti y apapacharte noche y día, abrazarte y quererte? ¿Eso crees?

Y tanto que hablas de huevos, a ver si los tienes para decirle a la persona con quien estás que me vas a amar para siempre, porque yo los he tenido.

Se te ve triste en las fotos por mucho que sonrías, se ve a la legua que tienes grabada en la frente la culpa, se ve claro que no eres feliz.

Ya te lo dije, te dije que ibas a recuperar el poder que según tú habías perdido (que tanto apuntabas como objetivo en tus libretas), pero ibas a perder la luz y el brillo que marcó nuestra relación, la exuberancia del AMOR verdadero que te encargaste de convertir en falso.

Te diste cuenta de todo lo que habías hecho, de todo lo equivocada que estabas con lo que yo te había hecho y encima te ponías tus moños haciéndote la ofendida. ¡Venga ya!

Ni siquiera fuiste capaz de teclear dos palabras para felicitarme el día de mi cumpleaños. ¡Cuánto daño a propósito!

No sabes cómo está siendo de duro esto para mí, no sabes cuántas veces, entre lágrimas, sueño despierta que no es verdad, que no ha sucedido nada de esto, cuántas veces sueño que abro la puerta de nuestra casa y ahí estás tú, recibiéndome en la puerta junto a la cocina, abrazándome y besándome como loca.

Pero elegiste, elegiste a esa clase de tipos que te rodean, elegiste los comentarios denigrantes y vejatorios sobre nosotras. Elegiste las recomendaciones de tus padres, amigos y conocidos.

¿A cuántos chamanes, brujos, psicólogos, astrólogos, tarotistas, magos y nutriólogos acudiste para que te ayudaran a sacarme de tu cabeza y por qué? ¿A cuántos fuiste a pagarles para que te mintieran o te dijeran lo que querías escuchar?

Las cosas en la vida no suceden como alguien te las dice o como creemos que tienen que suceder, en esta vida todo lo que está arriba baja, lo que está a un lado va al otro, todo gira, nada es estático, lo que hoy es mañana ya no es y al revés.

Sigo sin explicarme cómo pudiste hacer algo así, con todo lo que nos queríamos. No me explico cómo, con el amor que había tan grande, la cagaste tanto.

Cada día que despierto sin ti me muero, siento que muero, te odio.

Tampoco entendí nunca esa manera tan cruel, tan despiadada y tan dura de expulsarme de tu vida, con tanto desprecio.

Supongo que era la única manera que tenías para no tambalearte cada vez que pensaras en mí, verme como un monstruo e imaginarte que te hice la vida imposible.

¡Qué rabia y qué impotencia se siente ante la sinrazón!».

Entré por la puerta del garaje aprovechando la salida de uno de mis antiguos vecinos que incluso me saludó. Subí por última vez al elevador que llevaba a nuestro piso. Me quedé mirando un momento el pasillo, nuestro felpudo en el que tantas veces me había limpiado las suelas para no entrar malas energías de la calle.

«Estabas en el mundo de las luces y regresaste al mundo de las sombras.

Recuerdo la noche en la cama que te dije que veía cómo te llevaban a las montañas escarpadas y grises. Recuerdo cada letra que escribí más tarde para ti en una cama vacía, llorando de pena.

Ojalá algún día te des cuenta de lo que eres.

De lo egoísta, mentirosa y ambiciosa que puedes llegar a ser.

En verdad no sé cómo puedes dormir tranquila habiendo despreciado tanto amor por pura ambición, de lo que sea, porque la ambición tiene demasiadas connotaciones.

Paso demasiadas noches en vela recordando lo nuestro, recorriendo nuestra casa, y me doy cuenta de que sigo sabiendo lo que había detrás de cada puerta, lo que había dentro de cada cajón, de cada armario, lo veo como si estuviera allí, nuestras plantas, todo…, y lo único que no encuentro es a nosotras».

Me quedé mirando la puerta de emergencia que en tantas ocasiones me había tocado abrir, porque Orna prefería subir corriendo por las escaleras en sus buenos días de hacer deporte.

Me quedé mirando por un instante nuestra puerta de madera de cedro, con el miedo de que hubiera alguien dentro.

Soplé para tomar impulso y saqué una de las copias de la llave que me había quedado, rezando por que no hubiera cambiado la cerradura.

Metí el metal dentro del agujero y la giré, y la puerta se abrió.

Una vez más estaba ante mí la luz de nuestro maravilloso *loft*, la luz que entraba por los grandes ventanales que hacían esquina con el edificio. El armario de los trastes a la derecha, con una mancha de aceite que había quedado como muestra del calor de nuestras peleas; el mueble bajo el fregadero, donde guardábamos los bombones, las copas con las que tantas veces brindamos y las tazas recogidas en los lugares más insospechados por nosotras visitados… Los botes de metal a la izquierda, donde guardábamos el azúcar y las galletas. La encimera, como siempre llena de papeles y de migas que recogí como si viviera allí de nuevo. La mesa de madera negra que tantas cenas con amigos albergó. Nuestro sofá lleno de ropa, nuestras plantas, nuestro buda gris, nuestra foto…

Vinieron a mí algunos de sus mensajes:

«Amor, tenme paciencia, estoy tratando de salir de este agujero, me está costando mucho trabajo.

¿Te acuerdas de que el jueves pasado te escribí que cuando actuara negativamente no me hicieras caso porque no era yo? Por favor, RECUÉRDALO».

Subí las escaleras que chirriaban como de costumbre, se notaba que hacía tiempo que nadie había ajustado los tornillos.

Nuestro sofá blanquito, nuestra pequeña mesa, la computadora en nuestro despacho, nuestras joyas, nuestras cajas repletas de inventos de nuestra empresa.

Sabía que en cuanto saliera de casa iba a poner la tele en el dormitorio, en el hueco que había dejado nuestro Butsudan, donde realizábamos nuestra práctica budista.

Sabía que también habría comprado una cama de verdad, pues no le había gustado nunca dormir al ras del suelo, estilo japonés.

Lo material se había apropiado de lo espiritual de manera mucho más veloz de lo que me había imaginado.

Ya no estaban todos mis cuarzos ni todos mis amuletos, en su lugar había un mar de objetos rústicos que sabía que conmigo en casa nunca podría haber colocado en las estanterías. Sonreí al ver al osito azul que me había regalado una vez, junto a unos bombones, y recordé cómo había llenado la casa de corazones de cartón en aquella ocasión.

Entré a nuestro oscuro vestidor, observando cómo el espacio de mis trajes y cazadoras había sido sustituido por vestidos y camisas de amebas, como yo llamaba a los motivos de la ropa que se compraba y que nunca soporté.

Me asomé al baño y dejé mi celular encendido en la repisa del lavabo, con una canción del famoso Moby titulada *One of these Mornings*, una canción que sonaba inesperadamente cada vez que estaba a punto de marchar del lado de la persona que amaba. Una canción que dice que «una de esas mañanas me habré ido muy lejos», «me buscarás, pero ya no estaré».

«Me enamoré de una mariposa que prefirió volver a ser gusano porque en la tierra se está más segura que en el cielo».

Me desnudé, abrí uno de los cajones donde guardábamos los pijamas y me puse su pantalón rosa, aquel que tanto me gustaba por su suavidad, tomé también una camiseta ajustada gris con unos volantitos blancos en el cuello y las mangas, me calcé unas de nuestras chancletas dos números más pequeñas que mis pies. Y entonces lloré. Lloré sentada en el estrecho pasillo tocando la madera del suelo que tantas veces había arreglado.

No se puede vivir sin amor, yo no podía.

Tomé todos los cinturones que encontré y los até de forma que no se rompieran, dejé la hebilla en la punta y la colé por el final del otro lado haciendo una especie de soga que probé en mi cuello. Até el extremo fuertemente al metal del barandal que protegía el altillo de la escalera a modo de mirador. Me deslicé suavemente por debajo de la división y metí mi cuerpo entre ella para dejarlo caer al vacío con la única sujeción de los cinturones a mi cuello.

Puta madre, ¡qué dolor!

EPÍLOGO
EL VELO

Allí seguía colgada, viendo pasar por mi mente tantos recuerdos, tantas risas, tantos llantos y tantas emociones que poco a poco se iban diluyendo.

Oí como se abría la puerta de nuestro precioso departamento, el sonido metálico de las llaves caían al suelo y gritos, muchos gritos, cada vez más fuertes.

Sentía cómo me tocaban, pero no podía moverme, sentía cómo flotaba mi cuerpo sostenido por varias personas, sentía cómo todo se iba.

*   *   *

Nuestra foto del restaurante donde fuimos a comer los chiles que tanto le gustaban ya no estaba en la mesita pequeña, nuestro buda gris había desaparecido, el edificio de enfrente ya estaba casi terminado y tapaba la vista de los volcanes, todo estaba cambiado, excepto el pinche logo de Huawei… Entonces volví a escuchar la puerta, pero esta vez entraban dos personas riendo…

Escuché cómo se besaban, escuché cómo subían las escaleras de madera y los tacones tan familiares. Subí, pero no podía ver nada, mi vista estaba nublada y parecía que tampoco a mí podían verme.

Intenté tocar, pero solo veía las plantas, mi planta enredada que tanto me gustaba en la esquina izquierda de la habitación principal.

Escuché el sonido de la regadera y fui corriendo, tropezándome, pero entré y ahí estaba ella, desnuda, con el teléfono reposando en el lavabo y la música que solía bailarme, *Single ladies* de Beyoncé.

Su cara estaba empañada por el vaho del agua caliente, y yo me apoyé en el toallero mirándola. Le pregunté: «¿Cómo te ha ido el día, amor?». Pero no me contestó, le volví a preguntar, y tampoco, le grité, y tampoco, intenté mover la puerta y no pude, no entendía qué pasaba. Ella cruzó por delante de mí, me atravesó y volteó a mirarme, yo la miré y le sonreí, pero se dio la vuelta como si no hubiera visto nada, entonces cerró la puerta y apagó la luz.

Poco a poco la oscuridad me fue consumiendo, no veía mis manos ni mis pies, estaba desapareciendo y volví a gritar, y empecé a golpear todo lo que allí había, quise abrir la puerta, tras la que se escuchaban risas y más risas…

Tomé impulso dispuesta a golpearla con todas mis fuerzas, y lo hice, la atravesé… literalmente. Y la luz se hizo, y me caí, y me levanté… y ya no estaba allí.

Me encontraba en un lugar frío y blanco, tumbada; me agarré a lo que me sostenía, una especie de mesa metálica, intentando incorporarme.

Alguien me sujetó.

—Tranquilícese —me dijo.

No podía respirar bien, por una especie de tubos que llevaba en mi nariz, me dolía todo. Poco a poco fui recobrando el conocimiento.

—¿Dónde estoy?, ¿qué ha pasado?

—Descansa ahora, hablaremos más tarde —contestó una voz dulce y familiar.

Mi vista se iba despejando y miré por la ventana, recordaba que hacía calor y los árboles tenían hojas, pero ahora el cielo era gris y los árboles lucían tan solo sus ramas.

—Has estado mucho tiempo durmiendo.

—¿Miriam?

Mi vista se fue aclarando y ahí estaba sentada mi amiga Miriam, la que siempre me cuidaba, tan rubita como siempre, tan preocupada por mí como siempre.

Intentando mover mis labios le di las gracias por estar ahí.

—¿Dónde está Orna?

—No creo que sea momento de hablar de ello, estás muy cansada.

—Por favor, dime, ¿por qué no está aquí?

—Sonya, no te preocupes, ya la verás.

—No, ¿qué pasa?, no entiendo nada.

—Llevas mucho tiempo en coma, intentaste suicidarte. Los médicos me avisaron hace una semana de que habías empezado a moverte, a despertar, y que pronto saldrías del letargo.

—¿Dónde está ella?

Después de una larga pausa respondió:

—Orna rehízo su vida. Le dije que los médicos tenían esperanza en que pronto despertaras, pero al parecer hoy tenía un evento muy importante al que acudir.

—¿Qué evento podría haber más importante?

—Hoy es su boda, Sonya.

Empecé a temblar, la adrenalina me llenó por completo de vida de nuevo. Me levanté como un resorte y fui al lavabo de la habitación, que se encontraba enfrente.

Me lavé la cara, mientras apartaba a Miriam, y me miré en el espejo; mi cuello tenía señales de haber sido estrangulado, mi cara estaba pálida… y mis lágrimas, una vez más, me inundaban.

—Dime dónde y a qué hora es el evento… Llévame allí, por favor.

Miriam sabía que no podría impedírmelo nadie, así que me ayudó a vestirme y a salir del hospital, sin que los médicos se dieran cuenta.

En el coche ya, miraba el trayecto, las calles rotas, los carteles de colores, el amarillo de los bordillos, el verde de los camiones; recordaba tantos y tantos paseos por esa ciudad, tantas experiencias dentro y fuera de sus edificios, tantos locales donde una vez hubo pasión.

Estábamos llegando a Santa Esperanza, a lo lejos mi edificio, imponente como siempre, de donde seguramente me sacaron sin que yo me diera cuenta hace tiempo, pero en el que a mí me parecía haber estado hacía apenas unas horas.

La gran iglesia de la esquina se divisaba ya, con su estilo moderno pero ostentoso, la mejor iglesia de la ciudad, donde solo podía casarse gente de dinero.

La novia entró por la puerta de manos de su feliz padre, sus hermanos la esperaban en la entrada, su madre la besó y ella caminó hacia el altar.

Una niña, a su paso, agachó la mirada, Orna se paró un instante a saludarla.

—¿Cómo te llamas?—le preguntó.

— Victoria —respondió la criatura.

—¿Vienes sola?

—Vengo con mi madre.

Orna siguió su paso, donde le esperaban el cura y un apuesto joven moreno, con barba de tres días y un esmoquin elegante, pero algo desajustado.

Los acordes de boda sonaban, las flores blancas inundaban los bancos de madera, la cruz en lo alto, la familia del novio en un lado y en el otro la de la novia.

—Siéntense —ordenó el cura cuando hubo llegado.

Mientras tanto, Miriam aceleró a mi requerimiento, pero su siempre torpe conducción nos hizo chocar contra otro vehículo al tomar una curva. Yo salí del coche como pude, sin mirar atrás ni atender los gritos de Miriam y eché a correr hacia la iglesia.

—¿La deseas como esposa?

—Sí, quiero.

—Y tú, Orna, ¿deseas tomar como esposo a Armando? —dijo el cura.

Todos en la iglesia esperaban emocionados la respuesta. Entonces, ella hizo una pausa y recordó lo familiar que se le hacía la niña a la que había saludado. Miró hacia atrás, pero no logró verla, ya no estaba.

Orna recordó quién era esa niña, miró cómo se abría la puerta principal de la iglesia y me vio entrar a través de la luz.

—No lo hagas —le dije—. Te amo.

* * *

Orna dejó caer el ramo al suelo, no podía creer lo que estaba viendo.

Corrió como nunca hacia la puerta y se abrazó con Sonya, la miró a los ojos, la besó con todas sus fuerzas y, con un mar de lágrimas en los ojos, le dijo:

—Perdóname por todo, yo también TE AMO, vámonos de aquí.

De repente, las puertas de la iglesia se cerraron y todo se oscureció.

El novio emitió un grito, que poco a poco fue convirtiéndose en el rugido de un animal, al que le fueron acompañando los aullidos ensordecedores de todos los que allí se encontraban. La cruz se volteó y comenzó a brotar sangre de ella.

Del novio surgieron unas alas negras que lo convirtieron en un gran dragón enfurecido, que lanzó fuego desde su boca, quemando la piel de todos los invitados y descubriendo el verdadero pellejo oscuro y demoniaco que había en ellos.

Como zombis retorcidos, caminaron hacia Orna y Sonya, gritando y moviendo sus afilados dientes y mandíbulas.

Sonya agarró a una muy asustada Orna de la mano y le sonrió, mientras, en voz alta, como si estuviera llamando a alguien, pronunciaba una palabra:

—¡KARSIA!

El gran dragón negro se abrió paso entre ellos hasta estar colocado frente a las dos y abrió su gran boca oscura, dispuesto a engullirlas.

Pero sus ojos amarillos, desatados, de color fuego, reflejaron cómo las puertas de la iglesia salían despedidas hacia fuera y una inmensa luz inundaba la gran sala; tras ella, un colosal dragón blanco levantaba su majestuosa cabeza.

Karsia, la criatura iluminada a la que Sonya había llamado, tomó a Orna y a Sonya en su lomo y, ante la mirada de terror de los demonios y el negro dragón, abrió su boca, de la cual salió un hermoso resplandor que paró en seco todo el mal que allí habitaba.

Los monstruos regresaron, al igual que el negro dragón, a su ser anterior, mientras derramaban lágrimas de arrepentimiento y miraban como el extraordinario dragón blanco se llevaba hacia la luz a Orna y a Sonya, volando por encima de sus cabezas.

El AMOR siempre triunfa, de la manera que sea, en la vida y en la muerte, en la realidad y en los cuentos, si no, no estaríamos aquí.

*   *   *

La vida es como un cuento. Si quieres saber si haces bien o mal, mírala como espectador, como si estuvieras viendo una película o leyendo un libro. ¿Aplaudirías tus acciones o, por el contrario, gritarías: «Buuuu»? ¿Si fueras un espectador de tu propia película, por qué te morderías las uñas y saltarías del sofá gritando «¡Bien hecho!»?

¿Qué te haría decir: «¡Vaya mierda!»?

A mí siempre me ha parecido que nadie debería siquiera plantearse que haya algo por encima de la palabra AMOR; a mí y a la mayoría de gente que está encargada de trasmitir al mundo el arte, la literatura, el teatro… Jamás habrán leído o visto ninguna obra cuya inspiración sea que dejen sus sentimientos de lado para centrarse en una demoledora sociedad.

Jamás.

Al contrario, en todas las obras de todos los artistas de este mundo, la inspiración es hasta morir por él.

Si no, díganme una sola obra que incite a separarse del alma.

La gente de bien comparte su vida con quien ama; la gente de mierda, con quien le conviene o le interesa.

Somos idiotas, seguimos llorando con los finales de las películas de otros mientras destrozamos los nuestros con millones de barreras en nuestras mentes.

Vivan sus vidas como en un cuento para dejar una bonita historia a los demás, sean los mejores artistas de sus vidas, no se dejen engañar.

*   *   *

Colorín colorado, este cuento ha comenzado…

En algún lugar quedó grabado lo que Orna escribió unos días antes de su boda:

«¡¡¡Perdóname!!! ¡Tuve mucho miedo de no amarte siendo mujer!

Eres la persona que más amé en mi vida y serás la única. No tengo palabras para explicarte, pero ¡me acabo de dar cuenta de lo hermosa que era nuestra relación! ¡¡¡Perdóname!!!

Yo quería formar una familia, quería tener hijos y verlos crecer. Y cuando pensé que tú ibas a tomar un camino que me alejaba de mis anhelos, me dio miedo, y tampoco quería que tú renunciaras a los tuyos. Quise apoyarte, no quise quitarte la intención de algo que para ti era muy importante.

Eres una maravilla de persona, fui injusta contigo, tenía el corazón dañado y quise desquitarme.

Tuve que endurecer mi corazón para no sentir dolor, como el que ya antes había sentido; y hoy, por primera vez después de mucho tiempo, siento el dolor que solía tener cada vez que sentía que te perdía, cada vez que me quedaba en casa llorando en la cama con mucha desesperación.

Lancé una bala que ya no sé cómo puedo parar, por mucho que te quiera ya no podemos estar juntas».

Las palabras, dependiendo de quién las pronuncia, se las lleva el viento o quedan para siempre escritas.

La realidad siempre supera a la ficción.
Las sombras, cuanta más luz, más negras.

Karla Sofía Gascón, Karsia

ECOSISTEMA DIGITAL

NUESTRO PUNTO DE ENCUENTRO

www.edicionesurano.com

2 AMABOOK
Disfruta de tu rincón de lectura y accede a todas nuestras **novedades** en modo compra.
www.amabook.com

3 SUSCRIBOOKS
El límite lo pones tú, **lectura sin freno**, en modo suscripción.
www.suscribooks.com

DISFRUTA DE 1 MES DE LECTURA GRATIS

1 REDES SOCIALES:
Amplio abanico de redes para que **participes activamente.**

4 APPS Y DESCARGAS
Apps que te permitirán leer e **interactuar con otros lectores.**